D1141472

AFGESCHREVEN

Dode hoek

KOEN VERMEIREN

Dode hoek

Manteau
THRILLER

© 2012 Uitgeverij Manteau / WPG Uitgevers België nv,
Mechelsesteenweg 203, B-2018 Antwerpen en Koen Vermeiren

www.manteau.be
info@manteau.be

Vertegenwoordiging in Nederland
WPG Uitgevers België
Herengracht 370/372
NL-1016 CH Amsterdam

Eerste druk februari 2012

Omslagontwerp: Wil Immink
Omslagfoto: © Cristina Llerena / Arcangel Images / HH
Opmaak binnenwerk: Ready2Print

Alle rechten voorbehouden. Niets uit deze uitgave mag worden
verveelvoudigd, opgeslagen in een geautomatiseerd gegevens-
bestand of openbaar gemaakt, in enige vorm of op enige wijze,
hetzij elektronisch, mechanisch, door fotokopieën, opnamen of
op welke wijze ook, zonder voorafgaande schriftelijke toestemming
van de uitgever.

ISBN 978 90 223 2673 2
D 2012/0034/305
NUR 330

Rechtvaardigheid is de eerste deugd van sociale instituties, zoals waarheid dat is van denksystemen. Een theorie, hoe elegant en bondig ook, moet worden verworpen of herzien als ze onwaar is; evenzo moeten wetten en instituties, hoe efficiënt en goed geregeld ze ook zijn, worden hervormd of afgeschaft als ze onrechtvaardig zijn.

– JOHN RAWLS, Een theorie van rechtvaardigheid

Mensen zijn heel wat wreedaardiger dan dieren. De meeste hogere zoogdieren doden geen soortgenoten, in tegenstelling tot de mens.

– JEF VERMASSEN, Moordenaars en hun motieven

PROLOOG

'Stilzitten of úw kop gaat er ook af!'

Serge Fréson, een kleine, geblokte man met kort zwart haar, een volle baard en een snor die bijna heel zijn bovenlip bedekte, trok dreigend het touw strak waarmee hij psychiater Luc Nuyens in bedwang hield. Bijna speels gaf hij een zacht rukje aan het touw dat als een strop om de hals van de dokter hing. De psychiater snoof als een paard met opengesperde neusgaten, terwijl hij zijn lippen stijf op elkaar hield. Langs zijn nek en hals liepen dunne straaltjes bloed, van de snijwonden die de scheermesjes in zijn huid hadden gemaakt. Aan het touw had Fréson om de twee centimeter een dubbelsnijdend rechthoekig Merkur-mesje geregen, tot het een dodelijke ketting van vlijmscherp roestvrij staal werd.

Toen hij de doodsangst op het bezwete gezicht van de psychiater zag, begon Fréson geluidloos te lachen. De dokter, die met zijn handen vastgebonden achter zijn rug op een stoel zat, deed alle moeite om zo weinig mogelijk te bewegen. Toch kon hij niet verhinderen dat de mesjes bij iedere ademhaling langs zijn blote huid streken en af en toe een prikkend rood streepje achterlieten.

Opnieuw gleed zijn blik met afschuw over het dode lichaam van de cipier, dat in een grote kleverige plas bloed op de vloer lag. Hij had de man nooit eerder gezien. Vermoedelijk was het een van de nieuwkomers die hier enkele weken geleden aan de slag waren gegaan, nadat er voor de derde week op rij een spontane staking was uitgebroken als protest tegen de overbevolking in Sint-Gillis en het overwerk dat ermee gepaard ging. Net onder het strottenhoofd van de man zat een gapende wond die bijna van aan zijn ene oor tot aan het andere liep. Toen Fréson met één trefzekere haal de keel van de bewaker had doorgesneden, had er een akelig sissend geluid geklonken, als van een fietsband die leegloopt. De cipier was, happend naar lucht, langzaam door zijn benen gezakt en had nog even liggen stuiptrekken op de grond. Daarna had hij het bewustzijn verloren en kort daarop was hij gestopt met naar adem te snakken. Al die tijd had Fréson gefascineerd staan toekijken. Alsof hij genoot van de doodsstrijd van zijn slachtoffer en het betreurde dat die niet langer had geduurd.

Nuyens vroeg zich af of hem hetzelfde lot te wachten stond. Zolang Fréson zich binnen de muren van de gevangenis bevond, was hij als gijzelaar nuttig voor hem. Maar eenmaal daarbuiten zou hij hem alleen maar tot last zijn. En wat zou de moordenaar doen als hij op weg naar de vrijheid werd betrapt? De psychiater was er zeker van dat die bruut, wanneer hij in het nauw werd gedreven, hem zonder enige aarzeling zou ombrengen. Fréson hield letterlijk zijn leven in zijn hand. Eén ruk aan het touw en de scheermesjes zouden Nuyens' halsslagader doorsnijden. Vanuit zijn ooghoeken gluurde hij weer naar de dode cipier, die, met wijdopen ogen, op zijn rug lag. Voorlopig leek niemand in het gebouw iets door te hebben van de gruwel die zich hier in de spreekkamer van de psychiater afspeelde. En dat kon zo nog wel een tijdje duren, want op zondag was er natuurlijk geen consult. Toen de hoofdcipier hem daarstraks had opgebeld en over de suïcidale gevangene had verteld, was

Nuyens domweg in de val gelopen die Fréson voor hem had gezet.

Zijn 'kabinet', zoals het hier werd genoemd, was niet veel meer dan een kale vierkante ruimte met daarin een schrijftafel en een paar stoelen. De muren waren ooit optimistisch geel geweest, maar hadden mettertijd hun glans verloren en een vaalbruine kleur gekregen. Tegen een ervan stond een kast met gelaagd veiligheidsglas, waarin allerlei medicamenten werden bewaard, vooral slaappillen en tranquillizers. Ze was met een stevig hangslot afgesloten, want kalmeringsmiddelen waren hier felbegeerd. De spreekkamer van de psychiater bevond zich in vleugel D, waar ook de ziekenboeg was, die plaats bood aan een dertigtal gedetineerden. Die werden vaak uit andere gevangenissen hiernaartoe gebracht. Het waren niet alleen zieken of mensen die moesten worden geopereerd, maar ook hongerstakers.

Fréson, die ondanks de situatie een ontspannen indruk maakte, keek de psychiater spottend aan.

'En hoe voelen we ons vandaag, mijnheer Nuyens?' Het was het zinnetje waarmee de psychiater meestal zijn therapeutische sessie begon. 'Ge ziet maar bleek. Scheelt er iets?'

Nuyens sloeg zwijgend zijn ogen neer.

Fréson boog zich over hem heen. 'Spreek eens wat harder, want ik versta u niet.' Om de aandacht van de psychiater te krijgen gaf hij opnieuw een plagerig rukje aan het touw.

Onwillekeurig spande Nuyens zijn nekspieren, waardoor een paar van de scheermesjes venijnig in zijn huid sneden. Hij kon zijn hart voelen bonzen in zijn keel.

'Ge denkt toch niet dat dit gaat lukken?' hoorde hij zichzelf zeggen. Zijn stem klonk zwak en hees.

'Ik hoop voor u van wel', zei Fréson. 'Of zoudt ge liever eindigen zoals die smeerlap daar?' Hij knikte achteloos in de richting van de dode bewaker alsof het een wegwerp-voorwerp was dat daar lag, en keek vervolgens op zijn horloge.

Wachtte hij op iets of iemand? Nuyens probeerde in te schatten hoe lang ze hier al zaten. Het kon hoogstens een halfuur zijn, maar het leek een eeuwigheid. Hij had er geen idee van waarvoor Fréson een straf uitzat. Behalve als het ging om geïnterneerden die wegens plaatsgebrek in gespecialiseerde instellingen voorlopig in de cel belandden, bekeek hij het strafrechtelijk dossier van zijn patiënten slechts vluchtig. Eigenlijk wilde hij liever niet weten wat ze allemaal op hun kerfstok hadden. Dat hier overwegend zware jongens zaten, zoals moordenaars, verkrachters en overvallers, wist hij natuurlijk wel.

Het moest ongeveer een jaar geleden zijn dat Fréson voor het eerst bij hem op consult kwam. Niet uit vrije wil, maar omdat hij tijdens een plotselinge woede-uitbarsting een bewaker had aangevallen en verwond. Het had hem een week afzondering in het 'cachot' gekost – een kaal, donker hol met alleen een betonnen bed, een gemetseld toilet en een klein raampje in de muur vlak onder het plafond – plus een gedwongen behandeling bij de psychiater. Die wekelijkse consultaties vond hij blijkbaar erger dan de isoleercel. Fréson was vanaf het begin een moeilijke klant geweest: weinig spraakzaam, nors en niet tot enige medewerking bereid. Nuyens had hem tranquillizers voorgeschreven, het beproefde recept voor agressieve of lastige gevangenen. Na een mislukte zelfmoordpoging van Fréson had hij er antidepressiva aan toegevoegd. Daar had Fréson een tijdlang goed op gereageerd. Tot gisteren.

In de gang klonk opeens het holle geluid van naderende voetstappen. Nuyens wist niet goed wat hij moest hopen: dat er iemand halt zou houden voor zijn deur en zou binnenkomen, of dat de stappen weer weg zouden sterven. Fréson haalde het kleine pistool waarmee hij Nuyens daarstraks had bedreigd, uit zijn achterzak en hield geconcentreerd de deur in het oog. Het viel de psychiater opeens op dat de helft van het eerste kootje van Frésons linkermiddelvinger ontbrak. Hij vroeg zich af wie dat wapen in de gevangenis had binnengesmokkeld. In de zijkant van de korte loop waren de woorden 'Colt Mustang' gegraveerd, en nog iets wat Nuyens niet kon lezen. Waarschijnlijk het kaliber. Op het eerste gezicht leek het wel een damespistool. Aangezien gedetineerden na ieder bezoek grondig werden gefouilleerd, kon het bijna niet anders of er moest een cipier bij betrokken zijn. Was het de man geweest die daar dood op de vloer lag?

De psychiater zag hoe de vingers van de gedetineerde het uiteinde van het touw nog wat steviger omklemden. De haastige voetstappen kwamen almaar dichterbij. Nuyens overwoog luid om hulp te schreeuwen, maar betwijfelde of hij in staat zou zijn om meer dan wat schor gereutel voort te brengen. Niet alleen het moordende touw, maar ook doodsangst kneep zijn keel dicht. Nog voordat iemand de deur kon openen, zou hij al met doorgesneden slagaders leeg liggen te bloeden. De onbekende liep voorbij de deur zonder zijn pas in te houden, waarna het galmende geluid van zijn stappen snel weer afnam. Een stereo-opname die van links naar rechts verschoof en vervolgens onder de gehoordrempel wegzonk. Fréson stak het pistool terug in zijn broekzak en vroeg waar de sleutel van de medicijnkast lag.

'Waarom wilt ge die hebben?'

'Vandaag stel ík de vragen.'

Nuyens knikte in de richting van zijn schrijftafel.

'In de middelste schuif', voegde hij eraan toe, om te voorkomen dat Fréson alles overhoop zou halen.

Terwijl de gedetineerde het touw gespannen hield, liep hij naar het bureau, trok de la open en begon er ongeduldig in te rommelen.

'In dat plastic bakje met paperclips', verduidelijkte de psychiater.

Fréson haalde het eruit en kieperde het om op de schrijftafel. Tussen de gekleurde papierklemmetjes blonk een Yale-sleuteltje. Hij opende de glazen deur van de medicijnkast en greep naar een doosje Flunitrazepam van 2 milligram, dat hij in zijn zak stopte.

'Tijd om te gaan luchten, dokter.'

Instinctief klampte Nuyens zich met zijn samengebonden handen vast aan de rugleuning van de stoel. Als zijn gijzelnemer erin zou slagen met hem buiten de gevangenispoort te komen, wat hij nog altijd betwijfelde, dan diende hij niet langer als vrijgeleide, maar werd hij een blok aan zijn been.

Fréson gaf een paar ongeduldige rukjes aan het touw om zijn gijzelaar overeind te krijgen en trok hem vervolgens mee tot aan de deur, die hij voorzichtig opende.

Het kabinet van de psychiater kwam niet rechtstreeks op de brede corridor van vleugel D uit, maar bevond zich in een zijgangetje, waarin een rij lege stoelen stond. Tijdens het wekelijkse spreekuur van de psychiater waren die gewoonlijk allemaal bezet en was het hier een drukte van jewelste. Slapeloosheid en allerlei psychosomatische kwaaltjes waren schering en inslag in een gevangenis. Bij de dienstdoende arts, die dagelijks spreekuur hield, konden de gevangenen daarvoor niet terecht, aangezien hij zich uitsluitend bezighield met fysieke klachten. Wie psychische problemen had – en dat was zo ongeveer 90 procent van de gedetineerden – kon kiezen uit twee hulpverleners: 'Sintepieter', zoals ze de oude gevangenisaalmoezenier noemden, of de 'zottendoktoor'.

Vrijdag was Serge Fréson nog bij Nuyens op consult gekomen. Hij had toen een neerslachtige en erg verwarde indruk gemaakt en ermee gedreigd zichzelf van kant te maken. De psychiater had zich afgevraagd of hij de patiënt serieus moest nemen. In dat geval had hij Fréson moeten laten overbrengen naar een speciaal daarvoor ingerichte veiligheidscel, waarin hij voortdurend in het oog werd gehouden en het technisch zo goed als onmogelijk was om zelfmoord te plegen. Zelfs de muren waren er bekleed met een dikke rubberen laag, die iedere kopstoot soepel opving. Je hield er hoogstens wat hoofdpijn aan over. Iemand naar die cel sturen was een maatregel die alleen in uiterste nood werd genomen, wanneer de gevangene een duidelijk gevaar voor zichzelf of voor anderen vormde. In plaats van Fréson onder toezicht te laten plaatsen in de veiligheidscel had Nuyens alleen maar de dosis Seroxat en Valium verhoogd. Daar had hij nu spijt van.

Een paar uur geleden had de gangster geweigerd om terug naar zijn cel te keren en was woest om zich heen gaan schoppen en slaan. Opnieuw had hij ermee gedreigd zich van het leven te benemen. Zoiets kregen de cipiers hier natuurlijk wel vaker te horen en meestal was het loos alarm. Maar aangezien Fréson al eerder een poging had ondernomen om zichzelf met een kapotgescheurd beddenlaken te wurgen, had de dienstdoende cipier geen enkel risico willen nemen en aan de hoofdbewaarder toelating gevraagd om de gevangene naar een veiligheidscel over te brengen. Wegens de overbevolking waren die echter allemaal bezet. En dus had men de psychiater maar opgebeld.

In de schaars verlichte middengang was niemand te zien. Ook hier waren de muren geel geschilderd. Op heel wat plaatsen bladderde de verf af. De vloer bestond uit ruitvormige witte en bruine tegels. Onder de open gangen aan weerszijden van de twee verdiepingen liepen buizen van de waterleiding en elektriciteitskabels. Aan beide kanten van de corridor stonden rijen tafels en stoelen netjes op één rechte lijn. Door het hoge raam aan het einde van de gang viel het zwakke schijnsel van de buitenverlichting naar binnen. Alle celdeuren waren dicht. Van achter sommige klonk het geluid van een radio of een televisie. In de gang hing een vieze, doordringende geur, afkomstig van de wc-potten die iedere dag werden opgehaald en geledigd door *fatiks*.[1] Het gevangenisparfum, zoals het wel eens smalend werd genoemd.

Fréson, die zijn pistool opnieuw tevoorschijn had gehaald, dwong de dokter om voorop te lopen en hield het touw strak, alsof hij met een ongehoorzame hond aan het wandelen was, die op tijd en stond moest worden gecorrigeerd. Bij iedere slikbeweging was Nuyens bang dat zijn keel zou worden doorgesneden. Zijn adamsappel, die voortdurend langs de scherpe mesrandjes schuurde, voelde rauw aan. Terwijl ze in de richting van de centrale rotonde liepen, bleef hij stijf voor zich uit kijken. Van daaruit hadden de bewakers zicht op de vijf langwerpige vleugels waarin de cellen zich bevonden. Enkele maanden geleden was Nuyens, tijdens een officieel bezoek van minister van Justitie Marc Verwilghen, met een helikopter over het complex gevlogen. Vanuit de lucht leek het gebouw nog het meest op een reusachtige schroef.

De psychiater merkte dat een bewaker vanuit het observatiecentrum met meer dan gewone aandacht naar hen stond te kijken. Even later verscheen er een tweede aan het raam. Nuyens zag hen met elkaar praten, alsof ze aan het overleggen waren. Fréson moest hen ook in de gaten heb-

---

1 Gedetineerden die helpen bij het onderhoud van de gevangenis.

14

ben, want hij maande de dokter aan rustig verder te stappen. Boven hen werd de deur van de observatiepost geopend en verscheen een van de bewakers op het platform.

'Hela, waar denkt ge dat ge naartoe gaat?'

Het antwoord kwam zonder aarzelen uit de loop van de minicolt. Nuyens schrok zo van de knal vlak naast zijn rechteroor dat hij, in een reflex, zijn hoofd opzij trok. Hij voelde een scherpe pijn aan de linkerkant van zijn hals, ongeveer op de plaats waar zijn slagader liep. Vanuit zijn ooghoeken zag hij de cipier boven hem overeind kruipen en zich in veiligheid brengen achter de deur. Of de man geraakt was, kon hij van hieruit niet zien.

Het effect van het pistoolschot liet niet lang op zich wachten. Van overal klonk opeens opgewonden geroep en gebons op de celdeuren. Nuyens besefte pas dat hij stilstond toen Fréson hem een stevige por in zijn rug gaf.

'Doorlopen, heb ik gezegd!'

Even later stonden ze in de centrale rotonde, waar opeens van overal verbaasde cipiers opdoken. Toen ze het pistool zagen dat Fréson op hen richtte, bleven ze echter als aan de grond genageld staan. Een van hen was Pol Coppens, de hoofdbewaarder. Een grote, tamelijk zwaarlijvige man met grijs kroeshaar en een rijkswachterssnorretje, dat waarschijnlijk bedoeld was om hem een streng uiterlijk te geven, maar dat zijn pafferig gezicht eerder iets lachwekkends gaf.

'Oh, oh, rustig.' Hij hield zijn twee handen met de palmen naar voren, in een poging Fréson tot bedaren te brengen.

Het geroep en getier vanuit de cellen werd ondertussen almaar luider. Sommige gevangenen begonnen ritmisch op de buizen van de verwarming te kloppen, iets wat snel navolging kreeg. In een mum van tijd stond de hele benedenverdieping in rep en roer.

15

Toen Nuyens de bezorgde blik zag waarmee Coppens naar hem keek, realiseerde hij zich dat er flink wat bloed op zijn hemd zat.

'Ça va, dokter?'

Nuyens knikte zwijgend, waarna de hoofdbewaarder zich opnieuw tot de gijzelnemer richtte.

'Doe geen stommiteiten, Serge. Er is nog niks onherstelbaars gebeurd.' In een flits zag de psychiater het lijk van de vermoorde cipier weer op de vloer van zijn spreekkamer liggen. 'Als ge u nu overgeeft, dan beloof ik dat...'

'Kop dicht.' Over de schouder van Nuyens richtte Fréson, met gestrekte arm, zijn pistool op Coppens.

De psychiater hoopte maar dat de gedetineerde de koelbloedigheid die hij tot nog toe had getoond, niet zou verliezen. Dat gold trouwens ook voor de cipiers. Voor zover hij wist, waren die niet bewapend en hadden ze zelfs uitdrukkelijk verbod gekregen om achter ontsnapte gedetineerden aan te gaan. Maar zolang Fréson zich nog binnen de poorten van het gebouw bevond, waren ze ongetwijfeld wel gerechtigd om in te grijpen. Een heethoofd of iemand die graag de held wilde uithangen, volstond om de boel te doen ontploffen.

Het was alsof Fréson zijn gedachten had geraden. Hij sloeg het touw waarmee hij Nuyens vasthield een paar keer stevig rond zijn pols, terwijl hij de hoofdbewaarder onder schot bleef houden.

'Als ik eraan ga, dan hij ook.'

Nuyens zag zijn lichaam al in een schokkende bloedfontein veranderen.

Het ritmisch geklop op de metalen buizen was inmiddels aangezwollen tot een extatisch gedreun. Het leek wel alsof de gevangenen zich in trance probeerden te trommelen.

'Wat wilt ge dat we doen?' riep Coppens boven het lawaai uit.

'Zeg tegen die pipo's daarboven dat ze met hun poten van het alarm blijven. En géén telefoons! Als ik buiten ook maar ene flik zie, dan moogt ge een andere zottendoktoor gaan zoeken.'

Coppens verzekerde hem dat hij het had begrepen, en keerde zich vervolgens naar de bewakers op het platform.

'Geen alarm of politie! Verstaan?'

De cipiers knikten van ja.

Coppens wendde zich weer tot Fréson. 'Oké, dat is geregeld. En wat nu?'

Fréson antwoordde dat hij mocht beginnen met alle celdeuren op de begane grond open te zetten.

De hoofdbewaarder keek hem ongelovig aan. 'Allee, komaan, Serge, dat kunt ge toch niet menen.'

Voor de tweede keer klonk een oorverdovende knal. Ditmaal had Fréson in de lucht geschoten.

Het gebonk op de leidingen viel als bij toverslag stil. Toen begon de herrie opnieuw en was er een uitbundig gejuich te horen, als van een dolgedraaid publiek op een festivalweide dat ongeduldig om een toegift schreeuwt.

In zijn rechteroor hoorde Nuyens een hoog, fluitend geluid, waarvan hij duizelig werd. Hij mocht beslist niet flauwvallen, want dat zou zijn einde betekenen.

Coppens, die besefte dat hij geen keuze had, gebaarde zuchtend naar de bewakers die om hem heen stonden. Ze haalden hun sleutelbos tevoorschijn en verspreidden zich in de gangen.

Hoewel de cellen eigenlijk voor één of twee gevangenen waren bedoeld, stormden er soms wel vier of vijf gedetineerden naar buiten wanneer hun deur werd geopend. Sommigen begonnen als gekken te dansen en rond te springen, anderen scandeerden aanmoedigingen met hun vuist in de lucht. Er waren er echter ook bij die het boeltje toch niet

17

leken te vertrouwen en zich afzijdig hielden. Hier en daar kwam een gevangene nieuwsgierig kijken, maar keerde vervolgens schoorvoetend terug naar zijn cel. Waarschijnlijk waren dat degenen die binnenkort vrij zouden komen en hun straf liever niet verlengd zagen door een of andere impulsieve actie.

Coppens knikte vragend naar Serge Fréson. Die dwong zijn gijzelaar met een duw in de rug om opnieuw in beweging te komen. Met in hun kielzog een groepje uitgelaten gedetineerden staken ze de rotonde over in de richting van de uitgang. Achter hen klonken applaus en allerlei opruiende kreten. Een kakofonie van Vlaams, Frans en verschillende Oost-Europese en Arabische talen. Een al wat oudere bewaker die berucht was om zijn strenge en kordate aanpak, werd door enkele op wraak beluste gedetineerden vastgegrepen en in elkaar geslagen. Toen twee van zijn collega's tussenbeide wilden komen, had dat alleen maar een averechts effect op de oproerkraaiers en stortten nog meer heethoofden zich in de strijd. Binnen enkele minuten was Sint-Gillis herschapen in één grote chaos.

Ondertussen hadden Coppens, Nuyens, Fréson en een vijftal meelopers het binnenplein bereikt, dat door geelgekleurde spots werd verlicht. De frisse avondlucht deed Nuyens rillen. Hoewel de temperaturen overdag nog redelijk aangenaam waren, werden de nachten stilaan koud. In het hoofd van de psychiater suisden de twee pistoolschoten nog na.

Zwijgend liepen ze verder over de kasseien, tot aan de sluis die zich tussen de hoge buiten- en binnenpoorten van de gevangenis bevond. Als extra veiligheidsmaatregel moest een van de twee doorgangen altijd gesloten blijven. Fréson dwong de hoofdbewaarder om de deur aan de binnenkant te openen. Een voor een betraden ze de spitsboogvormige sluis, die amper breed genoeg was om een bestelwagen door te laten. Het gebouw dateerde van het einde van de negentiende eeuw, toen de meeste gevangenen nog met paard en kar of te voet naar binnen werden gebracht. Het weinige licht in de hoge ruimte was afkomstig van een paar knipperende tl-lampen. In de portiersloge aan de rechterkant zat op dit tijdstip niemand meer.

Hoewel het van vóór zijn tijd als psychiater in Sint-Gillis was, herinnerde Nuyens zich dat enkele jaren geleden op exact dezelfde plaats een spectaculaire gijzelingsactie was begonnen. Drie topgangsters, van wie hem alleen de naam Murat Kapllan te binnen schoot – de ontsnappingskoning, zoals hij werd genoemd – hadden een aantal cipiers en een hoge piet uit het gevangeniswezen met de dood bedreigd. De beelden van de vluchtauto die de poort uit kwam gestoven, spookten opeens glashelder door zijn hoofd. Bovenop de wagen lag een bewaker die met zijn hoofd en schouders door het schuifdak van binnenuit door een van de gijzelnemers werd vastgehouden. Zijn benen lagen gespreid over de voorruit. Onder het oog van rijkswachters, persfotografen en televisiecamera's waren de gangsters er met hun gijzelaars vandoor gegaan. Hoe het allemaal precies was afgelopen, wist hij niet meer. Voor zover hij zich kon herinneren, waren er die dag geen slachtoffers gevallen. Of dacht hij dat alleen maar om zichzelf gerust te stellen?

Nog nooit was hij zo bang geweest. Angst was toch bij uitstek zijn terrein. Beroepsmatig lééfde hij van de angst van zijn patiënten. In zijn thuispraktijk kreeg hij dagelijks te maken met mensen die het slachtoffer waren geworden van een trauma en daar oncontroleerbare paniek- en angstaanvallen aan hadden overgehouden, die hun leven in een uitzichtloze nachtmerrie hadden veranderd. Tot nog toe had hij altijd geloofd dat hij hun radeloosheid begreep en dus ook kon genezen of althans met medicijnen kon onderdrukken. Hij trachtte hun duidelijk te maken dat wat zij voelden eigenlijk geen angst voor de dood was, maar juist voor het leven. Nu was hij daar niet meer zo zeker van en kon hij slechts aan één ding denken: hoe kon hij zijn eigen vel redden?

Fréson snauwde dat Coppens de deur achter hen moest sluiten. De gedetineerden die mee naar binnen waren geglipt, werden opeens zwijgzaam en keken afwachtend, met een zeker respect, naar de man die hen naar de vrijheid ging leiden. Eigenlijk hadden ze zich alleen maar door hem op sleeptouw laten nemen. Maar nu ze op het punt stonden zelf een grens te overschrijden, werd het evenwel opeens menens. Ontsnappen was op zich niet strafbaar, dat wist iedere gevangene, behalve wanneer dat gepaard ging met een nieuw misdrijf, zoals een gijzeling. Zodra ze een voet buiten dit gebouw zetten, zouden ook zij vogelvrij worden verklaard.

Fréson beval Coppens om het kleine deurtje in de toegangspoort te openen. De hoofdbewaarder aarzelde. Toen hij echter het verwrongen gezicht van de psychiater zag, omdat Fréson opnieuw aan het touw had getrokken, gehoorzaamde hij meteen. Met een knarsend geluid draaide hij de sleutel in het slot om. Hij greep de klink vast, opende, als een portier, de deur voor het gezelschap en deed vervolgens een stap achteruit. Over Nuyens' schouder gluurde Fréson naar buiten, waar de straat er op het eerste gezicht verlaten bij lag. Misschien daarom dat hij het niet leek te vertrouwen.

'Gij eerst', zei hij tot Coppens.

De hoofdbewaarder liet de deurklink los en stapte over de drempel. Hij bleef staan en keek vragend achterom. Fréson gebaarde met zijn pistool dat hij nog wat verder moest gaan. Hij wilde er blijkbaar zeker van zijn dat ze niet door sluipschutters van het SIE[2] werden opgewacht.

Coppens liep tussen twee metalen vangrails tot aan het begin van de stoep, waar links en rechts een rij houten paaltjes in de grond was gemetseld, die met een slap hangende ketting met elkaar waren verbonden. De imposante treurwilg in het Delporteplantsoen, aan de overkant van de Ducpétiauxlaan, stond nog volop in blad. Achter de ramen van de huizen rondom de halfcirkelvormige publieke tuin brandde hier en daar licht. Net op het moment dat Coppens zich opnieuw wilde omkeren om te zeggen dat de kust veilig was, zag hij in de verte een bejaard vrouwtje met een wandelstok aan komen sloffen. Hij vloekte binnensmonds en hoopte dat ze niet op weg was naar de bushalte vlak tegenover de gevangenis.

'Iets te zien?' hoorde hij Fréson ongeduldig vanuit de sluis vragen.

Tot zijn opluchting zag Coppens het vrouwtje vlak voor het pleintje links afslaan, in de richting van de Jef Lambeauxlaan.

'Nee. Niks of niemand.'

Als eerste kwam de psychiater wankelend naar buiten. Doordat het touw met de scheermesjes hem verhinderde naar beneden te kijken, zag hij niet waar hij zijn voeten zette en struikelde bijna. Toen Coppens hem over de drempel wilde helpen, snauwde Fréson dat hij moest blijven waar hij stond. Met een stevige por duwde hij Nuyens over en voorbij de drempel. De vijf gedetineerden, die als laatsten in de schaduw van de twee indrukwekkende uitkijktorens met kantelen, kijk- en schietgaten verschenen, keken alsof ze hun ogen niet konden geloven.

---

2 Speciaal Interventie Eskadron.

21

'Et maintenant?' vroeg een van hen opgewonden aan Fréson, een jonge Marokkaan met een pokdalig gezicht en een rafelig litteken onder zijn linkeroog. 'Qu'est-ce qu'on fait?' Fréson bekeek hem met een minachtende blik. 'D'ici c'est chacun pour soi.'

Alle vijf bekeken hem verbaasd.

'Comment? On croyait que tu...'

'Fous le camps, imbécile', riep Fréson. Hij plaatste de loop van zijn pistool tegen het voorhoofd van de geschrokken Marokkaan en begon in het Frans traag vanaf vijf af te tellen.

'T'es fou, ou quoi?'

'Quat'... trois...'

De vijf keken elkaar verbouwereerd aan, alsof het niet helemaal tot hen doordrong wat hier gebeurde. Bij 'deux' namen ze het zekere voor het onzekere, en zetten het samen op een lopen in de richting van de Henri Wafelaertsstraat. Nuyens hoorde Fréson iets mompelen wat klonk als 'vuile makak'. En toen waren ze nog met drie.

Een koele avondbries deed de takken van de treurwilg als grijparmen heen en weer bewegen. Een auto reed voorbij in de richting van het Albertplein zonder te vertragen. Voor zover Nuyens kon zien, keek de chauffeur niet eens opzij. Aan de overkant van de Ducpétiauxlaan stonden drie personenwagens en één donkergrijze bestelwagen geparkeerd. Het was vooral die laatste waarover Fréson zich zorgen leek te maken, waarschijnlijk omdat hij niet kon zien of er iemand in zat. Met een korte hoofdknik zette hij zijn gijzelaars aan om in de richting van de Eugène Verheggenstraat te gaan. In de beschutting van de hoge muren van het gevangenisgebouw liepen ze voorbij de gedenkplaat ter ere van de patriotten die hier tijdens de Grote Oorlog waren opgesloten en terechtgesteld. Wat verder ging de witte gevel over in een rode bakstenen muur. Tot aan de Royal Building, op de hoek met het Albertplein, ging het in stijgende lijn. Ze liepen voorbij een grote metalen poort, waaraan een camera was bevestigd. Fréson keek achterom. De Ducpétiauxlaan werd aan weerszijden verlicht door grote lantaarns die tegen de huizen hingen. In de verte, helemaal onder aan de straat, zag hij de lichten van café Le Welly en La Cigale. Hij dwong zijn gijzelaars om de straat over te steken, naar een klein, schemerig speeltuintje. Fréson stak zijn pistool achter zijn broekriem en haalde het doosje tabletten tevoorschijn dat hij daarstraks uit de medicijnkast had meegenomen. Hij trok er een strip uit en gaf die aan Coppens.

'Slikken.'

De hoofdbewaarder keek achterdochtig naar de witte pilletjes in zijn hand. 'Wat zijn dat?'

'Viagra', antwoordde Fréson met een gemeen lachje.

'Slaaptabletten', zei Nuyens, wat hem dadelijk een venijnige ruk aan het touw opleverde.

'Waarom zou ik die nemen?'

'Omdat ik het zeg.'

Coppens keek vragend naar de psychiater, die enigszins geruststellend probeerde te knikken, al begreep ook hij niet wat Fréson van plan was. De hoofdbewaarder duwde met zijn duim een pilletje uit het cellofaan en ving het op in zijn linkerhandpalm. Fréson gebaarde dat hij het moest innemen. Met tegenzin stopte Coppens de pil in zijn mond en slikte.

'Nog een.'

Zuchtend gehoorzaamde hij en haalde een volgend tablet uit de verpakking. Maar ook dat volstond niet.

'Méér.'

De hoofdbewaarder keek Fréson onthutst aan. 'Ge denkt toch niet dat ik mij hier zomaar van kant ga maken!'

'Als ge liever hebt dat ik het doe, dan moet ge 't maar zeggen.'

Hij trok de kleine colt onder zijn broekriem vandaan en hield het pistool dreigend op Coppens gericht, die vervolgens met een bezorgde blik naar Nuyens keek.

'Ge zult er alleen maar suf en slaperig van worden, meer niet.'

Door de uitgebalanceerde samenstelling van de huidige generatie benzo's gebeurde het nog maar zelden dat iemand aan een overdosis bezweek, tenzij hij hartproblemen had of aan nierinsufficiëntie leed. Veel waarschijnlijker was het dat Coppens straks zou ontwaken met barstende hoofdpijn en een diep, zwart gat in zijn geheugen.

Fréson dwong de hoofdbewaarder nog tot driemaal toe om een tablet met daarop 'Roche 2' door te slikken. Ondertussen passeerden twee auto's en één bromfietser, zonder dat iemand ook maar enige aandacht aan hen besteedde of aanstalten maakte om te stoppen. Misschien hadden ze het drietal op die onverlichte plek niet eens opgemerkt. En als ze dat wel hadden gedaan, dachten ze wellicht dat daar inderdaad iets louche gebeurde, waarmee ze zich liever niet bemoeiden.

Na een tiental minuten begon Coppens onvast op zijn benen te staan. Zwijmelend zocht hij steun tegen een houten speeltuig.

Fréson trok de halflege strip uit zijn hand en duwde de vijf resterende tabletten eruit.

'Tijd voor uw medicatie, dokter.'

Ondanks de penibele situatie waarin hij zich bevond, voelde Nuyens een golf van opluchting door zich heen gaan. Fréson was niet van plan hem te vermoorden, zoals hij met die cipier had gedaan. Hij wilde hem alleen de tijdelijke vergetelheid insturen. Hoewel Nuyens al minstens tien jaar geen voet meer in een kerk had gezet, tenzij voor een huwelijk of een begrafenis, betrapte hij zich erop dat hij instinctief iemand of iets begon te bedanken voor zijn redding, al had hij er geen flauw idee van wie of wat. Een mens bleef het meest irrationele wezen dat er bestond. Het belangrijkste was dat hij dit zou overleven en dat hij zijn vrouw en kinderen terug zou zien.

Toen Fréson hem zijn hand voorhield met daarin vijf tabletten, opende hij gewillig zijn mond en slikte ze met enige moeite door. Pas toen bedacht hij dat zijn handen nog altijd op zijn rug waren gebonden en dat hij het bewustzijn niet mocht verliezen zolang die dodelijke strop rond zijn hals zat. Stel dat Fréson het uiteinde van het touw aan de dwarsbalk van de schommel vast zou maken en hem dan zou achterlaten. Van Coppens hoefde hij geen hulp meer te verwachten. Die lag ineengezakt tegen een grote draaitol en knipperde verdwaasd met zijn ogen, die hij nog amper open kon houden. Nuyens voelde een misselijkmakende warmte naar zijn hoofd stijgen, alsof er onder zijn schedel een vuurtje smeulde. Als zijn benen het begaven, was het afgelopen met hem. Tientallen mesjes zouden in zijn huid en aders kerven. Hij zou hier leeg liggen bloeden zonder het te beseffen! Opeens voelde hij iets hards onder zich. Zijn hoofd lag blijkbaar ergens tegenaan. Was hij al door zijn benen gezakt?

Door een waas zag hij iets waarvan hij niet wist of het werkelijkheid of inbeelding was. Een hand die dichterbij kwam. Tussen de duim en de wijsvinger ervan blonk iets. Vanuit de verte hoorde hij een stem die zei dat hij heel stil moest blijven liggen. Uit zelfbehoud probeerde hij zijn hoofd achterover te buigen, weg van de dreigende flikkering, maar iets hield hem tegen. Weer zag hij de dode cipier in die enorme bloedplas liggen. De vingers die het scheermesje vasthielden, waren nu vlak bij zijn gezicht en zakten toen langzaam tot aan zijn hals. Hij wilde gillen en om hulp roepen, maar uit zijn dichtgeschroefde keel kwam slechts gereutel. Toen was er plotseling een gelige lichtvlek die een paar keer aan en uit ging. Daarna werd ze snel groter en vloeide naar alle kanten uiteen. Was dit het bovenaardse licht aan het einde van de tunnel waarin hij nooit had geloofd, maar dat hem desondanks aanzoog als een magneet? Hij voelde pijn noch angst. Alleen maar een onweerstaanbare slaap die als een zachte en warme deken genadig over hem heen werd gelegd.

1

Mark Van Den Eede keek met ingehouden adem toe terwijl Stijn geconcentreerd twee rechtopstaande speelkaarten naar elkaar toe bracht. Toen ze nog een vijftal centimeter van elkaar verwijderd waren, liet hij ze allebei lichtjes overhellen, tot de bovenkanten elkaar raakten. Daarna liet hij ze voorzichtig zakken tot op de gladde vloer van zijn bijna dertig centimeter hoge constructie en trok vervolgens traag, zonder ook maar één keer te beven, zijn handen weg. De kaarten bleven netjes overeind staan. Stijns fijne motoriek werkte prima. Dat was ooit anders geweest.

'Hoe hoog moet die toren worden?' vroeg Van Den Eede.

'Tot aan het plafond?'

'Is geen toren', zei Stijn, terwijl hij met beide handen in een reusachtige stapel speelkaarten begon te wroeten, die naast hem op de tafel lag.

'Nee?' Van Den Eede bekeek het kartonnen maaksel nog eens goed. 'Wat dan wel? Een piramide?'

'Gij ziet niet een *wiggelwam* is?'

'Een wat?'

'Tent van Italianen.'

'Indianen, zult ge bedoelen', corrigeerde Van Den Eede, waarbij hij een zwakke glimlach niet kon onderdrukken.

'Lap! Gij lach mij weeral uit, ofwà?'

Het was een van die dingen waarvoor zijn zoon over speciale voelsprieten beschikte.

'Ik lach u niet uit, ik lach náár u. Dat is iets helemaal anders.'

Dat verschil leek te subtiel voor Stijn, die zijn vader van onder zijn samengeknepen wenkbrauwen bekeek en een ontevreden gegrom liet horen. Joppe, die wat verder rustig in zijn mand lag te soezen, hief nieuwsgierig zijn kop op en keek met gespitste oren in de richting van de tafel.

'Gij weet weeral beter, ja?'

Van Den Eede haalde diplomatiek zijn schouders op. 'Waarschijnlijk hebben de Italianen vroeger ook wel in tenten gewoond', zei hij met een uitgestreken gezicht.

De driekleurige bordercollie kwam overeind, rekte zich lui uit terwijl hij gaapte, en kwam flauw kwispelstaartend naar de tafel gelopen.

'Die Joppe moogt hier niet komen. Die doe alles kapot!'

'Maar nee', zei Van Den Eede. 'Hij komt gewoon kijken wat gij aan 't maken zijt.'

Stijn was er echter niet gerust op en hield de hond achterdochtig in de gaten. Joppe liep in een boogje om de stoel heen waarop de jongen geknield zat, en ging naar zijn baasje. Van Den Eede had al vaker gemerkt dat het dier intuïtief aanvoelde dat er iets scheelde met Stijn, dat hij niet zoals de meeste andere mensen reageerde. Niet dat de hond echt bang was van zijn zoon, maar hij leek hem niet te vertrouwen. Ook wanneer ze hun dagelijkse wandeling maakten, in het natuurgebied van de Maalbeekvallei, tot aan het vliegveld van Grimbergen, dat tegenwoordig nog maar alleen door sportvliegers werd gebruikt, of naar de Liermolen, waarvan de praatgrage, rondborstige uitbaatster de beste gemarineerde sardientjes van wijd in de omtrek serveerde, bleef Joppe altijd op een veilige afstand van Stijn, die de hele tijd met takken liep te zwaaien. In ieder geval toch één passie die hij met Joppe deelde.

Van Den Eede had de hond vorig jaar van Linda gekregen, voor zijn drieënveertigste verjaardag. Hij was toen nog niet lang commissaris van het FAST, dat eigenlijk nog in volle oprichting was. In een vervallen gedeelte van de Géruzet-kazerne, een voormalige opleidingsschool van de Rijkswacht, hadden ze een paar leegstaande kantoren toegewezen gekregen, waar ze trouwens nog altijd zaten. Ze hadden die, met het weinige materieel dat ze ter beschikking hadden, zo goed en zo kwaad mogelijk ingericht en waren toen met hun eerste zaken begonnen: de zoektocht naar een internationaal gezochte crimineel wiens arrestatie moest dienen als pluim op de hoed van directeur-generaal Hubert Cauwenberghs, en die naar de man die de dood van het zoontje van een diamantair en de moord op Erik Rens, een jonge collega bij het Speciaal Interventie Eskadron, op zijn geweten had.[3] Een intern onderzoek had uitgewezen dat Van Den Eede niet verantwoordelijk kon worden gesteld voor de dood van beide slachtoffers, maar toch had hij zich zo schuldig gevoeld dat hij ontslag had genomen als commandant van het SIE. Het was een van de rottigste periodes uit zijn leven geweest.

Al was het moment waarop Linda en hij te horen hadden gekregen dat hun enige zoon zwaar autistisch was en nooit echt zelfstandig zou kunnen functioneren, ook een serieuze opdoffer geweest, die ze moeilijk hadden kunnen verwerken. Het vooruitzicht dat de nu zestienjarige jongen een zorgenkind zou blijven, had stevig zijn stempel op hun dagelijks leven en toekomstplannen gedrukt. Soms had Van Den Eede de indruk dat hij beter met Joppe kon communiceren dan met Stijn. Al zou hij dat met zoveel woorden nooit tegenover Linda durven toe te geven. Eigenlijk had hij niet

---

3 Zie De blik.

eens zo veel te klagen. Het was immers zijn vrouw die de meeste tijd met hun zoon doorbracht, hem iedere dag naar school en terug naar huis bracht, die naar zijn onophoudelijk getater en gezeur moest luisteren, en daar met geregelde tussenpozen de nadelige gevolgen van droeg. Dat kon gaan van plotselinge migraineaanvallen tot overspannenheid en regelrechte zenuwinzinkingen, waarbij ze soms gevaarlijk op het randje van een depressie balanceerde. Eenmaal had Van Den Eede het voorstel geopperd om Stijn naar een speciale inrichting voor geestelijk gehandicapten te brengen. Linda's reactie was echter van dien aard geweest dat hij de mogelijkheid later nooit meer ter sprake had gebracht.

Aanvankelijk had Van Den Eede gedacht dat zijn baan bij het Fugitive Active Search Team hem meer tijd zou geven om bij zijn gezin te zijn, dan toen hij nog aan het hoofd van het SIE stond. Maar dat bleek algauw een illusie. Het voorbije jaar hadden ze dertien lokalisaties van voortvluchtigen gedaan, en vijf daadwerkelijke arrestaties van topgangsters. Dat het er niet meer waren geweest, kwam niet alleen doordat het team onderbemand was, maar ook door de desinteresse van sommige magistraten. Die werkten vaak niet of slecht mee, omdat ze, zogezegd, geen tijd en geld meer wilden steken in ontsnapte gevangenen wier strafdossier tegen de verjaringstermijn aan zat of die volgens hen 'te veel negatieve mediawaarde' voor het korps bezaten.

Zo was Charles Deprez, eerste advocaat-generaal in Brussel, erin geslaagd om de arrestatie van een ex-rijkswachter die tot vijf jaar opsluiting was veroordeeld wegens zijn aandeel in een grootschalige internationale drugssmokkel en daarvan geen enkele dag had uitgezeten, op de lange baan te schuiven tot de man in alle vrijheid weer het land binnen kon komen. Al die tijd had hij in Nederland ondergedoken gezeten, niet in een of ander derderangshotelletje of in een kraakpand, maar in een luxueuze villa met zwembad die hij volkomen legaal had gehuurd. Voor zover Van Den Eede wist, werkte hij nu als communicatieambtenaar bij de federale politie. Om hun ongenoegen over de politiehervormingen[4] wat verteerbaarder te maken waren heel wat hoge postjes naar vroegere rijkswachtofficieren gegaan, die de opheffing van hun eenheid in een groter federaal geheel maar moeilijk konden verkroppen. De typisch Belgische mentaliteit van 'ons kent ons' heerste ook binnen het eengemaakte korps nog heel sterk. Van Den Eede wist maar al te goed dat enkele van zijn oversten niks liever zouden hebben dan dat het FAST zo vlug mogelijk op zijn bek zou gaan. Met de beperkte middelen en manschappen waarover ze beschikten, mocht het eigenlijk een wonder heten dat het nog niet was gebeurd.

Terwijl Stijn geconcentreerd verderbouwde aan zijn 'wiggelwam', hoorde Van Den Eede haastige stappen op de trap. Even later kwam Linda de kamer binnen. Zij had haar lange donkerbruine haar in een staart gebonden, droeg haar tenniskleding en had haar sporttas nonchalant over haar linkerschouder geslagen. Onder het korte witte rokje kwamen haar lenige, slanke benen perfect tot hun recht. Ze zag er stralend uit. Van Den Eede vermoedde dat ze de voorbije weken een paar keer stiekem onder de zonnebank had gelegen.

'Amai, wat een toren!'

'Dat is geen toren', zei Van Den Eede met een knipoog. 'Maar een wigwam. Ziet ge dat niet?'

Linda bekeek de spits toelopende kaartenconstructie met een glimlach. 'Nu ge 't zegt.'

---

4 In 2001 werden de bestaande politiediensten in België, waaronder de Rijkswacht, samengevoegd in één geïntegreerde politiedienst die werkzaam is op twee niveaus: het lokale en het federale.

'Waar hij het uithaalt, Joost mag het weten', fluisterde Van Den Eede, terwijl hij naast haar kwam staan. 'Ik denk dat ze er op school over hebben geleerd. In zijn rugzak staken prentjes en foto's van indianen.' Ze wierp een vlugge blik op haar horloge. 'Kristine zal hier zo gaan zijn.' 'Denkt ge dat het laat wordt?' 'Geen idee. Waarom?' 'Nee, zomaar...' 'Ga gij weg, mama?' Hij woelde nerveus met beide handen in zijn stapel speelkaarten, alsof het een hoopje compost was dat hij omzette.

'Ge weet toch dat ik iedere zondagavond ga tennissen met een paar vriendinnen en dat we daarna nog samen iets gaan drinken?' Stijn trok een beteuterd gezicht. 'Is vrijdag iets heel veel erg gebeurd in de klas.' 'Ah ja? Wat is er dan gebeurd?'

Hij haalde traag zijn schouders op, terwijl hij met één oog dichtgeknepen een van zijn speelkaarten keurde. 'Dà zijt ik spijtig genoeg al vergeten.' 'Dan zal het wel niet zo erg zijn geweest', vond Van Den Eede.

'Papa blijft vanavond bij u', zei Linda. 'Laat hem maar wat meehelpen aan uw indianentent, dan weet hij ook wat doen.' 'Hoort ge 't?' Van Den Eede glimlachte. 'Wij maar werken, terwijl mama de *bloemekens* gaat buitenzetten.' Stijn bleef plotseling stokstijf zitten en keek hem verbijsterd aan. 'Dà's veels te laat! Is al bijna herfst!'

Van Den Eede probeerde andermaal zijn gezicht in de plooi te houden, terwijl Linda met afgewend hoofd in haar sporttas begon te rommelen. Van Den Eedes gsm rinkelde. Tot zijn verbazing verscheen op het display de naam van André Brepoels.

'Dag, André', zei hij toonloos. 'Dat is lang geleden. Wat nieuws?'

Terwijl hij luisterde, keek hij almaar bedrukter.

Linda knikte hem vragend toe, maar hij gebaarde dat ze even geduld moest hebben. Buiten klonk het geluid van een naderende auto die voor de oprit stopte en tweemaal kort na elkaar claxonneerde.

'Maar hoe is dat nu mogelijk? Dat is al de zesde op iets meer dan een maand tijd!'

Linda greep naar haar trainingsvest en seinde dat ze wilde vertrekken.

'Hebt gij een momentje, André?' Van Den Eede haalde zijn gsm van zijn oor en schakelde de stand-bytoets in. 'Het is Brepoels, de politiecommissaris van Brussel-Zuid.'

'Zie dat Stijn op tijd gaat slapen, hè', zei ze, terwijl ze Joppe vluchtig over zijn kop aaide. 'Of hij kan morgen weer niet uit zijn bed.'

'Linda, wacht eens efkens.'

Buiten klonk opnieuw het geluid van de claxon.

Linda liep naar het raam, schoof het gordijn weg en wuifde even om aan te geven dat ze het getoeter had gehoord.

'Ik vrees dat ik vanavond nog weg moet...'

Ze keerde zich bruusk naar hem om. 'Op een zondagavond? Naar waar?'

'Voor het werk.'

'Maar enfin, ik sta klaar om te gaan tennissen!'

'Sorry, ik kan er ook niet aan doen.'

Ze draaide haar hoofd wat besluiteloos naar de auto die op haar stond te wachten.

Van Den Eede keek op zijn horloge en hield de gsm opnieuw tegen zijn oor. 'Hallo, André? Ik verwittig Elias, en kom direct af. Laten we zeggen, over een halfuurke...? Oké, dat is goed. Tot seffens.'

33

Linda liet ontgoocheld haar sporttas van haar schouder glijden, gooide die samen met haar trainingsvest in de fauteuil en liep naar de hal.

'Linda...'

Ze smeet de deur van de woonkamer zo hard achter zich dicht, dat Joppe met hangende staart onder de tafel kroop.

'De mama is porcies boos, ofwà?'

'Ik denk het ook, Stijn.'

Hij drukte de sneltoets voor het gsm-nummer van zijn hoofdinspecteur in. Door het raam zag hij Linda naar de auto van Kristine stappen.

'Met Elias.'

Op de achtergrond hoorde hij bluesmuziek.

'Wim, Mark hier. Brepoels belt mij juist over een ontsnapping in Sint-Gillis. Ik rij er nu naartoe. Kunt gij ook komen?'

'Oké. Wilt ge dat ik de anderen verwittig?'

Dat vond Van Den Eede voorlopig niet nodig. Buiten weerklonk het geluid van een auto die vertrok. Linda kwam over de smalle oprit traag terug naar het huis gewandeld. Even vroeg hij zich af wat hij met Stijn had moeten aanvangen als Brepoels een paar minuten later had gebeld. Meenemen naar Sint-Gillis? Toen Joppe merkte dat zijn baasje aanstalten maakte om de kamer te verlaten, kwam hij onder de tafel vandaan en liep hem vrolijk kwispelend en met opgerichte oren achterna, waarschijnlijk in de veronderstelling dat het moment voor een avondwandeling was aangebroken. Of nog beter: dat hij in de naastgelegen wei de schapen bijeen mocht gaan drijven.

'In de mand, Joppe.'

De hond keek hem met verbaasde ogen aan. Van Den Eede moest het bevel nog eens herhalen voordat de bordercollie met gebogen kop en duidelijk tegen zijn zin naar zijn mand stapte. Dat was de tweede die hij vanavond teleurstelde, dacht Van Den Eede. Toen hij de deur naar de hal opentrok, kwam Linda weer binnen. Ze liep hem straal voorbij. 'Als ik op tijd terug ben, kan ik u misschien nog naar de tennisclub brengen.'

Hij hoorde zelf hoe belachelijk het klonk.

'Doe geen moeite', zei ze kortaf, terwijl ze de woonkamer binnenging. 'Of denkt ge dat ze ginder op mij gaan zitten wachten om te beginnen spelen?'

Van Den Eede trok zwijgend zijn wenkbrauw op en greep zijn verweerde bruinleren PME Legend-pilotenjack van de kapstok. Hij besefte dat hij niet zomaar het huis kon verlaten, en liep zijn vrouw achterna. Die zat, als een puberend schoolmeisje, te mokken op de sofa. Joppe was ondertussen uit zijn mand gekomen en lag naast haar met zijn kop op haar schoot. Hij keek zijn baasje aan met een verongelijkte blik. Het leek wel of die twee een verbond hadden gesloten.

'Ik vind het ook spijtig dat ge niet kunt gaan tennissen', zei hij. 'Maar ge weet toch dat dit geen nine-to-five job is.'

'Als ge politiecommissaris in Meise waart gebleven, dan hadt ge wél vaste uren gehad', protesteerde ze.

'Ja, de hele dag achter een stom bureau zitten...'

'Wat is daar nu weer mis mee? Er zijn er zoveel die dat doen.'

Van Den Eede slaakte een diepe zucht. Het was niet de eerste keer dat ze die discussie hadden. Maar nu had hij er echt geen zin in. Misschien had ze gelijk. Als politiecommissaris in het landelijke Meise had hij inderdaad een baan gehad waar velen met alle plezier voor hadden willen tekenen. Lang had het echter niet geduurd voordat hij had beseft dat hij niet was gemaakt voor kantoorwerk. Hij had afwisseling en actie nodig in plaats van routine en voorspelbaarheid. En als hij heel eerlijk was, dan moest hij ook toegeven dat hij de adrenaline die een baan bij het SIE of het FAST met zich meebracht, had gemist. Jacht maken op misdadigers werkte verslavend. Ondanks het gelul van psychologen, opvoedkundigen, sociologen en andere zelf uitgeroepen specialisten bleef hij ervan overtuigd dat zware criminelen maar op één plaats thuishoorden: achter de muren van een goedbewaakte gevangenis. Maar dat zei hij allemaal niet tegen zijn vrouw.

'Voor die ene keer dat ik eens niet...' In plaats van haar zin af te maken knikte ze naar Stijn, die dromerig met zijn kaarten zat te frutselen, alsof hij met de hele zaak niets te maken had.

'Ik heb al meer dan eens voorgesteld om iemand te zoeken die af en toe op hem kan letten, als dat nodig is. Maar dat wilt gij dan weer niet.' Het klonk scherper dan hij bedoelde.

'Ge weet even goed als ik dat hij zich niet op zijn gemak voelt bij vreemden.'

Van Den Eede haalde hulpeloos zijn schouders op en probeerde stiekem een blik op zijn horloge te werpen. Maar dat lukte natuurlijk niet.

'Maak rap dat ge weg zijt', zei ze met een beweging van haar hand alsof ze een lastige vlieg wegjaagde. 'Of ge komt nog te laat op uw afspraak.'

'Ja, zeg, als ge zo begint...'

Hij vond dat ze onredelijk werd, en alles wat hij verder nog zei, zou het alleen maar erger maken.

Hij trok zijn jas aan en wuifde naar zijn zoon. 'Zie dat uw wigwam af is tegen dat ik terugkom, hè.'

Stijn bleef in zijn berg speelkaarten graaien, zonder op te kijken.

'Dag, Stijn', drong Van Den Eede aan, maar ook deze keer kwam er geen reactie.

Hij keek naar Linda, die zijn blik echter koppig ontweek. Zonder verder nog iets te zeggen keerde hij zich om en liep naar de deur. Nog voordat hij die had bereikt, hoorde hij een ritselend geluid, als van opgeschrikte vogels die uit het struikgewas opvlogen.

Stijn had het kaartenhuis, waaraan hij meer dan een uur geduldig had zitten werken, met één klap van de tafel geveegd.

Tegen de tijd dat Van Den Eede, bijna 25 minuten later, in zijn witte 4x4 Range Rover over de Waterloosesteenweg reed, had hij al veel spijt van de manier waarop hij thuis was vertrokken. Hij wist hoe Linda iedere week uitkeek naar haar tennisavond, en had op zijn minst nog een poging kunnen doen om haar wat milder te stemmen, vond hij nu. Het kon niet anders of de dagelijkse zorg voor een jongen als Stijn werd ook haar wel eens te veel. Per slot van rekening hadden zij ook maar één leven.

Aan de eerstvolgende rotonde sloeg hij links af. Toen hij een kilometer verder de Ducpétiauxlaan wilde inrijden, werd hij tegengehouden door twee agenten van de lokale politie. Ze droegen kogelvrije vesten en waren bewapend met machinepistolen. De straat was volledig afgesloten voor alle verkeer. De klanten van Le Welly en La Cigale stonden nieuwsgierig toe te kijken, om toch maar niets van het spektakel te missen. In de verte zag Van Den Eede twee ziekenwagens, enkele combi's en een drietal Iveco's[5] van de federale staan. Hij wist dat ze enkele maanden geleden nieuwe

---

5 Politievoertuig dat onder meer wordt gebruikt bij ordehandhaving.

gepantserde APC Shorland-voertuigen hadden besteld, maar blijkbaar waren die nog niet geleverd of ze waren in gebruik. De blauwe zwaailichten wierpen grillige schaduwen op de gevel en de torens van de gevangenis, die daardoor het decor leek voor een kasteel in een griezelfilm. Bij de ingang krioelde het van de politieagenten die in en uit het gebouw liepen. Van Den Eede deed zijn raampje omlaag en toonde zijn legitimatiekaart. De twee agenten salueerden kort en lieten hem doorrijden.

Aan de bushalte tegenover de gevangenispoort zag hij André Brepoels staan praten met Elias. Hij parkeerde achter een Ford Mondeo van de Brusselse politie en legde de laatste meters te voet af. Toen Elias hem zag, zwaaide hij even. Brepoels begroette hem met een zuinig hoofdknikje. De hele situatie gaf Van Den Eede een onaangenaam gevoel. Ze herinnerde hem aan de gijzeling, nu meer dan een jaar geleden, die zo dramatisch was afgelopen en tot zijn vertrek bij het SIE had geleid.

'Wat is 't, toch niet verloren gereden?' zei Brepoels droogjes.

In plaats van te antwoorden vroeg Van Den Eede zakelijk om een briefing. Brepoels haalde zijn notitieboekje tevoorschijn en schraapte gewichtig zijn keel. Van Den Eede en Elias wisselden een blik.

'Waarschijnlijk rond een uur of zeven heeft een gedetineerde een cipier de keel doorgesneden en de gevangenispsychiater met een zelfgemaakte strop van scheermessen rond zijn nek gegijzeld.' Hij keek Van Den Eede met een scheef glimlachje aan. 'Wel origineel, hè? Degenen die een paar weken geleden zijn ontsnapt, zijn gewoon met lakens over de muur geklommen.'

'Heeft die gevangene ook een naam?'

Brepoels likte aan zijn duim en bladerde in zijn blocnote,

waarin allerlei aantekeningen schots en scheef door elkaar stonden.

'Serge Fréson. Vierendertig. Zat hier een straf uit voor een gewapende overval. Meer weet ik ook niet.' Hij schraapte opnieuw zijn keel. 'Behalve dan dat hij gewapend is.'

'Ook dat nog...'

'Om 19.20 uur heeft hij de cipiers gedwongen om de cellen op het gelijkvloers open te zetten. Daarna is hij met de psychiater en de hoofdbewaarder naar buiten gegaan. Binnen de kortste keren stond daarbinnen heel de boel op stelten, dat kunt ge wel denken.'

Elias vroeg of er veel schade was.

Brepoels haalde traag zijn schouders op. 'Wat lavabo's, buizen en leidingen geruïneerd, lampen kapotgeklopt en hier en daar een matras in brand gestoken. Wat kunt ge anders verwachten van dat crapuul?'

'Ge zijt dus eerst zelf gaan kijken?' vroeg Van Den Eede lichtjes provocerend.

Brepoels bekeek hem beledigd. 'Natuurlijk. Er liepen minstens vijftig gedetineerden met stokken, ijzeren staven en stenen rond in het gebouw. Daar was geen beginnen aan. Ik heb dus uw vroegere collega's van het SIE opgetrommeld. Die waren hier heel rap. Ze zijn ertegenaan gegaan met traangas en pepperspray. Voor zover ik weet, is alles nu terug onder controle.'

Op dat ogenblik kwam een politiehelikopter laag overvliegen. Boven de centrale koepel maakte hij enkele rondjes. Vervolgens zette hij koers in de richting van de Alsembergsesteenweg. Een vijftal gehelmde agenten in battledress verliet de gevangenis en liep zwijgend naar hun voertuig.

'Is Fréson de enige die ervandoor is?' vroeg Van Den Eede.

Brepoels schudde zijn hoofd. 'Ik heb daarjuist met een paar cipiers gesproken. Ze denken dat er nog vier of vijf

39

kleinere garnalen mee zijn ontsnapt. Met al dat gedoe daarbinnen wisten ze het niet zeker. Het zouden er dus meer kunnen zijn.'

Van Den Eede ademde diep in voordat hij zijn volgende vraag stelde.

'En de gijzelaars, wat is daarmee gebeurd?'

Elias stelde hem meteen gerust. 'Die zijn er met de schrik van afgekomen. Ze lagen alle twee groggy in een speeltuin, hier een beetje verder aan de rechterkant. Gedrogeerd met het een of het ander.' Hij wees naar de ziekenwagens. 'Ze krijgen momenteel de eerste zorgen.'

Van Den Eede vroeg aan Brepoels of hij hun namen had genoteerd.

De commissaris bladerde opnieuw in zijn notitieboekje. 'Luc Nuyens, dat is de psychiater, en hoofdcipier Pol Coppens.'

'Merci, André. Kunt ge mij zo rap mogelijk een kopie van uw verslag bezorgen?'

'Dat spreekt vanzelf', zei Brepoels op een vlakke toon terwijl hij zijn blocnote wegstak.

'Dan zullen wij eens gaan horen of ze ginder iets te vertellen hebben.'

In de eerste ziekenwagen troffen ze de hoofdcipier aan. Hij lag aan een infuus op de brancard. Naast hem zat een jonge verpleger de druppelsnelheid bij te regelen. Van Den Eede stelde zichzelf en Elias voor en vroeg of het mogelijk was om even met het slachtoffer te praten.

'Ge kunt het altijd eens proberen.' De verpleger glimlachte behulpzaam. 'Maar ik vrees dat hij daarvoor nog te suf is.'

Van Den Eede klom in de ziekenwagen en boog zich over de hoofdbewaarder, die daar met zijn ogen dicht lag en een grauwe kleur had.

'Mijnheer Coppens?'

De man opende knipperend zijn ogen en bekeek Van Den Eede met een verdwaasde blik.

'Ik ben commissaris Van Den Eede. Kunt u ons iets meer vertellen over wat er is gebeurd?'

De man keek onderzoekend om zich heen, alsof hij zich afvroeg waar hij was. Vervolgens mompelde hij iets waar Van Den Eede geen jota van begreep.

'Enig idee waarmee ze zijn verdoofd?' vroeg hij aan de verpleger.

'Volgens dokter Nuyens, die in de andere ziekenwagen ligt, kregen ze Flunitrazepam te slikken.' Van Den Eede bekeek hem fronsend. 'Beter gekend als rohypnol of *roofies*', verduidelijkte de verpleger.

'Is dat die *rape drug*?' vroeg Elias.

De verpleger knikte. 'We geven ze nu Flumazenil. Dat is een antidotum dat het sedatieve effect vermindert. Maar bij hem werkt het nogal traag, zoals ge kunt zien.'

'Rohypnol...' herhaalde Van Den Eede. 'Geeft dat geen geheugenverlies?'

'Dat hangt van de dosis af. Meestal wel, ja.'

De psychiater, in de andere ziekenwagen, leek beter te reageren op het tegengif. Hij lag niet meer op de brancard, maar zat op het bankje ernaast. Rond zijn hals droeg hij een verband. Een verpleger nam zijn bloeddruk op.

'Dokter Nuyens?'

De arts keek Van Den Eede vanuit zijn ooghoeken aan. Zijn hoofd hield hij stijfjes rechtop.

'Ik ben commissaris Van Den Eede en dit is mijn collega, hoofdinspecteur Elias.'

Om het de man wat makkelijker te maken stapten ze beiden in de ziekenwagen en gingen vlak tegenover hem staan. Nuyens bekeek hen met bloeddoorlopen ogen.

'Denkt u dat het mogelijk is om een paar vragen te beantwoorden?'

'Hij sneed hem zomaar zijn keel over', stamelde Nuyens. 'Zonder dat die cipier iets had gezegd of gedaan...' Het afgrijzen op het gezicht van de psychiater sprak boekdelen. 'Hij stond daar zelfs te genieten van de doodsstrijd van die sukkelaar.'

'Kende u het slachtoffer?' vroeg Elias.

Nuyens deed een poging om nee te schudden, maar hield daar vlug mee op. 'Ik denk dat hij daar nog niet lang werkte.'

'Heeft u enig idee waarom Fréson die cipier niet heeft gespaard en u wel?'

'Dat heb ik mij ook al afgevraagd', antwoordde Nuyens. 'Waarschijnlijk omdat hij een gijzelaar nodig had om buiten te geraken.'

'Werd Fréson door u behandeld?' vroeg Van Den Eede.

De psychiater knikte flauwtjes, terwijl hij voorzichtig met zijn vingertoppen over het verband om zijn hals streek. 'Waarvoor?'

Nuyens fronste, alsof hij diep in zijn geheugen moest graven.

'De gewone klachten, veronderstel ik. Slapeloosheid, nervositeit, depressieve buien...'

'Wat deed u hier op een zondagavond?'

De psychiater keek hem verbaasd aan. 'Is het vandaag zondag?' Hij staarde nadenkend voor zich uit. Toen lichtte zijn gezicht op. 'Ah ja, nu weet ik het weer. Ze hadden mij opgeroepen omdat Fréson compleet door het lint ging. Volgens de hoofdbewaarder wilde hij zelfmoord plegen.'

'Dat was dus dikke komedie', zei Elias.

De psychiater reageerde onzeker. 'Dat dacht ik eerst ook, ja.'

'Maar nu niet meer?'

'Ik weet het eigenlijk niet. De laatste weken zat hij niet goed in zijn vel, dat was duidelijk. Ik had zijn dosis antidepressiva en tranquillizers al eens verhoogd. Maar blijkbaar heeft dat niet geholpen.'

'Waar kwam die rohypnol vandaan, waarmee hij u en de hoofdcipier heeft verdoofd?' vroeg Van Den Eede.

'Uit de medicijnkast in mijn bureau. Ik moest hem de sleutel geven, of hij zou mij ook...'

Hij tastte weer naar het verband om zijn keel en slikte een paar keer moeizaam. Op zijn voorhoofd verschenen grote zweetdruppels. Van Den Eede merkte hoe de blik van de psychiater afdwaalde naar iets wat achter zijn rug gebeurde. Toen hij zich omkeerde, zag hij hoe twee in het zwart geklede mannen een bodybag in een lijkwagen schoven.

Hij wendde zich opnieuw tot de dokter. 'Toen u eenmaal buiten de gevangenispoort was, waren er dan nog andere gedetineerden bij u?'

'Eerst wel, maar daarna niet meer...' De stem van de psychiater was nog amper verstaanbaar.

'Ik denk dat het beter is om mijnheer Nuyens nu maar met rust te laten', zei de verpleger.

'Nog één vraag', zei Van Den Eede. 'Herinnert u zich wat er helemaal op het einde is gebeurd, vlak vóór Fréson u en Coppens achterliet in die speeltuin?'

De psychiater wreef over zijn bezwete voorhoofd en sloot zijn ogen om zich beter te kunnen concentreren.

'Het is allemaal nogal vaag', fluisterde hij hees. 'Ik weet nog dat hij mij dwong om die pillen in te nemen. Maar wat er daarna is gebeurd...' Hij kneep zijn ogen nog wat vaster samen. 'Er was ineens een lichtvlek die altijd maar aan en uit ging, en toen dichterbij kwam...'

'Wat voor lichtvlek?' drong Van Den Eede aan. 'Van een zaklamp?'

Nuyens deed zijn ogen open en schudde van nee. 'Groter', mompelde hij. 'Een of ander gelig schijnsel.' Hij slikte moeizaam. 'Ik dacht dat ik ging sterven.'

Toen ze uit de ambulance stapten en weer in de frisse buitenlucht stonden, waren de meeste politievoertuigen al vertrokken.

''t Is of ge tegenwoordig gemakkelijker úít de gevangenis dan erin geraakt', zei Van Den Eede.

Een meisje met een grote, bolvormige microfoon in haar hand kwam op hen afgestormd, gevolgd door een man met een zware camera op zijn schouder. Ze duwde de microfoon onder Van Den Eede zijn neus.

'Wij zijn van TV Brussel. Kunt u ons iets meer vertellen over wat zich hier vanavond heeft afgespeeld?'

'Nee', zei Van Den Eede glimlachend, terwijl hij verderliep. 'Geen commentaar.'

Plotseling werden ze omstuwd door mensen met microfoons van allerlei zenders: VRT, VTM, RTBF...

'Klopt het dat er een cipier is onthoofd?' riep iemand.

Van Den Eede en Elias staken de straat over in de richting van de gevangenispoort. Een Franstalige verslaggever vroeg nog iets over de opstand en of het precieze aantal ontsnapte gedetineerden al bekend was.

'Zijt gij doof, of wat?' snauwde Elias. 'Geen commentaar, is er gezegd.'

De journalist, blijkbaar niet gewend aan zo'n botte afwijzing, bleef geschrokken staan en zocht steun bij zijn collega's. Maar die begonnen al rond te kijken naar andere slachtoffers.

Van Den Eede keek zijn hoofdinspecteur verbaasd aan. 'Wat was dat, Wim?'

'Dat journalistengespuis is allemaal hetzelfde. Niet het minste respect.'

44

'Dat noemen ze de vrijheid van de pers, hè.'

Elias liet een minachtend lachje horen. 'De dag nadat mijn vrouw was verongelukt, hebben die bloedzuigers van 's morgens tot 's avonds rond ons huis gehangen, met van die camera's en fotolenzen van hier tot ginder. Als ik nog maar efkens mijn gezicht aan het raam liet zien, was het een geflits alsof de bliksem insloeg. Zwijg mij over journalisten...'

Hij spuwde het laatste woord uit alsof het iets was om van te kokhalzen. Van Den Eede besloot er wijselijk niet op te reageren. Het was lang geleden dat Elias het over zijn overleden vrouw had gehad.

Toen ze bijna de sluis hadden bereikt, kwamen er twee mannen al pratend naar buiten gestapt.

Van Den Eede stootte Elias aan. 'Kijk daar. Professor Vesalius.'

Het was de bijnaam die anatoom-patholoog Walter Severeyns had gekregen, omdat hij het maar niet kon laten om zich tijdens zijn autopsieën te gedragen alsof hij in een aula voor een publiek van medische studenten stond. Het hoge voorhoofd en de zorgvuldig onderhouden grijze ringbaard van de arts deden zijn gezicht nog smaller en langwerpiger lijken dan het al was.

De ander die naar buiten kwam, was procureur des Konings Thierry Bylemans van het gerechtelijk arrondissement Brussel. Een goedlachse bourgondiër die Van Den Eede al kende van toen hij nog commandant bij het SIE was. Echt bevriend waren ze nooit geweest, maar om de een of andere reden leek de procureur hem gunstig gezind te zijn. Toen hij Van Den Eede zag, verscheen er dadelijk een joviale glimlach op zijn bolrond gezicht. Het was alsof hij geen hals had en zijn hoofd rechtstreeks met zijn romp was verbonden.

'Wel, wel, wie we hier hebben!' riep Bylemans. 'De mannen van 't FAST.'

'Dag, Thierry. Hoe is 't ermee?'

'Zoals ge ziet, hè Mark, mager en gezond.'

Hij schudde Van Den Eede en Elias lachend de hand, waarbij zijn driedubbele kin heen en weer wiebelde als de halslel van een kalkoen.

Van Den Eede wendde zich vervolgens tot Severeyns, die hij begroette met een 'Dag, professor'. Hij wist dat de man niet van familiariteiten hield en erop stond te worden aangesproken met zijn academische titel. De patholoog, die een zwart koffertje vasthad, knikte formeel en keek hem van achter zijn grote brillenglazen met priemende oogjes aan.

'Kunt u ons misschien al iets meer vertellen, professor?' vroeg Van Den Eede. 'Of wordt het wachten op een officieel verslag?'

Severeyns' reptielenoogjes schoten schichtig heen en weer.

'Het minste wat ge ervan kunt zeggen, is dat het er als een verdacht overlijden uitziet', zei Bylemans, terwijl hij met de top van zijn duim langs zijn hals gleed.

Van Den Eede en Elias glimlachten beleefd mee. Dat de procureur er een eigen soort zwarte humor op na hield, was algemeen bekend.

'Wat zeker vaststaat,' zei Severeyns, die deed alsof hij de opmerking van Bylemans niet had gehoord, 'is dat uw moordenaar linkshandig is en dat hij bijzonder koelbloedig te werk is gegaan. Aan de gelijkmatige wond te zien, heeft hij geen moment geaarzeld toen hij de *arteria carotis* en de trachea van zijn slachtoffer doorsneed.'

'Koelbloedig of in blinde colère?' vroeg Van Den Eede.

Severeyns haalde zijn magere schouders op, terwijl hij

zijn mondhoeken naar beneden trok. 'Dat zou ook kunnen, ja. De diepte van de incisie wijst erop dat de dader van in het begin al zijn kracht heeft gebruikt.' Hij keek even naar procureur Bylemans, die instemmend stond te knikken, alsof hij eigenhandig het lijk had onderzocht en tot dezelfde conclusie was gekomen.

'Het is dan maar de vraag wat hem ineens zo kwaad heeft gemaakt', zei Bylemans. 'Want voor de rest ziet alles er heel berekend uit.'

Van Den Eede bedankte Severeyns en vroeg of hij het verslag van de lijkschouwing zo vlug mogelijk naar hem wilde sturen. De patholoog verzekerde hem dat hij het morgen in de loop van de ochtend mocht verwachten, al zou het waarschijnlijk niet veel nieuws bevatten. Hij wenste iedereen verder nog een prettige avond en liep met afgemeten passen naar zijn lichtgrijze Mercedes CDI, die blonk alsof hij net van de band was gerold.

'Ik heb een onderzoeksrechter aangesteld in het kader van een nieuw gerechtelijk onderzoek', zei Bylemans met een flauw glimlachje. 'Het is maar dat ge 't weet.'

Van Den Eede vroeg zich af waarom dat nodig was. 'Ontsnapte gevangenen opsporen is toch onze job?'

'Dat weet ik wel', zei Bylemans. 'Maar Fréson heeft tijdens zijn uitbraak een cipier vermoord. Dat is dus een nieuw misdrijf, waarvoor hij moet worden vervolgd.'

'Akkoord. Maar veel onderzoek moet daar niet voor gebeuren. De dader is gekend.'

De procureur legde zijn hand vaderlijk op Van Den Eede zijn schouder. 'Ge kunt het natuurlijk ook anders bekijken, Mark. De onderzoeksrechter heeft bevoegdheden en middelen die het FAST niet heeft. Ik denk dan aan telefoontap, observatie, infiltratie...'

'Eigenlijk een regelrechte schande dat wij die bijzondere

opsporingsmethoden nog altijd niet mogen gebruiken', zei Elias. 'Per slot van rekening gaat het toch om veroordeelde criminelen, en niet om verdachten die onschuldig zijn tot het tegendeel wordt bewezen.'

Bylemans keek hem wat meelijwekkend aan en knikte begrijpend. 'Ik besef dat maar al te goed, Wim. Maar het zijn nu eenmaal wij niet die de wetten maken.'

'Wie is die onderzoeksrechter die ge hebt aangesteld?' vroeg Van Den Eede, al kon hij het antwoord wel raden.

Alsof ze in de coulissen had staan wachten om haar entree te maken, verscheen Sandy Moerman in de sluis, waar ze werd aangesproken door André Brepoels. Van Den Eede slaakte een diepe zucht. Moerman was geen gemakkelijke tante, met wie hij al meer dan eens overhoop had gelegen over allerlei futiliteiten.

'Probeer voorlopig zo goed mogelijk samen te werken', zei de procureur. 'Tot ze hogerop hebben beslist wie de zaak in handen krijgt. Praat er maar eens over met Cogghe.'

Van Den Eede trok misprijzend zijn wenkbrauw op. Als het van hoofdcommissaris Wilfried Cogghe afhing, dan werd het FAST liever vandaag nog dan morgen opgedoekt. Het enige waar hij op wachtte, was een geschikte gelegenheid.

'Als ik het voor het zeggen heb, dan is Fréson helemaal voor u', voegde Bylemans er nog vlug aan toe. 'Maar ge weet wat voor dikke vriendjes Cogghe en directeur-generaal Hubert Cauwenberghs zijn, hè?'

'Het is niet dat we om opdrachten verlegen zitten', zei Van Den Eede. 'In heel Europa lopen er nergens meer ontsnapte criminelen rond dan hier bij ons. Wanneer gaan ze al die oude gebouwen nu eindelijk eens wat beter beveiligen?'

Bylemans wreef zuchtend over zijn blinkende, kale knikker. 'Zo eenvoudig is dat allemaal niet, hè Mark. Neem nu Sint-Gillis hier. Er zijn al jarenlang budgetten voorzien voor het installeren van moderne veiligheidssloten en detectieapparatuur. Aan geld ontbreekt het dus niet.'

'Waar wachten ze dan op?' vroeg Elias.

'Op de goedkeuring van Monumenten en Landschappen', verzuchtte Bylemans. 'Sint-Gillis staat namelijk op de inventaris van het Bouwkundig Erfgoed, en daar moogt ge niet zomaar iets aan veranderen...'

'Jongens, jongens...' Elias schudde zijn hoofd. 'Wat een apenland.'

De procureur schraapte zijn keel en keek even in de richting van Moerman, die nog altijd met Brepoels stond te praten. 'Ik weet niet of ik dit mag zeggen', zei hij. 'Maar klopt het dat gij onlangs meer manschappen en middelen hebt gevraagd?'

Van Den Eede knikte. 'Dat klopt, ja. Ik zou best nog een paar goeie mensen kunnen gebruiken.'

Terwijl hij het zei, bedacht hij dat het natuurlijk ook een bewuste tactiek van hogerhand kon zijn; het onderbemande FAST zó overstelpen met opdrachten dat het onwerkbaar werd.

'Dit moet natuurlijk strikt onder ons blijven', zei Bylemans. Hij zweeg enkele ogenblikken omdat er twee agenten passeerden. Toen hij verderpraatte, klonk zijn stem gedempt. 'Ik heb het ook alleen maar van horen zeggen, maar naar het schijnt zou Cogghe uw aanvraag negatief hebben geadviseerd.'

Dat kwam niet echt als een verrassing. Van Den Eede had eigenlijk niks anders verwacht. 'Al goed dan dat hij niet de enige is die erover moet beslissen.'

'In uw plaats zou ik daar toch niet zo gerust in zijn', zei Bylemans. 'Ik noem liever geen namen, dat begrijpt ge wel, maar er zijn nogal wat parketmagistraten, en zelfs een paar hooggeplaatste personen bij het Openbaar Ministerie, die dat *jachtclubke* van u, zoals ze 't noemen, liever kwijt dan rijk zijn.'

De procureur zei voor het eerst hardop wat Van Den Eede al een tijdje in stilte vermoedde. Voordat het FAST bestond, kraaide er geen haan naar al die ontsnapte zware jongens. Er was dus evenmin sprake van de publieke verontwaardiging over Justitie die er tegenwoordig heerste, of van de belangstelling van de pers, die maar al te graag inzoomde op iedere geslaagde uitbraak. Als ontsnapte misdadigers vroeger tegen de lamp liepen en opnieuw achter de tralies belandden, dan was dat meestal toevallig of door hun eigen stomme schuld. Er werd weinig of geen aandacht aan besteed en in geen geval werd er, zoals nu, actief naar hen gezocht.

Wim Elias, die het gesprek met stijgende verbazing had gevolgd, vroeg zich af waarom ze hun eenheid zouden willen opdoeken. 'Als het erop aankomt, staan we toch allemaal aan dezelfde kant, zou ik denken. Of niet soms?'

Op het gezicht van Bylemans verscheen een minzaam glimlachje. 'Maar Wim toch. Gij gelooft nog in Sinterklaas, zeker? De meeste magistraten zien die opsporingen van u alleen maar als bemoeizucht en extra werk waarmee weinig of geen eer valt te behalen. Integendeel, zou ik zeggen.' Hij keek Elias veelbetekenend aan. 'Waarom denkt ge dat veel rechters liever een oogje dichtknijpen, tot de dossiers van die voortvluchtigen uit de belangstelling zijn verdwenen of verjaard? Daar moet ik toch geen tekening bij maken, hè?'

'Dus hoe minder hard wij werken, hoe beter zij het vinden?' zei Elias.

Bylemans begon smakelijk te grinniken. 'Zo zoudt ge 't kunnen zeggen, ja.'

In de sluis was het gesprek tussen Moerman en Brepoels ondertussen afgelopen. De onderzoeksrechter kwam traag in hun richting gelopen, terwijl ze haar mobieltje nam en enkele toetsen indrukte. In haar andere hand had ze twee plastic zakjes.

Bylemans schoof zijn linkermouw een paar centimeter omhoog en keek op zijn horloge. 'Enfin, dit gezegd zijnde, mijne heren, moet ik ervandoor.' Hij gaf Van Den Eede opnieuw een gemoedelijk klopje op zijn schouder. 'Ik hoop in ieder geval dat ge uw gevraagde versterking krijgt.' Van Elias nam hij afscheid met een knipoogje. 'En als ge Cogghe ziet...' – hij maakte met zijn duim en wijsvinger een gebaar alsof hij zijn mond op slot draaide – 'ik heb niks gezegd, hè.'

Hij zwaaide nog even naar Sandy Moerman, die aan het telefoneren was, waarna hij met korte, vinnige pasjes de straat overstak in de richting van zijn zilverkleurige BMW, die hij pal voor de bushalte had geparkeerd.

'Wat moeten we daarvan denken?' zei Elias, terwijl hij de procureur nakeek. 'Was dat nu bedoeld als hulp of om ons tegen te werken?'

Van Den Eede vroeg zich precies hetzelfde af. Had Bylemans misschien een verborgen agenda? Of wilde hij zich tijdig indekken tegen de intriges die op het hoogste niveau tegen het opsporingsteam werden gesmeed?

'Geen idee, Wim, ik krijg soms geen hoogte van die vent. Maar het klonk in ieder geval als iets wat niet veel goeds belooft.'

Hij zweeg toen Sandy Moerman dichterbij kwam. Ze beeindigde haar gesprek en stopte haar gsm terug in haar jaszak.

'Dag, commissaris.'

'Mevrouw de onderzoeksrechter.'

'Sinds wanneer komt het FAST naar een afstapping?'

'Zuiver nieuwsgierigheid. Zes ontsnappingen op één avond, dat gebeurt niet iedere dag.'

Moerman reageerde met een scheef glimlachje. 'Zolang ge maar niet vergeet dat er ook een gerechtelijk onderzoek naar een van die gedetineerden loopt.'

'Alle hulp is welkom', zei Van Den Eede laconiek. De onderzoeksrechter leek zijn grapje niet te kunnen appreciëren. Ze verwachtte dat hij haar nauwgezet van alles op de hoogte hield.

'Dat spreekt vanzelf', zei Van Den Eede. Waarna hij er vriendelijk aan toevoegde dat hij hoopte dat het doorgeven van informatie in béíde richtingen even vlot zou gebeuren.

Moerman knikte gereserveerd en maakte aanstalten om verder te lopen.

'Zijn dat bewijsstukken?' Van Den Eede wees naar de plastic zakjes die Moerman bijna nonchalant in haar hand hield. In het ene zat een portefeuille, in het andere een foto.

De onderzoeksrechter keek ernaar alsof ze helemaal was vergeten dat ze die vasthad. 'Dat zijn inderdaad dingen die we op het lichaam van de vermoorde cipier hebben gevonden.'

'Mag ik eens kijken?'

Moerman aarzelde even, maar gaf hem toen toch de zakjes.

'Heeft Fréson die portefeuille vastgehad?'

'Daar ben ik zo goed als zeker van. Er zit geen cent meer in en ook de bankkaart van het slachtoffer is weg.'

'En wie is dat?' vroeg Elias, terwijl hij naar het tweede plastic zakje wees.

Op de foto die erin zat, stond een glimlachend meisje. Ze droeg haar lichtbruine haar in een paardenstaart en had een frou-frou die haar voorhoofd grotendeels bedekte. In haar wangen zaten kuiltjes die haar iets guitigs gaven. Met een verleidelijke blik keek ze naar de lens. Hij schatte haar achter in de twintig.

'Dat moeten we nog uitzoeken', zei Moerman, waarna ze de zakjes uit Van Den Eede zijn handen trok en zonder nog iets te zeggen in de richting van het Delporteplantsoen liep.

2

De kogel trof de hartstreek, amper één centimeter hoger dan waar de vorige projectielen waren ingeslagen. Olbrecht stak zijn dienstwapen, een Glock 19, terug in zijn holster, schoof tevreden zijn gehoorbeschermer van zijn hoofd en zette zijn schietbril af. Hij keek naar Tarik. 'Gezien?'

Orhan Tarik knikte werktuiglijk.

'Dat is wat ze noemen de *Weaver stance*: voeten uiteen op schouderbreedte, rechtervoet een stap achteruit, tenzij ge linkshandig zijt, dan is het natuurlijk uw linkervoet. Tegelijkertijd buigt ge lichtjes door de knieën. Zo...' Hij demonstreerde de beproefde schiethouding, die door agenten over de hele wereld met succes werd gebruikt, nog eens. 'Ge trekt uw pistool en houdt het in *low ready*. Op die manier hebt ge een stabiele basis.' Hij hield zijn handen voor zijn borst. De loop van de Glock wees schuin naar beneden. 'Geef mij maar eens een duw. Allee, komaan.'

Tarik gaf Olbrecht een por tegen de rechterschouder.

'Ziet ge hoe vast ik sta? Als ik mijn voeten naast mekaar had gezet, zoals gij daarjuist deed, dan had ik gegarandeerd mijn evenwicht verloren.' Hij boog zijn bovenlichaam wat meer naar voren, terwijl hij zijn armen bijna volledig strekte. 'En dit is wat ze *medium* of *high ready* noemen. Ik ben nu klaar om te schieten op al wat beweegt.'

Tarik trok een verveeld gezicht, terwijl hij ostentatief op zijn horloge keek.

Olbrecht liet zijn pistool zakken. 'Wat is 't, het interesseert u precies niet?'

'Ik haat die dingen en ik hoop dat ik er nooit een zal moeten gebruiken.'

'Dan vraag ik mij af waarom gij bij de politie zijt gegaan en hoe gij ooit door uw schietproef wilt geraken.'

'Wat kan mij die stomme proef schelen? Ik ben bij het FAST gekomen om aan sporenonderzoek te doen, niet voor mijn schietkunst', mopperde Tarik.

'Ja, dát had ik al wel begrepen.'

Vijftien meter verder hingen twee EPP-silhouetten,[6] die Olbrecht via een druk op de knop van het schietschijventransport dichterbij bracht. Hij borg zijn pistool op in zijn holster.

'Vroeger, toen ze bij de politie de FBI-methode nog gebruikten,' legde Olbrecht uit, 'hadden ze van die gangsterfiguren met een deukhoed op. Dat was een idee van J. Edgar Hoover, uit de tijd dat hij jacht maakte op Al Capone.'

'Interessant...'

'Ja, en dit ook', zei Olbrecht op een al even dubbelzinnig toontje. Hij wees naar de twee doelen die nu vlak voor hen hingen. 'Ziet ge 't verschil?'

De figuur waarop hij had geschoten, vertoonde regelmatige, bijna cirkelvormig patronen in en rond het midden van de schijf. Die van Tarik was zowat overal doorboord door kogelinslagen. Olbrecht wees naar drie ervan, die zich ongeveer op een verticale lijn bevonden. 'Weet ge hoe dat komt?'

'Slecht gemikt, zeker?'

---

6 Officiële schietschijf van het Europees Politie Parcours.

55

'Door uw ademhaling.' Hij tikte met zijn wijsvinger op de inslagen boven het centrum. 'Hier hebt ge ingeademd.' Daarna op die eronder. 'En daar hebt ge uitgeademd.' Vervolgens wees hij naar een inslagpatroon opzij van het centrum. 'En dat komt door een slechte grip. Te veel vingerdruk, waardoor uw wapen naar rechts trekt. Bij te weinig druk hadden die kogelgaten aan de linkerkant gezeten.'

'Luister, Rob', zei Tarik. 'Ik apprecieer dat ge dit wilt doen, en dan nog wel in uw vrije tijd. Maar zullen we er voor vandaag maar mee stoppen en iets gaan drinken?'

'Niet voordat ge dit juweeltje hebt geprobeerd', zei Olbrecht.

Hij haalde geheimzinnig glimlachend een rechthoekig leren kistje onder de schietstand vandaan. Met een bijna plechtig gebaar opende hij de doos, die vanbinnen met rood fluweel was afgewerkt. In een speciaal daarvoor gemaakte uitsparing lag een blinkende revolver met een houten, kastanjebruine Target-greep.

Tarik keek bedenkelijk toe hoe Olbrecht het wapen vastnam en bijna teder streelde, alsof het een waardevol kleinood was.

'Het beroemdste model van Smith & Wesson: de legendarische .44 Magnum *double action*. Beter bekend als Dirty Harry.'

'Nog zo'n macho', bromde Tarik.

'Wat vindt ge van die beauty?'

Tarik haalde flauwtjes zijn schouders op. 'Wat moet ik daarvan vinden? Voor mij is dat een moordtuig gelijk een ander.'

'Wacht totdat ge ermee hebt geschoten. Dan zult ge wel anders klappen.'

Olbrecht zette het schietschijventransport opnieuw in beweging. De zwarte sjablonen schoven weer van hen weg.

'Hier, pak vast. Voel maar eens hoe die in uw hand ligt.'
Hij gaf de revolver aan Tarik, die hem aarzelend aannam.
'Amai, dat weegt nogal.'
'Een kilo en 332 gram, als ge 't juist wilt weten.'
Toen ze hun gehoorbeschermer en schietbril weer wilden opzetten, werd achter hen op het raam geklopt. Tine, het meisje dat in de bar achter de toog stond, hield wuivend een gsm in de hoogte. Uit veiligheidsoverwegingen waren die niet toegelaten op de schietbaan. Olbrecht opende de deur met dubbel geluidwerend glas en liep op haar toe. Glimlachend overhandigde ze hem zijn gsm.
'Merci, schat', zei hij met een knipoog.
Gevleid liep ze terug naar de bar, terwijl hij haar nakeek.
'Met Rob.'
'Waar zit gij, zeg? Ik probeer u al een kwartier op te bellen.'
'Dag, Wim. Ik ben met Orhan in een privéschietclub. Die van de Géruzet is nog altijd gesloten, door die kruitontploffing van vorige maand. Orhan moet binnenkort zijn proef afleggen en, onder ons gezegd en gezwegen, er is nog werk aan de winkel. Als die ooit...'
Elias onderbrak hem en legde kort en bondig uit wat er vanavond in de gevangenis van Sint-Gillis was gebeurd.
'Als ge u spoedt, dan kunt ge erbij zijn wanneer we met de directeur praten. Die is onderweg naar hier.'
'We komen!'
Juist op het ogenblik dat Olbrecht de deur naar de schietbaan opende, haalde Tarik, die in de *Weaver stance* stond, de trekker van de .44 Magnum over. Uit de loop kwam een korte steekvlam. Er klonk een oorverdovende knal en de ruimte vulde zich met een scherpe kruitgeur. Tarik liet de revolver traag zakken, legde hem voorzichtig op de schietstand en

trok de gehoorbeschermer van zijn hoofd. Olbrechts oren suisden alsof er een snelstromend beekje doorheen vloeide. Hij kneep met duim en wijsvinger zijn neusgaten dicht en blies tot zijn oren ervan kraakten. Toen hij naast Tarik stond, greep hij naar de kijker en tuurde naar het silhouet waarop Orhan had geschoten.

'Dat is, verdomme, een voltreffer! Vlak tussen zijn ogen.'

Hij liet de kijker zakken en keek Tarik verbaasd aan. 'En dat van de eerste keer. Hoe hebt ge dat gedaan?'

'Waarschijnlijk weer te diep ingeademend terwijl ik schoot', zei Tarik met een ernstig gezicht. 'Want ik mikte eigenlijk op zijn hart...'

Ze arriveerden ongeveer gelijktijdig met directeur Vincent Debaere, een kalende veertiger in avondkledij met een opzichtige vlinderdas. Hij verontschuldigde zich omdat hij zo laat op de hoogte was gebracht van wat zich hier had afgespeeld.

'Ik was met mijn vrouw naar de opera en had mijn gsm uitgezet.'

'Hier was anders ook heel wat spektakel te beleven', zei Van Den Eede.

In de gangen hing nog altijd een doordringende brandlucht en waren overal sporen van de aangebrachte vernielingen te zien. Leidingen en buizen waren van de muren gerukt, tafels en stoelen aan diggelen geklopt, en ook heel wat lampen hadden eraan moeten geloven. Vooral in de cafetaria, in vleugel C, waren de losgeslagen gevangenen flink tekeergegaan. Bijna al het meubilair had eraan moeten geloven.

Hier en daar werd nog wat geroepen en gemord door het luikje, maar voor het overige was de rust in Sint-Gillis teruggekeerd. De gedetineerden hadden voor vandaag hun pretje gehad. Debaere ging Van Den Eede en zijn mannen voor naar zijn kamer, die zich op de eerste verdieping van de centrale rotonde bevond.

'Ik begrijp echt niet hoe dit is kunnen gebeuren', begon hij, terwijl hij voor de deur stond en naar zijn sleutels zocht.

''t Is nochtans de eerste keer niet', zei Van Den Eede.

'Hoe kan dat ook anders?' Zijn stem klonk gepikeerd. 'Met al die ouwe brol hier. Ik vraag al jaren om meer en betere beveiliging, maar al wat ik van de minister van Justitie krijg, zijn studies en nog eens studies.' Hij stapte als eerste naar binnen. 'Als ze al dat geld dat ze wegsmijten aan die stomme studiebureaus aan ons moesten geven, dan was het probleem al voor de helft opgelost!' Hij nam opgewonden plaats achter zijn bureau, waarop in het midden een stapeltje mappen lag, en wees naar de twee overblijvende stoelen.

Van Den Eede en Elias gingen zitten. Tarik bleef met gekruiste armen staan, terwijl Olbrecht naar het grote raam liep, dat uitzicht bood op de gang van vleugel D.

De directeur vroeg of hij hun iets kon aanbieden.

Van Den Eede schudde van nee. Hij wilde het liefst meteen ter zake komen. 'Zijn dat de dossiers van degenen die vanavond zijn ontsnapt?'

Debaere knikte. 'Mijn adjunct heeft ze bijeengezocht en klaargelegd terwijl ik onderweg was.'

'Is dat het dossier van Serge Fréson?' Van Den Eede wees naar de dikste map.

Debaere haalde haar uit de hoop, sloeg haar open en haalde er een zwart-witfoto van de ontsnapte gevangene uit, die hij aan Van Den Eede gaf. Fréson staarde met een sombere blik recht voor zich uit. Het volgende document dat de directeur tevoorschijn haalde, vermeldde de persoonlijke gegevens van de voortvluchtige, die in 1967 in Mechelen werd geboren, als tweede in een marginaal gezin van vier kinderen. Debaere somde de belangrijkste punten in telegramstijl op. Vader had jarenlang als metselaar bij een bouwfirma gewerkt. Was daar ontslagen nadat hij stomdronken een ongeval had veroorzaakt, waarbij een werkmakker zwaargewond was geraakt. Moeder was manischdepressief, iets waarvoor ze geregeld werd opgenomen in een psychiatrische instelling. Het gezin moest rondkomen met een leefloon van het OCMW.

'Ocharme,' zei Olbrecht, die nog altijd met zijn rug naar hen toe door het raam stond te kijken, 'weer zo'n sukkelaar met een ongelukkige jeugd.'

Van Den Eede reageerde niet op de ongevraagde tussenkomst van zijn inspecteur, maar gebaarde naar de directeur dat hij verder mocht gaan met zijn opsomming.

'Toen hij negentien was, is Serge Fréson het thuis afgebold', zei Debaere. 'Ongeveer drie jaar heeft hij in een flatje op het Antwerpse Zuid gewoond. Hij heeft een tijdje aan de dokken gewerkt, maar niet lang. Ze hebben hem daar ontslagen omdat hij een handeltje in elektronische apparaten die tussen wal en schip waren gevallen, was begonnen.'

'Wat is dat?' vroeg Elias. Hij wees naar een geel formulier, dat met een nietje aan een ander blad was bevestigd.

'Blijkbaar een medisch verslag van een werkongeval', zei de directeur, die het document vluchtig nalas. 'Bij het lossen van een schip is hij een stuk van zijn middelvinger kwijtgeraakt. Maar zo erg zal het wel niet geweest zijn, want terwijl hij op ziekenkas was, heeft hij nog wat geknoeid met uitbetalingsbriefjes.'

Daarna was hij naar Brussel verhuisd, waar hij op verschillende adressen ingeschreven was geweest. In die periode was hij ook voor het eerst echt met het gerecht in aanraking gekomen.

'Vandalisme en winkeldiefstallen', zei de directeur. Hij greep naar het volgende blad. 'Daarna is het van kwaad naar erger gegaan. In 1993 heeft hij zelfs effectief drie maanden cel gekregen voor bendevorming en inbraken.'

'Waarvoor zat hij hier?'

'Moord. Begin 2000 schoot hij op de parking van een groot bedrijf in Anderlecht een nachtwaker neer. Die had hem betrapt nadat hij de kluis had gekraakt en er met het geld vandoor wilde gaan.'

Elias vroeg hoeveel jaar hij daarvoor had gekregen.

Debaere keek het na in het dossier. 'Achttien.'

'Waarvan hij er dus amper anderhalf heeft uitgezeten', zei Olbrecht met een kritische ondertoon, die de directeur niet ontging. 'Proficiat.'

Debaere stopte alle documenten terug in de map en voelde terloops of zijn strikje nog goed zat.

Van Den Eede vroeg of hij het dossier mee mocht nemen. Maar dat kon niet.

'De onderzoeksrechter heeft me aan de telefoon nadrukkelijk gevraagd om het ter beschikking te houden. Ze zou vanavond nog iemand langs sturen om het op te halen.' Hij maakte een verontschuldigend gebaar. 'Ik kan er u wel een kopie van laten bezorgen, als ge dat wilt?'

'Zo rap mogelijk', zei Van Den Eede.

'Al die andere moogt ge natuurlijk meenemen', voegde hij eraan toe, terwijl hij de mapjes in de richting van Van Den Eede schoof.

'Hoe gedroeg Fréson zich hier?'

De directeur haalde diep adem en trok een bedenkelijk gezicht.

'Hij was nu niet echt wat ge een modelgevangene kunt noemen', zei hij. 'Maar anderzijds was er ook niks wat erop wees dat hij zoiets van plan was.'

'Enig idee wie het wapen dat hij heeft gebruikt hier binnen heeft gesmokkeld?' vroeg Tarik.

Debaere schudde het hoofd. 'We controleren altijd wat bezoekers meebrengen, en na ieder bezoek worden de gevangenen gefouilleerd.'

'Kan het de vermoorde cipier zijn geweest?'

'Ik sluit niemand uit', zei de directeur. 'Corruptie bestaat overal. Dus ook in een gevangenis.'

Van Den Eede wilde graag een lijst van de personen die bij Fréson op bezoek kwamen.

'En van de telefoonnummers die hij heeft gebeld.'

De directeur krabbelde iets op een memoblaadje en zei dat hij ervoor zou zorgen dat ze er een afschrift van kregen.

'Hoe heette die bewaker?' vroeg Tarik.

'Danny Verelst. Hij was hier nog maar een maand of twee in dienst.' Debaere schudde mistroostig zijn hoofd terwijl hij achteroverleunde. 'Vóór in de dertig, getrouwd en vader van twee kinderen... Tragisch.'

'Wat deed hij daarvoor?'

'Ik geloof dat hij in het magazijn van een postorderbedrijf werkte.'

'Waarom is hij daar weggegaan?'

'Geen idee.'

'Ik heb gemerkt dat er buiten de gevangenispoort camera's hangen', zei Van Den Eede. 'Kunnen wij de opnamen bekijken die daar vanavond mee zijn gemaakt?'

Debaere schoof wat ongemakkelijk heen en weer op zijn stoel. 'Dat zal helaas niet mogelijk zijn.'

'Omdat iemand anders ze al heeft opgevraagd?'

De directeur drukte zijn vuist tegen zijn mond en kuchte. 'Nee, omdat ze al bijna een half jaar niet meer werken. Ze moeten worden vervangen.'

'Waarom gebeurt dat dan niet?' vroeg Olbrecht.

'Dat ligt niet aan ons', verdedigde de directeur zich. 'Begin april heeft de Centrale Arbeidsdienst van het Gevangeniswezen een offerte ingediend bij de Regie der Gebouwen. Die heeft de goedgekeurde offerte doorgestuurd naar de Inspectie van Financiën, maar daar werd ze dan weer afgekeurd omdat ze blijkbaar niet in overeenstemming was met de geldende marktvoorwaarden. Dus konden wij niet anders dan...'

'Ja ja, laat maar zitten', zei Olbrecht hoofdschuddend. 'Of we staan hier over een uur nog.'

Van Den Eede keek naar zijn collega's om te zien of zij nog vragen hadden. Toen het stil bleef, kwam hij overeind.

'Kunnen wij nog even de cel van Fréson zien?'

De deur van nummer 530 stond op een kier. De cipier, een man die ongeveer de pensioenleeftijd moest hebben bereikt en volgens het naamplaatje op het borstzakje van zijn hemd C. Huybrechts heette, duwde haar verder open en liet de FAST-speurders voorgaan. Ze kwamen in een ruimte die hooguit drie meter breed was. De vloer bestond uit verweerde plavuizen. Het rook er muf, alsof er te weinig zuurstof was. De wanden waren tot op een meter van het plafond bezet met vierkante witte tegels. Hoger was alles lichtgroen geschilderd. Tegen de linkermuur hing een wastafel met een spiegel die vol roestvlekjes zat. Wat verder stond een langwerpig bruinhouten tafeltje met twee stoelen en een kast met open rekken. Bijna de hele rechterwand werd ingenomen door een soortgelijke kast en een eenvoudig stapelbed voor twee personen. Tegenover de wastafel was een smalle nis in de muur met daarin een toiletpot. Onder het kleine raam in de buitenwand hing één radiator, die af en toe een gorgelend geluid maakte.

'Dat is hier al bijna zo gezellig als bij ons in de Géruzet', zei Olbrecht.

Van Den Eede keek zwijgend rond. De cel maakte een troosteloze, hopeloos verouderde indruk. De vorm van het houten stapelbed deed hem denken aan de slaaprekken in de barakken van het concentratiekamp van Dachau. Hij had het tijdens een verblijf in München, samen met Linda, bezocht. Ze waren er de hele verdere dag niet goed van geweest. Elias vroeg aan de cipier of Fréson hier alleen zat opgesloten. De man schudde zijn hoofd.

'Zijn celgenoot is onlangs vervroegd vrijgekomen.'

'Wie was dat?'

'Vincent Samaay. Hij zat hier voor dealen aan minderjarigen.'

'Waar woont hij nu?'

De cipier haalde zijn schouders op. 'Geen idee. Maar ik weet wel waar hij werkt.'

Dat bleek bij een bedrijf te zijn dat graafwerken uitvoerde en al eerder ex-gedetineerden in dienst had genomen. Van Den Eede vroeg of Fréson veel bezoek kreeg.

'Niet dat ik weet. Soms kwam zijn oudste broer wel eens langs. Maar veel regelmaat zat daar, geloof ik, niet in.'

Olbrecht liep tot aan de open kasten, die vlak bij het raam stonden, en begon tussen de netjes gesorteerde stapeltjes kleren te rommelen. Vervolgens keek hij onder de dunne matrassen van het stapelbed. Onder de bovenste lag een verkreukeld seksblaadje en een beduimeld exemplaar van Moto73, een tijdschrift over motoren, dat hij vlug even doorbladerde.

'Uw jonge collega, Danny Verelst,' zei Van Den Eede tot de cipier, 'wat voor iemand was dat?'

'Eigenlijk kan ik daar weinig over zeggen. Hij werkte hier nog niet zo lang en veel contact hadden we niet. Onze diensturen waren anders.'

'Enig idee hoe zijn relatie met Serge Fréson was?'

De cipier keek Van Den Eede met een fronsende blik aan. 'Hoe wilt ge zeggen?'

'Ik bedoel of er misschien problemen tussen die twee waren.'

Huybrechts leek even te aarzelen voordat hij antwoordde. 'Niet dat ik weet.'

Van Den Eede knikte traag terwijl hij Huybrechts bleef aankijken. Hij had ondertussen een soort zesde zintuig ontwikkeld voor kleine nuances in iemands lichaamstaal of spreektoon.

'Er moet toch iets tussen die twee zijn geweest', drong hij aan. 'Ge vermoordt iemand niet zomaar op zo'n gruwelijke manier.'

'Misschien heeft hij Fréson proberen tegen te houden?' zei de bewaarder. 'En zijn ze beginnen te vechten.'

'Niet volgens dokter Nuyens, die het voor zijn ogen heeft zien gebeuren. Verelst heeft op geen enkel moment moeite gedaan om Fréson iets in de weg te leggen.'

Huybrechts schudde bedenkelijk zijn hoofd. 'Het klikt natuurlijk niet altijd even goed tussen iedere bewaarder en een gedetineerde', mompelde hij. 'Maar om nu zoiets te doen...'

'Wat is dat hier?'

Iedereen keek naar Olbrecht, die een papiermand onder de tafel vandaan had gehaald en er allerlei verfrommelde en kapotgescheurde foto's uit viste.

Huybrechts kwam dichterbij en bekeek ze. 'Dat is het lief van Serge.'

Olbrecht streek een van de verkreukelde foto's glad. Hij floot bewonderend tussen zijn tanden.

'Amai, wat een knap ding. En dat papt dan aan met een moordenaar.'

'Wij wisten niet dat Fréson een vriendin heeft', zei Elias.

'Hád', verbeterde Huybrechts.

Toen Van Den Eede een van de foto's bekeek, ging er een schokje door hem heen. Hij wenkte Elias dichterbij en toonde hem de afbeelding.

'Ziet gij wat ik zie?'

Ook Elias bekeek de foto met stijgende verbazing.

'Dat is die met haar paardenstaart, die op de foto stond die Moerman in beslag heeft genomen!'

Van Den Eede knikte en vroeg aan de cipier sinds wanneer het uit was met de liefde tussen Fréson en zijn vriendin.

'Och, dat is het klassieke verhaal, hè', zei Huybrechts. 'De eerste maanden komen ze regelmatig op bezoek, maar dan ziet ge dat zo verminderen.' Zijn hand bewoog als het vliegtuig van een kamikazepiloot, dat zich op zijn doel te pletter stort. 'Ge kunt het die meiskes natuurlijk moeilijk kwalijk nemen. Wie wil er nu zo veel jaren wachten? Vroeg of laat komen ze iemand anders tegen en dan beginnen ze met een propere lei.' Hij keek naar de verkreukelde foto die Van Den Eede vasthad. 'Die heeft het eigenlijk nog redelijk lang volgehouden, moet ik zeggen.'

'Enig idee hoe ze heet en waar ze woont?'

De cipier dacht na. 'Betty... De Jong, geloof ik. Haar adres ken ik niet, maar dat staat wel ergens in het dossier.'

Tarik vroeg hoe Fréson op de breuk had gereageerd.

Op het gezicht van Huybrechts verscheen een weifelende uitdrukking. 'Serge was nogal een binnenvetter. Bij hem wist ge nooit goed wat hij dacht of voelde.'

'Ah, nee?' zei Olbrecht. 'Daar heb ik anders zo mijn idee over als ik dit zie.' Hij deed een greep in de papiermand en liet de versnipperde foto's traag door zijn vingers glijden.

Van Den Eede moest even aan Stijn en zijn speelkaarten denken.

Toen hij de oprit van zijn huis indraaide, zag hij dat er achter het raam van de woonkamer nog licht brandde. Hij keek op het digitale klokje van het groenverlichte dashboard. Bijna halfeen. Had Linda al die tijd op hem zitten wachten? Hij reed de auto in de garage en stapte uit. Van de achterbank viste hij een bos bloemen die hij in de Ducpétiauxlaan had gekocht. De eigenaar van de winkel had nieuwsgierig door het raam van zijn gesloten zaak staan kijken naar wat er zich allemaal in de straat afspeelde. Van Den Eede had hem kunnen overhalen om nog even de deur te openen. Terwijl hij de poort afsloot, verwachtte hij het opgewonden geblaf van Joppe te horen, die het motorgeluid van de Range Rover al van ver herkende. Maar ditmaal leek hij vast te slapen.

Het hoofdgebouw van de Tommenmolen, aan de overkant van de straat, was feeëriek verlicht door enkele antieke massief ijzeren lantaarnpalen. Een fris windje deed de bladeren van de bomen fluisterend langs elkaar heen strijken. In de wei naast zijn huis, die hij van een boer huurde, klonk geblaat. Ongeveer een jaar geleden had hij vijf schapen gekocht, om met Joppe te oefenen in het drijven. De energieke bordercollie kwam uit een zogenaamde 'werklijn' en deed niks liever dan voor en met zijn baasje werken. Van Den Eede betreurde het dan ook dat hij niet méér tijd had om ermee bezig te zijn.

Voordat hij de sleutel in het slot van de voordeur stak, ademde hij een paar keer diep de koele avondlucht in en keek ondertussen naar het fonkelende hemelgewelf. Sommige mensen werden overvallen door een gewaarwording van kosmische nietigheid wanneer ze dat deden; andere gingen aan het dromen en fantaseren over het mysterie van leven, dood, wedergeboorte of andere onuitsprekelijke diepzinnigheden. Wat hij meestal voelde, was een bijna rustgevende melancholie, die hij ook wel eens ervoer wanneer hij naar berglandschappen of naar de zee keek. Of bij het horen van sommige klassieke muziek, al ging zijn voorkeur uit naar jazz. Vooral het *Adagio for Strings* van Samuel Barber, de derde symfonie van Górecki of het *Quatuor pour la fin du temps* van Olivier Messiaen kon hij niet beluisteren zonder een prop in de keel of vochtige ogen te krijgen. Daarom haalde hij die cd's ook nooit uit het rek wanneer hij in gezelschap was.

Het Quatuor had hij voor het eerst gehoord in een klein Frans kerkje in de buurt van Vaison-la-Romaine. Dat was tijdens zijn huwelijksreis met Linda. Ze waren daar toevallig beland terwijl er een herdenkingsmis voor een overledene aan de gang was. Ademloos hadden ze op de achterste bank naar die wonderlijke mengeling van viool, klarinet, cello en piano zitten luisteren. Pas later, toen hij op zoek was naar de cd, had hij ontdekt dat de muziek was gecomponeerd en voor het eerst uitgevoerd in Stalag 8A, een Duits concentratiekamp in Görlitz, waar Messiaen tijdens de Tweede Wereldoorlog zat opgesloten. Schoonheid ontstaan uit gruwel. In zijn eigen beroep had hij het nog nooit meegemaakt. En vandaag schonk de aanblik van die twinkelende sterrenhemel hem evenmin een vredig gevoel. Het enige licht dat hem nu aantrok en tegelijk deed talmen, kwam van achter het raam.

Toen hij met zijn bos bloemen de woonkamer binnenging, zag hij zijn vrouw in een vreemde houding op de sofa zitten. Ze zat voorovergebogen met haar hoofd in haar handen.

'Linda?' Ze keek hem aan met rode, opgezwollen ogen. 'Wat is er gebeurd?' Want het kon toch niet dat ze hier de hele tijd had zitten huilen, alleen maar omdat hij haar tennisavond had bedorven. Terwijl hij naast haar kwam zitten en de bloemen op de sofa legde, viel zijn oog op de lege hondenmand. Zijn hart begon te bonzen. 'Waar is Joppe?'

Ze begon nerveus met haar zakdoek te wriemelen en beet op haar onderlip. Hij zag dat ze alle moeite deed om niet opnieuw te gaan huilen.

'Het is allemaal mijn schuld', snikte ze. 'Ik had hem niet alleen buiten mogen laten...'

Vanuit zijn maag kroop een misselijkmakend gevoel naar zijn borst.

'Hij is toch niet onder een auto gelopen?'

Ze schudde van nee en drukte haar zakdoek tegen haar mond, alsof ze hiermee de fatale woorden die ze ging uitspreken, nog even kon tegenhouden.

'In godsnaam, Linda! Wat is er met Joppe gebeurd?'

Zijn stem trilde van emotie. Ze veegde haar opkomende tranen weg, maakte een snuivend geluid en ademde diep in.

'Nadat gij waart vertrokken, hield hij maar niet op met blaffen. Ik heb hem buiten gelaten zonder eraan te denken dat de poort nog openstond. Waarschijnlijk is hij naar de schapenwei gelopen om te kijken of gij daar waart.'

Van Den Eede knikte, ongeduldig wachtend op het vervolg.

'Nadat ik Stijn naar bed had gebracht, was er geen Joppe meer te horen of te zien. Ik ben naar buiten gegaan om hem te roepen, maar hij kwam niet.' Ze keek naar de lege hondenmand. 'Toen zag ik hem ineens liggen... daar aan de overkant van de straat, vlak bij de molen.'

Van Den Eede sloot zijn ogen, maar de afschuwelijkste beelden bleven komen.

'Hij lag daar te schokken en te stuiptrekken, en er stond schuim op zijn lippen.'

'Epilepsie?'

Dat kwam blijkbaar meer voor bij bordercollies.

'Dat dacht ik eerst ook', zei Linda. 'Maar toen zag ik dat er een stuk vlees naast hem lag, kip, denk ik...'

'Vergiftigd...' Van Den Eede voelde een vreemde mix van verdriet en woede in zich opkomen. 'Is hij dood?'

Het was alsof zijn stem van heel ver kwam.

'Nee. Maar Dina weet niet of hij het zal halen.'

Enkele ogenblikken bleef het stil. In de verte was het geluid van een blaffende hond te horen.

'Waarom hebt ge mij niet opgebeld?'

Het klonk als een verwijt, en zo was het eigenlijk ook bedoeld.

Linda keek hem aan met een troebele blik. Even vreesde hij dat ze tegen hem ging schreeuwen. 'Alsof dat iets zou hebben geholpen.'

Hij slaakte een diepe zucht. 'Heeft Dina gezegd wat voor vuiligheid hij binnen heeft gekregen?'

Linda greep naar een papiertje. 'Ik heb het hier opge-schreven.'

Metaldehyde, las Van Den Eede.

'Wat is dat voor iets?'

'Een of ander slakkengif. Iets wat ge overal zomaar kunt krijgen.'

Van Den Eede kon zich opeens niet meer beheersen. Hij sprong overeind en liep naar de telefoon. 'De smeerlappen, godverdomme!'

'Wat gaat ge doen?'

'Dina opbellen. Ik wil weten hoe het met Joppe is.'

Linda keek op haar horloge. 'Om één uur 's nachts?'

Van Den Eede bleef aarzelend met de hoorn in zijn hand staan, maar legde hem vervolgens toch terug op het toestel. Hij voelde opeens weer die vreemde gewaarwording die hem ondertussen toch heel bekend was: tintelende handen, een ijl gevoel in zijn hoofd – alsof hij niet hier maar elders was – zijn hart dat begon te bonzen en de beklem-mende bankschroef achter zijn borstbeen. Hij ademde diep in en hield de lucht vast in zijn longen, zodat er minder zuurstof in zijn bloed kwam. Heel langzaam ademde hij weer uit. Het angstaanjagende gevoel maakte plaats voor duizeligheid.

'Hoeveel kans dat hij het overleeft?'

Linda haalde doodvermoeid haar schouders op. 'Dat kon Dina niet zeggen. Het gif veroorzaakt eerst stuipen, daarna verlamming. Als die op zijn ademhalingsspieren slaat, dan is het afgelopen.'

Tevergeefs probeerde hij het beeld van Joppe die dood en stijf op de grond lag te verjagen. Die hond betekende meer voor hem dan een heleboel mensen die hij nooit zou missen.

Linda veegde haar ogen droog en keek met een mistroostig glimlachje naar de bos bloemen. 'Zijn die voor mij?'

Van Den Eede, die al helemaal was vergeten dat hij ze had meegebracht, knikte zwijgend. Hij ging opnieuw naast Linda zitten en deed wat hij daarstraks al had willen doen. Hij sloeg zijn arm om haar heen en trok haar tegen zich aan. De kalmte die hij probeerde uit te stralen, was echter alleen maar schijn. Innerlijk kookte hij van woede. Wie dit op zijn geweten had, zou ervoor boeten!

Terwijl hij met zijn hoofd boven de wastafel hing, wreef hij met zijn twee handen door zijn kletsnatte haar. Toen richtte hij zich op en keek in de spiegel. Het resultaat was verbluffend. De man met ontbloot bovenlijf die hij daarin zag, leek niet meer op hem. Het was iemand met een gladgeschoren gezicht en lichtblond, bijna wit haar. Hij vond dat hij er jonger uitzag.

Toen hij de stop uit de wastafel trok, liep het vieze mengsel traag en gorgelend weg in de afvoerbuis. Wat achterbleef op het keramieken oppervlak was een aangekoekte laag

71

van kleurstof en losse haren, die hij met warm water uit de kraan probeerde weg te spoelen. Dat lukte niet helemaal. De geiser, waarin een blauwgeel waakvlammetje brandde, maakte een tikkend geluid, als van een radiator vol luchtbellen.

Serge Fréson waste zijn handen met een verdroogd stuk Sunlight-zeep dat nog maar amper schuimde, en greep naar een ruwe, groezelige handdoek. Hij grinnikte. De hotelkamer leek wat op zijn cel, vond hij. Hij wierp opnieuw een blik in de spiegel. Het zou nog wel even duren voordat hij gewend was aan wat hij zag. Met een soepele beweging haalde hij een dun zakkammetje door zijn haar.

Hij draaide het dopje van een flesje Aqua Velva Ice Blue, schudde wat van de aftershave in zijn rechterhand en wreef ermee over zijn kin en keel. Het prikte, maar had ook een verkoelend effect. Hij dacht aan Nuyens, die zich waarschijnlijk nooit meer zou kunnen scheren zonder aan hem te denken. Misschien liet hij zijn baard wel staan? Het idee alleen al deed hem opnieuw glimlachen. Vanaf nu zou hij voor altijd in het hoofd van de shrink zitten, als een pijnlijke angel met weerhaakjes. Nooit zou die hem nog kwijtraken. Soms zou het misschien lijken alsof hij eindelijk was verdwenen in de donkerste nevel van zijn hersenen. Maar dan, tijdens een nachtmerrie of alleen al bij het zien van reclame voor scheermesjes, zou de herinnering aan wat er vannacht was gebeurd weer als een duivel uit een doosje tevoorschijn springen en hem opnieuw misselijk van angst maken. Misschien zou de zottendoktoor vanaf nu wel zelf veroordeeld zijn tot een leven in de slaperige schaduw van Valium en Xanax?

Hij trok zijn onderhemd aan en schonk vervolgens een dubbele J&B Blended Scotch in het glas dat hij uit het houdertje naast de wastafel had gehaald. Tevreden toostte hij in de spiegel.

Achter zich hoorde hij de deur van de kleine hotelkamer opengaan. Traag keerde hij zich om. De glimlach op zijn gezicht werd breder. Met zijn rechterhand maakte hij een sierlijk gebaar in de richting van zijn hoofd.

'Wel, wat vindt g'ervan? Herkent ge mij nog?'

3

'Goeiemorgen. Met Dina Truyen.'

'Mark Van Den Eede hier.' Zijn hart ging tekeer als een hamer. 'Ik bel u toch niet wakker?'

'Nee, daarvoor moet ge nog nét iets vroeger opstaan', zei de dierenarts. Haar stem klonk opgewekt, wat Van Den Eede hoop gaf.

'Hoe is het met Joppe?'

'Die ligt hier vlak naast mij. En als ge 't mij vraagt, heeft hij honger.'

Van Den Eede slaakte een zucht van opluchting, terwijl hij naar Linda keek, die half rechtop in bed zat. De spanning waarmee ze hem ademloos had zitten aankijken, gleed van haar af. Met gesloten ogen liet ze zich langzaam weer achterover zakken.

'Maar het is wel een dubbeltje op zijn kant geweest', vervolgde Dina. 'Ik heb hem tot drie keer toe intraveneus Valium moeten geven, en daarna nog een inspuiting met acepromazine. Dat is nog een ander kalmeermiddel.'

'Ge zijt een engel', zei Van Den Eede gemeend.

'Spijtig genoeg niet altijd', antwoordde Dina. 'Vorige week had ik hier een hond die minder geluk had. Die hadden ze vergiftigd met strychnine. Ik kan u verzekeren dat dat geen aangenaam gezicht is. Ze hadden die hond trouwens daar bij u in de buurt gevonden.'

'Jagers?'

'Daar moet ge niet aan twijfelen', antwoordde de dierenarts. 'Die hebben het voorzien op alles wat concurrentie voor hen betekent. Vossen, buizerds, torenvalken, bunzingen... noem maar op.'

'Ik dacht dat strychnine al lang verboden was?'

'Dat is ook zo. Waarschijnlijk bestellen ze het via internet ergens in het buitenland. Totaal onverantwoord natuurlijk. Maar ja, wat doet ge ertegen?'

Van Den Eede herinnerde zich dat hij als kind in het bos ooit een ei had gevonden waarop een stempel van een doodskop stond. Dat was toen ook ingespoten met strychnine, door een boer die het daar had gelegd om kraaien en eksters op een afschuwelijke manier te vergiftigen. Blijkbaar vond men dat toen heel normaal.

'We mogen hem dus komen halen?'

'Tegen de middag', zei Dina. 'Dan kan ik hem nog een paar uur in 't oog houden.'

'Oké, ik zal het tegen Linda zeggen.' Hij bedankte haar nog eens voor haar goede zorgen. 'En doe Joppe de groeten.'

Ze lachte. 'Waarom doet ge dat zelf niet? Momentje...'

Hij hoorde allerlei geritsel, daarna opgewonden gehijg.

'Hé, dag Joppe!'

Even bleef het stil. Toen klonk er zulk luid geblaf dat Van Den Eede geschrokken zijn gsm van zijn oor wegtrok.

'Hij heeft het dus gehaald', zei Linda, terwijl ze zich op haar linkerzij draaide.

Van Den Eede knikte. 'Ge moogt hem tegen de middag gaan halen.'

Linda sloeg de deken terug en klopte zachtjes met haar hand op de matras, terwijl ze haar man met een verleidelijke blik aankeek.

'Dan hebben we dus nog wat tijd', zei ze. 'En ik heb u nog niet bedankt voor die bloemen...'

Van Den Eedes ogen gleden even naar de rode getallen op de digitale klok. Hij zou te laat op zijn werk komen. Maar wat gaf het? Met een glimlach kroop hij terug naast zijn vrouw in bed, die zich meteen behaaglijk tegen hem aanvlijde.

Toen hij bij de Géruzet arriveerde, ging de slagboom als vanzelf omhoog. Van achter het glas van zijn wachthokje zwaaide Freddy hem glimlachend goedemorgen toe. Van Den Eede stak zijn hand op en reed verder, voorbij het oefenterrein, waar al enkele vroege cadetten rondjes aan het lopen waren, tot aan blok R, dat helemaal achteraan op het terrein lag. Buiten de paar kamers die het FAST ter beschikking had gekregen, stond het gebouw helemaal leeg. Verder weg hadden ze hen niet kunnen stoppen.

Hij parkeerde zijn Range Rover, die dringend een wasbeurt nodig had, naast de glimmend zwarte Chrysler PT Cruiser van Elias, die, zoals gewoonlijk, als eerste was gearriveerd. Van de Harley-Davidson van Olbrecht en de Golf GTI van Tarik was nog geen spoor te zien. Wel stond wat verder een knalrode Honda Civic die hij hier nooit eerder had opgemerkt.

Met een schurend geluid duwde hij de deur naar de hal open. Die zag er, met haar beschimmelde muren en scheefgezakte tegels, nog altijd even vervallen uit als toen hij hier, meer dan een jaar geleden, voor het eerst een voet binnen had gezet. Hoewel hij vannacht amper een oog dicht had gedaan, liep hij energiek fluitend met twee treden tegelijk de trap op. De lange, smalle gang die hij insloeg, had aan de linkerkant hoge ramen die uitkeken op het gebouwencomplex van de voormalige rijkswachtkazerne. Van Den

Eede liep zijn eigen kamer voorbij en opende, zonder aan te kloppen, de deur van Elias' kantoor.

'Goeiemorgen!'

Wim Elias keek op van de printer, waaruit juist een blad schoof.

'Dag, Mark.' De inkt was grijs in plaats van zwart en sommige woorden waren amper leesbaar. 'We moeten dringend nieuwe printcassettes bestellen.'

'Dat heb ik vorige week al gedaan', zei Van Den Eede. 'Zijn die nog altijd niet geleverd?'

Elias haalde zijn schouders op.

'Blijkbaar niet.' Er kwam een tweede blad uit de printer geschoven, dat er al even bleekjes uitzag. 'Ik ben de pedigree van Fréson aan het afdrukken. Misschien dat er dingen op staan die ontbreken in zijn dossier.'

'Dat we voorlopig niet hebben', vulde Van Den Eede aan.

'Nee, maar we hebben wel iets anders...'

Hij legde de geprinte bladzijden op zijn bureau en greep naar een vierkante papieromslag waarin een cd-rom zat. 'Dit is een kopie van de videobeelden van de bewakingscamera die op de parking hangt waar die nachtwaker werd neergeschoten.'

'Hoe zijt ge daaraan geraakt?'

'Met één telefoontje naar dat bedrijf.'

'Weet Moerman dat?'

Elias schudde glimlachend van nee.

'Laat Orhan die opnames zo rap mogelijk bekijken', zei Van Den Eede. 'Als er iets op te zien is, dan wil ik dat wij dat vinden.' Hij schoof een stoel achteruit en ging zitten. 'Hebt gij die lijst met telefoonnummers en bezoekers van Fréson hier ergens liggen?'

Elias wees naar een gekopieerd blad met tabellen die met de hand waren ingevuld.

Van Den Eede begon de lijst te bestuderen.

'Kom, laat mij dat maar doen,' zei Elias, 'want hiernaast zit iemand op u te wachten.'

Van Den Eede keek zijn hoofdinspecteur verbaasd aan. 'Op mij? Wie?'

Hij had halvelings verwacht dat onderzoeksrechter Sandy Moerman in hoogsteigen persoon in zijn kantoor zou zitten. Maar toen hij zijn kamer binnenging, zag hij een jonge vrouw met halflang blond haar gebukt boven een van de vele stapels dossiers staan. Ze droeg een versleten jeans en een marineblauwe fleece van Jack Wolfskin. Met haar hoofd een beetje schuin las ze de namen die op de bovenste kaften stonden geschreven. Ze leek zich niet eens betrapt te voelen. Met een stralende glimlach en met uitgestoken hand liep ze op hem toe.

'Commissaris Van Den Eede?'

Hij knikte, terwijl hij haar werktuiglijk de hand drukte.

'En u bent?'

'Gitte Meyer.'

Hij bekeek haar afwachtend.

'Uw nieuwe inspecteur!'

Van Den Eede liep met afgemeten passen tot achter zijn bureau. 'Sorry, ik ben niet helemaal mee, geloof ik.'

'U had toch versterking voor uw team gevraagd?' zei ze, nog altijd even breed glimlachend.

''t Is te zeggen...' begon Van Den Eede. Hij ging zitten en wees uitnodigend naar de stoel tegenover hem. 'Ik had vooral op meer middelen aangedrongen.'

Gitte Meyer nam plaats en kruiste haar benen. Onder haar verbleekte jeansbroek droeg ze sportieve Nikes, die er al even gebruikt uitzagen.

'Misschien had u vooral een man verwacht?' Ze streek een

haarlok uit haar ogen, terwijl ze hem vanonder haar wenkbrauwen met twinkelogen bleef aankijken.

'Eigenlijk had ik niemand verwacht', zei Van Den Eede.

'Wie heeft u naar hier gestuurd?'

'Hoofdcommissaris Cogghe', antwoordde ze zonder een
spier te vertrekken.

Van Den Eede onderdrukte een vloek.

'Dit is mijn dossier.' Ze haalde een dun dubbelgevouwen
mapje uit haar binnenzak en streek het nog vlug even glad
op haar knie voordat ze het aan hem gaf.

Van Den Eede nam het zwijgend aan, legde het op zijn
bureau en sloeg het open. Terwijl hij deed alsof hij alles
zorgvuldig doorlas, vroeg hij zich af hoe hij hier het best op
kon reageren. Hij vroeg Cogghe om twee of drie extra manschappen. En wat deed die? Hij stuurde hem een onervaren
wicht dat tot nu toe, zo te zien, niet veel anders dan wat
bureauwerk had gedaan. Het was zo klaar als een klontje
dat de hoofdcommissaris hem een loer had willen draaien.

'Ik lees hier dat ge criminologie en psychologie hebt gestudeerd', zei hij, zonder van haar dossier op te kijken.

'Dat klopt. Met *criminal profiling* als specialisatie.'

Deze keer keek hij haar wel aan. De verbazing op zijn gezicht was haar kennelijk niet ontgaan.

'Hier bij ons staat dat nog in zijn kinderschoenen', zei ze.
'Maar in Amerika, ook in Engeland trouwens, hebben ze
daar al heel wat positieve resultaten mee behaald.'

'Ja.' Van Den Eede knikte bedachtzaam. 'Ik heb *Silence of
the Lambs* ook gezien...'

Heel even verdween de glimlach van haar gezicht, maar
ze herstelde zich vliegensvlug. Eén-nul, dacht Van Den
Eede tevreden. Met geveinsde aandacht begon hij opnieuw
in haar flinterdunne dossier te kijken.

'Clarice Starling zou ik nu niet direct een goed voorbeeld

willen noemen van wat een echte profiler doet', zei ze, tamelijk driest.

'Ah, nee? Wat is ze dan wel?'

'Een Hollywood-*profiler*', zei ze. 'Maar kom, voordat *Rainman* werd verfilmd, wist ook zo goed als niemand wat autisme was.'

Van Den Eede keek plotseling op, achterdochtig ditmaal. Was dit gewoon toeval of had ze zich over zijn privéleven geïnformeerd voordat ze hiernaartoe kwam? Gitte Meyer weerstond zijn blik zonder ook maar één keer met haar ogen te knipperen. En ondertussen bleef ze glimlachen. Het werd bijna irritant. Van Den Eede sloeg zuchtend het mapje dicht.

'Ge weet dat dit geen job als een andere is?' Hij vond dat het geen kwaad kon om een beetje te overdrijven. 'Niet zonder gevaar. En bovendien zijn wij de klok rond stand-by, ook in de weekends. Niet echt bevorderlijk voor uw sociaal leven.'

'Dat is geen probleem', zei ze luchtig. 'Ik woon alleen.'

Hij leunde achterover in zijn stoel en bekeek haar nadenkend. Als er één ding was dat hij moest toegeven, dan was het wel dat de koppige zelfverzekerdheid die ze uitstraalde indruk maakte. Voor het eerst sinds ze hier tegenover elkaar zaten, verscheen er nu ook op zijn gezicht een aarzelende glimlach. Hij kwam overeind en stak opnieuw zijn hand uit.

'We zullen maar denken: wie niet waagt, niet wint', zei hij. 'Welkom bij het FAST.'

Ze lachte een rij stralend witte tanden bloot terwijl ze zijn hand schudde. Op de gang klonk het geluid van naderende voetstappen.

'Met hoofdinspecteur Wim Elias hebt ge daarstraks al kennisgemaakt', zei hij. 'Ik denk dat de andere helft van het team ondertussen ook is gearriveerd.' Hij kwam achter zijn bureau vandaan en trok de deur open. 'Rob, Orhan, kom eens binnen, dat ik u kan voorstellen aan onze nieuwe medewerker.' Hij gebruikte opzettelijk niet de vrouwelijke vorm omdat hij hun reactie wilde zien.

'Aha, hebben we er eindelijk een speurhond bij gekregen!' Olbrecht grinnikte.

Gitte stond op, klaar om haar collega's te begroeten. Orhan verscheen als eerste in de deuropening.

'Dit is inspecteur Orhan Tarik', zei Van Den Eede.

'Aangenaam. Gitte Meyer.'

Ze drukten elkaar de hand, waarna Tarik een stap opzij deed om Rob binnen te laten.

'En hier hebben we Rob Olbrecht.'

De verbazing op Olbrechts gezicht had niet groter kunnen zijn. Hij keek Gitte aan alsof hij een spook zag. Ze stond daar met uitgestoken hand flauwtjes te glimlachen.

'Ik geef toe dat ik eerst ook niet goed wist wat zeggen', zei Van Den Eede, in een poging een einde te maken aan de gênante situatie.

Maar niemand lachte. Olbrecht knikte stroef naar zijn nieuwe collega, draaide zich toen bruusk om en liep verder de gang in. Gitte Meyer liet haar arm traag zakken en sloeg wat beschaamd haar ogen neer. Voor het eerst sinds ze hier was, leek ze van haar stuk gebracht. Van Den Eede en Tarik keken elkaar niet-begrijpend aan.

'Niks van aantrekken', zei Tarik. 'Rob stapt wel eens meer met het verkeerde been uit zijn bed...'

Olbrecht zat somber naar zijn computerscherm te staren toen Tarik een paar minuten later hun gezamenlijke kamer binnenkwam met in zijn hand de cd-rom van de bewakingscamera.

'Wat was dat daarjuist allemaal?'

'Hoe halen ze het in hun kop?' Zijn stem klonk verontwaardigd. 'Een vrouw bij het FAST!'

'Ja, alsof een Marokkaan in het team al niet erg genoeg is', merkte Tarik droog op. 'Is het dat wat ge bedoelt?'

Olbrecht keek hem geërgerd aan. 'Doe niet onnozel, hè. Ge weet goed genoeg wat ik bedoel.'

'Nee, dat weet ik niet', zei Tarik, terwijl hij aan zijn eigen bureau tegenover dat van Olbrecht ging zitten. 'En ik wist ook niet dat gij iets tegen vrouwen bij de politie had.'

Rob ging wat ongemakkelijk verzitten, klikte met zijn rechterwijsvinger op de muisknop en mompelde iets.

'Wat zegt ge?'

'Dat die niet bij ons thuishoren', bromde hij.

Tarik zuchtte verveeld, terwijl hij het schijfje uit de papieren omslag haalde en in het cd-romstation stak.

'Zo'n ouderwets gelul had ik van u echt niet verwacht', zei hij. 'Een moslimfundamentalist is er niks tegen.'

Olbrecht haalde met een snuivend geluid zijn neus op. 'Denk voor mijn part wat ge wilt.'

Tarik wachtte tot op zijn monitor de vraag verscheen wat hij met de bestanden op de cd-rom wilde doen. Hij klikte op 'Openen met Windows Media Player'.

Elias kwam binnen met in zijn kielzog Gitte Meyer.

'Zoals ge ziet, zullen we voorlopig moeten roeien met de riemen die we hebben', zei hij verontschuldigend. 'Neem dat tafeltje maar dat daar in de hoek staat. Ik laat zo rap mogelijk een bureau met een computer brengen.'

Olbrecht keek geschrokken op van zijn scherm. 'Hoe? Komt die hier zitten?'

'Natuurlijk', antwoordde Elias. 'Waar anders?'

'Hiernaast is toch nog een lege kamer', zei Olbrecht met een stug hoofdknikje naar de muur tegenover hem.

'Enfin, Rob', zei Elias, terwijl hij een stapel dossiers verschoof om beter bij het gammele tafeltje te kunnen komen. 'Zijt ge nu niet wat aan 't overdrijven?'

Gitte stond zwijgend naar Olbrecht te kijken. Glimlachen deed ze niet meer.

'Oké', zei Rob. 'Als 't zo zit.'

Hij kwam overeind, graaide zijn jas van de stoelleuning en liep met grote passen naar buiten. Elias en Tarik keken hem onthutst na.

'Wat hééft die vandaag, zeg?'

Tarik haalde zijn schouders op en concentreerde zich op zijn computerscherm, waarop de eerste zwart-witbeelden van de bedrijfsparking verschenen.

Wim Elias keek met plaatsvervangende schaamte naar Gitte Meyer. De zelfverzekerde politievrouw van daarstraks leek opeens te zijn veranderd in een bedremmeld schoolmeisje dat voor het eerst in een nieuwe klas terechtkomt. Hij pakte de stoel van Olbrecht vast en droeg die naar het tafeltje.

'Neem die maar', zei hij. 'Ik haal wel een andere tegen dat hij terugkomt.'

'Als hij nog ooit terugkomt...' zei Tarik. Hij glimlachte fijntjes.

Toen Elias in de richting van de deur liep, merkte hij dat Olbrecht in zijn woede was vergeten uit te loggen uit het Rijksregister. Op het scherm zag hij een foto van Betty De Jong, met daaronder haar naam en adres. Haastig liep hij Olbrecht achterna, maar die was al niet meer te zien in de gang. Hij stond beneden naast zijn metaalblauwe Harley-Davidson Road King Classic en haalde net zijn pothelm uit een van de leren zijtassen. Elias wilde een raam opentrekken, maar het handvat ervan was zo verroest dat er geen beweging in kwam. Hij probeerde een volgend, dat wel meegaf.

'Rob! Eh, Rób!'

Olbrecht keek een paar keer zoekend om zich heen voordat hij doorhad waar de stem vandaan kwam.

'Wacht effe', riep Elias. 'Ik ga mee.'

83

In de PT Cruiser werd weinig gepraat. Elias wilde het initiatief om over de nieuwe aanwinst van het team te beginnen aan Olbrecht laten, maar die repte er met geen woord over. In Kraainem volgden ze de lange, rechte Wezembeekstraat in oostelijke richting, tot Olbrecht een reclamebord zag voor een Delhaize-vestiging die zich een paar honderd meter verderop aan de linkerkant bevond.

'Daar moet het ongeveer zijn', zei hij. 'Als ge de Lunch Garden ziet, dan zijn we te ver.'

Elias vertraagde, maar eigenlijk konden ze het adres niet missen. De woning maakte deel uit van een groepje rijtjeshuizen dat aan de rand van een begroeide open vlakte stond, die verder om de een of andere reden volledig onbebouwd was gebleven. Alsof die paar huizen daar per vergissing terecht waren gekomen.

'Echt weer typisch Belgisch', zei Elias.

Nummer 173 was de laatste en de kleinste van de vijf woningen. Op de oprit stond een lichtgrijze Volvo met een deuk in het achterspatbord. Naast de auto was nog ruim plaats voor de Cruiser. Voordat ze uitstapten, bekeken ze de bakstenen gevel waarin drie paar brede ramen met witte overgordijntjes zaten. Links ervan lag een onverzorgd stuk gazon en stond een rij hoge bomen, die tot achter het huis doorliep.

Op het naamplaatje naast de deurbel stond iets wat op 'B. De Jong' leek. Het stukje plastic dat eroverheen zat, was gebarsten en had water doorgelaten, waardoor de inkt was uitgelopen. Olbrecht hield zijn wijsvinger enkele seconden op het knopje. Achter de deur klonk een hoog, schel gerinkel.

'Ik ben eens curieus of ze er in het echt even goed uitziet als op haar foto's', zei hij.

Elias glimlachte flauwtjes terwijl hij de kraag van zijn jas rechtop zette. Het was vandaag een flink stuk frisser dan de voorbije dagen. Ze hoorden het klepperende geluid van hoge hielen op een stenen vloer. De deur werd geopend door een meisje met een lange paardenstaart. Ondanks het kille weer droeg ze een loszittend T-shirt met laag uitgesneden hals en daaronder een kort leren rokje dat strak om haar heupen zat. Haar benen waren gehuld in zwarte nylonpanty's. Het leek alsof ze zo uit de catalogus van een modellenbureau was gestapt.

'Juffrouw De Jong?' Elias toonde zijn legitimatiekaart. 'En dit is mijn collega, inspecteur Olbrecht.'

Ze knikte zwijgend en keek hen met haar groene, katachtige ogen beurtelings aan.

'Mogen wij even binnenkomen?'

'Waarover gaat het?'

'Over een vroegere vriend van u. Serge Fréson...'

Het horen van die naam deed haar schrikken.

'Lang zal het niet duren', zei Elias. 'Een paar minuutjes maar.'

In het sobere halletje, waar twee deuren en een smalle houten trap op uitkwamen, ging ze hen voor naar de woonkamer, waar het bijna tropisch warm was. Ze wees naar de witte kunstleren fauteuils, maar bleef zelf staan.

Het interieur beantwoordde in alles aan de gemiddelde burgerlijke Vlaamse smaak, vond Elias. Tegen de muur hingen enkele kitscherige kopieën van romantische taferelen in een veel te zware lijst, op de blinkende laminaatvloer lag het klassieke rechthoekige tapijt met rood-witte bloemmotieven. Verder een open haard achter glas in een gemetselde schouw, een chroomluchter met goudkleurige lampenkapjes, een rond salontafeltje met daarop een kristallen vaas, en natuurlijk het obligate eikenhouten televisiemeubel. De hele kamer straalde een sfeer van ongezellige netheid en saaie zondagmiddagen met koffie en gebak uit, die in schril contrast stond met het opwindende uiterlijk van Betty De Jong.

'Klopt het dat ge een tijdlang een relatie met Fréson hebt gehad?'

Het meisje met de paardenstaart knikte vaag. Ze voelde zich duidelijk niet op haar gemak.

'Tot wanneer juist?' vroeg Olbrecht.

Ze dacht even na. 'De laatste keer dat ik hem ben gaan bezoeken was, denk ik, een maand of drie geleden. Zoiets...'

'En hebt ge hem toen gezegd dat het voorbij was?'

Ze keek Olbrecht aarzelend aan. 'Nee, toch niet', zei ze een beetje beschaamd.

'Ge hebt het hem dus zelf laten ontdekken?'

'Wat?'

'Dat het uit was en ge iemand anders hadt.'

'Wie zegt dat?'

Olbrecht bekeek haar met een fronsende blik. 'Komaan, juffrouw De Jong, voor wie houdt gij ons?'

De toon waarop hij het had gezegd, leek haar nog meer van streek te brengen.

'Ik heb niemand anders', zei ze.

'Wat mijn collega bedoelt,' zei Elias met een geruststellend glimlachje, 'is dat het van belang kan zijn om te weten of Fréson er al dan niet van op de hoogte was dat u iemand anders had leren kennen.'

'Van belang waarvoor?' vroeg ze ontwijkend.

'Ge hebt vandaag de gazet dus nog niet gelezen?' zei Olbrecht. 'Of het nieuws op de radio gehoord?'

De Jong schudde traag haar hoofd, alsof ze zich voorbereidde op iets wat ze niet wilde horen.

'Hij heeft zichzelf toch niet van kant gemaakt?' vroeg ze met een stem waar de zenuwen nu doorheen gierden.

'Waarom denkt ge dat?'

'Was 't maar waar', mompelde Olbrecht zuchtend. 'Dat had ons allemaal een hoop miserie kunnen besparen.'

'Uw ex-vriend is vannacht uit de gevangenis van Sint-Gillis ontsnapt', zei Elias. 'Spijtig genoeg heeft hij daarbij ook een cipier vermoord.'

Betty De Jong onderging een merkwaardige gedaanteverwisseling. Ze hapte ontzet naar adem, sloeg haar hand voor haar mond en werd lijkbleek. Traag liet ze zich in een fauteuil zakken.

'Danny Verelst', zei Olbrecht. 'Zegt die naam u iets?'

Ze keek hem aan alsof hij het in een vreemde, onbegrijpelijke taal had gevraagd.

'Verelst', herhaalde Olbrecht. 'Hij werkte daar nog niet lang.'

Betty De Jong haalde haar hand van voor haar mond weg en schudde afwezig van nee.

'Dat is raar', zei Olbrecht, terwijl hij even naar Elias keek, van wiens gezicht niks viel af te lezen. 'Verelst kende u namelijk wél. Hij had zelfs een foto van u bij op het moment dat Fréson hem een kopke kleiner maakte.'

Met een mengeling van ongeloof en afschuw staarde ze hem aan.

'Misschien wel juist daarom', voegde hij eraan toe.

'Van mij?' Ze keek naar Elias, alsof ze Olbrecht niet vertrouwde en van hem bevestiging wilde krijgen van wat ze zojuist had gehoord. 'Dat kan niet.'

'Hebt ge Verelst leren kennen tijdens een van uw bezoekjes aan Fréson?' vroeg Elias vriendelijk.

'Maar nee. Ik zeg toch dat ik geen Verelst ken!'

'Leg ons dan eens uit waarom een getrouwde man met twee kinderen met een foto van u op zak rondloopt', zei Olbrecht. Zijn blik liet haar geen moment los.

'Hoe kan ik dat nu weten?' riep ze radeloos. 'Ik zweer dat ik die cipier nooit heb gezien.'

Elias maande Rob met een korte hoofdbeweging aan om niet verder aan te dringen. 'De kans dat uw vroegere vriend hier opduikt, is heel klein. Maar we moeten u toch vragen om voorzichtig te zijn.'

'Ja', zei Olbrecht. 'Het zou niet de eerste keer zijn dat iemand uitbreekt om wraak te nemen op zijn ex.'

Een mededeling die hem ditmaal een verwijtende blik van Elias opleverde. De woorden van Olbrecht hadden hun uitwerking echter niet gemist. De uitdrukking op het gezicht van Betty De Jong was er nu een van pure paniek. 'Hij zal toch niet naar hier komen?' stamelde ze.

Elias probeerde haar te kalmeren. 'Waarschijnlijk probeert hij zo rap mogelijk naar het buitenland te vluchten. Dat doen ze meestal.'

'Of hij houdt zich schuil bij iemand die hij kent', voegde Olbrecht eraan toe. 'Hebt ge er iets op tegen als we hier eens rondkijken?'

'Waarom?' De Jong leek van de ene verbazing in de andere te vallen. 'Ge denkt toch niet dat ik hem hier ergens in huis heb verstopt?'

'Daarom niet uit vrije wil', zei Elias vlug, voordat Olbrecht kon antwoorden. 'Maar soms dwingen voortvluchtigen iemand om hun een tijdje onderdak te geven. We willen er alleen maar zeker van zijn dat ge veilig zijt. Dat is alles.'

Zwijgend keek ze naar het raam dat uitgaf op de tuin, die merkelijk lager lag dan de begane grond. Het viel Elias opeens op dat er helemaal achterin een klein berghok stond.

'Ge zijt natuurlijk niet verplicht om ja te zeggen', zei hij. 'We hebben immers geen huiszoekingsbevel.'

'Dat hebben we in dit geval ook niet nodig', zei Olbrecht. Betty De Jong haalde haar schouders op, alsof het haar niet kon schelen wat er gebeurde. Vervolgens maakte ze een gebaar dat Olbrecht interpreteerde als 'doe maar', want hij kwam meteen overeind en liep de woonkamer uit. Ze hoorden hem vinnig de trap beklimmen.

'Wat is er achter die deur?'

'De keuken.' Ze wees naar een tweede deur, die Elias niet kon zien vanwaar hij zat. 'En daar is mijn bureau.'

Elias knikte, maar bleef zitten. Boven klonk wat gestommel, daarna het geluid van voetstappen.

'Ge hebt er dus echt geen idee van waarom die cipier met een foto van u rondliep?' probeerde Elias nog eens.

Betty De Jong schudde van nee.

'Ook in de cel van Fréson hebben we foto's van u gevonden', ging hij verder. 'Allemaal kapotgescheurd.'

Het was hem vooral om haar reactie te doen. In haar ogen meende hij de angst weer te zien opflakkeren. Ze zag er plotseling erg weerloos uit en bijna kreeg hij medelijden met haar. Hij haalde zijn naamkaartje uit zijn binnenzak en gaf het haar.

'Ge kunt mij altijd op dat nummer bereiken', zei hij.

Ze nam het aan, bekeek het vluchtig, bedankte hem met een geforceerd glimlachje en legde het kaartje op de salontafel.

Elias hoorde Olbrecht kwiek de trap afdalen. Even later ging de deur van de woonkamer open en kwam hij binnen met een air alsof hij hier thuis was.

'Boven alles oké.'

Betty De Jong zweeg. Ze trok alleen even veelbetekenend een van haar geëpileerde wenkbrauwen op.

'Hier ook', zei Elias.

Hij gaf met zijn rechterhand een klopje op de leuning van de fauteuil, ten teken dat wat hem betrof het onderhoud was afgelopen. De Jong leek opgelucht.

Nadat ze de voordeur achter hen had gesloten, keek Olbrecht zijn collega met twinkelende ogen aan.

'Wat een moordgriet!'

'Ge hebt haar wel goed bang gemaakt', zei Elias. 'Was dat echt nodig?'

'Wat anders?' antwoordde Olbrecht. 'Haar geruststellen zoals gij deed?' Hij schudde glimlachend zijn hoofd. 'Ze zal nu wel oppassen wat ze doet.'

Elias haalde zijn autosleutels tevoorschijn en liep naar de Cruiser. In plaats van mee te gaan stak Olbrecht de oprit over en ging naar de zijkant van het huis.

'Wat nu weer?' Elias vermoedde dat Olbrecht nog vlug even tegen een boom wilde gaan staan.

'Ik ga nog eens rap efkens in dat tuinhuis loeren, nu we toch hier zijn.'

Elias keek hem besluiteloos na, maar volgde hem toen toch maar. Al was het maar om een oogje in het zeil te houden. Hij wist ondertussen hoe gedreven zijn collega kon zijn.

In tegenstelling tot de voorgevel en de keurig onderhouden woonkamer zag het huis er aan de achterkant tamelijk verwaarloosd uit. De zinken dakgoot hing scheef tegen de muur en de raamkozijnen hadden dringend een nieuwe laag verf nodig. Onder het terras, een ruwe betonnen constructie die pas later tegen het huis leek te zijn gebouwd, lag het vol vuilniszakken, kartonnen dozen, tuinstoelen en kratten met lege flessen. De tuin helde af en was omzoomd met een hoge, verwilderde beukenhaag. Elias keek even achterom. Betty De Jong was nergens te zien.

Het houten berghok, dat op een minichalet leek, was op slot. Olbrecht wilde al dadelijk terugkeren om de sleutel te gaan vragen, maar Elias hield hem tegen. Hij wreef met zijn zakdoek over het vuile raam, boog zich voorover en drukte er zijn gezicht tegenaan. Zijn linkerhand hield hij boven zijn ogen om het licht af te schermen.

'Nog een grotere rommelhoop dan ginder onder dat terras', zei hij, en hij kwam weer rechtop.

Olbrecht wilde met alle geweld zelf ook nog eens kijken.

'Ge kunt vanhieruit niet alle hoeken zien', zei hij. 'En tegen de achterwand staat een kast waar gemakkelijk iemand in kan.'

Elias, die er nu echt zijn buik van vol had, trok hem mee. 'Komaan, Rob, 't is genoeg geweest. We zijn hier weg.'

Toen ze terugliepen, zagen ze achter het hoge, smalle raam dat uitgaf op het terras Betty De Jong opdoemen. Tussen de vingers van haar rechterhand hield ze een sigaret. Ze stond daar onbeweeglijk naar hen te kijken.

Tarik zat geconcentreerd naar zijn computerscherm te staren.

'Vlot het een beetje?' vroeg Van Den Eede.

'De bewakingscamera waarmee die beelden zijn gemaakt, was waarschijnlijk zo'n goedkoop ding dat zich niet automatisch aanpast aan de belichting. Het gaat bovendien om analoge beelden waar nogal wat ruis op zit, zoals ge kunt zien.'

'Veel kunnen we er dus niet mee aanvangen?'

'Dat heb ik niet gezegd', zei Tarik met een sluw glimlachje. Hij verdeelde het scherm in tweeën. Op de linkerhelft was een wazig stilstaand beeld te zien. 'Dat gebeurt er bij onderbelichting', legde hij uit. Het pijltje van de muis verschoof naar de rechterhelft van het scherm. 'En zo ziet het eruit na histogramequalisatie.'[7]

---

7 Algoritme waarbij de oorspronkelijke pixels worden vervangen door nieuwe met een hogere intensiteit.

'Dat ziet er al een stuk beter uit', zei Van Den Eede.

Gitte was er ondertussen ook bij komen staan.

'Het kan nog beter', zei Tarik. 'Kijk maar.' Met een paar muisklikken kreeg het beeld een beter contrast en scherpere contouren.

'Hoe doet ge dat?' vroeg Gitte.

'Met een PDV-filter', zei Tarik. 'Door een niet-lineaire bewerking en met behulp van partiële differentiaalvergelijkingen kan daarmee beeldruis worden onderdrukt.'

Van Den Eede knipoogde stiekem naar Gitte. Tarik schakelde weer over op een volledig scherm en scrolde de zwartwitbeelden terug naar een eerder moment. Toen hij op de tijdbalk onder aan het scherm bij 23u49'17" kwam, stopte hij.

'Nu goed opletten', zei hij, zonder zich om te keren.

Op de monitor was een gemaskerde te zien die, met een goed gevulde rugzak, over de verlaten bedrijfsparking van het bedrijf Cachanelli, in de richting van de camera holde. Een paar keer keek hij al rennend achterom. Daar had hij blijkbaar een goede reden voor, want in de rechterhoek van het scherm dook nu een tweede man op. Hij was atletisch gebouwd en zwaaide wild met een gummiknuppel.

'Dat is de nachtwaker', zei Tarik.

Ze zagen hoe hij de inbreker langzaam maar zeker inhaalde. Die had dat waarschijnlijk ook gemerkt, want plotseling bleef hij staan, keerde zich om en trok een pistool. Van Den Eede vroeg zich hardop af waarom de nachtwaker maar door bleef rennen, in plaats van zich ergens achter een van de bestel- of vrachtwagens te verschuilen.

Tarik wees naar een hoge lichtmast die midden op de parking stond en bijna de hele oppervlakte bestreek. 'Misschien was hij verblind door een van die spots?'

Als een geoefend schutter richtte de gemaskerde zijn pistool. Hoewel de aanstormende man vol in de borst werd getroffen, bleef hij nog enkele meters doorlopen voordat hij door zijn knieën zakte en als een blok vooroverviel. In een onnatuurlijke houding bleef hij op het asfalt liggen. Van Den Eede gluurde naar Gitte, die met wijdopengesperde ogen en haar hand voor haar mond strak naar het scherm stond te kijken. Maar weinig mensen wisten dat een lichaam in beweging, ook al was het dodelijk getroffen, niet meteen tot stilstand kwam. Hij mocht er niet aan denken hoe ze in het echt op zo'n levensgevaarlijke situatie zou reageren. Had Olbrecht misschien toch gelijk en zat een vrouw niet op haar plaats bij het FAST? Als zijn teamleden niet onvoorwaardelijk en in alle omstandigheden op elkaar konden rekenen, dan waren ze geen steun, maar een bedreiging voor elkaar. Voor geen geld wilde hij het nog eens meemaken dat er onder zijn leiding een dodelijk slachtoffer bij het team viel.

'Wat voor bedrijf is dat eigenlijk?' vroeg hij.

'Import-export, vooral van drank en luxeartikelen. Ze leveren zowat over heel de wereld aan diplomaten, taxfreeshops, militaire organisaties, zoals Shape en de NAVO, zelfs aan oliesjeiks in Saoedi-Arabië.'

'En de buit?' zei Gitte met een zwak stemmetje. 'Wat is daarmee gebeurd?'

Volgens Van Den Eede was bijna al het gestolen geld teruggevonden op het ogenblik dat Fréson, amper een week later, werd gearresteerd. Zijn auto werd bij een routinecontrole, niet ver van de Luxemburgse grens, door leden van de lokale politie tegengehouden. Hij had nog geprobeerd om die te ontwijken, maar tijdens de achtervolging was hij tegen hoge snelheid uit een bocht gevlogen en tegen een boom geknald.

'Wat erop zou kunnen wijzen dat hij alles alleen heeft gedaan', meende Tarik.

Van Den Eede knikte, maar voegde er meteen aan toe dat niet iedereen van het Openbaar Ministerie daar destijds van overtuigd was.

'Maar bewijzen van het tegendeel hebben ze niet gevonden. Fréson zelf is trouwens altijd blijven volhouden dat hij in zijn eentje heeft gehandeld.'

Tarik vroeg zich af hoe ze met zekerheid wisten dat het geld in Fréson zijn auto afkomstig was van die inbraak. 'Waren die biljetten genummerd, of zo?'

'Nee, maar er waren ook cheques bij op naam van het bedrijf.'

Van Den Eedes gsm begon te rinkelen. Toen hij de naam zag die op het display verscheen, ontsnapte hem een vloek. Hij liet het toestel nog driemaal bellen voordat hij op de OK-toets drukte.

'Dag, mevrouw Moerman', zei hij beheerst, met een stem die in schril contrast stond met de gespannen uitdrukking op zijn gezicht. Hij keek veelbetekenend naar Tarik.

'Wie is dat?' vroeg Gitte.

'De Brusselse onderzoeksrechter', zei Tarik. 'Een omhooggevallen bitch', voegde hij er fluisterend aan toe.

'Natuurlijk heb ik er geen probleem mee om in dit dossier met iemand anders samen te werken', zei Van Den Eede, terwijl hij zijn ogen berustend opsloeg. 'Dat had ik toch al gezegd?'

'Een paar maanden geleden heeft ze de directeur, zijn adjunct en de hoofdbewaarder van Sint-Gillis een paar uur laten oppakken', zei Tarik. 'Weet ge waarom?'

Gitte schudde haar hoofd.

'Omdat ze niet graag ver te voet gaat en haar auto niet binnen de gevangenispoort van Sint-Gillis mocht parkeren.'

'Dat meent ge niet!' Ze schoot hardop in de lach, wat haar een verwijtende blik van Van Den Eede opleverde.

'Kennen we hem?' Hij greep naar zijn vulpen en draaide met duim en wijsvinger het dopje eraf. 'Momentje.' Hij gebaarde naar Gitte dat ze hem een papiertje moest geven. Ze keek toe terwijl hij een naam noteerde. 'Nee, toch niet', zei Van Den Eede. 'Ik geloof niet dat wij al eerder hebben samengewerkt.' Hij legde, aandachtig luisterend, zijn pen neer. Zijn gezicht betrok nog meer. 'Eerlijk gezegd, weet ik niet of we daar nu direct tijd voor zullen hebben', zei hij voorzichtig. 'Maar goed, van zodra het dossier hier is, zal ik het zeker inkijken.'

Hij walgde van zichzelf zoals hij daar als een slaafse jaknikker platte broodjes stond te bakken. Maar wat kon hij anders doen? Eigenlijk was hij nog het meest ontgoocheld in procureur Bylemans, die duidelijk eieren voor zijn geld had gekozen en Moerman van bij het begin bij de zaak had betrokken.

'Natuurlijk houden wij u op de hoogte', zei hij. 'Dat spreekt vanzelf.'

Toen het gesprek was afgelopen, stopte hij lijdzaam zijn mobieltje terug.

'Het was te denken', bromde hij. 'We hebben een pottenkijker aan ons been.'

'Ene van de federale?'

Van Den Eede knikte misnoegd en greep naar het papiertje. 'Een zekere Willy Daamen.' Hij keek vragend naar Tarik, bij wie de naam evenmin een belletje deed rinkelen. 'En dan probeert ze ons nog op te zadelen met een tweede, zogezegd *hoogdringend* dossier', mopperde hij. 'Zeker in de hoop dat we geen tijd meer zullen hebben voor het eerste.'

Pas op dat moment zag hij dat er iets met Gitte was. Ze zat lijkbleek op een stoel en staarde, schijnbaar volkomen in gedachten verzonken, wezenloos voor zich uit.

Van Den Eede vroeg wat er scheelde. 'Toch niet ziek?'

Ze wreef verstrooid over haar voorhoofd en deed een poging om te glimlachen. 'Ik vrees dat er een aanval van migraine op komst is', zei ze. 'Daar heb ik soms last van.'

Dat ontbreekt er nog aan, dacht Van Den Eede, een FAST-lid dat geen stress verdraagt.

'Misschien beter dat ge dan maar naar huis gaat?' zei hij. Maar daar wilde Gitte niet van weten. Met een paar Dafalgans zou het wel overgaan. Als die er tenminste waren?

'In het bureau van Elias hangt een apotheekkastje', antwoordde Van Den Eede. 'Kijk daar maar eens in.'

Ze knikte flauwtjes, kwam overeind en liep wat onzeker naar de deur. Van Den Eede en Tarik wisselden even een blik.

'Van wie is dat tweede dossier?' vroeg Tarik.

Van Den Eede haalde ongeïnteresseerd zijn schouders op. 'Van een of andere jonge vrouw die na een weekendje penitentiair verlof niet terug naar de gevangenis is gekeerd.'

'Hier in Brussel?'

'Nee, ze zat in de Begijnenstraat in Antwerpen.'

'Al een tijdje geleden dat ik daar nog ben geweest', zei Tarik. 'In Antwerpen, bedoel ik dan', voegde hij er glimlachend aan toe.

De deur vloog open en Olbrecht en Elias kwamen binnen. In het kort deden ze verslag van hun gesprek met Betty De Jong. Rob Olbrecht had zijn conclusies al getrokken. Volgens hem had De Jong gelogen en had ze wel degelijk iets gehad met Danny Verelst.

'Dat geeft Fréson ineens ook een motief om die cipier...' De rest vulde hij aan door met zijn duim een snijgebaar langs zijn keel te maken.

'Als Rob gelijk heeft,' zei Tarik, 'dan is Betty De Jong dus ook in levensgevaar. Fréson lijkt me niet iemand die van half werk houdt.'

'Nee', zei Van Den Eede. 'Maar Rob heeft geen gelijk.'

Iedereen keek hem verbaasd aan. Hij nam het mapje waarin onder meer de geprinte pedigree van de ontsnapte moordenaar zat, en haalde er de kopie van de bezoekerslijst uit. 'Volgens deze registratie is De Jong op vrijdag 8 juni voor de laatste keer bij Fréson op bezoek geweest', zei hij. 'Kan iemand zich herinneren hoe lang Verelst volgens de directeur van Sint-Gillis in dienst was?'

Rond de mond van Elias speelde een geamuseerd glimlachje. 'Had hij het niet over twee maanden...?'

Olbrecht trok een gezicht alsof hij tandpijn had. 'Ze kan hem natuurlijk nog altijd ergens anders zijn tegengekomen', protesteerde hij, maar zonder veel overtuiging.

Gitte kwam terug binnen, liep zwijgend naar haar tafeltje en ging zitten.

'Ik heb daarjuist telefoon gehad van Sandy Moerman', zei Van Den Eede.

'Die kakmadam!' riep Olbrecht. 'Vond ze weer geen parkeerplaats?'

'We zullen het onderzoek moeten delen met een flik van de federale', zei Tarik.

'Willy Daamen.' Van Den Eede keek naar Rob en Wim. 'Zegt die naam u iets?'

Elias schudde traag van nee.

'Heel vaag', antwoordde Olbrecht. 'Maar vraag me niet van waar of wanneer.'

'Dat ben ik ook niet van plan', zei Tarik. 'Als ge nog niet kunt onthouden wat iemand gisterenavond heeft gezegd...'

Er werd eventjes gelachen. Behalve door Olbrecht.

'Hoe dan ook', besloot Van Den Eede. 'Ik wil dat iedereen er het beste van probeert te maken, zodat ze geen reden hebben om ons van de zaak te halen.'

Ze knikten allemaal, weliswaar zonder veel enthousiasme.

Opeens klonk achter hen de stem van Gitte, die vroeg of Betty De Jong geen bescherming nodig had zolang Fréson vrij rondliep.

'Misschien wel', zei Van Den Eede. 'Alleen hebben wij daar de middelen niet voor.'

'Tenzij gij er uw bed naast wilt zetten?' zei Olbrecht. 'Dat zou trouwens voor iedereen het beste zijn.'

Deze keer lachte niemand. Het had ook niet als een grapje geklonken.

'We kunnen aan de collega's van de federale vragen of zij een paar mensen kunnen missen', zei Van Den Eede. 'Maar volgens mij is die kans tamelijk klein.'

'De Jong heeft mijn telefoonnummer', zei Elias om Gitte gerust te stellen. 'Ze kan altijd bellen als er iets is. En mocht het nodig zijn, dan kunnen we haar nog altijd aanraden om voor een tijdje bij vrienden of familie onder te duiken.'

Gitte vroeg of het mogelijk zou zijn om de resultaten in te kijken van de psychologische tests die vaak van gedetineerden met psychische problemen worden afgenomen.

'Als die er zijn, dan denk ik wel dat ge dat kunt regelen met Luc Nuyens, die gevangenispsychiater', meende Elias. 'Wilt ge dat ik hem opbel?'

Gitte antwoordde dat ze dat zelf wel zou doen. Van Den Eede keek op zijn horloge. Bijna middag.

'Dan stel ik voor dat er nog rap iemand met die vroegere celgenoot van Serge Fréson gaat praten.' Hij doorbladerde zijn notitieboekje. 'Vincent Samaay. Het bedrijf waarvoor hij deeltijds werkt, is momenteel graafwerken aan het uitvoeren in de buurt van de Naamse Poort. Misschien dat ge hem daar vindt.'

'Aha, de *porte de l'amour!*' Tarik glimlachte. 'Vlak bij de Matongewijk.'

'We zijn al weg', zei Olbrecht met een wenkende hoofdbeweging naar Elias.

'Gij blijft hier, Wim. Voor u heb ik iets anders.'

Tarik leek opgelucht dat hij van achter zijn computerscherm weg zou kunnen.

'Hoe is het ondertussen met uw koppijn?' vroeg Van Den Eede aan Gitte.

'Beter. Dank u.'

'Gaat gij dan maar mee met Rob.'

'Zij?' riep Olbrecht, op een toon alsof Van Den Eede hem zojuist een oneerbaar voorstel had gedaan. 'Geen denken aan!'

Van Den Eede keerde zich traag om en keek Olbrecht aan. 'Luister, Rob', zei hij rustig. 'Aan u de keus: ofwel neemt ge Gitte mee, ofwel stuur ik Orhan en kunt gij voor de rest van de dag die beelden van de bewakingscamera's bekijken.' Hij wist dat Olbrecht een hekel had aan dat soort kantooropdrachten. 'Wat zal 't zijn?'

Olbrecht aarzelde nog. Hij wierp een boze blik in de richting van Gitte, die onbeweeglijk op haar stoel zat. Toen keerde hij zich plotseling om en liep met driftige passen naar de deur. Van Den Eede gebaarde met een hoofdknik dat Gitte hem achterna moest gaan. Ze hoorden dat ze haar best deed om hem in de gang bij te benen.

'Was dat wel verstandig?' vroeg Elias.

'Wat?'

'Die twee nu al samen op pad sturen?'

Van Den Eede zuchtte. 'Ik weet ook niet wat er met Rob aan de hand is. Zo ken ik hem niet. Maar of hij dat nu graag heeft of niet, vanaf nu maakt Meyer deel uit van het team en daarmee uit. Als hij daar, om welke reden dan ook, niet mee kan leven, dan moet hij zijn overplaatsing maar aanvragen.'

Hij verliet de kamer. In de gang bleef hij staan, nam zijn gsm en toetste het nummer van Linda in. Nog voordat hij zelf iets kon zeggen, klonk haar stem.

'Alles dik in orde hier', zei ze opgewekt. 'Joppe ligt naast mij in de zetel een dutje te doen.'

Van Den Eede glimlachte tevreden. 'Hij houdt er dus niks aan over?'

'Volgens Dina niet.'

'Zoveel te beter. Wat ik nog wou vragen, kunt gij vandaag langs de lokale politie gaan, om een klacht tegen onbekenden in te dienen?'

Even bleef het stil.

'Is dat echt nodig?'

'Ja', zei hij kortaf. 'En zeg tegen de commissaris dat ik hem een van de dagen zelf wel eens opbel.'

Hij rondde het gesprek af met de belofte om het vandaag niet te laat te maken.

'We zien wel...' zei ze effen.

Terwijl hij zijn gsm weer in zijn zak stopte, zag hij beneden op de parking Olbrecht en Gitte bij de Harley-Davidson staan. Blijkbaar was er een geanimeerde discussie aan de gang.

'We kunnen toch veel beter met mijn auto rijden', zei Gitte.

'Ik zie niet in waarom.'

Hij trok zijn zwarte leren handschoenen aan.

'Omdat ik geen goesting heb om achter op zo'n machine te kruipen. Daarom.'

'Oké', zei Olbrecht, terwijl hij zijn rechterbeen over de Harley zwaaide. 'Dan komt ge maar achternagereden.'

Hij stak de sleutel in het contact. Gitte legde haar hand op het verchroomde stuur. Olbrecht schoof de Aviator-bril, die met een elastisch riempje op zijn helm zat, naar beneden.

'Ik begrijp wel waarom ge zo doet, Rob. Als ik had geweten dat gij hier ook werkte, dan had ik nooit ja gezegd toen ze mij vroegen om...'

De rest van haar woorden werd overstemd door het geluid van de elektrisch startende motor, waarna Rob opzettelijk luidruchtig gas begon te geven. Gitte liet het stuur los en deed een stap achteruit. Olbrecht draaide zijn hoofd in haar richting. Door de donkere glazen van zijn bril zag ze hoe hij haar strak aankeek. Zuchtend gaf ze zich gewonnen en boog zich over de achterkant van de motor, om te zien waar ze ergens haar voeten kon zetten.

Rob gebaarde ongeduldig met een wapperende hand dat ze opzij moest gaan, stapte af en kantelde de Harley weer op zijn zijstandaard. Daarna klapte hij achteraan, links en rechts, twee platte voetsteuntjes open, haalde een tweede pothelm tevoorschijn uit de andere leren tas en stopte die, zonder één woord te zeggen, in haar handen. De helm was veel te groot voor haar, maar ze maakte er geen opmerking over. Hoe strak ze het kinbandje ook aantrok, de helm bleef wiebelen bij iedere hoofdbeweging die ze maakte. Toen ze achter op de motor wilde kruipen, hield Rob haar tegen.

'Wachten tot ik het zeg.' Hij stapte opnieuw op, duwde de motor met zijn linkerbeen rechtop en hield hem vervolgens in evenwicht. 'Voet op de steun en been strekken', riep hij, terwijl hij recht voor zich uit bleef kijken.

Gitte deed het, alsof ze een paard ging bestijgen.

'En nu rechterbeen erover.'

Met enige moeite zwaaide ze haar been over de zuil, waarop een beugel, als rugsteun voor de passagier, was gemonteerd. Ze zocht houvast voor haar handen. Toen ze dat nergens vond, greep ze noodgedwongen de zijkanten van Robs windjekker vast.

Olbrecht kneep de koppeling in, duwde met zijn linkervoet het schakelpedaal omlaag en liet soepel de koppelingshendel weer los. Hij trok zo snel op dat Gitte instinctief haar armen om zijn middel sloeg, bang dat ze achterover van de passagierszit zou tuimelen.

In de eerste scherpe bocht die ze namen, voelde ze de motor inkantelen. Het begon te kriebelen in haar buik. Het was alsof de machine onder hen wegschoof! Ze verkrampte en liet automatisch haar lichaam in de tegenovergestelde richting overhellen. Over zijn schouder riep Olbrecht dat ze dat niet mocht doen en moest meeleunen. Hij duwde zachtjes tegen de stuurhelft aan de binnenkant. Met wat extra gas vlogen ze de bocht weer uit. Door de acceleratie kwam de motor opnieuw overeind. Gitte slaakte een zucht van opluchting.

Maar toen ze na een paar kilometer rechtsaf de Lakenweversstraat insloegen, hield ze Rob nog altijd stevig vast. Ze had ondertussen wel gemerkt dat hij een ervaren motorrijder was, die wist wat hij deed en behendig door het drukke verkeer kon manoeuvreren. Toch hield ze bij elke bocht bang haar adem in, telkens wanneer de Harley, die volgetankt bijna 360 kilogram woog, naar links of rechts inkantelde.

Een paar minuutjes later arriveerden ze veilig en wel bij de Naamsepoort. In het midden van de licht afhellende rotonde, die Rob, in tegenstelling tot de andere bochten, aan de binnenkant nam, stond een hoge stalen constructie die het knooppunt tussen drie verschillende wijken symboliseerde. De chique Avenue de la Toison d'Or, de uitlopers van het Koninklijk Paleis en van het Europees Parlement, en natuurlijk Matonge.

In dat laatste stadskwartier – het meest exotische van heel Brussel – had Olbrecht ooit ettelijke avonden en nachten doorgebracht. De vele kraampjes met handgemaakte maskers en beeldjes, de ontelbare kapsalons, die vooral dienstdeden als ontmoetingsplaatsen, de koloniale cafés, van waaruit opzwepende Afrikaanse ritmes tot op straat te horen waren, de geur van gegrilde noten en bananen, en de zwoele nachtclubs hadden hem telkens weer in een euforische stemming gebracht. Niet voor niks hing er niet ver hiervandaan een groot bord met daarop de tekst: 'Smile, je bent in Matonge!' Enkele maanden had hij er zelfs een Congolese vriendin gehad. Die relatie was echter langzaam uitgedoofd. Olbrecht had het toen aan culturele verschillen geweten, maar was daar nu niet meer zo zeker van. Tot nog toe hadden eigenlijk ál zijn relaties een 'uitdovend karakter' gehad.

Sinds een tijdje was de sfeer in de Matongewijk aan het veranderen. De slagschaduw van het Europees Parlement hing als een dreiging boven dit kleine stukje Afrika, almaar meer verschenen internationale kledingwinkels en fastfoodketens in het straatbeeld en kwam de detailhandel in de handen van Indiërs en Pakistanen.

Olbrecht reed traag het pleintje rond en stopte vlak bij de ingang van een ondergrondse parking. Wat verderop stonden een verbodsbord en tweetalige omleidingspijlen. Enkele arbeiders waren straatstenen aan het opbreken, terwijl andere druk in de weer waren met het afrollen van dikke zwarte kabels. Hij drukte de motorstop in en wachtte tot Gitte was afgestapt voordat hij de Harley op z'n zijstandaard liet zakken. Hij wandelde in de richting van de enige man met een gele helm die stond toe te kijken in plaats van te werken.

'Bent u de aannemer?'

De man keek hem onderzoekend aan en antwoordde dat hij de opzichter was.

Olbrecht haalde zijn legitimatiekaart tevoorschijn en stelde zich voor. Over Gitte, die naast hem stond, repte hij met geen woord. 'Wij zijn op zoek naar Vincent Samaay', zei hij. 'Naar het schijnt werkt die hier.'

De werfleider knikte achterdochtig. 'Drie dagen in de week. Hij heeft toch niks uitgespookt?'

'Voor zover wij weten niet', zei Gitte. 'We willen hem alleen een paar vragen stellen over iemand anders.'

Aangezien ze dezelfde rang hadden, had ze natuurlijk evenveel recht om zich in het gesprek te mengen. Toch keek Olbrecht haar scheef aan. Ze leek zich er echter geen barst van aan te trekken. Ze vroeg wie van de arbeiders Samaay was. De werfleider wees naar een man die boven op een kleine graafmachine zat. Gitte knikte een bedankje en liep ernaartoe, alsof zij opeens de hogere in rang was. Rob keek haar verbouwereerd na.

'Mijnheer Samaay?' vroeg Gitte met haar legitimatie in haar hand.

De man, die gehoorbeschermers droeg, reageerde niet. Hij had zijn lange haar achterovergekamd en in een staartje samengebonden. In zijn linkerwenkbrauw stak een zilverkleurige piercing. Op zijn beide bovenarmen stonden felgekleurde tatoeages van blote vrouwen. Hij droeg een knalgeel T-shirt met daarop de kop van Bob Marley.

Olbrecht tikte hem op zijn knie. Samaay keek verstoord opzij, terwijl hij met zijn rechterhand een hendel overhaalde. De grijparm van de shovel bewoog hoekig naar links, waarna de gesloten laadbak met zand zowat voor Rob en Gitte hun voeten leeg werd gekieperd. Toen ook Olbrecht ostentatief met zijn legitimatiekaart begon te zwaaien, zette Samaay eindelijk zijn gehoorbeschermers af. Gitte vroeg of hij de motor stil wilde zetten. Samaay gebaarde dat hij haar niet had verstaan.

Olbrecht, die er genoeg van had, sprong op de trede van de graafmachine en draaide de sleutel in het contact om. 'Voilà, nu horen we tenminste wat we zeggen.'

'Mijnheer Samaay?' herhaalde Gitte.

Hij knikte stroef.

'Wij zouden eens over een vroegere celgenoot van u willen praten. Serge Fréson.'

'Wat is 't daarvan?'

'Ge weet misschien al dat hij is ontsnapt?'

Samaay haalde ongeïnteresseerd zijn schouders op. Hij greep naar zijn achterzak en haalde er een pakje zware shag uit, waarin ook Rizla-blaadjes zaten. Traag begon hij een sigaret te rollen.

'Zoveel te beter voor hem.' Hij grijnsde.

'Ja,' zei Olbrecht, 'maar niet voor die cipier wie hij de keel heeft doorgesneden.'

Samaay hield op met rollen. 'Welke cipier?'

'Danny Verelst.'

De ex-gedetineerde haalde zijn neus op, snoof luidruchtig en ging toen gewoon verder met het fijnrollen van de tabak tussen zijn duimen en wijsvingers.

'Ge kent hem dus?'

Hij maakte een hoofdbeweging die het midden hield tussen een ja en een nee. 'Kennen is veel gezegd', zei hij. 'Ik heb hem daar weten beginnen, dat is al.'

'En de naam Betty De Jong, zegt die u iets?' vroeg Gitte.

'Ah, Betty met de *boobs!*' Samaay lachte, waarna hij zijn ogen wijd opensperde en, als een slang, de punt van zijn tong op en neer bewoog tussen zijn lippen. Vervolgens likte hij traag, met een wellustige uitdrukking op zijn gezicht, aan de rand van het sigarettenblaadje, terwijl hij Gitte fixeerde.

'Als ge liever meegaat naar het politiebureau, dan moet ge 't maar zeggen', riep Olbrecht zo hard dat iedereen in de omgeving het kon horen.

Een paar arbeiders hielden op met werken en keken nieuwsgierig in hun richting. Samaay wierp hun een vieze blik toe, waarna ze grinnikend weer verdergingen.

'Wat wilt ge weten?'

'Die vermoorde cipier en De Jong, hadden die iets met mekaar?' vroeg Gitte.

'Betty *big boobs* en *den Danny*?' Hij begon te lachen, alsof dit de beste mop was die hij in lang had gehoord. 'Wie heeft u dat wijsgemaakt?'

'Met iemand anders dan?' drong Olbrecht aan.

'Als ge Serge moest geloven wel, ja.'

'Wie? Heeft hij een naam genoemd?'

Samaay stak de zelfgerolde sigaret tussen zijn lippen, haalde een Zippo-aansteker tevoorschijn en kneep één oog half dicht terwijl hij het vuur in de tabak zoog. Met een korte beweging van zijn hand klikte hij de Zippo dicht.

'Nee. En ik heb het ook niet gevraagd. Maar dat hij razend was omdat ze achter zijn rug...' Hij maakte een beukend gebaar met zijn vuist. 'Dát weet ik wel.'

Rob en Gitte keken elkaar even aan.

'Enig idee waar hij zich zou kunnen schuilhouden?' vroeg Gitte.

'Hoe kan ik dat nu weten?' bromde Samaay. 'Ik heb hem al een paar weken niet meer gezien.'

'Dat hoop ik voor u', zei Olbrecht.

Samaay keek hem fronsend aan. 'Hoe bedoelt ge?'

'Gij zijt toch vrij op proef, hè?'

De ex-gevangene plukte een stukje tabak tussen zijn lippen vandaan en knikte stug.

'Als ik u was, zou ik maar goed oppassen met wat ge doet.' Olbrecht reikte hem een blocnote en een pen aan. 'Uw adres en telefoonnummer', zei hij.

'Waar is dat voor nodig?'

'Ik wil weten waar we u kunnen vinden als 't nodig is.'

Samaay keek uit de hoogte minachtend op hem neer, maar begon toen toch te schrijven. Zwijgend gaf hij het notitieboekje terug.

'De Bouréstraat', las Olbrecht hardop. 'Is dat een zijstraat van de Waversesteenweg?'

Samaay knikte.

'Dat is niet zo ver van hier', zei Olbrecht terwijl hij naar zijn motor liep. Hij schoof zijn pothelm over zijn hoofd en gespte hem vast.

Gitte ging hem achterna. 'Wat gaat ge doen?'

'Eens kijken hoe hij daar woont.'

Ze keek hem geschrokken aan. 'Toch niet binnen?'

'Waarom niet?'

'Daar hebt ge toch een huiszoekingsbevel voor nodig?'

'Dat kunnen we later nog altijd aanvragen.' Olbrecht zwierde soepel zijn been over de metaalblauwe King Road Classic.

Gitte bleef koppig staan, ook nadat Olbrecht de motor had gestart.

'Hoe zit het? Rijdt ge mee of niet?'

'Ge denkt toch niet dat ik mij op mijn eerste dag al in de problemen ga werken?' protesteerde ze.

'Zoals ge wilt', zei Olbrecht.

Met een grommend geluid schoot de Harley naar voren de weg op. Olbrecht slingerde zich behendig tussen de wagens door. Hij hield nauwgezet de zijspiegels van de autobestuurders in het oog, om te zien of ze hem wel hadden opgemerkt. Nog voordat Gitte Meyer van haar verbazing kon bekomen, was hij al achter een lijnbus verdwenen.

Van Den Eede en Elias zaten over het dossier van Gaby Allaerts gebogen. Het was zojuist door een bode, in opdracht van Sandy Moerman, bij de ingang van de Géruzet afgegeven.

'Het moet wel héél dringend zijn', zei Van Den Eede. 'Als ze er zelfs speciaal iemand voor stuurt.'

Ze bekeken de bijgevoegde foto van Allaerts. Ze had een mager, langwerpig gezicht met uitstekende jukbeenderen, ogen die dicht bij elkaar stonden, een brede mond en zwart piekhaar dat een beetje naar alle kanten stak. Volgens Elias zag ze er anorexia-achtig uit.

'Of als een drugsverslaafde', zei Van Den Eede, terwijl hij het eerste blad van haar pedigree doorliep.

Bij de Antwerpse politie stond Allaerts geregistreerd als heroïnehoertje. Meer dan eens was ze in de verloederde buurt van het Centraal Station opgepakt voor het bezit van harddrugs. Telkens was ze, na een paar dagen cel, opnieuw de straat op gestuurd in afwachting van een proces, dat er echter nooit was gekomen. Waarschijnlijk verkeerde men in de veronderstelling dat ze haar vroeg of laat toch wel ergens dood zouden aantreffen.

Tot ze, in 1997, opeens tot zes jaar cel werd veroordeeld voor poging tot moord op een van haar klanten. In een peeskamertje boven de Bunga-Bunga, een nachtclub op het De Coninckpleintje, was ze de man met een zakmes te lijf gegaan. Ze had hem verscheidene ondiepe steken in zijn borst gegeven, waarvan geen enkele dodelijk was geweest. Maar door het vele bloedverlies was de toestand van het slachtoffer een tijdje kritiek geweest. Hij had twee dagen en nachten op intensieve zorg doorgebracht en was daarna anderhalve maand arbeidsongeschikt verklaard.

'Hier staat dat Allaerts in de gevangenis met succes een ontwenningskuur heeft gevolgd.'

'Wat op zich al een prestatie is', merkte Elias op. 'De meesten raken juist daar aan de drugs.'

'Wegens goed gedrag kwam ze in aanmerking voor vervroegde vrijlating', las Van Den Eede verder. 'Het was al de derde keer dat ze penitentiair verlof kreeg, en tot hiertoe had ze zich altijd stipt aan de voorschriften gehouden.' Hij keek Elias bedenkelijk aan. 'En nu verdwijnt ze ineens, een paar weken voor haar straf erop zit. Vreemd.'

'Is de lokale al bij haar thuis gaan kijken?'

'Ja. Daar was ze niet.'

'Misschien is ze bekenden uit haar vroeger drugsmilieu tegengekomen en hervallen? 't Zou niet de eerste keer zijn dat zoiets gebeurt.'

Van Den Eede knikte. 'Vraag eens na in de Antwerpse ziekenhuizen of er onlangs een junkie met een overdosis binnen is gebracht. En informeer ook maar eens bij de lijkenhuizen. Of ze ergens een ongeïdentificeerde dode hebben liggen.'

Hij logde in op het Rijksregister, waarin de adressen stonden waar Gaby Allaerts ooit officieel was ingeschreven. Haar thuisadres was op de Lintsesteenweg in Hove, een gemeente ten zuiden van Antwerpen. Verder had ze op verschillende plaatsen in de Sinjorenstad gewoond, meestal in louche buurten zoals het Falconplein of de omgeving van het Koninklijk Atheneum, waar de prostituees over elkaars voeten struikelden.

'Ga straks met Olbrecht maar eens met haar ouders praten', zei Van Den Eede. 'Misschien dat die iets meer weten.'

Net op dat ogenblik hoorden ze voetstappen in de gang.

'Als ge van de duivel spreekt...' Toen Elias de deur opende, zag hij alleen Gitte Meyer. 'Waar is Rob?'

Gitte keek hem stuurs aan. 'Die moest nog ergens naartoe.'

Ondertussen was Van Den Eede erbij gekomen. 'Naar waar?'

'Dat heeft hij niet gezegd.'

'Hoe zijt gij dan terug hier geraakt? Ik heb u toch samen zien vertrekken.'

Gitte sloeg gegeneerd haar ogen neer. 'Met een taxi...'

'Een taxi?' Zijn blik gleed naar Elias, die met een uitgestreken gezicht voor zich uit bleef kijken. Van Den Eede besloot er voorlopig maar niet verder op in te gaan. 'Hebt ge met Samaay gepraat?'

Gitte knikte en vertelde in het kort wat het gesprek had opgeleverd. Terwijl ze daarmee bezig was, klonk in de verte motorgeronk, dat snel naderbij kwam. Door het raam zagen ze Olbrecht arriveren.

'De rest vraagt ge seffens maar aan hem', zei Gitte bokkig.

Zonder om te kijken liep ze verder de gang in en verdween in de kamer waar Tarik nog altijd beelden zat te analyseren.

Ze hoorden beneden de deur open- en dichtgaan, gevolgd door holle stappen in de traphal. Even later verscheen Rob om het hoekje en kwam met stevige passen op hen toegelopen.

'Waar hebt gij gezeten?' vroeg Van Den Eede.

'Eens gaan kijken bij Samaay thuis', antwoordde hij zonder aarzelen.

'Ge zijt daar toch hopelijk niet binnen geweest?'

'Dat was niet de bedoeling', zei Olbrecht. 'Maar ik kon er toch ook niet aan doen dat er toevallig een raam openstond, hè.'

Van Den Eede zijn gezicht verstrakte. 'Godverdomme, Rob! Als Moerman dat hoort, dan zal er wat zwaaien. En wie denkt ge dat er dan voor zal mogen opdraaien?'

'Hoe zou ze dat nu te weten komen?' zei Olbrecht. 'Zolang niemand het haar vertelt.'

Van Den Eede schudde zuchtend zijn hoofd. Olbrecht was een prima en gedreven speurder, maar zijn eigengereide initiatieven hadden Van Den Eede al meer dan eens op stang gejaagd. Hij besloot evenwel zijn kalmte te bewaren.

'Weet Meyer dat ge daar zijt geweest?'

'Natuurlijk.'

'En heeft uw geheime *inkijkoperatie* iets opgeleverd?' vroeg Elias. Naast zijn mondhoeken verschenen kleine lachrimpeltjes.

'Geen spoor van Fréson te vinden', zei Olbrecht. 'We zullen hem ergens anders moeten gaan zoeken.'

'Zoals?'

'Waarom gaan we eens niet met de weduwe van die vermoorde cipier praten? Misschien dat die...'

'Omdat gij nu eerst met Wim naar Hove rijdt', onderbrak Van Den Eede hem.

'Hove? Wat hebben we daar verloren?'

'Dat zal hij u onderweg wel vertellen.' Hij wilde zijn kamer weer binnengaan, maar bedacht zich. 'Ah, en dan nog iets', zei hij schijnbaar terloops. 'Meyer heeft een taxi moeten nemen om hier te geraken. Ge kunt maken dat ge haar dat geld terugbetaalt. Begrepen?'

Hij wachtte niet op een reactie van Olbrecht en trok de deur met een klap achter zich dicht. Al had hij op dit moment maar al te graag de uitdrukking op het gezicht van zijn koppige inspecteur gezien.

4

In de schemerige rechthoekige kelder hing de geur van gesmolten kaarsvet. Robijnrode spotjes, ingebouwd in kleine nissen, wierpen grillige vlekken op het lage, vochtige plafond. Aan de ruwe betonnen wanden hingen voet- en handboeien, zware kettingen, gevlochten touwen en brede, ijzeren halsbanden met pinnen aan de binnenkant. Tegen de achterste muur van de ruimte, die eruitzag als een kerker van de inquisitie, waren twee horizontale balken bevestigd, waarop een andreaskruis was getimmerd. In de X-vormige binten waren op verschillende plaatsen stevige oogschroeven gedraaid. Aan het kruis hing een naakte vrouw. Haar handen en voeten waren met pols- en enkelbanden vastgemaakt. Het touw dat op een ingenieuze manier rondom haar hele lichaam was gedraaid, maakte iedere beweging onmogelijk. Op het eerste gezicht was niet te zien waar het touw begon of eindigde. Het was rond haar middel gewikkeld, verdween vervolgens, als een string, tussen haar gespreide benen, liep via haar rug naar haar linkerschouder, waarna het kruiselings over haar bovenlichaam was aangespannen en haar borsten, die vol gestold kaarsvet zaten, in een wurggreep hield. Op haar tepels en schaamlippen waren klemmen met elektroden geplaatst, die via stroomdraden met een apparaat op batterijen waren verbonden. Dat werd bediend door een in het zwart geklede man die wat verder in het schemerduister op een krukje zat. Zijn gezicht ging schuil achter een leren masker, wat hem het uitzicht van een middeleeuwse beul gaf.

Wat begon als een lichte prikkeling, ging langzaam over in pulserende pijngolven die door het lichaam van de vrouw stroomden. Toen de man de elektrische spanning nog wat verhoogde, begonnen de spieren van de vrouw zichtbaar te trillen. Maar nog altijd kwam er geen geluid over haar lippen. De man draaide de regelknop nog verder naar rechts. Op het display van het apparaat verscheen in het rood een flikkerende waarschuwing in de vorm van een inslaande bliksemschicht. Het leek wel alsof de vrouw erdoor werd getroffen. Haar hele lijf schokte en daverde nu, en diep uit haar keel steeg een dierlijk gegrom op, dat almaar luider werd en zich uiteindelijk ontlaadde in een langgerekte kreet. Toen de linkerhand van de man opnieuw naar de knop tastte, riep de vrouw dat het genoeg was.

'Genoeg, wíé?'

'Genoeg, Heer en Meester!'

De man wachtte nog enkele seconden, die schijnbaar eindeloos lang duurden, en schakelde dan het apparaat uit. Het lichaam van de vrouw hield van het ene op het andere moment op met schokken en werd slap. Met gestrekte armen hing ze uitgeput aan de handboeien, die tot bloedens toe in haar polsen sneden. Om haar lippen verscheen een dodelijk vermoeide, maar gelukzalige glimlach.

'Ik begrijp niet waarom ge met alle geweld met de auto wilde rijden', bromde Olbrecht, nadat ze in Mortsel al meer dan een kwartier hadden staan aanschuiven op de Mechelsesteenweg. 'Met de motor waren we er al lang geweest.'

'Hebt ge al eens naar de lucht gekeken?' vroeg Elias. 'Straks zult ge nog blij zijn dat we droog zitten.'

Twee minuten later waren ze amper tien meter vooruit gekomen. Olbrecht begon nerveus met zijn vingers op het dashboard te roffelen.

'Zullen we het zwaailicht gebruiken?'

'Nee', zei Elias rustig. 'Dat doen we niet.'

Opnieuw bleef het een tijdje stil in de Cruiser.

'Het zijn natuurlijk mijn zaken niet,' begon Elias, 'maar wat is dat eigenlijk tussen u en Gitte Meyer? Kent gij haar van vroeger of zo?'

'Dat klopt', antwoordde Olbrecht, terwijl hij door de voorruit naar de lange rij stilstaande auto's bleef turen. 'Het zijn inderdaad uw zaken niet.'

Nog eens tien minuten later draaiden ze eindelijk de Lintsesteenweg in en reden tot aan een voetbalveld, waarnaast een parkeerplaats lag. Het huis dat ze zochten, was het tweede aan de rechterkant. Een smal rijtjeshuis met een grijze gevel waartegen hier en daar plakken mos kleefden.

Elias schatte Marita Mertens vooraan in de vijftig. Ze had donkere, diepliggende ogen en lichtjes afhangende mondhoeken, die haar iets treurigs gaven. Misschien was daar ook wel reden toe, met een dochter als Gaby.

'De politie is al langs geweest', zei de vrouw, nog voordat ze zich hadden geïdentificeerd. 'En ik heb al gezegd dat ik niet weet waar mijn dochter is.'

'Toch zouden wij nog graag even met u spreken', zei Elias.

Aan de overkant van de straat bewoog een gordijntje en werd het gezicht van een oude man gedeeltelijk zichtbaar achter het raam. Marita Mertens wierp hem een venijnige blik toe en deed de deur verder open.

Ze kwamen in een smal gangetje, waarin de doorgang nog werd belemmerd door grote zakken kattenbakvulling en opeengestapelde kartons met blikjesvoeding. Olbrecht trok zijn neus op. Het stonk hier naar kattenpis.

Toen ze de woonkamer binnengingen, werd het alleen maar erger. De ruimte was sober ingericht. Het leek wel of alles hier van Spullenhulp[8] kwam. Tegen iedere zijmuur stond een reusachtige fauteuil met oude versleten dekens, waarin zich een zestal katten had genesteld. Twee ervan vluchtten onmiddellijk weg onder een kast. De andere hieven nieuwsgierig hun kopje op en keken afwachtend toe.

Marita Mertens ging zitten en nam een van de dieren, een grote pikzwarte poes met ogen als lichtgevende knikkers, op haar schoot. Elias en Olbrecht trokken ieder een stoel onder de tafel vandaan en gingen daarop zitten.

'Uw dochter zou binnenkort vervroegd vrijkomen', begon Elias.

Marita Mertens knikte somber. 'Ik begrijp er ook niks van', zei ze, terwijl ze de kat zachtjes over haar rug streek. 'Nog een paar weken... En dan doet ze zoiets.'

Ze schudde zorgelijk haar hoofd.

'Wat denkt ge dat er kan gebeurd zijn?' vroeg Olbrecht.

Marita haalde haar schouders op. 'Als ik dat wist, dan zat ik hier nu niet.'

'Het weekend dat ze verdween, heeft ze toen bij u gelogeerd?'

Ze knikte opnieuw. 'We hadden zelfs afgesproken dat ze na haar vrijlating voorlopig terug hier zou komen wonen.'

'Ge hebt dus geen ruzie gemaakt, of zo?' vroeg Olbrecht.

Marita reageerde verbaasd. 'Ruzie? Ik zou niet weten waarover.'

De hand waarmee ze de zwarte kat streelde, ging almaar heftiger heen en weer. De poes vond het duidelijk niet meer zo aangenaam. Ze stopte met spinnen en probeerde zich los te rukken. Maar Marita hield haar stevig vast.

---

8 Een keten van tweedehandswinkels die een socialere economie nastreeft.

'Wij spraken niet meer over vroeger. Wat voorbij is, is voorbij.'

'Zijt ge daar wel zo zeker van?' vroeg Olbrecht.

'Hoe bedoelt ge?'

'Uw dochter was vroeger aan de drugs. Had ze tijdens haar penitentiair verlof nog contact met andere junkies?'

De donkere ogen van Marita Mertens leken opeens nog duisterder te worden. 'Gaby is geen junkie! Ze raakt al meer dan een jaar geen drugs meer aan.'

Ze liet de kat los, die meteen van haar schoot sprong.

'Die gevangenis is dan toch nog ergens goed voor geweest', voegde ze er brommend aan toe.

Elias vroeg waar Gaby's vader was.

Marita liet een schamper lachje horen. 'Daar heb ik geen flauw benul van en het kan mij ook geen barst schelen. Hij is het hier jaren geleden zomaar afgebold en sindsdien hebben we er niks meer van gehoord.'

'Ja, er zijn zo van die smeerlappen', mompelde Olbrecht. Het klonk alsof hij nog iets ging zeggen, maar hij zweeg.

'Hadden Gaby en haar vader nog contact met elkaar?' vroeg Elias.

'Dat zou me verwonderen. Hij is haar niet één keer gaan bezoeken in de gevangenis. Zijn eigen dochter!'

Olbrecht wilde de voornaam van haar man weten.

'Stef', zei ze kortaf. Ze ging rechtop zitten en streek een paar kattenharen van haar rok.

Even was alleen het tevreden gespin van de poezen te horen.

'De laatste keer dat uw dochter hier was, hoe laat is ze toen vertrokken?' vroeg Elias.

'Rond kwart na vijf is ze naar de bushalte gegaan. Die is hier schuin tegenover. Om zes uur moest ze terug in de Begijnenstraat zijn.'

'Hebt ge haar op de bus zien stappen?'

Marita Mertens schudde van nee. 'Rond die tijd kijk ik altijd naar *Vlaanderen vakantieland.*'

'Kunt ge u herinneren wat ze die avond aanhad?'

De vrouw dacht even na. 'Een blauw jeansvestje en een spijkerbroek met daaronder witte sportschoenen.'

Toen ze weer op straat stonden, regende het pijpenstelen. Ze renden om het hardst naar de Cruiser, maar tegen dat Elias de portieren openklikte, kleefden hun kletsnatte haren al tegen hun schedel.

'Godverdomme, wat een strontweer!'

'Nog een geluk dat we niet met uw motor zijn gekomen.'

Binnen in de auto begonnen de ruiten meteen te beslaan. Het was alsof ze opeens in een dikke laag mist zaten. Elias stak zijn sleutel in het contact, draaide hem in de stand-bypositie en schakelde de ventilator in, die frisse lucht begon te blazen. Uit de cd-speler klonk, heel gepast, 'The Sky is Crying' van Albert King. De luchtstroom blies grillige kijkgaten in de bewasemde autoruiten, waarachter stukken van het voetbalveld en de straat zichtbaar werden. Voorbijrijdende auto's deden het regenwater dat in plassen op de baan stond hoog opspatten.

'Ik weet niet goed wat ik ervan moet denken', zei Elias. 'Volgens mij is er dat laatste weekend wél iets gebeurd, maar wilde ze het ons niet vertellen.'

'Zoals?'

'Mij maakt ge niet wijs dat iemand die op het punt staat vrij te komen, nog gaat onderduiken. Dat is iets wat gewoon niet klopt.'

'Ge weet wat ze zeggen, hè: eens een junk, altijd een junk.'

Elias zette de ventilator nog een streepje hoger. 'Misschien moeten we toch maar eens uitzoeken waar haar vader ergens woont?'

'Verloren moeite, als ge 't mij vraagt.'

Elias keek hem fronsend aan. 'Hoezo?'

Olbrecht veegde met zijn mouw over de beslagen zijruit en staarde zuchtend naar buiten. 'Die ouwe van mij is ook zo'n klootzak die ons jaren geleden in de steek heeft gelaten.'

Elias had die spontane bekentenis niet verwacht. Olbrecht was er normaal de man niet naar om veel over zichzelf te vertellen. Nu hij er goed over nadacht, was er eigenlijk maar weinig wat hij over het privéleven van zijn jonge collega wist.

'Dat is het eerste wat ik daarvan hoor.'

'Als ik mij ergens zou willen verschuilen, dan zou ik dat zeker en vast niet bij die schoft doen.' Hij keek Elias aan met een scheve grijns. ''t Zou trouwens moeilijk gaan. Ik weet niet eens waar hij woont.' Hij grinnikte sarcastisch. 'Zelfs niet of hij nog leeft.'

Het gekletter van de regen op het autodak begon stilaan te verminderen. Elias wilde iets antwoorden, maar wist niet goed wat. Sinds het dodelijke ongeval van zijn vrouw had hij het vaak moeilijk om over gevoelens te praten, niet alleen die van hem, maar ook van anderen. Alsof er telkens iets in hem blokkeerde. Een veiligheidsklep die dichtsloeg.

Hij duwde het ontkoppelingspedaal in, draaide de contactsleutel helemaal om en reed langzaam de parking af.

Toen ze bij de Géruzet arriveerden, was het gestopt met regenen en kwam er opnieuw een flauw zonnetje achter de wolken vandaan. Zwijgend liepen ze naast elkaar de trap op. Halverwege de gang botsten ze op Van Den Eede, die net uit zijn kamer kwam. Hij vroeg of het bezoek aan Marita Mertens iets had opgeleverd.

'Volgens haar is er thuis niks speciaals gebeurd en is Gaby 's avonds met de bus goed en wel op tijd terug naar Antwerpen gereden.'

'Of ze daar ook is aangekomen, dat is iets anders', zei Olbrecht.

Van Den Eede stelde voor dat ze de dienstregeling van De Lijn opvroegen.

'Misschien dat de buschauffeur zich iets herinnert?'

Olbrecht meende nog altijd dat ze haar tussen de junkies moesten gaan zoeken.

Elias knikte weifelend. 'Het is natuurlijk niet uitgesloten dat ze op de bus een oude bekende uit het drugsmilieu is tegengekomen', gaf hij toe, 'en dat ze samen ergens zijn afgestapt. Maar zelfs dan vind ik het vreemd dat ze zich in de loop van de avond of de nacht niet in de Begijnenstraat heeft gemeld. Ze kan toch niet zo stom zijn dat ze haar vervroegde vrijlating op het spel zet.'

'Als het waar is wat gij zegt,' zei Van Den Eede, 'dan hebben we meer met een onrustwekkende verdwijning dan met een ontsnapte gedetineerde te maken.'

'En is het dus geen zaak voor ons', besloot Olbrecht. 'Ik vraag me trouwens nog altijd af waarom dat dossier met alle geweld voorrang moest krijgen. Die ontsnapping uit Sint-Gillis is toch van een heel ander kaliber, zou ik denken.'

'Daarom dat ik het dossier over Allaerts aan Gitte Meyer heb gegeven...' zei Van Den Eede. 'Laat ze maar eens bewijzen wat ze waard is.'

Op het gezicht van Olbrecht verscheen een brede smile.

'Juist op tijd!' riep Tarik toen iedereen, behalve Elias, de inspecteurskamer binnenkwam. 'Ik heb hier iets eigenaardigs ontdekt op de beelden van die bewakingscamera.'

Hij draaide de monitor wat opzij, zodat iedereen mee kon

kijken. Eerst toonde hij beelden van de parking die waren gemaakt om 23.35 uur. Het terrein, voor zover zichtbaar, was volledig verlaten.

'Nu goed kijken.'

Hij sprong naar een marker op de tijdsband, een tiental minuten later, en zette het beeld daar stil. Op het computerscherm was nog altijd een lege parking te zien.

'Wel?' Zijn stem verraadde dat hij amper zijn ongeduld kon bedwingen.

'Wel, wat?' zei Olbrecht. 'Dat ziet er nog allemaal hetzelfde uit als daarjuist.'

Van Den Eede zweeg. Ook hij zag geen verschil met de vorige beelden.

Gitte kwam achter haar gammele tafel vandaan en ging naast hem staan. Ze negeerde Olbrecht volkomen.

'Ik moet toegeven dat het bij mij ook wel efkens heeft geduurd vooraleer ik het merkte', zei Tarik. 'Wacht, ik zal u een beetje helpen.'

Hij verdeelde het scherm door middel van een horizontale lijn in twee vensters. Het stilstaande beeld was nu tweemaal te zien. Waarna hij de bovenste opname terugzette op de eerste tijdspositie.

'Zoek het verschil', zei hij glimlachend.

Van Den Eede gunde Tarik zijn spelletje, maar begon het toch lichtjes op zijn zenuwen te krijgen. Ze hadden wel wat anders te doen. Juist op het moment dat hij dat wilde zeggen, riep Gitte opeens dat ze iets had gezien. Met haar wijsvinger wees ze naar een amper zichtbare schaduwvlek op het onderste deelvenster die op het bovenste beeld ontbrak.

'Toch iemand die kan kijken', verzuchtte Tarik.

'Een vlek?' zei Olbrecht. 'Is dat al?'

'Niet zomaar een vlek', zei Tarik. 'Wat ge daar ziet, is de

schaduw van een auto die, buiten beeld, met gedoofde lichten is komen aanrijden. Kijk maar.'

Hij scrolde een beetje terug en startte de opnamen opnieuw, maar ditmaal vertraagd. Olbrecht boog zich wat dichter over het scherm, waarop nu duidelijk te zien was hoe de rechthoekige vlek het beeld binnenschoof en groter werd.

'Dat kan geen toeval zijn', zei Van Den Eede. 'Degene die in die auto zat, wist wat hij deed.'

Tarik knikte. 'Dat denk ik ook. Hij stopt precies binnen de dode hoek van de camera.'

Hij scrolde het bovenste beeld verder tot het moment dat de gemaskerde opdook, even later gevolgd door de nachtwaker, die almaar dichterbij kwam. Ze zagen Fréson opnieuw zijn pistool richten op zijn achtervolger. Daarna draaide hij zich opeens vliegensvlug om, alsof hij door iets verrast was, keek vervolgens, met zijn rug naar de camera, opnieuw naar zijn neergeschoten achtervolger, stak zijn pistool weg en rende toen naar de plaats waar de wachtende auto moest staan.

Terwijl Van Den Eede naar de opnamen keek, werd hij opeens een vreemde tinteling achter zijn borstbeen gewaar en begon zijn hart wild te bonzen. Hij voelde hoe het bloed uit zijn gezicht wegtrok.

Elias kwam binnen met een papiertje in zijn hand. 'Ik heb de uurregeling van De Lijn opgevraagd. Hier is de naam van de chauffeur die dienst had toen Gaby Allaerts in Hove de bus nam.'

'Momentje, Wim', zei Olbrecht. 'We hebben juist ontdekt dat Fréson een medeplichtige had die hem heeft helpen vluchten.'

Gitte Meyer keek hem gekrenkt van opzij aan, maar slaagde er toch in haar mond te houden.

'Waarschijnlijk iemand die hem niet alleen na die inbraak en die moord heeft helpen ontsnappen', zei Tarik. 'Maar die hem misschien ook stond op te wachten na zijn ontsnapping uit Sint-Gillis. Herinnert ge u nog dat die psychiater het over een licht had dat dichterbij kwam en groter werd? Volgens mij waren dat autolampen.'

'Spoel die beelden nog eens terug naar het moment waarop er wordt geschoten', zei Van Den Eede. Zijn stem klonk schor, alsof iemand zijn keel dichtkneep.

'Waarom?' vroeg Tarik. 'Zijt ge niet overtuigd?'

'We zijn allemaal even grote stommeriken', zei hij zonder van het scherm weg te kijken. 'Wij niet alleen trouwens.'

Tarik deed fronsend wat hem werd gevraagd.

'Kijk nu eens goed naar Fréson op het moment dat hij zich naar de nachtwaker omkeert en zijn pistool trekt', zei Van Den Eede. Zijn stem klonk opnieuw vast en zelfverzekerd.

Even hoorden ze niets anders dan het gezoem van de computer en elkaars ademhaling.

'De schutter heeft het wapen in zijn linkerhand', zei Tarik. 'Fréson is linkshandig. Dat klopt dus.'

Van Den Eede knikte. 'Er is iets anders wat níét klopt.'

Opnieuw keek iedereen gebiologeerd naar het scherm.

'Wel, godverdomme', zei Elias traag. 'Ge hebt gelijk, Mark. Dat is Fréson niet die schiet!'

'Hoe bedoelt ge?' stamelde Olbrecht. 'Ge ziet hem toch zijn pistool trekken en richten?'

De spanning was nu te snijden.

'Maar alleen bekeken vanop zijn rug', zei Elias. 'Op het ogenblik dat hij schiet, is het wapen zelf niet in beeld.'

'Ja, en dan?'

'Maar wel iets anders...' Hij keek veelbetekenend naar Van Den Eede, die goedkeurend knikte.

'Kunt ge frame per frame weergeven vanaf het moment dat hij zijn pistool richt?' vroeg Van Den Eede aan Tarik.

'Natuurlijk. Geen probleem.'

Hij ging naar het gevraagde punt op de opname en klikte met de pijltjestoets beeldje voor beeldje verder. Het leek wel een vertraagde tekenfilm.

Toen Fréson zijn linkerarm bijna had gestrekt en de nachtwaker angstvallig dichtbij kwam, wees Van Den Eede naar de dode hoek van de camera, waar de auto moest staan. 'Naar hier moet ge kijken.'

Eerst was het niet méér dan een oplichtend vlekje, alsof er een stofje voor de cameralens hing. Naarmate de frames opschoven, werd het een langgerekt wit streepje, dat op een kleine blikseminslag leek. Daarna verdween het weer even vlug als het was gekomen. Op de daaropvolgende beeldfragmentjes zagen ze hoe Fréson zijn hoofd met schokjes naar de camera keerde. De uitdrukking op zijn gezicht bleef verborgen achter zijn masker. Maar in de twee grote gaten die zijn ogen vrijlieten, was een merkwaardige verandering te zien. In plaats van ze dicht te knijpen, tegen het licht van de spots op de parkeerplaats, werden zijn ogen almaar groter, alsof hij van iets schrok.

Tarik leunde achterover. 'Wel, wel...' Hij schudde zuchtend zijn hoofd, waarschijnlijk teleurgesteld omdat hij het zelf niet had ontdekt. 'Het dodelijk schot is niet door Fréson afgevuurd, maar door degene die hem in de auto zat op te wachten.'

Hij haalde zijn vinger van de pijltjestoets. De opname keerde terug naar de normale snelheid van 25 frames per seconde. Opnieuw zagen ze de onfortuinlijke nachtwaker op de grond zijgen. De gemaskerde Fréson liet zijn linkerarm zakken, keerde zich nog eenmaal om naar het slachtoffer, stak zijn pistool weg en liep toen het beeld uit, in de richting van de dode hoek.

'Wie was de onderzoeksrechter die zich destijds met dat dossier bezighield?' vroeg Olbrecht.

'Sandy Moerman', zei Van Den Eede. 'Nu begrijp ik al beter waarom Bylemans alles liever naar haar doorschoof. Ze hebben van dat onderzoek indertijd één grote knoeiboel gemaakt, en nu hebben ze schrik dat wij dat zullen ontdekken.'

'Geef ze eens ongelijk', zei Elias met een aanstekelijke twinkeling in zijn ogen.

Enkele tellen bleef het stil. Toen schoot iedereen hardop in de lach.

Nog nooit had hondengeblaf hem zo als muziek in de oren geklonken. Terwijl Van Den Eede de garage nog aan het afsluiten was, opende Linda de voordeur en kwam Joppe vrolijk kwispelend op hem afgelopen. Aan niets was te zien dat de bordercollie vannacht door het oog van de naald was gekropen. Hij sprong tegen zijn baasje op alsof hij hem wilde omarmen, iets wat Van Den Eede normaal niet tolereerde. Maar nu liet hij hem begaan. Wanneer de hond zijn lichaam volledig strekte, kon hij zijn poten bijna op Van Den Eedes schouders leggen.

'Ge zijt zo vroeg vandaag', zei Linda.

'Ik had toch gezegd dat ik op tijd thuis zou zijn.'

Hij gaf haar een kus op haar mond, waarna ze samen naar binnen gingen.

'Ja, maar tussen zeggen en doen is bij u soms een groot verschil.' Ze glimlachte. 'Eigenlijk moet ik nog aan het eten beginnen.'

Dat vond Van Den Eede niet erg, want dan kon hij nog een wandeling met Joppe maken.

'Neem Stijn dan ook maar mee. Die zit al zeker een uur op zijn kamer te kniezen.'

'Wat nu weer?'

Linda haalde haar schouders op. 'Hij beweert dat er twee jongens in zijn klas zitten die hem plagen.'

Van Den Eede liep naar de veranda en kwam terug met de leiband van Joppe. Bibberend van opwinding ging de hond vlak voor hem zitten en liet bereidwillig zijn halsband om doen.

'Hebt ge er met zijn juffrouw over gepraat?'

'Volgens haar is er niks aan de hand. Als iemand hem naar zijn goesting wat te lang bekijkt, dan is hij al compleet over zijn toeren. Ge kent hem, hè.'

Van Den Eede knikte. Maar was het wel waar dat hij zijn zoon kende? Al zo vaak had hij geprobeerd om te begrijpen wat er in dat verwarde hoofd omging. Details waar andere mensen gewoon overheen keken, bleven als weerhaken in zijn gedachten vastzitten en groeiden vervolgens uit tot onoverkomelijke problemen. In zijn wereld smolten inbeelding en realiteit samen tot één grote bedreigende chaos.

Onder aan de trap riep hij Stijn, maar die liet zich niet zien.

'Blijf, Joppe.'

Ondanks zijn ongeduld om aan de wandeling te beginnen ging de hond meteen liggen, met zijn kop tussen zijn gestrekte voorpoten. Van Den Eede liep met sprongen de trap op. Voor de kamer van Stijn bleef hij staan. Toen er ook na de tweede keer aankloppen geen reactie kwam, deed hij voorzichtig de deur open. Stijn zat in kleermakerszit op zijn bed, met zijn rug naar hem toe. Het leek of hij naar buiten keek. Maar toen Van Den Eede dichterbij kwam, zag hij dat zijn ogen gesloten waren, alsof hij zat te mediteren. Zijn linkerhand lag met de palm naar boven in zijn schoot en werd gedeeltelijk bedekt door zijn rechterhand, die iets vasthield.

Het duurde een paar seconden voordat Van Den Eede besefte wat het was. Tussen zijn vingers had Stijn een kleine passer, waarmee hij in zijn linkerpols zat te prikken. De scherpe punt ging werktuiglijk op en neer als de naald van een naaimachine.

'Wat zijt gij aan 't doen? Stop daarmee!'

Het was alsof Stijn een elektrische schok kreeg. Met een verwilderde blik keek hij zijn vader aan. Hij was zo geschrokken dat hij de passer zonder tegenstribbelen uit zijn hand liet trekken. De pols van zijn linkerhand zat vol bloeddruppeltjes. Gelukkig had hij geen slagader geraakt.

'Gij verschiet mij!' riep hij boos.

'Gij mij ook', zei Van Den Eede. 'Wat vangt gij toch allemaal aan!' Hij probeerde de onderarm van zijn zoon vast te pakken, maar Stijn hield die koppig onder zijn rechteroksel geklemd. 'Laat mij uw hand zien.'

'Wat is hier gaande?'

In de deuropening stond Linda met een verbaasd gezicht toe te kijken.

'Die onnozelaar zat met een passer in zijn arm te steken.'

'Maar Stijn toch...' Er klonk geen enkel verwijt in haar stem, alleen maar bezorgdheid. 'Waarom doet ge nu zoiets?'

Krampachtig kneep Stijn zijn lippen op elkaar. Zijn kaakspieren trilden van de spanning.

'Kom, laat mama eens kijken.'

Zonder tegen te stribbelen liet hij haar zijn arm vastnemen. Aan de binnenkant van zijn pols zat nu een bloederige veeg.

'Maak dat washandje eens nat', zei Linda.

Van Den Eede deed zwijgend wat ze vroeg.

Voorzichtig wreef ze het bloed weg. Hier en daar verschenen meteen opnieuw rode puntjes. 'Dat valt nog wel mee', zei ze. 'We gaan dat beneden eens goed ontsmetten, en dan een verband errond.'

Met gebogen hoofd, alsof hij zich diep schaamde, liep hij naast zijn moeder de kamer uit. Van Den Eede voelde zich op slag droevig worden. Niet alleen om wat Stijn had gedaan, maar vooral over de onbeheerste manier waarop hijzelf had gereageerd. Alsof hij de mentale handicap van zijn zoon nog altijd niet kon accepteren.

Met afgemeten passen, in iedere hand een kale tak die hij als een vlaggenstok omhoog hield, liep Stijn een meter of vijf voorop. Rond zijn linkerpols had hij een zwachtel, die Linda vakkundig had aangebracht. Te zien aan de soepele draaibewegingen die hij met beide handen maakte, had hij weinig of geen last van de prikwondjes. Van Den Eede vroeg zich af of zijn zoon ongevoelig voor pijn was. Als kind had Stijn ooit zijn hand op de gloeiend hete plaat van een koffiezetapparaat gelegd. Zijn huid was verbrand tot in de tweede graad, maar hij had geen kik gegeven. Niet omdat hij geen pijn voelde, volgens de dokter, maar omdat zijn aandacht elders was... Van Den Eede had er toen het zijne van gedacht.

Joppe liep al snuffelend van de ene naar de andere kant van de zandweg die naast de stromende Maalbeek liep. Van Den Eede hield hem scherp in de gaten, uit angst dat hij weer iets giftigs zou opschrokken. Bij de vijver sloegen ze links af over het bruggetje. Terwijl ze in de richting van het natuurgebied liepen, dat zich iedere dag een beetje meer in herfstkleuren hulde, zag Van Den Eede tussen de bladeren iets glinsteren. Hij bukte zich en raapte het op. Het was een lege blauwgekleurde cartouche van het merk Rio, kaliber 12. Hij bleef er even mee in zijn hand staan en stak vervolgens de hagelpatroon in zijn zak. Uit de tegenovergestelde richting kwamen een man en een vrouw aangewandeld. Ze droegen allebei hoge gummilaarzen en een mouwloos vest over een dikke, gebreide trui. De vrouw hield een rieten mandje vast waarin paddenstoelen lagen.

'Dat is ginder natuurgebied', zei de man, met een scheve blik naar Joppe.

'Dat weet ik', antwoordde Van Den Eede.

'Honden moeten daar aan de leiband.'

'Is dat zo?' zei Van Den Eede, terwijl hij onverstoord en zonder om te kijken verderliep.

Achter zich hoorde hij verontwaardigd gemompel. De man had natuurlijk gelijk, maar als het zo voortging, dan mochten binnenkort nergens in België nog honden vrij rondlopen. Soms leek het wel of milieuverenigingen, Natuurpunt op kop, fundamentalistische trekjes kregen. Overal werden zogenaamde 'exoten' gerooid om plaats te maken voor inheemse bomen en planten. Eigen natuur eerst! En honden waren nergens meer welkom, omdat ze 'de natuurlijke habitat verstoorden'. Als er één wezen op aarde rondliep dat een bedreiging was voor de natuur, dan was dat wel de mens. Voor de wet waren dieren niet veel meer dan levende gebruiksvoorwerpen zonder rechten, met alleen maar plichten en volledig overgeleverd aan de grillen van hun eigenaars. Gaia,[9] waar Van Den Eede al sinds de oprichting lid van was, had eens met een verborgen camera systematische mishandelingen van koeien en paarden op veemarkten gefilmd, en werd vervolgens zelf veroordeeld wegens 'schending van de privacy' van de dierenbeulen, die vrijuit waren gegaan. Onlangs had de lokale politie van Wevelgem, na maandenlang intensief speurwerk, een bende opgerold die ergens in een oude schuur hondengevechten organiseerde, waarbij grof geld werd ingezet. De politieman die er met veel moeite in was geslaagd de organisatie binnen te dringen, kreeg van de rechter een vermaning wegens uitlokking van criminele feiten; de misdadigers zelf waren er,

---

9 Een Belgische dierenrechtenorganisatie.

precies om die reden, met een voorwaardelijke straf vanaf gekomen. De honden hadden, op rechterlijk bevel, allemaal een dodelijke injectie gekregen, omdat ze als te gevaarlijk werden beschouwd. In Van Den Eedes ogen bestonden er geen gevaarlijke honden, alleen maar onverantwoordelijke baasjes. En domme, onbekwame rechters die zich hoog boven alles en iedereen verheven waanden. Zonder dat de minister van Justitie daar ook maar iets aan deed, allemaal onder het mom van de 'scheiding der machten'. Als die marionet toch niks te zeggen had aan al die wereldvreemde magistraten, wat voor nut had hij dan?

Opnieuw zag hij een leeg hagelpatroon liggen. Er werd dus zelfs in natuurgebied gejaagd! Hij bukte en raapte het op. Dit exemplaar was van hetzelfde kaliber, maar van een ander merk. Mirage, las Van Den Eede op de zijkant van de huls. Toen hij weer overeind kwam, zag hij een tiental meter verder Joppe met zijn neus tegen de grond het bos in duiken. Van Den Eede riep hem, maar toen hij niet meteen kwam, rende hij hem achterna. Op een open plek tussen de bomen zag hij hem aan iets staan snuffelen.

'Joppe! Kom hier!'

Traag kwam de hond aangelopen. Van Den Eede gaf hem een droog brokje als beloning. Op de plaats waar Joppe had staan snuffelen, lag iets tussen de bladeren. Toen hij dichterbij ging, zag hij dat het een dode buizerd was. Naast de vogel lag een half verslonden duif. Hij haalde een poepzakje tevoorschijn en stopte het karkas van de duif erin.

De rondborstige uitbaatster van de Liermolen begroette hem met een stralende glimlach.

'Wie we daar hebben! Ik begon al te denken dat ge mij vergeten waart.'

'Maar Martine toch', zei Van Den Eede hoofdschuddend. 'Hoe zou dat nu kunnen?'

Ze bekeek hem met een dubbelzinnige blik. 'Ik zal maar denken dat ge 't als een compliment bedoelt, zeker?'

Van Den Eede knikte. 'Natuurlijk, hoe anders?'

Sinds de echtscheiding van Martine, enkele jaren geleden, deden over haar de wildste geruchten de ronde. Volgens de ene was ze een op drift geslagen nymfomane, volgens een andere had ze een intieme relatie met de oudste dochter van de notaris.

Van Den Eede en Stijn namen plaats aan een hoektafeltje. Er stonden twee mannen in jachtkledij te praten aan de toog. Ze dronken graanjenever. Tussen hen in lag een Duitse brak rustig te slapen. Hij trok lui één oog open, maar leek zich niet te storen aan de aanwezigheid van een andere hond. Voor de rest was het café leeg.

Ook al was het een tijdje geleden, toch gaf het Van Den Eede nog altijd een speciaal gevoel om hier over de vloer te komen. Vroeger, toen hij nog commandant van het SIE was, kwamen ze hier geregeld iets drinken na een training op het vliegveld van Grimbergen. Ook Erik Rens, zijn veel te vroeg gestorven collega, was daar meestal bij. Van Den Eede vroeg zich af hoe het ondertussen met Leslie, de vriendin van Erik, zou zijn. Toen hij werd vermoord, stonden ze op het punt te trouwen. Op de begrafenis had ze Van Den Eede geen hand willen geven. Ze hield hem ongetwijfeld verantwoordelijk voor de dood van Erik. Iets wat hij zelf ook nog altijd zo aanvoelde.

Martine haalde een knakworstje uit een blikje en gaf het aan Joppe, die het gretig naar binnen speelde.

'Wat is er met u gebeurd, Stijn?' Ze wees naar zijn pols.

'Gevallen', zei Van Den Eede.

'Is niet waar!' protesteerde Stijn. 'Ik zijt níét gevallen! Gij liegt alsof in de gazet staat!'

Van Den Eede gebaarde naar Martine dat ze het onderwerp maar beter kon laten rusten. Ze knikte begrijpend en vroeg wat Stijn wilde drinken.

'Cólalóla!' riep hij, alsof Martine een paar tientallen meters bij hem vandaan stond. 'Maar wel in proper glas en met zónder rietje!'

De jagers keken nieuwsgierig in zijn richting.

'Komt in orde.' Ze wendde zich tot Van Den Eede. 'Voor u ook zoals gewoonlijk, zeker?'

'Nee, geen Leffe deze keer', zei Van Den Eede. 'Liever een aperitiefje. We moeten nog eten vanavond. Hebt ge nog van die Zuid-Afrikaanse sauvignon?'

'Natuurlijk', zei Martine. 'Dat is onze huiswijn.'

Ze ging terug achter de toog, schonk de drankjes in en verdween toen in de keuken.

De jagers keken opnieuw in de richting van Stijn, die met bierkaartjes zat te frutselen. Ze mompelden iets tegen elkaar en schoten vervolgens in de lach. Stijn stopte dadelijk met zijn gefriemel en keek verbolgen naar de twee mannen. Een van hen greep naar het jeneverkruikje en vulde hun glaasjes bij tot aan de rand.

'Die twee daar lach mij uit!'

'Maar nee', zei Van Den Eede, al had hij deze keer het gevoel dat Stijn gelijk had. 'En wijs zo niet naar die mensen. Dat is onbeleefd.'

Stijn liet zich echter niet intomen. 'Dà zijn gevaarlijke!' riep hij. 'Die zijn alle twee doodschieters!'

'Praat stiller of zwijg anders.'

Martine kwam uit de keuken met een glazen schoteltje in haar handen, dat ze naast de drankjes op een dienblad plaatste. Glunderend liep ze ermee naar het tafeltje van Van Den Eede, die al lang doorhad wat ze in de keuken was gaan doen.

'Voilà, hier zijn we ermee.' Ze zette de bestelde drankjes

neer en greep toen naar het schoteltje. 'En dat is er eentje van het huis', zei ze met een brede glimlach.

Van Den Eede deed of hij verrast was, en keek verlekkerd naar de gemarineerde sardientjes die voor hem op tafel stonden. 'Begrijpt ge nu waarom ik u niet zou kunnen vergeten?' vroeg hij plagerig.

Martine deed alsof ze beledigd met haar dienblad op zijn hoofd ging slaan. 'Laat het smaken', zei ze.

Stijn begon met een bierkaartje onder zijn neus te wapperen. 'Die vieze dinges stink alsof naar vis!'

'Het ís ook vis', zei Van Den Eede. 'Sardientjes.' Hij stak zijn vork in de olijfolie en prikte er eentje aan. 'Eens proeven?'

'Bah!' riep Stijn vol afkeer, terwijl hij zo ver mogelijk achteruitdeinsde.

Van Den Eede stak het sardientje in zijn mond, veegde zijn lippen af en nam een slok van de fruitige Zuid-Afrikaanse wijn. Hij gebaarde naar Martine, die achter de toog glazen stond af te wassen, dat het allemaal perfect was. Ontspannen leunde hij achterover en sloeg zijn benen over elkaar.

'En vertel nu eens wat er vandaag op school is gebeurd', zei hij quasi terloops, 'en waarom ge zo slechtgezind waart.'

'Was weeral een rottige dag voor mij', riep Stijn. 'Ik word alsof nog zot van die Pieter en die Frank. Die kijk altijd maar naar mij op de speelplaats, en dan zeg ze: "Aha, Stijn, gij zijt weeral voor boom aan het spelen, ofwà!"'

'En dan? Ge moet u dat toch zo niet aantrekken. Laat ze zeggen.'

'Ik trek wél mij aan!' riep hij koppig. 'Want ik kunt daar niet tegen.'

Vanuit zijn ooghoeken kon Van Den Eede zien dat de mannen bij de toog geamuseerd stonden te luisteren. Waarom moest Stijn ook altijd zo hard roepen?

'Dat is heel spijtig', zei Van Den Eede gedempt. 'Maar nog geen reden om uzelf pijn te doen.'

Stijn staarde zwijgend in zijn glas.

Van Den Eede spoelde nog een sardientje door met een slok wijn. 'Waarom doet gij dat?'

'Wat?'

Hij wees naar zijn omzwachtelde pols.

Stijn haalde nukkig zijn schouders op. 'Omdà ik nie weet wà ik doet.'

Aan de toog klonk geniepig gelach.

'De mensen hebt altijd een raar gedacht over mij.'

'Hoe zou dat komen?' hoorde Van Den Eede een van de jagers zeggen.

'Is omdà ik een stomme autentist zijt!'

'Dat zijn dan zelf heel domme mensen', zei Van Den Eede hardop en met een schuine blik naar de toog. 'Kom, drink uw cola nu maar op, want straks zijn we nog te laat voor het eten.'

Stijn sloeg zijn glas met een klokkend geluid in één keer achterover en zette het met zo'n harde klap terug op de tafel dat de Duitse brak geschrokken zijn kop ophief.

Van Den Eede werkte het laatste sardientje naar binnen, nam zijn portefeuille en liep ermee naar de toog. Hij haalde een briefje van 10 euro tevoorschijn.

'Toch weer geen problemen met Stijn?' vroeg Martine, terwijl ze in de kassa naar wisselgeld begon te zoeken.

'Och, niet meer dan anders', verzuchtte Van Den Eede. Hij gebaarde dat ze de muntstukken kon houden, en bedankte haar nog eens voor de gemarineerde sardientjes.

Martine zei dat hij de groeten aan Linda moest doen.

'Dat zal niet mankeren.' Stijn was al buiten, toen Van Den Eede zich opeens omkeerde. 'Dat is waar ook', zei hij. 'Onderweg naar hier heb ik een dode buizerd gevonden. Waarschijnlijk vergiftigd. Enig idee wie dat kan hebben gedaan?'

Martine keek hem eerst een beetje vreemd aan, maar leek toen te begrijpen dat de vraag eigenlijk niet voor haar was bedoeld.

De jagers vulden in stilte hun jeneverglaasjes bij.

'De heren, misschien?' vroeg Van Den Eede.

De man die met zijn rug naar hem toe stond, keerde zich traag om en keek hem uitdagend aan. Hij had een pafferig gezicht, waarvan de huid bezaaid was met purperen adertjes.

'Wat bedoelt ge daarmee?' bromde hij. 'Beschuldigt gij ons van iets?'

'Helemaal niet', zei Van Den Eede glimlachend. 'Ik vroeg alleen maar of u een idee heeft wie zoiets doet.'

De man haalde met een hoekige beweging zijn schouders op. 'Wij zijn al jarenlang lid van Sint-Hubertus.' Hij stak trots zijn kin vooruit. 'Als wij iets doden, dan doen we dat met ons geweer. Niet met vergif.'

'En hoe was de jacht vandaag?' vroeg hij, schijnbaar geïnteresseerd.

'Dat ging wel', zei de man vlak. Hij sloeg zijn jenever in één keer naar binnen.

Van Den Eede tastte in zijn binnenzak, haalde er een kaartje van het FAST met daarop zijn naam, rang en telefoonnummer uit en gaf het aan de man. 'Dat wil lukken', zei hij. 'Ik jaag namelijk ook. Maar alleen op grof wild.'

De man leek enigszins van zijn stuk gebracht. Hij keek met een diepe frons in zijn voorhoofd naar het kaartje, maar nam het niet aan. Van Den Eede greep opnieuw in zijn jaszak en toonde de gevonden hagelpatronen.

'Gebruikt u die munitie?'

De twee jagers keken even naar de cartouches en schudden toen allebei tegelijk van nee.

'Welke dan?'

'Andere', antwoordde degene die tot nu toe het woord had gevoerd.

Van Den Eede glimlachte even naar Martine, die achter de toog glazen stond om te spoelen. Daarna wendde hij zich opnieuw tot de jagers.

'Mocht ge toevallig iets te weten komen over iemand die hier in de buurt gif rondstrooit, dan kunt ge mij altijd op dat nummer bereiken', zei hij vriendelijk. Hij schoof zijn kaartje in het borstzakje van de jager met wie hij had gesproken. 'Op zoiets staan namelijk zware straffen. Maar als trouwe leden van Sint-Hubertus wist ge dat natuurlijk al wel.'

Hij keerde zich om en, met een knipoog naar Martine, liep hij naar buiten.

'Kom, Joppe, we gaan naar 't vrouwtje.'

Stijn slenterde, met twee grote takken in zijn handen, over het lege terras in de richting van de Borrestraat. Van Den Eede zag dat naast het molenrad een zwarte terreinwagen stond geparkeerd. Hij liep ernaartoe en keek door het achterraam naar binnen. Er lagen twee jachtgeweren, een weitas en patroongordels in. Met zijn gsm maakte hij er een paar foto's van. Hij nam er ook nog vlug een van de nummerplaat. Net toen hij zijn mobieltje weer weg wilde steken, hoorde hij het geluid van een inkomend bericht.

'Eten bijna klaar.'

'Zijn er over 10 m'tjes', antwoordde hij.

Van die gemarineerde sardientjes had hij alleen nog maar meer honger gekregen.

Het regende lichtjes, maar daar leek de man die bij de bushalte ter hoogte van de Delhaize op de Wezembeeklaan in Kraainem stond zich niets van aan te trekken. Hij had juist een nieuwe sigaret opgestoken en zoog de rook tot diep in zijn longen, terwijl hij naar het huis aan de overkant keek. Af en toe stoven er auto's voorbij, de meeste met hoge snelheid, want het was hier een lange, rechte weg. In het hoekhuis aan de overkant waren alle rolluiken, behalve die op de benedenverdieping, gesloten. Achter dat ene raam flikkerde het blauwige licht van een televisietoestel.

Een koude windvlaag deed de man rillen. Hij kreeg een verschrikkelijke hoestbui. Rochelend haalde hij een fluim op, die hij met kracht op de rijbaan spuwde.

Uit de richting van Wezembeek kwam een auto aangereden, die naar rechts knipperde. Hij vertraagde tot bij de woning op de hoek, draaide langzaam de oprit op en parkeerde naast de lichtgrijze Volvo.

De man bij de bushalte deed nog één trek aan zijn sigaret en schoot die toen met duim en wijsvinger een eind weg op het natte asfalt. Hij deed een paar passen naar voren om beter te kunnen zien wie er uit de auto stapte. Op dit moment had hij lang gewacht.

De chauffeur was een opgeschoten, magere man met een hoog voorhoofd. Nadat hij een boeketje bloemen van de achterbank had gehaald, klikte hij zijn wagen op slot. Met afgemeten stappen liep hij naar de voordeur. Het duurde even voordat het licht in de hal aanging.

Bij het idee dat die slungel daar aan de overkant nog niks wist van wat hem heel binnenkort boven het hoofd hing, begon de man bij de halte te grinniken.

In de verte naderde eindelijk de lijnbus waarop hij al meer dan een halfuur stond te wachten. Hij deed nog een stap naar voren, stak zijn hand op en begon te zwaaien.

5

In de kamer van Mark Van Den Eede zaten de FAST-leden met een bekertje koffie rond de vergadertafel. Alleen Gitte dronk thee, die ze van thuis mee had gebracht. Earl Green Bergamot. Ze kocht hem in zakjes van een halve kilo in een kruidenwinkeltje bij haar in de buurt.

Het was een mistige grijze ochtend waarbij het leek of zelfs de kleinste spleet in de hemel waarlangs een straaltje zon zou kunnen ontsnappen, met cement dicht was gesmeerd. Gitte had twee dossiers voor zich op tafel liggen. Het ene bevatte documenten die ze gisterenavond bij psychiater Luc Nuyens in de gevangenis van Sint-Gillis was gaan ophalen. In het andere zaten gegevens over de verdwenen Gaby Allaerts. De meeste daarvan waren afkomstig uit de ANG[10], maar ook de administratie van de Antwerpse Begijnenstraat had er via mail en fax een aantal doorgestuurd. Gitte vroeg met wie ze wilden beginnen.

'Neem eerst Serge Fréson maar', zei Van Den Eede. 'Dat tweede dossier bekijken we straks wel, als er nog tijd overschiet.'

Gitte sloeg de kartonnen map open, waarin de resultaten zaten van psychologische tests die Nuyens het voorbije jaar van Fréson had afgenomen.

---

10 De Algemene Nationale Gegevensbank.

'Waarom houden wij ons eigenlijk nog met Fréson bezig,' vroeg Olbrecht, 'als hij die moord op die nachtwaker toch niet heeft gepleegd?'

'Wel op die cipier', zei Tarik.

'Oké, maar dat is een zaak voor Moerman en haar acoliet. Hoe heet hij ook weer?'

'Willy Daamen.'

Van Den Eede moest toegeven dat Olbrecht een punt had. 'Maar ook al heeft hij die eerste moord niet op zijn geweten, hij was op zijn minst medeplichtig én hij werd met de buit betrapt.' Om zijn mond verscheen een boosaardig glimlachje. 'Ik wil trouwens Bylemans en vooral Moerman hun gezicht wel eens zien wanneer hun geblunder aan het licht komt.'

'Hebben ze tijdens het proces de beelden van die bewakingscamera dan niet bekeken?' vroeg Olbrecht. 'Die hadden Fréson nochtans kunnen vrijpleiten van moord.'

'Nog zoiets', zei Van Den Eede schamper. 'De rechter vond die opnames ontoelaatbaar bewijsmateriaal.'

'Waarom?'

Van Den Eede krabde in zijn haar, alsof hij iets heel ingewikkelds moest uitleggen. 'De parking is geen eigendom van dat bedrijf. Ze huren die namelijk van de gemeente, die ze soms ook gebruikt om er tijdelijk volle groencontainers te zetten. Wettelijk gezien hadden ze geen toelating om daar camera's te hangen. Het heeft zelfs geen haar gescheeld of het proces werd stilgelegd, omdat het Openbaar Ministerie een procedurefout had gemaakt door de opnames toch aan het dossier toe te voegen. De verdediging van Fréson was natuurlijk blij met dat rechterlijk verbod, aangezien zij ervan uitging dat er bezwarend bewijs voor hun cliënt op stond...'

'Als ik het dus goed begrijp,' zei Tarik, 'dan kreeg het

Openbaar Ministerie verbod om beelden te gebruiken, die waren bedoeld als bewijsmateriaal à charge,[11] terwijl diezelfde beelden voor de verdediging bewijs à décharge[12] konden zijn geweest.' Hij schudde zijn hoofd. 'Dat houdt ge toch niet voor mogelijk!'

'In België wel', zei Van Den Eede. 'Hier kan zoiets allemaal.'

'Wat kunnen die rechters anders doen?' merkte Gitte op. 'Ze zijn toch verplicht om de wet toe te passen. En die wordt niet door hen, maar in Brussel gemaakt.'

'Dat is natuurlijk ook weer waar', zei Elias. 'Ge vraagt u soms af wat al die verkozenen daar in 't parlement zitten te doen.'

'Als ze er al zijn', zei Olbrecht.

'Wat ik nog het vreemdste vind,' zei Van Den Eede, die terug naar het dossier wilde, 'is dat Fréson tijdens zijn proces die beelden niet eens ter sprake heeft gebracht. Terwijl hij nochtans moet geweten hebben dat ze hem hadden kunnen vrijpleiten van moord.'

'Misschien beschermt hij iemand?' zei Tarik.

Volgens Gitte was er nog een andere mogelijkheid. Alle ogen werden op haar gericht. 'Is het wel zeker dat de gemaskerde op die beelden Fréson is? Hij is niet de enige linkshandige crimineel. Stel dat hij alleen voor koerier heeft gespeeld om de buit over de grens te brengen.'

Olbrecht wuifde haar opmerking met een denigrerend handgebaar weg.

'In het bedrijf hebben ze DNA-sporen van hem gevonden', zei Elias. 'Weliswaar niet op de opengebroken kluis, maar wel in de gang ernaartoe.'

---

11 Ten nadele van de beschuldigde.
12 Ten voordele van de beschuldigde.

'Dat weet ik ook wel', zei Gitte. 'Maar volgens zijn advocaat kwam dat omdat Fréson daar ooit was geweest om een of andere bestelling op te halen.'

Olbrecht vond dat dikke bullshit. 'Dat is daar geen supermarkt waar iedereen zomaar binnen- en buitenloopt. Die leveren alleen in 't groot.'

'Misschien was hij daar in opdracht van een restaurant of van een taxfreeshop?'

Er volgde een ongemakkelijke stilte. De kans was klein, maar als Gitte gelijk had en Fréson die diefstal met inbraak niet zelf had gepleegd, dan was hij, althans daarvoor, onterecht veroordeeld.

Van Den Eede maakte een eind aan de vervelende pauze. 'Het is gelukkig onze taak niet om te oordelen over schuld en onschuld', zei hij. 'Vertel liever eens hoe het met die tests zit. Zijt ge er iets wijzer van geworden?'

Gitte concentreerde zich weer op haar papieren. 'De belangrijkste voor ons is waarschijnlijk de MMPI', zei ze.

'De wát?' vroeg Elias.

'De Minnesota Multiphasic Personality Inventory-test', zei Gitte, met nadruk articulerend.

Olbrecht, die gedachteloos krabbels zat te tekenen op een blad papier, liet een snuivend lachje horen.

'Ja, het is een mondvol, ik weet het', zei ze bijna verontschuldigend, terwijl ze naar iedereen behalve Olbrecht keek. 'Het is een veelgebruikte persoonlijkheidstest.'

'Misschien kunt ge straks die droedels van Rob ook eens ontleden', zei Tarik. 'Wie weet wat daar allemaal uit komt!'

Olbrecht keek hem even van onder zijn wenkbrauwen aan en krabbelde daarna gewoon verder.

'Begin maar', zei Van Den Eede. 'We luisteren.' Hij sloeg zijn notitieboekje open en greep naar zijn pen.

Gitte legde haar eigen aantekeningen naast de officiële

testformulieren en conclusies van psychiater Nuyens. Ze leek opeens een beetje nerveus, nu ze voor de allereerste keer het woord tot het hele team moest richten.

'Met de MMPI kan men onder meer nagaan en zelfs voorspellen in hoeverre iemand afwijkend of crimineel gedrag zal vertonen. In grote lijnen zijn er tien klinische hoofdschalen in terug te vinden, die op hun beurt nog eens zijn onderverdeeld in...'

Olbrecht schoof luidruchtig zijn stoel achteruit en smeet zijn pen op de tafel.

'Moeten we hier echt onze tijd mee verspelen?' zei hij. 'Ik heb wel wat anders te doen dan naar dat psychologengelul te zitten luisteren.'

Het werd opnieuw stil in de kamer. Tarik en Elias keken afwachtend naar Van Den Eede, wiens gezicht verstrakte.

'Zoals?' vroeg hij effen. Alleen aan zijn gespannen kaakspieren was te zien dat hij moeite had om kalm te blijven.

'Betty De Jong heeft gisteren tegen ons gelogen', zei Olbrecht.

'Waarover?'

'Toen ze zei dat ze na Fréson niemand anders heeft leren kennen.'

'Hoe weet gij dat?'

'Ik ben gisterenavond nog efkens met haar buren gaan praten.'

Van Den Eedes ogen werden groter. 'Zomaar? Zonder ons daar iets van te zeggen?'

'Ik zeg het nu toch.' Hij nam zijn pen opnieuw vast en begon met zijn duim het knopje in en uit te drukken.

'En hoe dikwijls moet ik nog zeggen dat ge niks in uw eentje doet zonder mij daarvan op de hoogte te brengen?'

Het irriterende geklik hield op.

'Wij zijn verdomme een team! Dat schijnt gij wel eens te vergeten.'

Olbrecht, die blijkbaar geen uitbrander had verwacht, keek verongelijkt naar Elias, alsof hij steun bij hem zocht. Maar die zweeg.

Van Den Eede leunde achterover, ademde diep in en gebaarde dat Olbrecht met zijn verhaal op de proppen kon komen.

'Volgens die buren komt er 's avonds geregeld een man langs, die ze beschreven als lang, mager en kalend.'

'Lang, mager en kalend', herhaalde Van Den Eede. 'Proficiat. Dat is al heel wat. Nu nog zijn naam...'

Olbrecht negeerde het sarcasme in de stem van zijn chef en voegde er nog aan toe dat de auto van de man in kwestie vaak de hele nacht op de oprit bleef staan.

'Ja, en verder?'

'Verder niks. Meer wisten ze ook niet.'

Van Den Eede sloeg zijn handen samen achter zijn hoofd, leunde nog wat verder achterover en keek Olbrecht een paar seconden aan. Toen ging hij opeens weer rechtop zitten en wendde zich opnieuw tot Gitte.

'Sla de uitleg over die test maar over', zei hij. 'Wat ons interesseert zijn de resultaten.'

Gitte begon tussen haar papieren te rommelen. 'Of Fréson die nachtwaker nu heeft vermoord of niet,' zei ze, 'hij komt er in ieder geval niet zo best uit. Hij is iemand wiens gedrag vooral wordt gestuurd door negatieve emoties, zoals woede, bezitsdrang en jaloezie.'

'Vertel eens iets wat we nog niet weten', zei Olbrecht verveeld.

Ditmaal was het Elias die hem verwijtend aankeek.

'Hij is bovendien heel haatdragend.'

'De mogelijkheid bestaat dus dat hij zich wil wreken op zijn vroegere vriendin?' vroeg Van Den Eede.

Gitte knikte zelfverzekerd. 'Die kans is zelfs groot, ja.'

'En niet alleen op haar', voegde Olbrecht eraan toe. 'Misschien ook op die lange smalle.' Hij zat opnieuw kleine cirkeltjes en kruisjes te tekenen, die hij vervolgens kriskras met elkaar verbond.

Van Den Eede greep in gedachten verzonken naar zijn bekertje en nam er een slok van. Hij trok een vies gezicht, want de koffie was ondertussen lauw geworden.

'Het vreemde is', zei Gitte, 'dat Fréson niet altijd zo is geweest. Op de middelbare school was hij zelfs gekend als een verlegen, wat teruggetrokken jongen.' Ze toonde een klasfoto waarop hij op de tweede rij op een bank tussen een twintigtal andere leerlingen zat. Zijn hoofd was met rood omcirkeld. 'Dat is later ineens veranderd. Er moet iets zijn gebeurd. Maar wat, dat weet ik ook niet. Toen hij zeventien was, is hij een paar dagen van school gestuurd omdat hij een klasgenoot bewusteloos had geslagen.'

'Hoe zijt ge aan die foto geraakt?' vroeg Van Den Eede.

'Via het CLB',[13] zei Gitte. 'Ge weet wel, het vroegere PMS.'[14]

'Ga nog maar eens praten met die Betty De Jong', zei Van Den Eede tot niemand in het bijzonder. 'Probeer haar ervan te overtuigen dat ze voorzichtig moet zijn. Of nog beter: dat ze een tijdje bij vrienden of familie gaat logeren.'

'Oké.' Olbrecht schoof zijn stoel achteruit en wilde al overeind komen.

'Straks', zei Van Den Eede. 'We hebben hier nog een tweede dossier.'

Gitte grabbelde alle documenten die over Fréson gingen bijeen en stopte ze terug in de kartonnen map. Het andere dossier was heel wat dunner.

'Gaby Allaerts', zei Gitte, terwijl ze de papieren tevoor-

---

13 Centrum voor Leerlingenbegeleiding.
14 Psycho-Medisch-Sociaal Centrum.

schijn haalde. 'Die heeft blijkbaar een psychiatrisch verleden. Tussen haar achttiende en haar twintigste was ze in behandeling wegens zware paniekaanvallen en serieuze gedragsstoornissen.'

'Wat voor stoornissen?' vroeg Van Den Eede.

Gitte keek op het blad dat ze vasthad. 'Agressieve buien, een extreem negatief zelfbeeld, abnormale neerslachtigheid, zelfverminking...'

'Ik begrijp wat ge bedoelt', zei Van Den Eede. Hij kreeg opeens het onaangename gevoel dat ze het over zijn eigen zoon had.

'Die psychiatrie heeft dus niet veel uitgehaald', meende Tarik. 'Als ze daarna in de prostitutie en aan de drugs is geraakt.'

'En bijna iemand heeft vermoord', voegde Elias eraan toe.

'Dat zou ik toch enigszins willen nuanceren', zei Gitte. 'Zijzelf is tijdens haar proces altijd blijven volhouden dat het wettige zelfverdediging was.'

'Haar advocaat had beter op ontoerekeningsvatbaarheid gegokt', zei Olbrecht zonder van zijn blad op te kijken.

'Het slachtoffer was, zoals ge weet, een van haar klanten', vervolgde Gitte. 'Volgens Allaerts had hij haar willen dwingen tot allerlei extreme sm-handelingen. Hij had haar geslagen en zelfs haar keel dichtgeknepen tot ze bijna stikte.'

Van Den Eede vroeg waarom de rechter daar geen rekening mee had gehouden.

'Omdat dat volgens hem tot "de risico's van het vak" behoorde', antwoordde Gitte. 'Als prostituee hebt ge blijkbaar niet dezelfde rechten als andere mensen.'

'Wie was dat slachtoffer?' vroeg Tarik.

Gitte begon opnieuw tussen haar papieren te zoeken, tot ze een onduidelijke kopie van een zwart-witfoto vond, die ze naar het midden van de tafel schoof.

'Robert Daelemans.'

'Daelemans?' herhaalde Van Den Eede. Hij pakte de foto en bekeek hem fronsend. 'Die naam zegt mij precies iets.'

'Een schatrijke aannemer uit het Brusselse', zei Gitte. 'Met heel wat invloedrijke vrienden in de politieke wereld, vooral bij de VLD. Zijn dochter is getrouwd met Marijn Verbruggen.'

Ze keek veelbetekenend naar Van Den Eede. Maar Elias reageerde sneller.

'Verbruggen? Die beruchte procedureadvocaat?'

Gitte knikte.

Van Den Eede meende zich nu te herinneren dat Daelemans betrokken was geweest bij een of ander corruptieschandaal. 'Zijn naam is inderdaad een paar keer genoemd in een onderzoek naar geknoei met openbare aanbestedingen. Maar voor zover ik weet, is die zaak een stille dood gestorven.'

'Niet moeilijk met zo'n schoonzoon', zei Olbrecht.

Van Den Eede legde de foto terug op tafel. 'Denkt ge dat Daelemans gevaar loopt, nu Allaerts op vrije voeten is?'

'Ik zie niet in waarom.'

'Stel dat ze inderdaad onterecht werd veroordeeld. Ge zoudt van minder rancuneus worden.'

'Als ze zich op hem had willen wreken, dan had ze dat weken geleden al kunnen doen', meende Gitte. 'Ze had niet voor het eerst penitentiair verlof.'

'Nee, maar van iemand die labiel is, kunt ge eigenlijk alles verwachten', zei Tarik. 'Die denken meestal niet rationeel na.'

'Dat is waar', gaf Gitte toe. 'Maar dan nog... Ik kan niet geloven dat ze daarvoor haar kans op vervroegde vrijlating zou willen riskeren.'

Toch klonk ze ineens niet meer zo zelfverzekerd.

'Dat heeft ze al gedaan', zei Elias. 'Door niet terug naar de gevangenis te gaan.'

Van Den Eede vond dat ze voor alle zekerheid toch maar Daelemans op de hoogte moesten stellen.

'Misschien weet hij niet eens dat Allaerts op vrije voeten is.'

'Vergeet er vooral niet bij te zeggen dat hij gróót gevaar loopt', zei Olbrecht. Hij grinnikte vol leedvermaak, terwijl hij met vlugge bewegingen een getekend vierkant begon te arceren.

'Hebt gij nog connecties in het prostitutiemilieu?' vroeg Van Den Eede.

Olbrecht hield op met lijntjes trekken en keek zijn chef verbaasd aan.

'Uit uw undercoverperiode, bedoel ik.'

'Dat zou kunnen', antwoordde Olbrecht. 'Waarom?'

'Dat is het wereldje dat Allaerts kent. Misschien houdt ze zich daar ergens schuil.'

'Ik denk wel dat ik daar nog een paar mensen ken.'

Van Den Eede knikte, klapte zijn blocnote dicht en keek rond om te zien of iemand nog vragen had.

'Oké, dat was het dan. Bedankt iedereen.'

Olbrecht sprong kwiek overeind en vroeg of Elias met hem meereed naar Betty De Jong. Maar die had over een uurtje een afspraak met de weduwe van de vermoorde cipier.

'Gij, Orhan?'

Nog voordat die kon antwoorden, zei Van Den Eede dat hij voor Tarik iets anders had. Hij bukte zich en haalde een dichtgeknoopt plastic zakje uit zijn tas, dat hij vervolgens op tafel legde.

'Wat zit daarin?' vroeg Tarik.

'Een hondendrol', grapte Olbrecht.

'Nee, een halve duif', zei Van Den Eede.

Ze keken hem allemaal even ongelovig aan. Tarik nam het zakje en knoopte het open. Er kwam een indringende stank uit.

"'t Is nog waar ook!'

'Ik zou willen dat ge die meepakt naar het labo en laat onderzoeken op sporen van gif', zei Van Den Eede. 'Als ze vragen waarom, dan zegt ge maar dat het verband houdt met een van onze dossiers.'

Tarik knikte zwijgend, terwijl hij het zakje weer dichtknoopte. Olbrecht schoof op kousenvoeten in de richting van de deur. Maar voordat hij die bereikte, had Van Den Eede al naar Gitte gebaard dat ze met hem mee moest gaan.

Even later hoorden ze Olbrecht in de gang luid vloeken. Elias en Tarik schoten in de lach. Van Den Eede niet. Hij keek veeleer bezorgd.

Olbrecht moest driemaal aanbellen voordat Betty De Jong de voordeur opende. In haar rechterhand had ze een draadloos telefoontoestel vast.

'Sorry, maar ik heb bezoek', zei ze in de hoorn. 'Ik bel straks terug.' Ze verbrak de verbinding en keek Olbrecht afwachtend aan. 'Wat nu weer?'

'Mij kent ge al', zei Olbrecht. Hij maakte met zijn duim een vluchtige beweging. 'Dit is inspecteur Meyer. Kunnen wij nog eens met u praten?'

'Er is daarstraks al iemand van de politie langs geweest', zei ze ontstemd.

Olbrecht keek haar verwonderd aan. 'Heeft hij gezegd hoe hij heette?'

'Inspecteur Lanen, of Danen. Zoiets.'

'Daamen...' zei Gitte toonloos.

'Wat kwam hij doen?' vroeg Olbrecht.

'Als ge dat nu ook al van mekaar niet meer weet, dan wordt het wel heel erg', verzuchtte De Jong.

'Wij werken wel samen,' zei Olbrecht met een onbewogen gezicht, 'maar toch ook wat apart.'

'Hij vroeg van alles en nog wat over Serge. Ik heb hem gezegd dat ik dat al aan u en uw collega had verteld. Maar hij wilde het allemaal nog eens van mij horen.'

Ze keek over hun hoofd heen naar de grijze lucht en rilde eventjes in haar veel te dunne kleding.

'Hij heeft mij die foto laten zien die ze in de zak van die vermoorde cipier hebben gevonden', zei ze. 'Ik begrijp er nog altijd niks van.'

Gitte vroeg of ze even binnen mochten komen.

De Jong keek op haar horloge. 'Tien minuutjes. Daarna moet ik dringend naar een klant.'

'Wat voor werk doet u?' vroeg Gitte, terwijl ze via de hal naar de woonkamer liepen.

'Ik werk voor een kleine firma die zich bezighoudt met de installatie en het onderhoud van bedrijfsnetwerken', antwoordde ze.

Ze wees uitnodigend naar de fauteuils waarin Elias en Olbrecht vorige keer hadden gezeten. Net zoals toen was het broeierig warm in de kamer. 'Ik zou u wel iets willen aanbieden, maar, zoals ik al zei, ik heb niet veel tijd.'

Olbrecht gebaarde dat ze geen moeite hoefde te doen. 'Eigenlijk hebben we maar één vraag', zei hij. 'Waarom ge gisteren hebt gelogen over uw nieuwe vriend?'

'Welke vriend?'

'Dat vragen wij ons dus ook af', zei Olbrecht. 'Dat ge na Fréson iemand anders hebt leren kennen, dat weten we ondertussen al.'

Betty keek naar het raam dat uitgaf op de tuin. Het was opnieuw beginnen te regenen. Druppels kropen traag, als minuscule slakjes die blinkende sporen achterlieten, over het glas.

'Zelfs als dat zo zou zijn,' zei ze bedachtzaam, 'dan nog zijn dat uw zaken niet.'

Gitte schoof wat naar voren. 'De enige reden waarom we het vragen,' zei ze vriendelijk, 'is dat we vrezen dat niet alleen gij, maar ook uw vriend gevaar loopt zolang Fréson vrij is.'

Betty De Jong greep naar een pakje Marlboro Light dat op het tafeltje lag, haalde er een sigaret uit en stak die aan. Olbrecht vroeg zich af of háar zorgvuldig gemanicuurde en roodgelakte nagels echt of fake waren.

Ze inhaleerde diep en blies de rook met getuite lippen langzaam naar het plafond. 'Ik heb inderdaad een andere man leren kennen', zei ze. 'Hij weet niks van mijn vroegere relatie met Serge.' Ze keek Olbrecht aan. 'En dat wilde ik ook zo houden. Daarom dat ik er gisteren over heb gezwegen.'

Olbrecht knikte dat hij het begreep, en vroeg toen of ze Daamen er iets over had verteld.

Ze schudde zwijgend haar hoofd.

Gitte haalde een blocnote en een rollerpen tevoorschijn, en vroeg of Betty zijn naam en adres wilde noteren.

Ze aarzelde nog even, legde toen haar sigaret op de rand van de asbak en begon te schrijven. Haar handschrift was groot en krullend. Ze gaf de pen en het notitieboekje terug en greep dadelijk weer naar haar sigaret. 'Denkt ge echt dat wij gevaar lopen?'

'Genoeg om extra voorzichtig te zijn', zei Olbrecht.

'Volgens mij is dat niet voldoende', zei Gitte. 'Fréson is extreem jaloers én gewelddadig. Dat is een gevaarlijke combinatie.'

Betty nam opnieuw een nerveuze trek van haar sigaret.

'Kent ge niemand bij wie ge voorlopig zoudt kunnen logeren?' Gitte keek naar haar blocnote. 'En dan bedoel ik niet mijnheer Termeer.'

Voor het eerst leek Betty De Jong echt bang te worden.

'Misschien dat ik wel een tijdje bij mijn zus terechtkan', zei ze weifelend. 'Als het echt moet.'

'Weet Fréson dat ge een zus hebt?' vroeg Olbrecht.

Betty schudde van nee en drukte haar half opgerookte sigaret uit in de asbak.

'Regel het zo rap mogelijk', zei Gitte. Ze schoof pen en blocnote opnieuw in Betty's richting en vroeg haar om naam, adres en telefoonnummer te noteren.

Terwijl Betty zich vooroverboog om alles op te schrijven, gleed Olbrechts blik onwillekeurig naar haar decolleté.

Toen ze weer op straat stonden en in de regen naar de Harley-Davidson liepen, vroeg Olbrecht of Gitte niet een beetje had overdreven door De Jong zo'n schrik aan te jagen. Hij was blijkbaar vergeten dat hij vorige keer juist hetzelfde had gedaan.

'Zoudt ge liever hebben dat we haar een van de dagen ook met doorgesneden keel terugvinden?'

Olbrecht haalde zijn schouders op en nam zijn helm uit de zijtas. 'Als Fréson slim is, dan zit hij al lang ergens in 't buitenland.' Hij zwaaide zijn been over de motor.

'Rob, wordt het niet stilaan tijd dat wij eens praten?'

'Dat doen we toch', bromde hij.

'Ik heb het niet over het werk', zei Gitte geduldig. 'Maar over ons. Over vroeger.'

'Vroeger is iets wat voorbij is', zei Olbrecht. 'En gelukkig maar.' Hij zette de machine rechtop en klapte de jiffy[15] dicht. 'Rijdt ge mee? Of zal ik een taxi bellen?'

Terwijl ze achter op de Harley kroop, voelde ze een rilling langs haar rug lopen. Ze was niet zeker of het van de kou of van ingehouden woede was.

---

15 Zijstandaard.

Wim Elias hield de deur open voor de weduwe van Danny Verelst, de vermoorde cipier, en liet haar voorgaan. 'Nogmaals bedankt voor uw komst', zei hij. 'Gaat ge de uitgang vinden, of zal ik even met u meelopen?'

De weduwe, een bleke, magere vrouw met ogen die rood waren van het huilen, schudde zwijgend haar hoofd en stapte traag, met hangende schouders en gebogen hoofd, naar het einde van de gang.

Elias keek haar even na. Ze was nog maar amper dertig, maar het leek wel een oude vrouw die daar liep. Hij ging een kamer verder en klopte aan. Na een kort ja van zijn commissaris, opende hij de deur.

Van Den Eede was aan het telefoneren en zag er een beetje opgewonden uit. Hij gebaarde naar Elias dat hij verder kon komen. Die nam plaats op een van de stoelen en sloeg zijn benen over elkaar.

Terwijl Van Den Eede naar hem keek, trok hij geïrriteerd zijn linkerwenkbrauw op. 'U kunt erop rekenen dat ze hun verslag vandaag nog naar u mailen', zei hij knikkend. Hij luisterde nog even naar de reactie aan de andere kant van de lijn en sloot het gesprek toen af met een 'graag gedaan en tot genoegen'. Met een vermoeide zucht legde hij de hoorn neer. 'Moerman. Ze wilde weten waarom ze het verslag van uw gesprek met Betty De Jong gisteren nog niet heeft gekregen.'

'Hoe weet ze dat wij daar zijn geweest?'

'Omdat die Willy Daamen deze morgen óók met haar is gaan praten.'

Elias sloeg nu ook zijn armen over elkaar en leunde achterover. 'Ze heeft natuurlijk niet helemaal ongelijk, hè Mark', begon hij voorzichtig. 'Op die manier doen we dubbel werk. Zouden we die zaak niet beter aan hen overlaten en ons op Allaerts concentreren?'

'Niet zolang Bylemans er ons niet af haalt', zei Van Den Eede met een verbeten trek rond zijn mond. 'Moerman heeft indertijd fameus geblunderd tijdens dat onderzoek. Denkt ge nu echt dat die hard naar Fréson gaat zoeken?'

'In dat geval vrees ik dat het niet lang zal duren vooraleer ge de procureur aan de telefoon krijgt om te zeggen dat we ermee moeten stoppen', zei Elias.

Voor het eerst verscheen er weer een flauwe glimlach op het gezicht van Van Den Eede. 'Dat denk ik niet, Wim. Thierry is al bij al nog de kwaadste niet. We doen gewoon verder zoals we bezig zijn.'

Waarna hij inderdaad meteen weer ter zake kwam en vroeg of het gesprek met de weduwe van Danny Verelst iets had opgeleverd.

Elias schudde het hoofd. 'Volgens haar hadden ze een perfect huwelijk en was het uitgesloten dat haar man haar zou hebben bedrogen.'

'En die foto? Wat zei ze daarover?'

'Dat ze die vrouw niet kende. Ook de naam Betty De Jong zei haar niks. Haar man sprak thuis zelden of nooit over zijn werk.'

Er werd aangeklopt.

Tarik kwam binnen met enkele documenten in zijn hand. 'Hier ben ik al met uw uitslag.'

'Dat is rap', zei Van Den Eede.

'Het was dan ook niet moeilijk', zei Tarik. 'Al eens gehoord van metaldehyde?'

Van Den Eede knikte. 'Toevallig wel, ja. Mijn hond werd daar eergisterennacht mee vergiftigd. Hij heeft het maar op het nippertje gehaald.'

'Dan heeft hij veel geluk gehad, want het is straf spul.'

Tarik legde een van de documenten op het bureau. 'In die duif zaten trouwens ook hagelkorrels. Kaliber 12, nummer

4. Ze is eerst doodgeschoten en daarna heeft iemand er die smeerlapperij in gestopt.'

'Die gifmengers zijn dus jagers, zoals ik al dacht.'

'Heel waarschijnlijk', zei Tarik. 'De hagel waarmee die duif is geschoten, is afkomstig uit een Baschieri & Pellagripatroon. Dat zijn de beste hagelmunitiefabrikanten van heel Italië. Maar wat nóg beter is: ze maken alles zelf. Kruit, proppen, hulzen, hagel... Alles. Makkelijk op te sporen dus.'

Van Den Eede opende met de muis een bewaarmap op zijn computerscherm en klikte vervolgens op enkele jpegbestandjes. Het waren de foto's die hij met zijn gsm had gemaakt. Op de monitor verscheen het uitvergrote beeld van een patroongordel. Ondanks de slechte kwaliteit ervan was op de zijkant van de blauwe hagelpatronen de tekst 'B&P 12.32/4' te lezen.

'Zou het kunnen dat ze er zo uitzien?' vroeg hij achteloos.

Tarik beantwoordde zijn vraag met een scheef glimlachje.

Van Den Eede klikte een tweede bestandje aan. Op het scherm verscheen een nummerplaat. 'Vraag bij de DIV[16] eens op wie de eigenaar hiervan is', zei hij tot Elias.

'Ik heb hier nog een tweede uitslag', zei Tarik, opeens weer ernstig. 'Ge herinnert u Rob zijn eh... *geheime inkijkoperatie* bij Samaay, die vroegere celgenoot van Fréson?'

'Alsof het gisteren was', zei Van Den Eede. 'Hij heeft daar toch niks meegenomen?'

'Alleen maar een paar sigarettenpeuken', antwoordde Tarik vlak, waarna hij vluchtig naar Elias loerde, die onverstoorbaar naar het computerscherm bleef staren.

Van Den Eede wreef zuchtend over zijn grijs baardje. 'Rob, Rob, Rob...'

---

16 Directie Inschrijving van Voertuigen.

'Fréson zijn DNA zit erop', zei Tarik zonder verdere omwegen.

'Wie heeft dat DNA-onderzoek bevolen?' vroeg Van Den Eede kregelig. 'Ge weet toch even goed als ik dat daar eigenlijk geen geld voor is.'

'Als veroordeelde crimineel was zijn DNA al opgeslagen in de databank van het NICC.[17] Dat maakt het allemaal wat minder ingewikkeld en kostelijk', zei Tarik. 'En ik ken daar natuurlijk nog wel wat mensen van toen ik er zelf werkte', voegde hij er met een dubbelzinnig glimlachje aan toe. 'Veel armer zullen we er dus niet van worden.'

De commissaris keek hem enkele ogenblikken besluiteloos aan. Toen kwam hij overeind. Hij liep naar de kast, haalde er zijn kogelvrije vest en handboeien uit, en stopte zijn 9mm-Baby Glock in zijn binnenzak. Met een korte hoofdknik gaf hij aan dat Tarik en Elias hem moesten volgen.

Tegen de tijd dat ze in Wezembeek-Oppem arriveerden, was het nog harder gaan regenen. Gitte drukte zich dicht tegen de rug van Olbrecht aan. Haar bril was vanbinnen beslagen, zodat ze alles en iedereen als in een waas aan zich zag passeren. Hoewel Olbrecht, zelfs bij dit weer, overal de maximumsnelheid aanhield, voelde ze zich toch al wat veiliger dan de eerste keer achter op de Harley. Aan de kruising van de Oppemlaan met de Rode Beukenlaan sloegen ze rechts af. Tijdens het inkantelen van de machine voelde ze haar spieren nog altijd onwillekeurig verkrampen, maar ze lette er wel op dat ze niet meer naar de tegenovergestelde richting overhelde.

De motor vertraagde. Aan de rand van een stuk bos draai-

---

17 Nationaal Instituut voor Criminalistiek en Criminologie.

de Rob de oprit van een chique villa op. Halverwege het schuin oplopende pad, met aan beide kanten borders die waren omzoomd met rijen houten paaltjes, stopte hij en schakelde de motor uit.

'Dat is de eerste, maar ook de laatste keer geweest dat ik met zo'n strontweer achter op dat ding kruip', zei Gitte koppig, terwijl ze haar helm in de zijtas stopte. 'Volgende keer rijden we met mijn auto.'

Olbrecht negeerde haar opmerking en keek met samengeknepen ogen naar de rustieke villa. Zijn waterafstotende gore-tex windjack en broek glommen van de regendruppels alsof het een duikerspak was.

'Dat is ook allesbehalve een sukkelaar die hier woont', zei hij. Tussen de kasseien waarmee de oprit was aangelegd, was nergens ook maar één sprietje gras of onkruid te zien. Ze liepen naar de voordeur, waarnaast een bronskleurig naambord hing. 'Hier woont verdomme een tandarts!'

Toen Gitte de klink probeerde, merkte ze dat de deur niet op slot was. 'En blijkbaar heeft hij vandaag consultatie', zei ze.

Ze kwamen in een ruime hal met egaalwitte muren en siennakleurige vloertegels. Het schuin aflopende plafond was gemaakt van eikenhouten balken, net als de overloop en de trap. Er waren twee lichtbruine deuren. Op de ene hing een plaatje met 'Privé'; de andere was die van de wachtkamer. Even leek het of Olbrecht bij de eerste wilde aankloppen, maar hij bedacht zich toen hij Gitte die naar de wachtruimte zag opentrekken. De kamer was leeg. Tegen drie muren stonden rieten stoelen en hingen ingelijste Japanse pentekeningen op geschept papier. De vierde wand had een breed raam met half dichtgeklapte vensterblinden. In een terracotta sierpot stond een kolossale ficus.

Gitte nam plaats op een van de stoelen. Rob ging tegenover haar zitten. Tussen hen in stond een lage glazen tafel waarop allerlei tijdschriften lagen. Alsof hij ieder gesprek al bij voorbaat de kop wilde indrukken, begon hij tussen die dure bladen te rommelen. Knack, Trends, Eos, National Geographic, Der Spiegel, Time Magazine... Er lag hier voor een bom geld aan magazines bijeen. Hij koos uiteindelijk voor een populairwetenschappelijk tijdschrift waarin een fotoreportage over een tocht door het Himalayagebergte stond. Iets waarvan hij al jaren droomde.

Uit de belendende kamer klonk het hoge, zeurderige geluid van een tandartsboor. Olbrecht bedacht dat het al een tijdje was geleden dat hij op controle was geweest.

'Gaat gij eigenlijk nog lang zo blijven doen?' vroeg Gitte.

Hij keek haar van onder zijn wenkbrauwen met een donkere blik aan. 'Hoe?'

'Zó', herhaalde ze. 'Alsof ik lucht ben. Dat is ook geen oplossing, hè.'

Hij klapte verstoord het tijdschrift dicht en smeet het terug boven op de hoop. 'Weet ge wat de beste oplossing zou zijn?' vroeg hij. 'Dat gij gewoon teruggaat vanwaar ge gekomen zijt.'

Gitte rechtte verontwaardigd haar rug. 'Dat ge een koppigaard zijt, dat wist ik al wel, maar dat ge...'

Op dat moment ging de deur open. Daar stond een lange, magere man in een witte doktersjas. Hij had een langwerpig gezicht, dat nog smaller leek door zijn wijkende voorhoofd. Hij knikte vriendelijk en vroeg met een beleefd glimlachje wie de volgende was.

Als antwoord toonde Olbrecht zijn legitimatie. 'Kunnen wij u even spreken?'

'Waarover?' vroeg Termeer. 'Ik heb momenteel vrije consultatie.' Hoewel hij nog altijd glimlachte, leek hij zich opeens niet meer op zijn gemak te voelen.

'Over uw vriendin', zei Gitte. 'Betty De Jong.'

De glimlach van de tandarts maakte plaats voor een bezorgde uitdrukking. 'Er is toch niks met haar gebeurd?'

'Wat zou er kunnen gebeurd zijn?' vroeg Olbrecht.

Gitte haastte zich om Termeer gerust te stellen. 'Nee, nee, alles is oké.'

'Voorlopig toch', voegde Olbrecht eraan toe. 'Zegt de naam Serge Fréson u iets?'

'Fréson?' Termeer leek van de ene verbazing in de andere te vallen. Hij keek nadenkend ergens naar een punt op de vloer, en schudde toen traag zijn hoofd. 'Voor zover ik mij kan herinneren niet, nee.'

'Hij was de vroegere minnaar van uw vriendin', zei Olbrecht. 'Tot hij ongeveer anderhalf jaar geleden achter de tralies vloog voor diefstal en moord.'

Termeer stond perplex. Hij keek Olbrecht met verbijstering aan. Zijn rechtermondhoek krulde omhoog alsof hij plotseling zelf hevige tandpijn kreeg.

'Moord?' Hij keek zijn bezoekers beurtelings aan. 'Zijt ge zeker dat dat geen vergissing is? Ik bedoel, dat hij en Betty...'

Hij maakte zijn zin niet af, maar liet zich verbouwereerd op de dichtstbijzijnde stoel neerzakken.

'Het verhaal is nog niet gedaan', zei Olbrecht. 'Fréson is eergisteren ontsnapt en heeft daarbij twee mannen gegijzeld en een cipier de keel doorgesneden.'

Het gezicht van de tandarts trok wit weg. Hij streek nerveus met de vingers van zijn rechterhand over zijn voorhoofd, alsof het daar opeens begon te jeuken.

'Nu ge 't zegt', mompelde hij. 'Ik heb daar iets over gelezen in de krant.'

'Omdat de kans bestaat dat hij zich wil wreken op zijn vroegere vriendin, hebben we haar aangeraden om een tijdje onder te duiken', zei Gitte. 'Gewoon als voorzorg.'

'Hetzelfde geldt voor u', voegde Olbrecht eraan toe. 'We weten niet of Fréson van uw verhouding met Betty op de hoogte is. Maar wél dat hij bekendstaat als een jaloerse en rancuneuze kerel.'

De paniek leek Termeer nu pas goed in haar greep te krijgen. Hij hapte naar adem, terwijl hij met beide handen de zitting van zijn stoel omknelde.

'Dat is onmogelijk', stotterde hij. 'Ik kan mijn patiënten toch zomaar niet in de steek laten.'

Buiten klonk het geluid van een auto die het huis naderde.

'Hoe lang kent ge Betty De Jong al?' vroeg Gitte.

Termeer dacht even na. 'Dat zal bijna een jaar zijn. Ik heb haar voor het eerst gezien toen ze hier op consultatie kwam.' Ondanks zijn ontreddering, probeerde hij te glimlachen. 'Het was wat ze noemen liefde op het eerste gezicht.' Hij trok zenuwachtig met zijn mond. 'Enfin, van mijn kant toch.'

Olbrecht gaf hem zijn kaartje. 'Op dit nummer kunt ge mij dag en nacht bereiken, mocht er iets zijn.'

Aan Termeers gezicht te zien stelden de woorden van Olbrecht hem allesbehalve gerust.

'En natuurlijk zullen wij af en toe zelf contact met u opnemen, om te horen of alles oké is', zei Gitte.

Olbrecht schoof de ritssluiting van zijn motorjack naar beneden en haalde een geprinte foto uit zijn binnenzak, die hij Termeer aanreikte. 'Zo ziet Fréson eruit.'

Met bevende hand nam de tandarts de foto aan. Hij keek er even naar en wilde hem toen teruggeven, maar Rob gebaarde dat hij hem mocht houden. Ze hoorden het portier van een auto dichtslaan en vlak daarna het geluid van de voordeur die werd geopend.

'Ik denk dat uw volgende patiënt er is', zei Gitte glimlachend.

Waarna ze allebei overeind kwamen en Termeer de hand drukten. Die voelde klam aan. Bij het verlaten van de wachtkamer kruisten ze een deftige oudere dame, die hen met een minzaam glimlachje toeknikte.

'Ocharme, dat mens', zei Olbrecht grinnikend, terwijl ze naar de motor liepen. 'Hebt ge zijn handen zien bibberen? Als die daar seffens mee moet gaan boren...'

Gitte reageerde niet op zijn grapje. Ze haalde haar helm uit de leren zijtas en trok hem over haar hoofd. Het had opgehouden met regenen.

'Ik vind het maar een raar koppel', zei ze.

'Wie?'

'Termeer en Betty De Jong. Zo op het eerste gezicht passen die niet in het minst bij mekaar.'

'Zo ken ik er nog', zei Olbrecht.

Hij ritste zijn jack dicht, trok zijn handschoenen aan en veegde ermee over de leren zitplaats van de motor, die blonk van de regen.

De Bouréstraat lag midden in de wig die, vanaf de Naamsepoort, werd gevormd door de Waversesteenweg en de Elsensesteenweg. De Range Rover met daarin Van Den Eede, Elias en Tarik stond geparkeerd tegenover het drie verdiepingen tellende hoekhuis waarin Samaay woonde, precies op de plaats waar de Lang-Levenstraat en de Bouréstraat samenkomen. De verf op de gevel was ooit wit geweest. Ze was op heel wat plaatsen afgebladderd. Het schrijnwerk van het overhangende dak en van de hoge, rechthoekige ramen was grotendeels rot. Volgens de gegevens waarover Van Den Eede beschikte, huurde Samaay een appartement op de eerste verdieping van het voormalige handelspand, dat uit vier traveeën bestond. Het besloeg drie ramen, waarvan het middelste, dat half openstond, op een klein gietijzeren balkonnetje uitzag. Op de benedenverdieping was een 'boulangerie', die er zo vervallen uitzag dat Van Den Eede eraan twijfelde of de winkel nog wel bestond. Rondom de deurlijst zat een rand van oneffen stenen. De meeste voegen ertussen waren uitgesleten. Van Den Eede keek naar het kleine balkon, dat zich amper een meter of drie boven de stoep bevond.

'Ik kan me al voorstellen hoe Rob daarop is geraakt', zei hij. Voor een geoefend alpinist als Olbrecht moest het inderdaad een koud kunstje zijn om tegen die gemetselde rij stenen op te klimmen. 'En als het raam gisteren ook gedeeltelijk openstond, zoals nu...'

'Voor ik het vergeet', zei Elias. Hij haalde zijn blocnote uit zijn jaszak. 'Ik heb de nummerplaat van de auto van die jager nagetrokken. Hij staat op naam van een zekere Xavier Lambèrt.'

'Lambèrt?' herhaalde Van Den Eede. 'Onze burgemeester heet ook zo.'

Elias scheurde het bovenste blaadje eraf en gaf het aan Van Den Eede.

'Hier is zijn adres.' Daarna keek hij op zijn horloge en vroeg hoe lang Van Den Eede van plan was om nog te blijven observeren. 'Het is bijna halfeen. We zitten hier ondertussen al meer dan twee uur te koekeloeren.'

'Misschien is hij aan het werk?' vroeg Tarik zich af.

Van Den Eede schudde zijn hoofd. 'Niet op dinsdag en donderdag. Die dagen stempelt hij.'

'Of hij zit gewoon op café.' Er klonk ongeduld in Elias' stem.

'Wat is 't, krijgt ge honger?' vroeg Van Den Eede glimlachend.

'Wil ik eens gaan kijken of die bakker nog open is?'

'Dat zou mij verwonderen', zei Tarik. 'Er brandt geen licht en er is in al die tijd geen enkele klant langs geweest.'

Toch stapte Elias uit en stak de straat over. Hij duwde tegen de deur, maar die was inderdaad afgesloten. Hij deed een paar stappen achteruit en keek of er misschien een andere voedingswinkel te zien was. Alles wat hij zag, waren rijen van verwaarloosde, eentonige gevels in neoclassicistische stijl.

Op het moment dat hij met een knorrende maag terug naar de Rover wilde gaan, kwam er een struise man aangelopen uit de Lang-Levenstraat. Hij droeg een versleten leren jas met daaronder een zwart T-shirt. Zijn haar hing in een staart tot op zijn rug en hij had een piercing in zijn linkerwenkbrauw. Bij de voordeur rechts van de bakkerswinkel hield hij halt.

'Target is gearriveerd', klonk het in Elias' oortje via de radioverbinding Astrid,[18] die bij iedere oproep volledig automatisch een beveiligde frequentie opzocht.

Om geen argwaan te wekken deed Elias alsof hij naar een vlakbij geparkeerde auto liep. Ondertussen gluurde hij naar de Rover, waarin Tarik druk met zijn fototoestel in de weer was. Samaay had ondertussen zijn sleutel weer uit het slot getrokken en stond op het punt de deur te openen. Als hij eenmaal binnen was, zou het allemaal veel moeilijker worden.

Van Den Eede vroeg aan Elias om tijd te winnen, tot hij er ook was. Elias knikte onopvallend in de richting van de Rover en stapte op Samaay af.

'Pardon, mijnheer, de Naamsepoort, is dat ver van hier?'

De man bekeek hem van kop tot teen, alsof hij geen woord van de vraag had begrepen.

Van Den Eede was ondertussen uitgestapt en stak schuin de straat over. Tarik bleef achter bij de auto.

---

18 Allround Semi-cellular Trunking Radionetwork for Integrated Dispatchings.

Vincent Samaay keek argwanend om zich heen. Van Den Eede begreep dat hij, net zoals de meeste criminelen, een speciaal soort zintuig had ontwikkeld. Een antenne die feilloos waarschuwde voor naderend gevaar. Als ze niet dadelijk in actie kwamen, zou het te laat zijn.

Van Den Eede boog door zijn knieën, haalde zijn wapen tevoorschijn en richtte het met gestrekte armen op Samaay. 'Politie!' riep hij. 'Handen tegen de muur en voeten uiteen!'

Vanuit zijn ooghoeken zag hij dat ook Elias zijn pistool had getrokken.

Samaay, die inmiddels de voordeur half open had geduwd, leek zijn kansen in te schatten en keek even naar het gangetje achter de deur. Tarik stond achter de Rover toe te kijken. Hij greep ook naar zijn pistool en hield het losjes in zijn hand. Elias kwam behoedzaam, stap voor stap, dichterbij. Met zijn linkerhand tastte hij al naar de handboeien, die onder zijn jas aan zijn broekriem hingen.

Samaay stak langzaam zijn twee handen in de lucht.

'Handen tegen de muur', herhaalde Van Den Eede.

Even leek het of Samaay zou gehoorzamen. Maar toen gebeurde er iets wat niemand had verwacht. In de deuropening verscheen een dikke vrouw met een lege boodschappentas. Vliegensvlug greep Samaay haar vast en hield haar als een levend schild voor zich.

De vrouw begon te gillen en in het Frans om hulp te roepen.

'Laat haar los!' riep Elias, terwijl hij traag dichterbij bleef komen. 'Nu, direct!'

Toen hij op een meter of twee was genaderd, duwde Samaay de doodsbange vrouw met volle kracht van zich af. Ze vloog struikelend tegen Elias aan, die achterover tegen de grond sloeg. Een fractie van een seconde later viel de schreeuwende vrouw boven op hem. Samaay was ondertussen naar binnen gelopen en had de deur achter zich in het slot gegooid.

Van Den Eede vloekte als een ketter. Hij borg zijn pistool weg, liep terug naar de Rover en haalde er een breekijzer uit. Toen hij de straat weer overstak, kon hij maar nipt een auto ontwijken die om de bocht kwam. Terwijl Elias zich moeizaam van het gewicht van de spartelende vrouw bevrijdde, wrong Van Den Eede de kleine koevoet tussen de deurpost. Veel kracht had hij niet nodig om het gammele slot kapot te doen springen.

Met getrokken wapens renden ze alle drie achter elkaar de trap op. Ze kwamen in een smalle, schemerachtige gang met maar één deur. Tarik en Elias vatten ieder aan een kant ervan plaats met hun pistool in SUL-positie.[19] Van Den Eede hoefde maar eenmaal tegen de deur te stampen. Met veel gekraak vloog die open en knalde tegen de binnenmuur. Gedekt door Elias en Tarik sprong hij naar binnen. In een mum van tijd had hij gezien dat er niemand in het groezelige vertrek was. Elias en Tarik inspecteerden op hun beurt vliegensvlug de andere kamers, die eveneens leeg waren. Het raam van de slaapkamer, dat uitkwam op een plat dak en een klein, rommelig binnenplaatsje, stond wagenwijd open.

'Te laat', verzuchtte Van Den Eede. Hij stopte zijn pistool weer in zijn binnenzak. 'Hij is ervandoor.'

'Misschien hij niet alleen', zei Elias. 'Wat nu?'

Van Den Eede liep terug naar de woonkamer en keek onderzoekend rond. 'Nu we toch hier zijn...'

Hoewel een huiszoeking door het FAST, technisch ge-

---

19 Een variatie op de low ready-houding, waarbij het pistool plat tegen de borst wordt gehouden en de loop naar beneden wijst. Sul is Portugees voor 'zuid'.

sproken, alleen mocht dienen om ontsnapte personen op te sporen, begonnen ze toch in alle kamers kasten en laden open te trekken en in alle hoeken en kantjes te kijken. Veel leverde dat niet op. Samaay leek dit appartement alleen te gebruiken om er te eten en te overnachten. Opruimen deed hij blijkbaar zelden of nooit. Lege bierblikjes, voedselverpakkingen en reclameblaadjes slingerden overal rond.

Toen Elias uit de slaapkamer kwam, hield hij iets vast in zijn dichtgeknepen rechterhand. 'Die heb ik op de vloer gevonden. Zeker verloren toen hij door dat raam kroop.'

In zijn handpalm lagen vijf pilletjes in drie verschillende kleuren. Ze waren allemaal bedrukt met hetzelfde symbooltje, in de vorm van een hartje.

'Is het wat ik denk dat het is?'

Tarik nam een van de tabletjes onderzoekend tussen duim en wijsvinger. 'Heel waarschijnlijk ecstasy', zei hij. 'Nog maar pas voorwaardelijk vrij en hij is al terug aan het dealen. Sommige mensen leren het blijkbaar nooit.'

'Daarom dat hij ons liever niet binnenliet', zei Van Den Eede. 'De kans dat Fréson hier ook zat ondergedoken, wordt nu wel een pak kleiner.'

Hij keek nog even om zich heen. Er was inderdaad niets te zien wat erop wees dat hier onlangs twee mensen hadden gewoond, ook al was bewezen dat de ontvluchte crimineel hier recent was geweest.

'Sporen we Samaay zelf op?' vroeg Elias. 'Per slot van rekening heeft hij zich niet gehouden aan de voorwaarden van zijn voorlopige invrijheidstelling.'

Van Den Eede schudde van nee. Hij nam zijn gsm en drukte de 7 in, die hij als snelkeuzetoets gebruikte voor het nummer van commissaris Brepoels.

'Hoe dikwijls heb ik u niet gezegd dat die kerel niet deugde?' zei Eva De Jong tot haar jongere zus. 'Maar ge wou nooit luisteren. Nu ziet ge wat ervan komt.'

Betty onderdrukte de neiging om op te staan en te vertrekken. Ze was hierheen gekomen voor hulp, niet om naar een zedenpreek te luisteren.

'Wat als Serge ontdekt waar ge zit en naar hier komt?' De stem van Eva klonk nu niet meer verwijtend, maar ongerust. 'Ik heb twee kleine kinderen.'

'Ge hebt gelijk', zei Betty, die nu toch overeind kwam en naar haar handtas greep. 'Ik wil niemand in gevaar brengen, en zeker Thomas en Kaat niet.'

'Wacht, ik heb toch niet gezegd dat ik u niet wil helpen.'

'Nee, vergeet het. Het was stom van mij om zoiets te vragen. Als de politie niet zo had aangedrongen, dan zou ik zelf nooit op het idee zijn gekomen.'

'Ik denk dat ik een oplossing heb', zei Eva. 'Ge weet dat Peter en ik een paar maanden geleden een mobilhome hebben gekocht?'

Betty knikte.

'Waarom gebruikt ge die niet voor een tijdje?'

Betty keek haar zus hoopvol aan. 'Meent ge dat?'

'Ik moet het er natuurlijk eerst nog eens met Peter over hebben', zei Eva voor alle zekerheid. 'Maar gezien de omstandigheden denk ik wel dat hij direct akkoord zal gaan. Een reis hebben we voorlopig niet gepland. Hij staat daar dus toch maar.'

'Dat zou fantastisch zijn!' zei Betty. 'Als ik dan iedere dag ergens anders naartoe rij, dan wordt het voor Serge bijna onmogelijk om mij te vinden.'

'Het is maar te hopen dat ze hém rap vinden', zei Eva. 'Zodat alles gauw terug normaal wordt.' Betty zweeg. Ze had opeens een krop in haar keel en stond op het punt te gaan huilen. 'Waarom blijft ge de rest van de dag niet hier, tot Peter thuiskomt van zijn werk?'

Betty weerde met haar ene hand het voorstel af, terwijl ze met de andere haar zakdoek uit haar handtas nam. 'Bedankt, Eef, maar ik heb voor één dag al genoeg last verkocht.'

'Maar nee. En daarbij, Thomas en Kaat zullen blij genoeg zijn dat ze hun tante eindelijk nog eens zien.'

'Denkt ge?'

'Natuurlijk.'

Betty snoot luidruchtig haar neus. Met de knokkel van haar wijsvinger veegde ze de opwellende tranen uit haar ooghoeken weg.

'Oké, dan', zei ze, alsof er een enorme druk van haar af viel. 'Als ge tenminste zeker zijt dat ik niet stoor?'

Eva kwam nu ook overeind en omarmde Betty. 'Waar dienen oudere zussen anders voor...'

Betty begon nu toch met schokjes te huilen. Eva drukte haar nog wat dichter tegen zich aan en wreef sussend over haar rug.

'Hebt ge 't al gehoord op de radio?'

Mark Van Den Eede, Wim Elias en Orhan Tarik, die aan hun debriefing bezig waren, keken allemaal tegelijk naar Olbrecht die in de deuropening stond.

'Wat?' vroeg Elias.

'In New York is er een lijnvliegtuig tegen een van de torens van het World Trade Center gevlogen.'

'Neergestort?'

'Nee. Gewoon ertegen geknald.'

'Hoe kan dat nu?'

Van Den Eede haalde een draagbaar radiootje uit de lade van zijn bureau. Hij moest even zoeken voordat hij Radio 1 min of meer verstaanbaar had afgestemd. Na enkele irriterende reclameboodschappen meldde de krakende stem van de nieuwslezer dat er zich nu ook een vliegtuig in de tweede, meer zuidelijk gelegen toren had geboord. De Twin Towers stonden allebei in lichterlaaie. Van een mogelijk ongeluk was geen sprake meer. President Bush had het tijdens een geïmproviseerde toespraak vanuit een school waar hij op bezoek was, over een terroristische aanslag. In elk geval een van de vliegtuigen van American Airlines zou zijn gekaapt. Door wie was nog niet bekend.

'Van dat moslimcrapuul natuurlijk', zei Olbrecht. 'Wie anders?'

Orhan Tarik, die aandachtig naar het bericht had zitten luisteren, keek zijn collega aan met een mengeling van verbazing en ongeloof. Even leek het of hij iets ging zeggen, maar toen sloeg hij met een bedrukt gezicht zijn ogen neer.

Zoals iedere dinsdagmiddag rond halfdrie belde Bert Van Gestel aan bij het nummer 138 in de Justus Lipsiusstraat. Hij was al bijna tien jaar chauffeur bij Sanders NV, een familiebedrijf uit Kontich dat in diepvriesproducten deed. Het vierkante bakstenen huis was eigendom van Jos Declerck, een alleenstaande gepensioneerde weduwnaar. Het lag in een rustige wijk op de grens van Mortsel en Edegem. De voorgevel van de benedenverdieping werd bijna volledig ingenomen door een witte garagepoort en een brede metalen voordeur met matglas.

Nadat hij al tweemaal vergeefs had aangebeld, deed Van Gestel een paar stappen terug en keek naar het raam op de eerste verdieping. Hij wist dat daar de slaapkamer was, waarin Declerck wel eens een middagdutje deed. De dozen met ingevroren groenten, diepvriespizza's en roomijs, die hij met zijn rechterarm tegen zijn buik geklemd hield, begonnen zwaar te wegen. Bovendien drong de kou ervan stilaan door zijn grijze stofjas en trui. Hij riep. Maar ook deze keer kwam er geen reactie. De chauffeur vroeg zich af wat hij met de bestelling moest doen. Weer meenemen? Misschien was Declerck in zijn tuintje bezig en hoorde hij daarom de bel niet. Van Gestel verplaatste de ijskoude dozen naar zijn andere arm en nam al fluitend het smalle kasseipaadje naast het huis. De kleine tuin was leeg. De hele breedte van de achtergevel werd in beslag genomen door een met doorzichtige golfplaten overdekt terras. Maar ook daar was niemand te zien. Er stonden alleen een houten schommelstoel en een plastic emmer onder een lekkend kraantje. Eigenlijk was het ook geen weer om buiten te zitten.

De chauffeur beklom het trapje naar het terras en liep tot aan de achterdeur. Op het moment dat hij wilde aankloppen, zag hij dat de deur op een kier stond. Het slot ervan was geforceerd. Op de vloertegels lagen dikke splinters hout. Van Gestel duwde voorzichtig de deur wat verder open en stak zijn hoofd binnen in het keukentje.

'Jos?'

Alles wat hij hoorde was het metalige getik van een verwarmingsbuis. Toen hij een stap naar voren deed, schoof de doos roomijs uit zijn hand en viel met een krakend geluid op de grond. Het deksel ervan was gescheurd. Van Gestel ging naar binnen, plaatste de andere diepvriesproducten op het keukentafeltje en bukte zich vervolgens om de gevallen doos op te rapen.

De deur naar de woonkamer stond open. Op de grond lagen glasscherven. Van Gestel zette de doos roomijs, die hier en daar al glimmende vochtplekken kreeg, naast de rest van de bestelling. Hij riep nogmaals om Jos. Toen er weer geen antwoord kwam, deed hij behoedzaam enkele stappen in de richting van de woonkamer.

Iemand had hier lelijk huisgehouden. De vloer was bezaaid met allerlei huisraad. Lampen, vazen, rieten mandjes, kussens, kapotgesmeten borden en schoteltjes, de inhoud van kasten en laden, en zelfs enkele schilderijtjes die van de muur waren gerukt, lagen allemaal door elkaar, alsof er een minitornado door de kamer was geraasd.

De chauffeur bleef stokstijf staan, greep naar zijn gsm en toetste het noodnummer 101 in. Al na drie keer bellen werd er opgenomen en hoorde hij de stem van een vrouw.

Tussen al die rommel op de vloer zag hij plotseling ook de onderbenen van een man opduiken. Het ene been was gestrekt, het andere lag in een wat vreemde hoek. De rest van het lichaam ging schuil achter de brede fauteuil. Met ingehouden adem deed hij langzaam nog enkele stappen naar voren. Wat hij zag, had hij tot nu toe nog maar alleen in misdaadfilms of televisiekrimi's gezien.

Op de grond lag Jos Declerck, met zijn gezicht naar boven, in een donkere plas. Zijn rechteroog staarde glazig in de leegte. Waar het linker had moeten zitten, gaapte een groot bloederig gat. Zijn mond hing half open. Net als die van Bert Van Gestel zelf. Vanuit de verte drong een vrouwenstem tot hem door, die almaar luider 'Hallo?' riep.

Van Den Eede en Linda zaten ademloos naar het journaal te kijken, waarin een chronologische montage werd getoond van al het gruwelijke dat zich vandaag in Amerika had afgespeeld. Met op de voorgrond een New Yorkse brandweerman zagen ze het eerste vliegtuig in beeld verschijnen en zich in de noordelijke toren boren, die een wolk van vuur en stof uitbraakte. Buiten beeld hoorden ze iemand 'Holy shit!' roepen.

'Dat is nu vandaag al de derde keer dat ik dat zie', zei Linda, die de gebeurtenissen de hele middag op allerlei zenders had gevolgd. 'En nog altijd lijkt het niet echt.'

Van Den Eede knikte zwijgend. Ook hij kon zijn ogen amper geloven. Gebiologeerd staarde hij naar de opeenvolging van vreselijke beelden: het tweede vliegtuig dat de zuidelijke toren binnenvloog en een enorme explosie veroorzaakte, de stipjes die langs de wanden naar beneden vielen en wanhopige mensen bleken te zijn die aan de vuurdood wilden ontsnappen, meer dan tweehonderd waren het er geweest, de gedeeltelijke verwoesting van het Pentagon, waarop een kamikazepiloot het derde gekaapte vliegtuig had laten neerstorten, de Twin Towers die in slowmotion als reusachtige kaartenhuizen ineenzakten en gigantische stofwolken door de straten van New York jaagden, en – eigenlijk al even schokkend als al de rest – de uitbundige feestvreugde van Palestijnen op de Westelijke Jordaanoever. Minister van Staat, Marc Eyskens, die in de nieuwsstudio zat, meende dat de aanvallen op Amerika het begin van de derde wereldoorlog betekenden.

Van Den Eede, die zijn whisky tot nog toe onaangeroerd op het salontafeltje had laten staan, zette het glas aan zijn lippen en nam er een flinke slok van. De woede die hij voelde opkomen bij het kijken naar al die vreselijke beelden, kneep letterlijk zijn keel dicht. Dat de mens uniek was wanneer het op wreedheid en moordlust aankwam, wist hij al. Maar dat er ook mensen bestonden die tot zulke demonische daden in staat waren, tot meerdere eer en glorie van een god nog wel, ging zijn verstand te boven. Massamoord in dienst van Allah. Hoe was het mogelijk dat die terroristen ook maar één ogenblik konden geloven dat ze iets goeds deden door het ultieme kwaad te verrichten? Geen enkel ander levend wezen haalde het in zijn kop om zoiets waanzinnigs te doen. In gedachten verzonken streelde hij Joppe over zijn zachte, blinkende vacht. Hij lag vredig te slapen op de fauteuil, tussen hem en Linda in.

Plots klonk van achter hen de verontwaardigde stem van Stijn die de hele tijd zwijgend met zijn speelkaarten had zitten frutselen. 'Is gewoon schandalig!' riep hij.

Linda keerde zich om. 'Zeker en vast, Stijn. Dat vinden wij ook.'

Met een hoekige beweging smeet hij opgewonden al zijn kaarten omhoog. Ze vlogen tot tegen het plafond en dwarrelden als dode bladeren weer naar beneden.

'Door schuld van die stomme *vliegenierders* is vandaag geen weerbericht!'

Waarna hij met grote stappen verontwaardigd de kamer uitliep en de deur met een harde bons achter zich dichtsloeg.

6

Vlakbij 't Eilandje, een van de exclusiefste wijken in Antwerpen, ligt het Schipperskwartier, de rosse buurt van de stad. Tarik, aan het stuur van zijn zwarte Golf GTI-hatchback, draaide op aangeven van Olbrecht van de Brouwersvliet links het langwerpige Falconplein op. 'Daar aan de overkant is plaats.' Olbrecht wees naar een stuk stoep waarop enkele auto's achter elkaar stonden.

'Mag dat daar wel?'

Olbrecht haalde ongeïnteresseerd zijn schouders op. 'Rond deze tijd durft hier toch geen flik meer komen.'

Tarik reed het pleintje rond en manoeuvreerde zijn auto tussen een Porsche en een Mercedes. 'Als ze hem wegslepen, dan zijn de kosten voor u, hè.'

Olbrecht duwde het portier al open nog voordat de Golf helemaal stilstond. De rolluiken van de winkels en handelspanden waren overal naar beneden. Aan de overkant was een bruine kroeg, waar enkele mannen rokend aan de toog hingen. Het pleintje zelf lag er verlaten bij.

'Geen kat te zien', zei Olbrecht. 'En zeggen dat het hier een paar jaar geleden 's avonds bijna even druk was als op de Sinksenfoor.'

'Is dat zo?' zei Tarik ongeïnteresseerd, terwijl hij zijn auto op slot klikte.

'Ik was toen nog undercoveragent.'

'Hier in Antwerpen?'

'Ze wilden dat ik infiltreerde in de Georgische maffia. Die hield zich toen vooral bezig met handel in namaak. Versace, Armani, Gucci, Rolex, Cartier... noem maar op. 't Was hier allemaal te vinden. In de hoerenbuurt, hier wat verder, hadden de Albanezen het voor het zeggen.'

'En zijt ge binnen geraakt bij die gangsterbende?'

Olbrecht knikte, terwijl hij in de richting van de Schippersstraat liep. 'Maar het heeft wel efkens geduurd voor die gasten mij vertrouwden.'

Ze sloegen links af.

'Ik herinner mij wel dat de gazetten toen vol stonden over die Oost-Europese bendes hier in Antwerpen', zei Tarik.

'Eigenlijk was dat maar de halve waarheid', zei Olbrecht. 'In de pers hadden ze het altijd over het Falconplein en het Schipperskwartier. Maar weet ge waar het echte centrum van de Albanese en de Georgische maffia was?'

Ze liepen voorbij een blauwverlicht raam waarachter een zwart hoertje in roze lingerie op een barkruk zat. Tarik keek even naar haar, maar wendde toen zedig zijn hoofd af.

'Bij de joden, in de diamantwijk.'

'Dat is het eerste wat ik daarvan hoor.'

'Nieuws over prostitutie en misdaad verkoopt natuurlijk beter dan over dat diamantwereldje waar een buitenstaander niks van af weet. Maar het stonk daar al even hard als hier.'

Zwijgend liepen ze naast elkaar langs opzichtig met neonbuizen verlichte bars, tattoo- en seksshops, en hoerenkotjes. In de vitrines zaten opvallend veel jonge meisjes en vrouwen met een exotisch uiterlijk. De meesten baadden in een dieprode gloed, waardoor hun lichaam een soort lichtgevende aura kreeg. De godinnen van de nacht. Geregeld passeerden auto's die stapvoets voorbijreden.

Tarik vond het vreemd dat er nergens straatprostituees te zien waren. Volgens Olbrecht was dat normaal. 'Zoals overal bestaat er ook in het prostitutiemilieu een soort hiërarchie. Een pikorde, zeg maar.' Hij wachtte even om te zien of Tarik zijn dubbelzinnige grapje had begrepen. Maar die reageerde er niet op. 'Raamhoeren en tippelaarsters,' vervolgde hij, 'dat heeft nooit goed samengegaan. De blote madammen in die vitrines voelen zich stukken beter dan die straatmadelieven, waarvan de helft aan de heroïne is.'

'Hoe komt het dat gij dat allemaal weet?'

'Als undercover moet ge uw huiswerk maken.'

Tarik keek argwanend naar Olbrecht, die met een uitgestreken gezicht naast hem liep.

Aan het eind van de Schippersstraat sloegen ze de Vingerlingstraat in. Hier waren zo veel bordelen dat het wel leek of de hele straat in brand stond. Het was alsof de hoertjes achter de rood- of blauwverlichte ramen ontklede etalagepoppen waren, die zichzelf in de verleidelijkste poses probeerden te wringen. Soms was er eentje bij die op het raam tikte en hen met haar liefste glimlach wenkte. Af en toe bleef Olbrecht even treuzelen om de koopwaar wat beter te bekijken. Tarik leek zich dan telkens te schamen en keek meestal strak voor zich uit.

'Kijk daar.' Olbrecht wees naar een vitrine aan de overkant. 'Zou dat niks voor u zijn?'

Achter het raam zat een meisje met opvallend donker haar, een gekromde neus, grote ogen en koolzwarte wenkbrauwen. Tarik keek even naar haar, maar liep toen zwijgend verder. Alsof hij niet had gemerkt dat het een moslima was die daar zat te pronken.

'Als de Arabisch-Europese Liga van Abou Jahjah het hier ooit voor het zeggen krijgt,' zei Olbrecht uitdagend, 'dan wordt die zeker en vast gestenigd.'

Maar Tarik reageerde er niet op. Hij had vanavond blijkbaar geen zin in een discussie over de islam. In het knipperende neonlicht van stripteasebars stonden struise buitenwippers met donkere petten en gekruiste bovenarmen vol tatoeages op wacht.

'Waar gaan we eigenlijk naartoe?'

'Den Bulldog', zei Olbrecht. 'Een nachtclub.'

'Ge schijnt uw weg hier inderdaad goed te kennen.'

Olbrecht grinnikte. 'Niet alleen mijn weg.'

'Hoe bedoelt ge?'

'Dat zult ge seffens wel zien.' Hij bekeek Tarik met een mysterieus glimlachje.

Ze sloegen de hoek met de Verversrui om en kwamen opnieuw in een oogverblindende gloed van rode lampen terecht. Het was hier echter veel drukker dan in de vorige straten. Luidruchtige bezopen mannen, meestal in een groep, liepen van het ene naar het andere raam of bleven staan kijken naar de weinig verhullende uithangborden van stripteasebars. Sommigen maakten allerlei obscene gebaren of riepen iets naar de meisjes, die zich daar weinig of niets van leken aan te trekken.

Voor een van de nachtclubs hield Olbrecht halt. 'Hier is 't.'

Tarik keek zuchtend om zich heen, alsof hij op zoek was naar de nooduitgang uit dit oord des verderfs.

'Weet ge wat?' zei hij. 'Ik zal hier blijven wachten terwijl gij...'

'Gij zijt zot, zeker?' siste Olbrecht. 'Dan kunnen we al even goed in 't midden van de straat met onze politiekaart staan zwaaien.'

Ze liepen samen naar binnen, door een lange gang waarvan de walgelijk roze muren vol hingen met foto's van strippende meisjes. Toen ze eindelijk een deur bereikten, die

Olbrecht nonchalant openduwde, kwamen ze in een rokerige en schaarsverlichte ruimte terecht. Het was er broeierig heet en ook wat benauwd, alsof er te weinig zuurstof was. Tussen de tafeltjes door liepen dienstertjes met alleen maar een zwart slipje aan. Toch waren bijna alle ogen van de aanwezige mannen gericht op een klein rond podium waarop een naakte vrouw zich, in het gedempte licht van een gekleurde spot, als een slang rond een blinkende paal draaide. Uit de luidsprekers klonk Amerikaanse rapmuziek.

Olbrecht, die vooropliep, probeerde zich een weg te banen naar de toog, waarachter een gedrongen kerel stond. Het haar op zijn hoofd was gemillimeterd. Op zijn kin en wangen was de schaduw van een zorgvuldig gekweekte stoppelbaard te zien. Hij droeg een donker, mouwloos T-shirt en een strakke jeans met een brede leren broekriem vol metalen knoppen en een opvallend grote gesp. Om zijn hals hing een zware goudkleurige ketting. Aan zijn vingers zaten twee opzichtige zegelringen. Op zijn rechterbovenarm was een zwarte doodskop getatoeëerd.

Toen Olbrecht en Tarik de toog hadden bereikt, had de barman juist een dubbele whisky ingeschonken. Hij deed een greep in een ijsemmer en gooide nonchalant enkele tinkelende blokjes in het glas, dat hij vervolgens neerzette voor een man met een groot litteken op zijn rechterwang. Die droeg een gestreept kostuum en suède schoenen, en leek zo te zijn weggelopen uit een Amerikaanse gangsterfilm over de drooglegging.

'Geef ons er zo ook maar ieder ene', zei Olbrecht, terwijl hij met zijn twee handen een roffel op de toog gaf.

Tarik maakte een afwerend gebaar. 'Voor mij geen alcohol.'

'Wat dan wel?' vroeg Olbrecht. 'Ik denk niet dat ze hier van die zwarte thee verkopen die gij altijd drinkt.'

'Een cola', zei Tarik tot de man achter de toog.

Die boog zich voorover en keek Tarik, van onder een enorme rij flessen, strak aan. 'Dat zal niet gaan', zei hij met een rauwe, hese stem. 'Bruin ventjes zijn hier namelijk niet welkom.' Hij veegde met een handdoek een gemorste druppel ijswater weg en keek daarna met dezelfde kille blik naar Olbrecht. 'En hun vriendjes ook niet.'

Hij zwierde de handdoek over zijn schouder, keerde hun de rug toe en begon afgewassen glazen op een rek te zetten.

'Wat was dat?' vroeg Olbrecht uitdagend.

'Niet doen, Rob', waarschuwde Orhan.

De barman draaide zich traag om. 'Ge hebt mij goed genoeg verstaan', zei hij. 'Als ge niet rap maakt dat ge hier weg zijt met die tapijtklopper, dan smijt ik u alle twee met uw *klikken en klakken* buiten. *Capice?*'

Olbrecht liet een misprijzend lachje horen. 'Wie gaat ge daar voor meebrengen?'

Enkele mannen die bij hen in de buurt stonden, leken opeens meer geïnteresseerd in wat zich vlakbij afspeelde, dan in de act van de paaldanseres.

'Wij willen wel helpen, hè Fred?' zei een bonk van een kerel, terwijl hij zijn maat een elleboogstootje gaf.

'Met alle plezier, Ivo', antwoordde Fred, die dichterbij kwam en zich als een dreigende gorilla voor Tarik plaatste. 'Ik tel tot drie', zei hij stoer. 'Als ik dan uw terroristensmoel nog zie, dan klop ik erop.'

'Pas maar op dat hij geen bomgordel draagt', riep iemand die wat verderop stond. 'Of we ontploffen allemaal mee!'

Er klonk gelach.

Olbrecht deed een stap naar voren en plaatste zich tussen Orhan en Fred in. 'Wedden dat gij niet eens tot drie geraakt?'

Tarik gaf Olbrecht een rukje aan zijn mouw. 'Laat zitten, Rob. We zijn hier weg, kom.'

Maar Olbrecht verzette geen voet. Hij grabbelde Fred bij zijn kraag vast.

'Hela, wilt gij met uw poten eens van mijn lijf blijven, makker!'

De gorilla duwde Olbrecht zo brutaal van zich af dat die tegen Tarik aan botste. Tarik verloor bijna zijn evenwicht en greep zich instinctief vast aan degene die het dichtstbij stond.

Er volgde wat getrek en geduw. Almaar meer klanten keken nieuwsgierig naar wat zich bij de toog afspeelde. Zelfs de danseres, die zich traag met gespreide benen op en neer liet glijden langs de blinkende paal, gluurde even in hun richting.

De barman smeet zijn handdoek neer en kwam met kordate stappen achter de tapkast vandaan. Hij ging recht op Tarik af en sleurde hem hardhandig uit het groepje mensen dat hem almaar meer begon in te sluiten.

'Komaan, 't is onderhand *wellekes* geweest. Buiten, gij.'

Tarik rukte zich los en haalde onverwacht uit. De barman kon de slag maar net ontwijken. Nog voordat hij weer helemaal overeind stond, kreeg hij Tariks vuist in zijn maag. Dit was het signaal waarop Fred en Ivo blijkbaar hadden gewacht. Zij stortten zich allebei op Tarik, die een paar rake klappen moest incasseren. Olbrecht greep Fred van achteren vast en hield hem in een wurggreep. Bijna op hetzelfde moment trok de barman Ivo weg en riep dat het genoeg was geweest.

Tarik veegde met de rug van zijn hand het bloed onder zijn neus weg. Hij stond van woede te hijgen als een briesende stier in een arena. Op zijn voorhoofd parelden dikke zweetdruppels.

De barman keek naar Olbrecht, die langzaam zijn greep loste. Fred hapte naar adem en begon te hoesten als een kettingroker.

'Ik had u toch gezegd dat ge hier niet welkom zijt', zei de barman droogjes.

'Ze moesten al die vreemde luizen tegen de muur zetten!' riep iemand vanuit het donker.

De barman wees gespeeld hoffelijk naar de uitgang. 'Na u.'

Tarik keek afwachtend naar Olbrecht, die flauwtjes knikte.

Terwijl ze zich door het opeengepakte publiek wurmden, hoorden ze achter zich het gejoel en gelach van de tooghangers.

'Bende racisten', mompelde Tarik.

Toen ze de uitgang hadden bereikt, duwde de barman hen voor zich uit de gang in. Nadat ze die een paar meter hadden gevolgd en uit het zicht van de klanten waren, gebeurde er iets wat Tarik met verstomming sloeg. De barman en Olbrecht vlogen elkaar vriendschappelijk om de hals en deelden lachend schouderklopjes uit.

'Dat was gelijk in de goeie ouwe tijd!' riep Olbrecht.

Tarik trok zijn zakdoek, die vol bloedvlekken zat, weg van zijn neus. 'Hoe? Gij kent mekaar?'

'Mag ik u voorstellen?' zei Olbrecht. 'Ward Schoofs.' Hij grinnikte en wees vervolgens naar Tarik. 'En dit is mijn collega, Orhan Tarik.'

Ward stak zijn hand uit, die Tarik werktuiglijk drukte. 'Sorry voor daarjuist, hè. No hard feelings, hoop ik?'

Tarik schudde zwakjes van nee, alsof hij nog niet helemaal besefte wat hier gebeurde.

Olbrecht had ondertussen een foto van Gaby Allaerts uit zijn binnenzak gehaald en gaf die aan Ward. 'Al wat we over haar weten, is dat ze een tijdje hier in de buurt heeft getippeld. Kunt gij eens navraag doen?'

'Oké', zei Ward, terwijl hij de foto vluchtig bekeek en

toen snel in zijn broekzak liet glijden. 'Ik laat een van de dagen wel iets weten.'

Achter hen ging de deur van de bar open en twee lachende mannen verschenen in de gang. Ze zagen er tamelijk beneveld uit.

Ward Schoofs gaf Tarik zo'n harde duw dat hij bijna omverviel. 'En dat ik u hier nooit meer zie, hè! Vuile *makak*!'

Ze stonden nog maar amper in de frisse lucht, of Tarik vloog uit tegen Olbrecht.

'Waarom hebt ge, godverdomme, niet gezegd dat die Schoofs een vroegere informant van u was?'

Olbrecht begon te lachen. 'Omdat ik er zeker van ben dat gij uw rol anders nooit zo overtuigend had gespeeld.'

Tarik wreef langs zijn neus en keek vervolgens naar zijn hand. Het bloeden was gestopt. Hij keek Olbrecht nog even aan, maar liep toen zonder iets te zeggen in de richting van de Vingerlingstraat.

Olbrecht moest er de pas in zetten om hem bij te houden. 'Orhan?' vroeg hij toen hij eindelijk naast hem was gekomen. 'Alles in orde?'

Tarik keek even schuin opzij, terwijl hij bleef doorlopen. Olbrecht greep hem bij zijn mouw, maar hij rukte zich boos los en liep verder zonder om te kijken. Toen ze, een tiental minuten later, weer in de Golf stapten, had Tarik nog altijd geen woord gesproken.

'Oké', begon Olbrecht. 'Ik had dat misschien niet moeten doen, maar moet ge daar nu zo kwaad voor zijn?'

'Ik ben niet kwaad', zei Tarik kortaf, terwijl hij de sleutel in het contact stak.

'Wat scheelt er dan?'

Tarik liet de sleutel los zonder de auto te starten. Hij leunde achterover tegen de kopsteun en zuchtte. 'Die scheldwoorden, dat is allemaal niks. Daar ben ik ondertussen al wel gewend aan geraakt.' Hij bleef somber voor zich uit kijken.

Olbrecht voelde zich opeens wat ongemakkelijk. Zo had hij Tarik, die eigenlijk nooit over zichzelf of over zijn afkomst praatte, nog niet meegemaakt.

'Weet ge wat ik het ergste vind?' Hij draaide zijn hoofd naar Olbrecht, die hem afwachtend aankeek. 'Tot nu toe waren wij in de ogen van veel mensen alleen maar tweederangsburgers. Makakken, bruine ventjes of profiteurs die met de jobs van de Belgen of met hun geld gingen lopen.' Hij tastte opnieuw naar zijn autosleutels. 'Maar na wat er vandaag in Amerika is gebeurd, zijn wij binnenkort allemaal terroristen.'

Olbrecht trok zijn voorhoofd vol rimpels. 'Allee, wat zegt gij nu?'

'Ge zult wel zien', zei Tarik. 'Let op mijn woorden.'

Hij startte de auto, keek even in zijn achteruitkijkspiegel en wilde vervolgens het plein op draaien in de richting van waaruit ze waren gekomen.

'Zoudt ge efkens een paar straten om willen rijden?' vroeg Olbrecht.

Tarik bekeek hem met een vermoeide blik. 'Als 't voor u hetzelfde is, zou ik liever naar huis gaan.'

'Ik ook', zei Olbrecht. 'Daarom dat ik het vraag, want ik woon hier vlakbij.' Hij wees. 'Ginder in de Zirkstraat.'

De verbazing op Tariks gezicht was oprecht. 'Dat wist ik niet!'

'Nee', zei Olbrecht. 'Er is nog zo veel wat wij van mekaar niet weten.'

Behalve het geritsel van dode beukenbladeren en af en toe het hoge, scherpe geluid van een steenuil was er niets te horen. Op haar werk had Betty De Jong een paar dagen vrijaf genomen. Als het moest kon ze haar verlof nog altijd verlengen. Door de vele overuren die ze dit jaar had gemaakt, had ze nog minstens recht op tien extra vrije dagen boven op haar wettelijke vakantie. In de late middag was ze met de mobilhome bij haar zus vertrokken. Bij het eerste tankstation dat ze tegen was gekomen, had ze de bijna lege tank laten volgooien. Daar had ze al meteen spijt van gekregen toen ze merkte hoeveel liters erin gingen. De helft had ruimschoots volstaan voor wat ze van plan was.

Vervolgens was ze naar huis teruggereden en had voedsel en drank voor ongeveer een week ingeladen. De ijskast van de mobilhome zat bomvol en in de ingebouwde kleerkast lag en hing kleding voor zowat ieder weertype. Op een kaart had ze zorgvuldig de verschillende plaatsen uitgekozen waar ze iedere avond zou overnachten. Allemaal in de omgeving van Brussel. Zo kon ze, indien nodig, snel terug naar huis.

Daarna was ze met de mobilhome naar haar eerste standplaats gereden: het Ter Kamerenbos, waar ze als kind al graag ging wandelen. Telkens wanneer ze de twee tolhuisjes aan de Louizalaan passeerde, was het of ze in een andere tijd en wereld terechtkwam. Via de brede Dianalaan was ze tot aan de vijver gereden en had zich met de veerpont laten overzetten naar het Robinsoneiland. In het houten chalet had ze een dagschotel gegeten en een halve liter huiswijn gedronken.

Vanuit het restaurant had ze nog even met haar zus getelefoneerd. Ze had haar nog eens bedankt voor het gebruik van de mobilhome en gezegd dat ze zich een beetje voelde alsof ze op vakantie was. Daarna had ze zich opnieuw laten overzetten met het veer en was met de camper naar de aangelegde parkeerplaats vlak bij het Vestzaktheater gereden. Ze had de mobilhome zo veel mogelijk uit het zicht gezet. Maximaal vierentwintig uur mocht ze hier blijven staan.

Ze had alle deuren en raampjes zorgvuldig afgesloten, zowel aan de binnenkant als buiten, en het gasalarm geactiveerd. Op het controlepaneel boven de deur van het woongedeelte brandden alleen maar groene lichtjes. Water- en batterijpeil gaven het maximum aan. De verwarming, die op gas werkte, stond op stand twee en hield de binnentemperatuur rond de 18 graden Celsius. Echt behaaglijk was dat niet, maar om te slapen was het genoeg. Haar zus had er haar meer dan eens attent op gemaakt dat de verwarming met hete lucht veel gas verbruikte en dat ze er maar beter zuinig op kon zijn.

Hoewel het nog maar halfelf was, had Betty haar nachtjapon aangetrokken en was ze het smalle laddertje naar het dubbele alkoofbed opgeklommen. Daarin lag ze nu, bij het licht van een klein lampje, een detective van Georges Simenon te lezen. Ze voelde zich een beetje als een matroos in zijn kajuit, drijvend op een donkere, eindeloze zee.

Toen ze het geronk van een auto hoorde, schrok ze op uit haar lectuur. Ze schoof het gordijntje voor het kleine achterraampje weg en deed het verduisterende glasvezeldoek half naar boven. In de verte zag ze het gelige licht van twee koplampen die dichterbij kwamen.

Plotseling zwenkte de auto naar rechts, in de richting van de bosrand, waar hij stopte. De motor sloeg af en de lichten werden gedoofd. Betty zag het portier opengaan. Een donkere gestalte stapte uit. De lichten van de auto knipperden gelijktijdig toen de portieren werden vergrendeld. In het duister zag ze een klein vurig stipje, dat nog even oplichtte voordat het met een wijde boog door de lucht vloog en op de grond terechtkwam. De chauffeur kwam niet dichterbij, maar bleef naast zijn auto staan en keek in de richting van de camper.

Betty greep naar de gsm die onder haar hoofdkussen lag,

en drukte enkele toetsen in. Op het display verscheen een bewegende stippellijn met vooraan een pijltje dat met kleine schokjes in een cirkeltje draaide. Middenin stond in groene letters de mededeling 'Wacht op verbinding'.

Zwijgend zaten ze in het appartement van Olbrecht naar de televisie te kijken. Olbrecht zapte voortdurend tussen de VRT, BBC en CNN, waar maar één onderwerp aan bod kwam: de terreuraanslagen in Amerika. Er zou nog een vierde gekaapt vliegtuig bij betrokken zijn geweest, dat in een veld vlak bij Pittsburg was neergestort. Volgens CNN was het waarschijnlijk onderweg naar het Witte Huis, maar hadden de passagiers dat verhinderd. Vermoedelijk hadden de kapers het toestel zelf laten crashen. Er was geen enkele overlevende om het na te vertellen. Ondertussen was het zo goed als zeker dat het terreurnetwerk Al Qaida, van de Saoedi-Arabische multimiljonair Osama bin Laden, achter de aanslagen zat.

Tot nog toe was er weinig of niet gesproken terwijl ze naar al die verschrikkelijke beelden keken. Tarik leek zwaar aangeslagen door wat er vandaag was gebeurd. Met sombere ogen zat hij naar het beeldscherm te staren.

'Kunt gij zoiets begrijpen?' vroeg Olbrecht. 'Ik bedoel, als moslim.'

Eigenlijk had hij een spontane ontkenning verwacht. Maar in plaats daarvan bleef Tarik een hele tijd zwijgend voor zich uit zitten kijken. Uiteindelijk begon hij dan toch te praten.

'Ik heb vanmiddag telefoon gehad van Mohammed', begon hij.

Even kwam het in Olbrecht op om te vragen sinds wanneer hij over een directe lijn met de profeet beschikte. Maar bij nader inzien liet hij het grapje toch maar achterwege.

'Wie is Mohammed?'

'Mijn oudste broer.' Hij pauzeerde even, terwijl hij onophoudelijk met zijn *tasbih*[20] zat te frutselen.

Olbrecht werd er nerveus van. Hij had het hem al eens eerder zien doen, vooral op momenten dat hij schijnbaar diep over iets zat na te denken. Hij had toen gedacht dat het een soort islamitische bezigheids- of meditatietherapie was.

'Hij stond aan de telefoon te juichen van blijdschap', zei Tarik mat, zonder Olbrecht aan te kijken. 'Juist zoals die Palestijnen op de West Bank.' Hij boog voorover, steunde met zijn ellebogen op zijn gespreide knieën en schudde traag zijn hoofd. 'Ik wist echt niet wat ik hoorde. Mijn eigen broer verdomme...'

Die laatste woorden had hij uitgesproken op het scherp van de snee, met een vreemde, doffe gloed in zijn donkere ogen.

Opnieuw bleef het een tijdlang stil. Af en toe was het geluid te horen van de kralen die tegen elkaar tikten terwijl ze door Tariks beweeglijke vingers gleden.

'En uw ouders? Wat zeggen die ervan?'

Tarik sloeg zijn rooddoorlopen ogen op. Hij zag eruit alsof hij een paar nachten achtereen niet had geslapen.

'Mijn ouders?' Hij haalde traag zijn schouders op en slaakte een diepe zucht. 'Die heb ik vandaag nog niet gesproken. Ik veronderstel dat mijn moeder het even afschuwelijk zal vinden als gij en ik. Maar mijn vader...'

Hij kneep zijn ogen tot spleetjes en slingerde het uiteinde van de *tasbih*, een groengekleurd kwastje, met soepele polsbewegingen heen en weer, alsof hij er zichzelf mee wilde kastijden. Olbrecht vond het maar beter om niet verder aan

---

20 Een islamitische gebedsketting.

185

te dringen. Ooit was hij in een goedkope pocketeditie van de Koran beginnen te lezen, vooral uit nieuwsgierigheid naar het geheim dat erin verborgen zat en dat zovelen in de ban hield. Maar al na enkele tientallen bladzijden had hij het boek ontgoocheld en verveeld dichtgeslagen, om het daarna nooit meer vast te pakken. Dat er op deze wereld miljoenen mensen rondliepen die hun doen en laten lieten bepalen door zo'n saaie, compleet achterhaalde opsomming van geboden en verboden, kon er bij hem echt niet in. Dat de zelfmoordpiloten die vandaag dood en vernieling hadden gezaaid, hun inspiratie daarvoor hadden gezocht in diezelfde Koran, gaf te denken.

Toen hij enkele minuten later de deur achter Tarik sloot, hoorde hij de klokkentoren van de kathedraal middernacht slaan. Het licht van de Grote Markt steeg als een heteluchtballon op van achter de huizen aan de overkant. Wat verder in de straat zag hij een gearmd koppeltje voor de etalage van El Valanciano staan. Vaak wanneer hij voorbij de renaissancepoort liep en de zuiderse binnenhof zag, moest hij aan Wannes Van de Velde denken, die in dat huis, vlak boven de Spaanse winkel, was geboren. 'Ik wil van de nacht in de straten verdwalen, de klank van de stad maakt mijn ziel amoureus...'

Zou hij nog even de stad ingaan? Na al de ellende die hij het voorbije uur op televisie had gezien, had hij wel behoefte aan wat frisse lucht. Hij had zijn jas nog niet goed en wel aan, of hij hoorde boven de telefoon rinkelen. Wie kon er op dit uur nog naar zijn vaste lijn bellen? Met twee treden tegelijk rende hij de trap op.

'Met Rob', hijgde hij.

'Rob. Ik ben het, hè.'

'Dag, ma', antwoordde hij een beetje verrast. 'Toch niks gebeurd?'

'Wat zou er gebeurd zijn?'

'Ik weet niet. Omdat ge nog zo laat belt.'

'Is onze Jan bij u?'

'Nee. Waarom?'

'Wat die tegenwoordig allemaal uitvreet, God mag het weten', zei ze klagerig. 'Hij is deze avond weeral niet thuisgekomen. Ik heb meer dan een uur met de soep en de patatten zitten wachten.'

Olbrecht moest even een geeuw onderdrukken. 'Hij is oud genoeg om te weten wat hij doet, hè ma.'

'Was 't maar waar! Wie weet met wie hij weer op schok is. Als het maar niet met die Freddy Swaegers is.'

'Wie is Freddy Swaegers?' vroeg Olbrecht, omdat hij vermoedde dat ze dat van hem verwachtte.

'Uitschot! Crapuul! Een dief en een inbreker!' Hij hoorde haar ademhaling gejaagd op en neer gaan. 'En met zo'n gast trekt onze Jan op.'

'Hebt ge zijn gsm al eens geprobeerd?' vroeg Olbrecht geduldig.

'Al minstens tien keer. Maar die staat nooit aan. Ik krijg altijd zo'n Engelse stem aan de lijn. Ik dacht eerst nog dat ik verkeerd was verbonden.'

Olbrecht streek zuchtend door zijn haar. 'Maak u maar geen zorgen, ma. Vroeg of laat komt hij wel terug boven water.'

Maar daar leek zijn moeder geen boodschap aan te hebben. Ze dramde nog een tijdje door over haar jongste zoon, die op het verkeerde pad raakte door de schuld van al die slechte kameraden met wie hij dagelijks optrok.

Rob maakte er een einde aan door haar te beloven dat hij Jan morgen zou opbellen en eens serieus met hem zou praten.

'Zoudt ge dat willen doen, jongen?'

'Natuurlijk. Waarom niet?'

Het stelde zijn moeder niet echt tevreden, maar ze had toch haar hart weer eens kunnen luchten.

Nadat hij had opgehangen, had hij opeens geen zin meer om nog de stad in te gaan. Hij deed zijn jas weer uit, liep naar de keuken en haalde een biertje uit de ijskast. Met het blikje in zijn hand liet hij zich in een fauteuil neerploffen. Hij dronk het in één keer half leeg. Op straat klonk geroep, gevolgd door luid gelach.

Opeens overviel hem een gevoel van treurigheid. Hij zette het bierblikje op het salontafeltje en liep naar de antieke Mechelse kast die ooit aan zijn grootouders had toebehoord. Hij had die van zijn grootvader gekregen, die ze naar de garage had verbannen nadat hij een nieuw salon had gekocht waarin die 'oude rommel' volgens hem niet thuishoorde. Jarenlang had hij er verfpotten en -borstels in bewaard. Toen er wormgaatjes in kwamen, had het een haar gescheeld of ze hadden die prachtige kast als brandhout door de schouw gejaagd.

Olbrecht trok met moeite het onderste deurtje open, dat nog altijd een beetje klemde, en haalde er een verkleurde schoendoos uit. Hij liep ermee terug naar de fauteuil, plaatste haar op zijn knieën en deed het deksel eraf. Hij kon zich niet meer herinneren wanneer hij ze voor het laatst vast had gehad.

De doos zat vol foto's, zelfs nog enkele in zwart-wit. Van andere waren de kleuren dan weer vervaagd, alsof ze langzaam maar zeker begonnen op te lossen in de tijd. Jaren van zijn leven lagen hier in de vorm van momentopnamen kriskras door elkaar. De obligate communiefoto's, zijn eerste brommer, een versleten Flandria die hij eigenhandig had opgelapt en waarop hij trots poseerde met een enorme vetkuif in zijn haar, hij met zijn jongere broer Jan terwijl ze in hun stamcafé aan het biljarten waren, op de kermis in de botsauto's, met naast hem zijn eerste jeugdliefde, die hij op de bus van en naar school had leren kennen...

Toen hij eindelijk bij de foto's uitkwam die hij zocht, ging er een lichte huivering door hem heen. Op de eerste zaten hij en Gitte samen aan een tafeltje op het terras van een pizzeria in Firenze. Hij herinnerde zich zelfs het gezicht van de kelner nog die de foto had gemaakt. De volgende die hij vond, was genomen met als achtergrond het Colosseum. Gitte poseerde lachend naast een bonkige Romeinse soldaat, met een gevederde helm, een blinkend kuras en een kort, breed zwaard. De derde foto was er een waar ze met een groepje vrienden op stonden, ieder met een glas wijn in hun hand. Hij was genomen op het verjaardagsfeestje van iemand die hij ondertussen al in jaren niet meer had gezien. Olbrecht hield de foto wat dichter bij zijn ogen. Iedereen, ook hij, leek euforisch, behalve Gitte, die daar met een dromerige blik naar iets buiten beeld stond te kijken. Nu hij, na al die tijd, de foto nog eens goed bekeek, leek het wel of Gitte die avond niet echt bij het groepje hoorde, alsof ze met haar gedachten heel ergens anders zat. Misschien dacht ze toen al aan wat ze hem de volgende dag ging zeggen en aan hóé ze dat zou doen? Had hij anders moeten reageren toen ze hem vertelde dat ze hem liever een tijdje niet meer zag? Ze wilde eens rustig kunnen nadenken over hun relatie, hun toekomstplannen, het vier weken oude kindje in haar buik...

Terwijl hij daar naar die foto zat te kijken, voelde Olbrecht allerlei emoties de kop opsteken. Verdriet, spijt, ontgoocheling, onbegrip, maar ook boosheid. Een woede die almaar groter werd en zo veel ruimte opeiste dat al het andere erdoor in de verdrukking kwam. Wist ze dan écht niet dat hij bij het FAST werkte, toen ze daar kwam solliciteren? Of was ze zo naïef te denken dat hij haar ooit zou kunnen vergeven? Dat het ooit weer als vroeger zou kunnen worden?

Met één enkele haal scheurde hij de foto – de laatste die van hen samen was gemaakt – in stukken. Gitte, met haar Mona Lisa-smile stond op het linkerdeel. Hij op het rechter, met in zijn hand een wijnglas dat hij met gestrekte arm lachend in de lucht stak.

Een gekeeld varken dat met zijn poten aan een staande houten ladder is vastgebonden, klaar om met vlijmscherpe messen van zijn ingewanden te worden ontdaan. Het was een beeld dat hem uit zijn jeugd bij was gebleven en waaraan hij nu terugdacht toen hij haar daar naakt, met gespreide armen en benen tegen het schuine alkoofladdertje zag hangen. Uit haar opengesperde lippen puilde een rode rubberen bal, die haar letterlijk de mond snoerde. Hij kon haar door haar neusgaten amechtig horen ademen. Alsof ze zojuist een zware inspanning had gedaan. Haar boezem was stevig ingesnoerd met een leren riem die op een vernuftige manier via haar nek kruiselings over haar borstkas liep en op haar rug was vastgeknoopt. Elke beweging met haar hoofd trok het touw strakker aan, waardoor haar borsten pijnlijk werden opgespannen. Door iedere tepel stak een lange dunne naald. Om haar polsen, hoog boven haar, zaten twee koorden die zijdelings waren vastgemaakt aan de handgreep van een afgesloten kastje. Ze waren zo strak aangetrokken dat haar voeten de laminaatvloer net niet meer raakten. Haar knieholten waren vastgebonden aan de uiteinden van een halve bezemsteel, waaraan precies in het midden een touw vastzat dat opwaarts door de hendel van het dakraampje liep, dat als een soort katrol dienstdeed.

Met beide handen greep de man het afhangend stuk touw beet en trok er uit alle macht aan. Terwijl haar onderlijf langzaam omhoog werd gehesen, hoorde hij de vrouw kreunen en naar adem snakken. Hij bleef trekken tot haar lichaam, op ongeveer een meter boven de vloer, volledig horizontaal hing en maakte het touw dan vast aan de handgreep van het linkerportier. Vervolgens trok hij langzaam al zijn kleren uit.

Alles gebeurde in stilte. Alleen af en toe het geruis van de wind door het bos, of de korte, hoge roep van een uil. Ieder kledingstuk vouwde hij netjes op en legde hij op de zitbank bij het verduisterde raampje.

Toen hij helemaal naakt was, bukte hij zich en kroop onder de halve bezemsteel door. Toen hij weer overeind kwam, stond hij tussen haar gespreide dijen. Hij gleed ruw een paar centimeter bij haar naar binnen. Uit de keel van de vrouw steeg een zacht grommend geluid op, als van een spinnende kat. Hij greep de uiteinden van de bezemsteel stevig vast en duwde die traag naar achteren, waardoor het onderlichaam van de vrouw naar voren werd getrokken en hem dieper opslokte.

Heel even bleef hij onbeweeglijk zo staan, dan liet hij de bezem, als vanzelf, opnieuw naar voren komen, om hem meteen weer naar achteren te duwen... Tot er een schommelend ritme ontstond, waarbij het vrouwenlichaam in de lucht horizontaal heen en weer bewoog, almaar sneller en heftiger, als een goedgeoliede machine die werd aangedreven door een woeste mengeling van pijn en genot.

7

Het leek alsof de lente voor eventjes terug in het land was. Al om een uur of negen gaf de thermometer meer dan 18 graden Celsius aan. In de stijlvolle wachtzaal van tandarts Didier Termeer zat een kleine, gespierde man met kort blond haar en een gladgeschoren kin. De radio stond aan. Op het journaal ging het nog altijd over de aanslagen in Amerika. Het precieze aantal doden was nog niet bekend, maar werd nu al op minstens tweeduizend geschat. Vannacht was nog een tiental gewonden onder het puin vandaan gehaald, maar de kans om nog meer overlevenden te vinden werd met het uur kleiner. Een flink deel van Manhattan was nog altijd in een grote stofwolk gehuld. President Bush had de oorlog verklaard aan het internationale terrorisme en zou niet rusten voordat de verantwoordelijken voor deze monsterlijke misdaden waren gevonden en berecht.

De man hoorde een deur opengaan en hoorde vervolgens stemmen op de gang. Het was de tandarts, die zijn eerste patiënt van vandaag tot aan de voordeur begeleidde. Daarna keerde hij terug naar de praktijk, waar hij met allerlei metalen voorwerpen begon te rommelen. Toen bleef het even stil. Vervolgens klonken er voetstappen en ging de deur van de wachtkamer open. Met een gereserveerde glimlach nodigde Termeer zijn volgende patiënt uit om mee naar de praktijk te komen. De kleine man liep achter hem aan en nam zwijgend plaats in de tandartsstoel. Achter zijn rug draaide Termeer de waterkraan open en begon zijn handen te wassen. Terwijl hij naar een handdoek greep, vroeg hij aan zijn patiënt wat hij voor hem kon doen.

Schuin tegenover de oprit van de villa zaten Elias en Olbrecht op uitkijk in de PT Cruiser. Olbrecht had met zijn gloednieuwe digitale Nikon D1X-SLR, waarop hij een lichtgewicht AF-S Zoom Nikkor 300mm-lens had gemonteerd, net een foto gemaakt van de man die buiten was gekomen en in zijn auto was gestapt. Hij leek in de verste verte niet op hun target, maar de opdracht van hun chef was duidelijk: van iedereen – man of vrouw – die het huis van Termeer bezocht een close-up maken.

Olbrecht liet zich opnieuw achteroverzakken in de kuipvormige passagiersstoel en geeuwde. Hij had vannacht amper vier uurtjes geslapen. Elias zat naar een cd van Lightnin' Hopkins te luisteren. *Nothin' But the Blues!* Zijn linkerhand die op zijn dij lag, bewoog zachtjes mee in de lome vierkwartsmaat.

'Als ge 't mij vraagt, zitten we hier dik onze tijd te verdoen', zei Olbrecht.

Elias keek even opzij en richtte vervolgens zijn aandacht opnieuw op de muziek. 'Hebt gij misschien een beter idee?'

Olbrecht kauwde verveeld op een stukje kauwgom. Tussen zijn getuite lippen verscheen een roze ballonnetje, dat met een plofje uiteenspatte. Hij keek opnieuw door de zoeker van zijn fototoestel, hield met zijn linkerhand de meer dan 20 cm lange telelens vast, die zichzelf automatisch scherpstelde op de nummerplaat van de groene Ford Sedan die op de oprit van de villa stond, en drukte af.

Met een zoemend geluid zakte de rugleuning van de tandartsstoel omlaag. Didier Termeer greep met zijn linkerhand naar de grote, ronde operatielamp die schuin boven hem hing en richtte de geconcentreerde lichtstraal op de mond van zijn patiënt. Vervolgens trok hij de spuit met gecompresseerde lucht tevoorschijn, nam zijn spiegeltje en boog zich over de man heen.

'Mond open, alsjeblief.'

Maar het was zijn eigen mond die openviel van schrik, toen hij het pistool zag dat op hem werd gericht. De tandarts kwam bliksemsnel weer overeind, deed een stap achteruit en vroeg stamelend wat dit te betekenen had.

'Dit betekent dat wij eens moeten praten over iemand die wij alle twee goed kennen.'

Termeer zag lijkbleek en bleef als gehypnotiseerd naar de minicolt kijken. 'En kan dat niet zonder eh...?' Hij wees met zijn mondspiegeltje naar het wapen.

'Betty De Jong. Zegt die naam u iets?'

Termeer slikte een prop in zijn keel weg. 'Wat is er met haar?' Zijn stem klonk hees en krachteloos.

'Naar 't schijnt is zij tegenwoordig uw vriendin?'

De tandarts knikte onzeker.

Zijn bezoeker, die nog altijd achterover in de stoel lag, kruiste behaaglijk zijn benen. 'Vroeger was zij míjn vriendin', zei hij. Met half dichtgeknepen ogen keek hij even naar de platte ronde lamp boven hem. 'Dat wil zeggen: tot ik in 't kasteeltje van Sint-Gillis moest gaan logeren. Maar de service trok daar op niks. Ik ben dus maar een paar jaar vroeger dan gepland uitgecheckt.'

Hij knipoogde. Zijn linkermondhoek plooide zich in een scheve grijns.

'Serge Fréson', zei de man, terwijl hij zijn rechterhand uitstak.

De tandarts drukte die krachteloos.

'Heeft ze u echt nooit over mij verteld?'

De tandarts schudde van nee.

Fréson haalde rustig een plastic bekertje uit het houder-tje naast de stoel, zette het onder het kraantje van het spuw-bakje, dat vanzelf begon te lopen en ook automatisch weer stopte wanneer de rand bijna was bereikt. Hij dronk het in één keer leeg.

'Nee,' zei hij, 'dat dacht ik al.'

Terwijl hij Termeer langzaam van kop tot teen bekeek, ver-scheen er opnieuw een scheef glimlachje op zijn gezicht.

'Ge weet dus ook niet waarvoor ik ben veroordeeld?'

'Nee.' Op het voorhoofd van de tandarts verschenen dikke zweetdruppels, die traag naar beneden rolden.

'Moord.' Hij hief het pistool op en richtte het met ge-strekte arm op Termeer, die hoorbaar naar adem hapte. 'Eigenlijk is dat een groot woord voor iets wat op zich niks voorstelt. Al wat ge moet doen, is een trekker overhalen, meer niet. Eén enkele vingerknip, en...'

Termeer kneep zijn ogen dicht en begon over zijn hele lichaam te beven.

'Pawh!' Grinnikend liet Fréson zijn hand weer zakken.

Er ging een schok door de tandarts, alsof hij een stroom-stoot had gekregen.

'Gij en ik, wij gaan iets afspreken. Oké?'

Termeer deed knipperend zijn ogen weer open, schijn-baar verbaasd dat hij nog leefde.

Fréson keek op zijn horloge. 'Over tien minuten gaat de bank open. Ik weet tot op de laatste cent hoeveel er op uw rekeningen staat.' Hij knikte bewonderend. 'Chapeau. Ik wist niet dat tandartsen zo veel verdienden.'

Termeer probeerde te reageren met een nerveus glim-lachje, maar het ging hem slecht af.

'500.000 euro', zei Fréson. 'Of Betty gaat eraan. Dat gebeurt natuurlijk ook als ge stommiteiten aanvangt of de politie verwittigt.'

De tandarts keek hem stomverbaasd aan. 'Waar zou ik dat halen? Zo veel heb ik niet!'

'Dan zult ge eens met uw bankdirecteur moeten gaan praten', zei Fréson, terwijl hij met zijn linkervinger de loop van het pistool streelde.

'Ik zou niet weten waar ik op zo'n korte tijd zo veel geld vandaan moet halen', jammerde de tandarts. 'Echt niet.'

'Toch wel', zei Fréson flegmatiek. 'Met een beetje creativiteit lukt dat wel.' Hij tastte met zijn linkerhand in zijn binnenzak en haalde er zijn gsm uit. 'Het zal wel moeten.' Hij klapte het mobieltje open, drukte op een paar toetsen en toonde dan het display. 'Misschien dat ge wat gemotiveerder wordt als ge dit hebt gezien.'

Termeer kwam aarzelend dichterbij en keek naar het kleine fotootje waarop Betty te zien was. Ze zat vastgebonden op een stoel met een breed stuk kleefband op haar mond en staarde met doodsbange ogen in de lens.

De tandarts liet ten einde raad zijn handen zakken en trok een pijnlijke grimas. 'Stel dat ik het geld bijeen krijg', zei hij amper verstaanbaar. 'Wat moet er dan mee gebeuren?'

'Dat zult ge later nog wel horen', zei Fréson. 'Voorlopig bewaart ge 't hier maar ergens in huis.'

Termeer knikte langzaam. Hij legde zijn instrumenten weg en begon zijn witte doktersjas los te knopen.

'Momentje', zei Fréson. Hij vlijde zich terug neer in de tandartsstoel en zocht een gemakkelijke houding. 'Nu ik hier toch ben.' Hij tikte met zijn wijsvinger tegen zijn gebit. 'Ik heb wat last van tandsteen. Zoudt ge dat eens kunnen verwijderen?'

Termeer keek hem enkele ogenblikken verbijsterd aan,

alsof hij niet kon geloven wat hij had gehoord, maar kwam toen toch in beweging.

'Natuurlijk', zei hij. 'Natuurlijk...'

Hij greep opnieuw naar zijn instrumenten en boog zich over Fréson heen. Zijn handen beefden.

'Maar wel oppassen met die slijpschijf, hè dokter.'

Termeer schrok zich bijna een ongeluk toen hij de loop van het pistool tussen zijn benen voelde priemen. Hij ademde een paar keer diep in en uit om zijn bewegingen weer onder controle te krijgen. Toen hij zover was, knikte hij zwijgend naar zijn patiënt.

Fréson glimlachte tevreden en sperde gewillig zijn mond open.

Een kwartier later zagen Elias en Olbrecht hoe een kleine, geblokte man met kort blond haar de woning van tandarts Termeer verliet. Hij trok zijn onderste lip naar beneden en wreef even over zijn tanden. Vervolgens spuwde hij op de grond. Terwijl hij naar de groene Ford Sedan liep, nam Olbrecht een foto van hem. Vervolgens zoomde hij in op het gezicht en drukte kort na elkaar nog tweemaal af.

Inspecteur Willy Daamen, een lange, opgeschoten man met een schedel als een blinkende biljartbal, was een perfect voorbeeld van wat Van Den Eede voor zichzelf 'het javó-type' noemde: jong, ambitieus, verwaand en onuitstaanbaar. Tien minuten geleden was hij onaangekondigd de kamer van Van Den Eede binnengevallen en had om 'een dringend onderhoud' verzocht. Hij was dadelijk 'to the point' gekomen, zoals hij dat noemde.

'Hadden wij niet afgesproken dat ge alle informatie direct aan ons zou doorspelen?'

'Voor zover ik weet, hadden wij helemaal niks afgesproken', antwoordde Van Den Eede vriendelijk. 'Het is de eerste keer dat wij elkaar ontmoeten.'

Op het gezicht van Willy Daamen verscheen iets wat op een glimlach leek. 'Gaan we spelletjes spelen, commissaris?' Hij plukte een pluisje van zijn donkerblauwe Prada-broek, sloeg vervolgens zijn benen over elkaar en keek Van Den Eede met opgetrokken wenkbrauwen aan. 'Ik heb het natuurlijk over de afspraak die mevrouw Moerman met u heeft gemaakt.'

'En die wij ook nakomen', zei Van Den Eede. 'Ik heb haar op de hoogte gehouden van ons bezoek aan juffrouw De Jong, ons gesprek met Vincent Samaay en de vondst van ecstasy in zijn woning...'

'Iets waarvoor ge aan haar een huiszoekingsbevel had moeten vragen', onderbrak Daamen hem.

'Strikt genomen zijn wij dat niet verplicht wanneer we op zoek zijn naar gevluchte personen', antwoordde Van Den Eede, nog altijd minzaam glimlachend.

'Samaay stond op dat ogenblik nog niet geseind', zei Daamen. 'Dat is pas gebeurd nádat hij de voorwaarden voor zijn vervroegde vrijlating heeft geschonden. De inbeslagneming van die ecstasy is dus technisch gesproken onwettelijk en bijgevolg onbruikbaar. Dat weet zelfs een eerstejaarsstudent rechten.'

Van Den Eede had zich voorgenomen om dit gesprek in een open, onbevooroordeelde geest aan te vatten, maar wist nu al dat hij een arrogante betweter tegenover zich had, aan wie hij vlugger dan verwacht een hekel zou krijgen.

'Als ge dan toch de puntjes op de i wil zetten,' zei hij, 'dan is er bij Samaay sprake van wat ze een "voortdurend misdrijf" noemen. En bovendien lagen die drugs gewoon in het zicht. Er is dus niks onwettigs gebeurd. Maar goed...' – hij haalde nonchalant zijn schouders op – 'als gij die huiszoeking nog eens volgens de regeltjes wilt overdoen, dan ben ik er zeker van dat ge nog wel iets zult vinden om hem terug achter de tralies te krijgen.'

'Ten eerste is dat absoluut geen prioriteit', zei Daamen. 'En ten tweede zal ik zelf wel uitmaken hoe en waar ik mijn eigen onderzoek voer.'

Van Den Eede knikte inschikkelijk.

'Tussen haakjes, waar zijn uw mannen op dit ogenblik mee bezig?'

'Twee ervan zitten hiernaast te werken op hun bureau,' zei Van Den Eede, 'hoofdinspecteur Elias en inspecteur Olbrecht zijn op pad.'

'Toch weer niet voor een of andere illegale huiszoeking, hoop ik?'

Voor het eerst had Van Den Eede moeite om ontspannen te blijven glimlachen. 'Ze observeren de villa van Didier Termeer, de vriend van Betty De Jong'.

'Waarom?'

'Misschien dat Fréson daar vroeg of laat opduikt.'

Het antwoord leek Daamen niet te bevallen. Hij strekte zijn rug en keek Van Den Eede vanuit de hoogte aan. Hij scheen te vergeten of er zich in ieder geval niks van aan te trekken dat de commissaris zijn meerdere in rang was.

'Nog eens voor alle duidelijkheid', zei hij geduldig, alsof hij een niet al te snugger kind toesprak. Hij stak zijn rechterduim in de lucht en tikte er met zijn linkerwijsvinger tegen. 'Eén. Het is uw job om Fréson op te sporen.' Vervolgens duwde hij de toppen van zijn twee wijsvingers tegen elkaar. 'Twee. Ge houdt ons regelmatig op de hoogte van iedere ontwikkeling, hoe klein ook.' De wijsvinger van zijn linkerhand verschoof nu naar zijn rechtermiddelvinger. 'En last but not least, uw team lokaliseert de target alleen maar. Wij doen de rest.'

'Ge bedoelt dat gij met de eer van de arrestatie wilt gaan lopen', merkte Van Den Eede droogjes op.

'Dat is nu eenmaal de afspraak', zei Daamen.

'Was er ook niet afgesproken dat gij ons zou briefen wanneer ge iets te weten komt?' vroeg Van Den Eede onverstoord. Er leek een barstje te komen in het schild van Willy Daamen. Hij voelde aan de knoop van zijn das, terwijl hij zijn kin tegelijkertijd schuin naar voren duwde en opzij trok. 'Natuurlijk', zei hij vormelijk. 'Daarvoor ben ik trouwens ook naar hier gekomen.'

Van Den Eede leunde opnieuw relaxed achterover in zijn bureaustoel en begon traag een potlood te slijpen. 'Oké, ik luister.'

Daamen greep in zijn binnenzak, haalde er een document uit, dat hij openplooide en op tafel legde. Van Den Eede zag dat het een bankuittreksel was.

'Eergisteren, om 23.27 uur, heeft iemand geprobeerd om de bankkaart van die vermoorde cipier, Danny Verelst, te gebruiken. Die was ondertussen natuurlijk al geblokkeerd.'

Van Den Eede ging meteen weer rechtop zitten. 'En dat zegt ge nu pas?' Hij smeet het potlood en de slijper op zijn bureau en liep naar een geplastificeerde plattegrond van Brussel en omgeving, die tegen de muur hing. 'Waar? Aan welke automaat?'

Daamen bekeek het uittreksel en schraapte zijn keel. 'Aan de KBC-bank op de Mechelsesteenweg, in Wezembeek-Oppem', las hij.

Van Den Eede voelde plotseling een bijna oncontroleerbare woede in zich opkomen. 'Sinds wanneer weet ge dat?'

'Gisterenmorgen heeft iemand van de bank ons opgebeld, nadat ze de registraties van de centrale computer hadden bekeken. We hebben natuurlijk direct de hele buurt laten afzetten en uitkammen, maar zonder resultaat.'

'En wij weten van niks!'

'Als Fréson nog in de omgeving was geweest, dan hadden we hem vast en zeker gevonden', zei Daamen. 'Met of zonder uw team.'

Van Den Eede nam zwijgend weer plaats achter zijn bureau. 'Is het niet zo dat er automatisch een bewakingscamera in werking wordt gesteld wanneer iemand een geblokkeerde kaart gebruikt?'

Daamen knikte. 'Normaal wel, ja.'

'Waar is die opname?'

'Die hebben wij uiteraard nauwkeurig bekeken en geanalyseerd', zei Daamen. 'Het is niet uit te maken of het al dan niet Fréson was. Hij droeg zo'n vest met een capuchon.'

'Toch wil ik die beelden zien', zei Van Den Eede.

Willy Daamen voelde opnieuw of de knoop van zijn das nog altijd goed zat, terwijl hij zijn mondhoek lichtjes scheeftrok. Van Den Eede begreep dat het een signaal was dat hij zich niet op zijn gemak voelde.

'Mij goed', zei Daamen effen. 'Als ge per se dubbel werk wilt doen, dan zal ik ze laten doorsturen.'

'Alvast bedankt voor de moeite', zei Van Den Eede sarcastisch.

Op het gezicht van Daamen verscheen weer dat onaangename glimlachje. Zijn 'javó'-pose kreeg opnieuw de overhand.

'A propos', zei hij. 'Moerman vroeg zich af hoe het met de zaak-Allaerts zit. Komt daar al wat schot in?'

'Een van mijn mensen houdt zich daarmee bezig', antwoordde Van Den Eede.

'Eén maar? Hoe komt dat?'

'Als er nieuws is, dan zal de onderzoeksrechter de eerste zijn die het hoort', zei Van Den Eede ontwijkend.

Daamen knikte. 'Bon. Dat is dan afgesproken.' Hij liet zijn armen met een plof op de leuningen van de stoel vallen, klaar om zich overeind te duwen.

Op dat ogenblik werd er aangeklopt en kwam Gitte Meyer binnen, met in haar kielzog Orhan Tarik.

'Oh, sorry', zei ze. 'Ik wist niet dat ge bezoek hadt.'

Van Den Eede wenkte dat ze verder mochten komen. 'We zijn juist klaar.'

Willy Daamen kwam rechtop en keerde zich om. Toen hij Gitte opmerkte, bleef hij stokstijf staan. Er veranderde iets in zijn blik, die opeens hard en kil werd. Ook Gitte leek te schrikken, maar herstelde zich vlug.

'Onze nieuwe medewerkster', zei Van Den Eede. 'Gitte Meyer.'

Daamen knikte kort, bijna militair, maar zonder haar aan te kijken. Met afgemeten passen liep hij haar en Tarik voorbij naar de openstaande deur en verdween in de gang.

'Kent gij mekaar?' vroeg Van Den Eede.

'Van lang geleden', zei Gitte, terwijl ze naar de vergadertafel liep.

Daar bleef het bij. Hij besloot voorlopig niet verder te vragen.

Terwijl Elias nog wat drinkbekertjes en een lege plastic verpakking waarin wafels hadden gezeten van de achterbank grabbelde, was Olbrecht al uitgestapt en in de traphal verdwenen. Elias vermoedde dat hij dringend naar het toilet moest. Hij liep met het afval naar een open container die wat verderop stond en waarin van alles door elkaar was gesmeten: lege kratten, rotte palletten, drankflesjes, verroeste ijzerdraad, gebruikte politielinten, zelfs een verwrongen verkeersbord... Voortdurend werden er dingen bij gegooid. Sinds ze in de Géruzet waren ondergebracht, was de container nog niet één keer geledigd.

Toen Elias de metalen deur openduwde en in de traphal kwam, hoorde hij op de overloop de opgewonden stem van Olbrecht. Eerst leek het of hij met iemand in gesprek was, maar terwijl hij de trappen opliep, begreep Elias dat hij een voicemail aan het inspreken was.

'Jan, waar zit gij, zeg? Ons moeder is doodongerust! Ik wil dat ge mij vandaag nog terugbelt. Verstaan? En pas op als ik u moet komen zoeken, hè makker, want dan zal 't godverdomme uw beste dag niet zijn!'

Met een nijdige beweging verbrak hij de verbinding. Pas op dat moment zag hij Wim Elias staan.

'Problemen?'

'Geen die ik niet zelf kan oplossen', zei Olbrecht kortaf. Hij keerde zich om en liep met vinnige passen naar de tweede verdieping.

Toen ze de kamer van Van Den Eede binnenkwamen, was Gitte juist begonnen met het schetsen van een psychologisch profiel van Serge Fréson. Van Den Eede verbaasde zich erover dat ze al terug waren.

'Er viel nog weinig te observeren', zei Elias. 'Om halfelf heeft Termeer zijn huis verlaten. Hij is in zijn auto gestapt en weggereden. We hebben hem nog efkens gevolgd, tot hij de bank binnenging.' Hij kwam aan de vergadertafel zitten.

'En heeft het iets opgeleverd?'

'Dat zullen we seffens weten', zei Olbrecht, terwijl hij plaatsnam aan het tafeltje waarop Van Den Eedes computer stond. De geactiveerde schermbeveiliging toonde een foto van Joppe bij de schapen.

Olbrecht verbond via een USB-aansluiting zijn digitale camera met de computer en begon de genomen beelden te laden.

Van Den Eede gebaarde naar Gitte dat ze verder kon gaan met haar uiteenzetting.

'Ik heb alle tests die van hem zijn afgenomen, zowel die van voor als van na zijn proces, naast elkaar gelegd', zei ze. 'Serge Fréson is een typisch voorbeeld van wat Sutherland in zijn *Differentiële associatietheorie* beschrijft.'

Op de achtergrond klonk gedempt gelach.

'En eh, wat houdt dat in?' vroeg Elias.

'Het komt erop neer dat hij iemand is die op jonge leeftijd deviant gedrag heeft aangeleerd door imitatie, zonder dat er daarbij externe correctie is geweest.'

'In mensentaal?' vroeg Tarik.

'Dat hij is opgegroeid voor galg en rad', zei Olbrecht zonder van het computerscherm op te kijken. 'Een stuk crapuul dat alleen in den bak op zijn plaats zit.'

De andere drie keken Gitte afwachtend aan. Ze wierp haar pen op het bureau alsof ze de handdoek in de ring gooide, en leunde zuchtend achterover. Er viel een ongemakkelijke stilte.

'Met alle respect', begon Van Den Eede. 'Maar wat hebben wij hieraan, Gitte? Ik bedoel, hoe kan dit ons helpen om Fréson terug te vinden?'

'Toch nog iemand met gezond verstand', mompelde Olbrecht.

Van Den Eede draaide zich om naar zijn inspecteur en bekeek hem met een geïrriteerde blik.

Gitte streek een haarlok uit haar ogen en greep naar haar pen, die ze nadenkend traag heen en weer verschoof over het tafeloppervlak. 'Gaan we er nog altijd van uit dat Fréson die nachtwaker niet heeft vermoord?' vroeg ze.

'Volgens wat er op de beelden van die bewakingscamera is te zien wel, ja', antwoordde Van Den Eede.

'In dat geval is de moord op die cipier dus zijn eerste?'

Van Den Eede knikte, niet goed begrijpend waar ze naartoe wilde. 'Voor zover we weten toch.'

'Serge Fréson is al heel zijn leven een dief en een inbreker, dat staat vast. Maar moord is nog iets anders. Of hij die bewaker zélf zou hebben doodgeschoten als het erop aankwam, zullen we natuurlijk nooit weten. Maar ik betwijfel het.'

'Dikke bullshit!' snauwde Olbrecht. 'En die cipier dan?'

'Dat bedoel ik nu juist', zei Gitte, die opeens weer op dreef leek te komen. Ze ging voorover zitten en in haar ogen verscheen opnieuw een bezielde gloed. 'Er moet tijdens zijn opsluiting in Sint-Gillis iets gebeurd zijn waardoor hij ineens door het lint is gegaan. Heel zijn leven heeft hij zich beziggehouden met het soort criminaliteit dat hij kende, waar hij als jongeman mee was opgegroeid. Extreem geweld en wreedheid kwamen daar tot aan zijn ontsnapping niet aan te pas. Maar plotseling is die rem weggevallen en is hij veranderd in een bloeddorstig monster.'

'Waar wilt ge eigenlijk naartoe?' vroeg Elias.

'Ik geloof nooit dat die cipier een toevallig slachtoffer was. Zijn andere gijzelaars heeft Fréson wél gespaard. We moeten nagaan of er een verband bestond tussen hem en Danny Verelst. Kenden ze mekaar van vroeger? Is er de weken vóór zijn ontsnapping iets tussen die twee gebeurd wat die haat kan verklaren?'

'Jaloezie natuurlijk', zei Olbrecht. 'Verelst neukte Fréson zijn vriendin. Misschien is hij er wel mee gaan *stoefen*?'

'Ge hebt haar zelf horen vertellen dat ze Verelst niet kent', merkte Elias op.

'Ze kan al veel zeggen', vond Olbrecht. 'Moeten wij dat daarom ook zomaar geloven?'

'Ik vind wel dat Gitte een punt heeft', zei Tarik. 'Waarom pleegt Fréson zo'n sadistische moord terwijl hij vroeger nooit extreem geweld heeft gebruikt?'

'Volgens Vesalius is hij ofwel heel koelbloedig, ofwel in blinde colère te werk gegaan', zei Van Den Eede.

Gitte achtte het tweede het waarschijnlijkst.

'Godverdomme!' riep Olbrecht. 'De Ford Sedan die op de oprit van de tandarts stond, is een gepikte auto!'

'Welke Ford?' vroeg Van Den Eede.

'De laatste patiënt die we bij Termeer zagen buitenkomen, reed met zo'n auto', zei Elias.

Ze kwamen allemaal overeind en gingen naar Olbrecht. De wagen was gisterennacht gestolen voor de deur van zijn eigenaar, in de Varenslaan in Wezembeek-Oppem. Van Den Eede liep naar de plattegrond van Brussel en zocht de straat op.

'Dat is een zijstraat van de Mechelsesteenweg. Iemand heeft daar diezelfde nacht geprobeerd om geld uit de muur te halen met de bankkaart van Danny Verelst.'

Olbrecht laadde de foto's die hij van de bestuurder van de Ford Sedan had gemaakt. Twee close-ups en een waar hij volledig op stond.

'Fréson heeft zwart haar en een baard', zei Van Den Eede. Er klonk ontgoocheling in zijn stem. 'Deze man is blond.'

'Qua postuur lijkt hij er anders sterk op', vond Tarik. 'Even klein en geblokt. Mag ik eens efkens...?'

Hij greep naar de muis, logde in op het kantoornetwerk en toverde de pedigree van Serge Fréson tevoorschijn. Vervolgens kopieerde hij de zwart-witfoto uit het bestand en plaatste hij beide foto's naast elkaar. Afgezien van de haarkleur en de baard was de gelijkenis in gezichtsvorm en uitdrukking frappant.

Olbrecht vloekte nog harder dan daarnet. 'Hij stond daar vlak voor onze neus en we hebben hem laten lopen!' Uit pure frustratie sloeg hij hard met zijn vlakke hand op de tafel.

'De vraag is wat hij daar deed', zei Van Den Eede.

Linksonder in beeld begon het icoontje van de mailbox te knipperen. Het bericht was afkomstig van Willy Daamen en had een mpeg-videofilmpje als bijlage. Toen ze dat aanklikten, kregen ze een zwart-witopname te zien van een man die bij een bankautomaat een code stond in te geven. Door de capuchon die hij tot ver over zijn voorhoofd had getrokken, was er inderdaad niets van zijn gezicht te zien. De hoge plaatsing van de bewakingscamera had bovendien tot gevolg dat het moeilijk viel uit te maken hoe groot de gefilmde persoon was.

'In Oxford en in Leuven hebben ze speciale software ontwikkeld waarmee ge die radiale distortie kunt wegwerken', zei Tarik. 'Daarna is het mogelijk om op basis van gekende afmetingen de lengte te reconstrueren van personen die er vlak naast staan. Als we de afstand kennen van het toetsenbord tot aan de grond, dan kunnen we berekenen...'

'Dat zal allemaal niet nodig zijn', zei Van Den Eede. 'De man die daar staat, ís Serge Fréson.'

Iedereen ging wat dichter bij het scherm hangen om te zien wat hun blijkbaar was ontgaan.

'Spoel eens terug naar het moment waarop hij de code intikt.'

Tarik deed het.

'Stop.'

'Hij is linkshandig,' zei Olbrecht, 'maar zo zijn er wel meer.'

Gitte Meyer was de eerste die het zag. 'Zijn middelvinger!' riep ze. 'Daar is een stuk af.'

8

Didier Termeer had al zijn verdere afspraken voor vandaag afgezegd. Hij zat in de woonkamer met naast zich een sporttas waarin 300.000 euro zat. Hij had al zijn beschikbare rekeningen leeggehaald en vroeg zich koortsachtig af waar hij in godsnaam de rest van het geld vandaan moest halen. Na zijn bezoek aan de bank was hij bij zijn ouders gaan aankloppen, maar die hadden hem een lening geweigerd omdat hij niet wilde zeggen waarvoor het geld moest dienen. Dus was hij weer naar de bank gegaan en had een aanvraag ingediend voor een hypothecaire lening waarvoor zijn villa als onderpand zou dienen. Maar voordat hij het geld kreeg, moest de aanvraag eerst door de administratie worden goedgekeurd, waarna er nog een notariële akte moest worden verleden. De bankdirecteur had Termeer vreemd bekeken toen die maar bleef aandringen om de 200.000 euro vandaag nog te krijgen. Hij zou zijn best doen om voor morgen alles in orde te maken, maar kon niets beloven.

De tandarts schrok op toen zijn gsm begon te rinkelen. Hij bekeek het display, maar het nummer van de beller verscheen niet.

'Met Termeer.'

'Hebt ge 't geld?'

De tandarts schraapte nerveus zijn keel. Zijn hart begon

zo te bonzen dat het leek alsof het zijn hele borstkas vulde.
'Ja. Enfin, dat wil zeggen, toch het grootste deel.'

Het bleef een paar seconden stil aan de andere kant van de lijn.

'Hoeveel?'

'Driehonderdduizend', zei Termeer met een onvaste stem. Hij hoorde een diepe zucht. 'De rest heb ik morgen. Rapper kan echt niet.'

''t Is te hopen voor u', zei Fréson. 'En voor uw lief natuurlijk ook...' Het laatste had dreigend geklonken. 'Wilt ge haar eens horen?'

'Horen? Hoe bedoelt ge?' stamelde Termeer.

Eerst klonk er wat gestommel, daarna gesnik.

'Betty...? Zijt gij dat?'

'Didier! Laat mij alstublieft niet in de steek! Doe wat hij zegt. Alstublieft! Ik ben zo bang dat hij mij...'

De rest werd overstemd door een metaalachtig, ratelend geluid.

'Betty?'

'Hoort ge dat?' vroeg Fréson. 'Dat is een pas geslepen elektrisch keukenmes. Daar kunt ge nu eens echt alles mee snijden. Hespen, groenten, fruit, zelfs vingers...'

'Niet doen!' riep Termeer. 'Alstublieft! Morgen hebt ge uw geld, tot de laatste cent. Ik zweer het!'

Het geratel doofde uit, als een fietsketting die van het tandwiel liep.

'Ge krijgt tot morgenmiddag', zei Fréson. 'Voor ieder uur dat ge te laat zijt, mag ze haar vingers beginnen aftellen.' Hij grinnikte. 'En géén flikken, hoort ge 't! Of 't is haar kop die eraf gaat!'

Termeer vroeg waar hij met het geld naartoe moest.

'Dat laat ik nog wel weten.'

Daarna verbrak Fréson de verbinding.

'Termeer neemt niet op', zei Van Den Eede, terwijl hij de hoorn neerlegde. 'Dat staat me niks aan.'

Hij keek op zijn horloge. Halfvijf.

'Wilt ge dat we gaan kijken?' vroeg Elias.

'Misschien is dat het beste, ja.'

'Anders moet ge eerst Betty De Jong eens opbellen', zei Olbrecht. 'Misschien dat hij bij haar is.'

Van Den Eede knikte. Terwijl hij haar nummer opzocht, begon zijn mobieltje te rinkelen. Het was Eva De Jong.

'De zuster van Betty', zei ze. 'Ik maak me een beetje ongerust over haar.'

Van Den Eede schakelde het externe luidsprekertje van zijn gsm in, zodat de anderen mee konden luisteren.

'Ze heeft sinds gisterenavond niks meer van zich laten horen en als ik haar opbel, krijg ik geen antwoord. Haar gsm staat de hele tijd uit.'

'Logeert ze dan niet bij u?' vroeg Van Den Eede.

'Nee.'

'Waar is ze dan? Thuis?'

'Mijn man en ik hebben haar onze mobilhome uitgeleend. Ze had beloofd om mij deze voormiddag op te bellen. Maar dat heeft ze dus niet gedaan.'

Van Den Eede wilde weten waarvandaan ze de laatste keer had getelefoneerd.

'Vanuit een restaurant in het Ter Kamerenbos', antwoordde Eva De Jong. 'In de loop van de dag zou ze naar het Zoniënwoud rijden, om daar te overnachten. Maar of ze daar ook is aangekomen, dat weet ik dus niet.'

Van Den Eede keek fronsend naar de anderen, die aandachtig mee stonden te luisteren.

'Dat lijkt me allemaal nogal omslachtig', zei hij. 'Had ze niet beter gewoon een tijdje bij u kunnen logeren, zoals wij hadden voorgesteld?'

'We hebben het daarover gehad', zei Eva De Jong. 'Maar omdat wij twee kleine kinderen hebben, vond ik dat nogal riskant. Die mobilhome leek ons voor iedereen de beste oplossing.'

'Aan de ingang van het Ter Kamerenbos is een politiepost', zei Tarik. 'Wil ik daar eens informeren?'

Van Den Eede knikte en vroeg de nummerplaat van de camper. Hij beloofde Eva De Jong dat hij haar terug zou bellen zodra hij iets wist.

'Mocht ze ondertussen contact met u opnemen, dan hoor ik het wel, hè?'

'Onderduiken in een mobilhome', zei Olbrecht hoofdschuddend. 'Hoe verzinnen ze het?'

De villa van Termeer lag er verlaten bij. Op de oprit stond geen enkele auto en nergens in de woning brandde licht. Van Den Eede belde aan. Er kwam geen reactie. Ook niet toen hij het een tweede keer probeerde.

'Dat is een rit voor niks geweest', zei Elias.

Van Den Eede deed enkele stappen achteruit en keek tegen de gevel omhoog.

'Volgens mij is hij thuis.'

Hij wees naar een kleine infraroodcamera die hoog tegen de muur was bevestigd en die op hen inzoomde.

'Misschien ene met een automatische detector?' zei Elias.

'Dat zullen we rap weten', antwoordde Van Den Eede.

Hij haalde zijn legitimatiekaart tevoorschijn en hield die omhoog naar de camera.

Even later werd de voordeur op een kier geopend.

'Mijnheer Termeer? Ik ben commissaris Van Den Eede en dit is hoofdinspecteur Elias. Mogen wij binnenkomen?'

De deur ging weer dicht. Ze hoorden de tandarts in de weer met allerlei veiligheidsslotjes en -kettingen. Daarna

ging ze eindelijk helemaal open. Didier Termeer, die eruitzag alsof hij nachtenlang niet had geslapen, ging hun voor
naar de woonkamer.

'Onlangs zijn er al twee collega's van ons bij u op bezoek
geweest', begon Van Den Eede. 'Ze hebben u toen een foto
gegeven van een ontsnapte gevangene, Serge Fréson.'

De tandarts knikte langzaam.

'Heeft die ondertussen contact met u opgenomen?'

Termeer schudde traag van nee.

Van Den Eede en Elias keken elkaar even aan.

'En deze man?' vroeg Elias vriendelijk, terwijl hij een van
de close-ups toonde die Olbrecht vanochtend had genomen. 'Komt die u bekend voor?'

Van Den Eede zag hoe de tandarts zichzelf onder controle probeerde te houden, maar zijn lichaamstaal verraadde hem. Zijn gezicht verstrakte en onder zijn rechteroog
begon een klein spiertje te trillen. Hij schudde opnieuw
zijn hoofd.

'Hoe verklaart ge deze foto dan?' vroeg Elias, nog altijd
even innemend.

Hij liet hem nu de opname zien waar Fréson in zijn geheel
op stond, met op de achtergrond een stuk van de villa.

Termeer begon nerveus op zijn onderlip te bijten. 'Ah ja,'
zei hij met een zwakke stem, 'nu weet ik het weer. Dat is
een vertegenwoordiger die hier deze morgen aan de deur is
geweest.'

'Een vertegenwoordiger...' herhaalde Van Den Eede. Het
leek wel of de tandarts ineenkromp onder zijn spiedende
blik. 'En wat kwam hij verkopen, mijnheer Termeer?'

De tandarts slikte iets weg. Zijn bloeddoorlopen ogen
schoten nerveus heen en weer, alsof hij een uitweg zocht.

'Dat weet ik niet meer...' was het enige wat hij met moeite
kon uitbrengen.

'Of kwam hij iets anders doen?' vroeg Van Den Eede terwijl hij hem ononderbroken bleef aankijken.

Didier Termeer, die zijn zenuwen niet langer de baas kon, sprong overeind en liep naar een robuuste eiken kast, waar hij een fles Greenore Single Grain-whisky en een glas uit haalde. Terwijl hij inschonk, tikte de hals van de fles beverig tegen de rand van het glas.

'Ik zou willen dat ge nu weggaat', zei hij met zijn rug naar zijn bezoekers gekeerd. 'Ik voel me vandaag niet zo goed, en er is verder niks wat ik u kan vertellen.'

'Heeft hij u bedreigd of onder druk gezet?' drong Elias aan.

De tandarts zette het glas aan zijn lippen en nam een stevige slok.

'Ging het over Betty De Jong?'

Met een ruk keerde Termeer zich om. Hij keek hen verwilderd aan. 'Ga weg!' riep hij. 'Ik heb niks te zeggen!'

Met een krampachtige polsbeweging kapte hij de rest van de whiskey achterover, waarna hij onmiddellijk weer naar de afgeplatte ronde fles met de korte hals greep.

Van Den Eede en Elias wisselden een blik en stonden vervolgens op.

'Haar zus maakt zich zorgen over Betty', zei Van Den Eede. 'Ze heeft haar al een paar keer proberen op te bellen, maar ze antwoordt niet. Als gij weet waar ze is, dan moet ge dat nu zeggen.'

Termeer bleef met zijn rug naar hen toe staan.

'Misschien is er iets met haar gebeurd', zei Elias. 'Wij willen alleen maar helpen.'

De tandarts bleef koppig zwijgen.

'Wanneer hebt ge haar voor het laatst gezien?' drong Van Den Eede aan.

Didier Termeer draaide zich langzaam om, keek zijn bezoekers beurtelings aan en liet zich toen als een geslagen man in een van de leren fauteuils zakken.

'Het is uit tussen ons', zei hij, terwijl hij bedrukt in zijn glas keek. 'Zij heeft het een paar dagen geleden uitgemaakt.' Hij nam opnieuw een slok en slikte de whisky met een verkrampt gezicht door.

'Daar heeft ze nochtans niks van gezegd toen wij laatst met haar spraken', zei Van Den Eede.

'Waarom zou ze?' mompelde Termeer. 'Dat zijn ook uw zaken niet.'

'Het is te hopen voor zijn patiënten dat hij beter met een tandartsboor overweg kan dan liegen', zei Elias, terwijl ze naar de Range Rover terugliepen.

'Hij is doodsbang', zei Van Den Eede.

Zijn gsm begon te rinkelen.

'Ja, Orhan?' Terwijl hij luisterde, betrok zijn gezicht. 'Nee, dat is goed, rij er maar naartoe. En laat iets weten, hè.'

Hij stopte zijn mobieltje weer weg en keek Elias bezorgd aan.

'Ik denk dat ik ook weet waarom Termeer zo bang is', zei hij. 'Ze hebben de mobilhome van Betty haar zus vlak bij de ingang van het Ter Kamerenbos gevonden. Leeg...'

In plaats van recht naar huis te rijden draaide Van Den Eede de Wezelstraat in. Traag reed hij voorbij de huizen. Het nummer dat hij zocht, was een groot wit vrijstaand woonhuis. Hij was hier wel eens voorbijgewandeld, maar zonder er acht op te slaan. Nu hij voor het huis stond, nog altijd met draaiende motor, aarzelde hij. Kon hij niet beter gewoon doorrijden? Wie weet welke problemen hij zich op de hals haalde door hier aan te bellen?

Maar weer was er die innerlijke dwang. Een woede die

aan hem knaagde, telkens wanneer hij met onrechtvaardigheid of straffeloosheid werd geconfronteerd. Waar dat gevoel vandaan kwam, wist hij ook niet. Veel, zo niet de meeste mensen hadden de handige reflex ontwikkeld om onrecht naar de dode hoek in hun blikveld te verbannen. Wat niet weet, dat niet deert. Maar zo zat hij niet in elkaar. Wie wetens en willens kwaad doet, moet daarvoor boeten. Zo simpel is het. Politici en rechtsgeleerden leken dat ook niet te begrijpen. Zij hadden dat eenvoudige principe verpletterd onder een berg van wetteksten, voorschriften en absurde procedures, waarbij niemand door de bomen het bos nog zag.

Van Den Eede sloeg links af, parkeerde de Rover op de brede oprit, stapte uit en belde aan. De weergalm van de bel klonk tot diep in het huis. De vrouw die opendeed, oogde streng, waarschijnlijk omdat ze haar haar in een vlecht droeg, iets wat Van Den Eede nog nooit mooi had gevonden bij een vrouw. Hij schatte haar voor in de zestig.

'Goeienavond, ben ik hier bij Xavier Lambèrt?'

'Ja', antwoordde ze met een formeel knikje. 'Ik ben zijn vrouw.'

'Is uw man thuis?'

Ze bekeek hem argwanend. 'En u bent?'

'Mark Van Den Eede. Ik woon ook in Grimbergen, niet zo ver hier vandaan, in de Tommenmolenstraat.'

De vrouw knikte opnieuw, wachtend op meer uitleg.

'Ik heb uw man onlangs ontmoet in de Liermolen. Ik denk wel dat hij zich mij zal herinneren.'

'Ah, bon.' Ze keek even achterom de gang in. 'Kom binnen. Hij zit in de veranda.'

Van Den Eede liep haar achterna door een okerkleurige gang tot aan een donkerbruine massiefhouten deur die toegang gaf tot een woonkamer in rustieke stijl. De vrouw

215

nodigde hem met een gebaar uit om verder te komen. De veranda baadde in het licht en het was er aangenaam warm. De houten vensterbanken stonden vol planten en kitscherige porseleinen beeldjes. Aan een klein rond tafeltje in de hoek zat Xavier Lambèrt in een rieten stoel zijn gedemonteerde jachtgeweer te oliën. Naast hem stond een fles graanjenever en een klein glaasje.

'Hier is iemand die u wil spreken', zei zijn vrouw.

Op de grond lag de brak met zijn kop op zijn voorpoten te slapen. Toen hij Van Den Eede binnen zag komen, schrok hij wakker en kwam kwispelend op hem toegelopen.

'Dingo, af!'

De hond liep met hangende oren terug naar zijn baas en ging opnieuw liggen. Lambèrt verschoof zijn leesbrilletje naar het puntje van zijn neus en keek Van Den Eede nieuwsgierig aan. Die stelde zich voor en herinnerde Lambèrt aan hun recente ontmoeting in de Liermolen.

'Ik heb u toen mijn kaartje gegeven', zei hij.

Lambèrt knikte flauwtjes en wees naar een vrije stoel. Van Den Eede ging zitten.

'Wilt u iets drinken?' vroeg de vrouw. 'Koffie? Thee?'

'Nee, dank u. Ik blijf trouwens niet lang.'

Lambèrt keek naar zijn echtgenote, die zonder nog iets te zeggen in de woonkamer verdween. Daarna leunde hij afwachtend achterover en sloeg zijn benen over elkaar.

'Wat kan ik voor u doen?'

'Ik zal meteen ter zake komen', zei Van Den Eede. 'Herinnert u zich die dode buizerd waarover ik u onlangs heb verteld?'

Lambèrt kneep zijn ogen tot spleetjes alsof hij diep moest nadenken. 'Misschien...'

'Die was wel degelijk vergiftigd', zei Van Den Eede. 'De duif waarvan hij had gegeten, zat vol metaldehyde. Dat is een soort slakkengif.'

Lambèrt bleef hem onbewogen aankijken.

'Maar dat was niet alles. We hebben ook hagel gevonden, van een Italiaanse fabrikant. Baschieri & Pellagri. Zegt die naam u iets?'

Lambèrt, wiens pokerface geen enkele emotie verraadde, antwoordde dat hij verschillende merken en kalibers door elkaar gebruikte.

'Het interessante aan die munitie', vervolgde Van Den Eede, 'is dat ze volledig zelfgemaakt en dus eigenlijk uniek is. In het labo kunnen ze gemakkelijk nagaan of een patroon uit een bepaalde partij komt.'

Lambèrt nam zijn brilletje af en hield het losjes tussen duim en wijsvinger, terwijl hij een van de plastic oorstukjes tussen zijn tanden stak.

'In dit geval gaat het om het nummer vier uit het kaliber twaalf', zei Van Den Eede. Hij keek de man tegenover hem strak aan. 'Heeft u daar ooit mee geschoten?'

De jager haalde het oortje van zijn bril tussen zijn tanden vandaan en hield de glazen naar het licht. Vervolgens nam hij zijn zakdoek en begon ze langzaam op te poetsen. Toen hij daarmee klaar was, vouwde hij de bril dicht en stak hem in het borstzakje van zijn hemd.

'Waar gaat dit eigenlijk over?' vroeg hij. 'En wat heb ik daarmee te maken?'

'Mijn hond is onlangs op het nippertje aan de dood ontsnapt', zei Van Den Eede. 'Hij had iets opgegeten waarin metaldehyde zat. Ik wil weten wie die smeerlapperij rondstrooit.'

Lambèrt leek niet onder de indruk. 'Honden moeten aan de leiband', zei hij. 'Dan gebeurt zoiets niet.'

'Het gif dat mijn hond binnenkreeg, zat ook in de duif die werd neergeschoten met hagel uit een B&P-patroon. Alles wijst dus in de richting van dezelfde dader.'

Lambèrt glimlachte scheefjes. 'En gij denkt dat ik dat ben?'

'Dat zeg ik niet. Maar ik weet dat u B&P 12.32/4-munitie gebruikt.'

'Zoals meer dan de helft van onze leden', zei Lambèrt. 'Het is niet voor niks de beste die er is.'

'Ik zou graag een van uw patronen meenemen voor onderzoek', zei Van Den Eede.

Op het gezicht van Lambèrt verscheen hetzelfde monkellachje van daarnet.

'Voor zover ik weet, hebt ge daar een huiszoekingsbevel voor nodig. Mag ik dat eens zien?'

'Ge zoudt misschien vrijwillig mee kunnen werken', zei Van Den Eede. 'Wie onschuldig is, heeft niks te verbergen.'

'Alles in orde hier?'

Van Den Eede draaide zich om. In de deuropening stond de vrouw van Lambèrt.

'Mijnheer de commissaris hier denkt dat ik zijn hond heb vergiftigd.' Er klonk spot in Lambèrts stem.

'Vergiftigd? Waar haalt ge dat uit?'

De laatste vraag was tot Van Den Eede gericht.

'Ik heb alleen gezegd dat we op zoek zijn naar een jager die levensgevaarlijk gif rondstrooit', zei hij.

Lambèrt vulde zijn jeneverglaasje bij tot aan de rand zonder ook maar één druppel te morsen.

'En dus komt gij mijn man hier zomaar wat beschuldigen', riep de vrouw verontwaardigd. 'Dat is straf!'

'Het is al goed, Marie-Louise, ik regel dat wel', zei Lambèrt, waarna hij zich weer tot Van Den Eede wendde. 'Wie zijn die "we"?' vroeg hij, nog altijd de rust zelve. Hij haalde het naamkaartje dat Van Den Eede hem in de Liermolen had gegeven uit zijn mouwloze jagersvest. 'Hier staat dat ge bij het FAST werkt. Ik heb het eens opgezocht. Dat zijn die gasten die ontsnapte gevangenen opsporen, hè?'

Van Den Eede knikte.

'Wij houden hier niemand verborgen', zei Lambèrt, nog altijd met dat uitdagende glimlachje. 'Dus tenzij ge een huiszoekingsbevel hebt, zou ik willen dat ge nu weggaat.' Hij maakte een gebaar naar de deur en kwam vervolgens overeind uit de krakende rotanzetel.

Van Den Eede besefte dat hij geen keuze had. Hij had Lambèrt onderschat. Het was een stommiteit geweest om hier zomaar binnen te komen vallen. Zonder gerechtelijk bevel was hij machteloos. Terwijl hij de veranda uit liep, keek de vrouw van Lambèrt hem na alsof hij de drager van een of andere vieze besmettelijke ziekte was.

Zwijgend liep Lambèrt voor hem uit tot aan de voordeur. Daar draaide hij zich om.

'Wat ik niet goed begrijp,' zei hij, 'is dat ge blijkbaar niet hoog oploopt met jagers, terwijl ge er eigenlijk zelf een zijt. Op mensen dan nog wel.'

'Dat klopt', zei Van Den Eede. 'Met dit verschil dat de prooien waar wij op jagen een eerlijke kans hebben. Dat kunt ge over die van u niet zeggen.'

Toen hij de oprit naar zijn huis indraaide, zag hij een rode Honda Civic naast de garage staan. Aan de nummerplaat te zien was het de auto van Gitte. Wat deed die hier? Hij reed de Rover in de garage en liep naar de voordeur. Hij had de sleutel nog niet goed en wel omgedraaid in het slot, of hij hoorde het opgewonden geblaf van Joppe. In de hal kwam de hond piepend en kwispelend op hem toegelopen. Van Den Eede bukte zich en aaide het dier over zijn prachtige kop, terwijl hij tegen hem praatte. De hond begon op zijn voorpoten van links naar rechts op te springen, alsof hij een vreugdedans maakte. Hoewel Van Den Eede al lang gewend was aan dit soort uitbundige ontmoetingen, raakte hij er nog altijd door ontroerd. Wie beweerde dat dieren geen ziel hebben, had beslist nog nooit in de ogen van een hond gekeken.

'Waar is 't vrouwtje? Gaan we ze zoeken?'

Joppe keerde zich meteen om en spurtte vrolijk de woonkamer in. Van Den Eede hing zijn jas aan de kapstok en liep hem achterna. Van binnen klonk gelach. Het slechte humeur en de frustratie waarmee hij de woning van Xavier Lambèrt had verlaten, verdwenen naar de achtergrond, als kloppende hoofdpijn die na het innemen van een Dafalgan overgaat in een vervelend, maar draaglijk gezeur. Linda en Gitte zaten ieder in een fauteuil tegenover elkaar. Op het salontafeltje stonden borrelnootjes, een fles witte wijn en drie glazen.

'Drinken tijdens de diensturen', zei Van Den Eede. 'Dat komt in uw dossier.'

Hij boog zich glimlachend naar Linda en drukte een kus op haar lippen.

'En wat is de straf voor het omkopen van een ambtenaar in functie?' vroeg Linda, terwijl ze naar Gitte knipoogde en het derde wijnglas vulde.

'Wat zoudt ge denken van een goeie maaltijd met een fles Toutigeac erbij?'

'Allee, vooruit dan maar. Daar doe ik het voor.' Linda stond op en nam haar wijnglas mee naar de keuken.

Joppe kwam uit zijn mand en sprong op de sofa, waar hij zich gezellig in een bolletje draaide. Hij slaakte een zucht van genot.

Van Den Eede ging naast hem zitten en streelde hem zacht over zijn rug. 'Dat noemen ze dan een hondenleven', zei hij glimlachend. Hij nam een slok van de koele witte wijn, zette het glas terug op het salontafeltje en keek Gitte afwachtend aan. 'En, wat nieuws?'

Ze haalde haar notities tevoorschijn. 'We zijn met iemand van die politiepost aan het Ter Kamerenbos gaan praten. Die herinnerde zich dat er gisterenavond een camper op de parkeerplaats stond. In principe mag die daar 24 uur blijven staan.'

'Heeft hij gezien wie er in die mobilhome zat?'

'Een vrouw met halflang lichtbruin haar.'

'Was ze alleen?'

Gitte haalde haar schouders op. 'Dat wist hij niet. Hij heeft in ieder geval niemand anders gezien.'

Van Den Eede knikte.

'Toen die camper er deze namiddag nog stond, wilde hij die vrouw gaan verwittigen dat ze daar weg moest, omdat de toegelaten tijd voorbij was.' Ze bekeek haar notities. 'Dat was rond een uur of vier. Het slot van de deur was geforceerd en binnen was het een echte ravage, alsof er was gevochten.'

Van Den Eede krabde in zijn grijze baardje. 'Dat ziet er niet goed uit. Hebt ge Bylemans gevraagd om een technische ploeg ter plaatse te sturen?'

Gitte schudde van nee. 'Dat laten we liever aan u over. Maar we hebben de camper wel verzegeld.'

Van Den Eede knikte goedkeurend.

'Orhan en Rob zijn daarna met een paar cafébazen en restauranthouders gaan praten.' Ze keek opnieuw in haar aantekeningen. 'In het Chalet van Robinson, dat op een klein kunstmatig eilandje in de vijver ligt, was er een kelner die zich haar herinnerde. Ze had daar gisterenavond iets gegeten. Alleen, voor zover hij wist. Hij dacht dat hij haar ook had zien telefoneren.'

'Dat zal waarschijnlijk met haar zus zijn geweest. Maar controleer het toch maar.'

Gitte maakte er een notitie van. 'Vanaf dan is er geen spoor meer van haar.'

Van Den Eede grabbelde peinzend in de dikke honden-vacht. 'Ik ben er zeker van dat haar vriendje, die tandarts, er meer over weet. Maar hij doet het in zijn broek van de schrik.' Hij greep naar zijn glas en nam een slok. 'Zou het kunnen dat hij wordt afgeperst door Fréson?'

'Die ermee dreigt om Betty De Jong iets aan te doen?'

Van Den Eede knikte en keek op zijn horloge. 'Vraag morgen de bankgegevens van Termeer op. Voor vandaag is het te laat.'

'Oké.'

Terwijl Van Den Eede via zijn gsm Bylemans van de nieuwe ontwikkelingen op de hoogte bracht, dronk Gitte haar glas leeg.

Stijn kwam de woonkamer binnen met een pak kaarten in zijn hand. Toen hij Gitte zag zitten, bleef hij stokstijf staan en bekeek haar met een starende blik. 'Wie is dà?'

Van Den Eede onderbrak zijn gesprek. 'Linda, kom eens efkens.'

Stijn liep tot vlak voor Gitte en keek haar met grote ogen aan. 'Gij zijt al bezet, ofwà?'

Gitte keek vragend van hem naar Van Den Eede, die alweer druk in gesprek was, en terug. 'Hoe bedoelt ge?'

'Ik zoekt dringend een lief', zei Stijn met een doodernstig gezicht. 'Een met blond haar.'

Linda, met een elegante schort om, kwam uit de keuken en schoot Gitte glimlachend te hulp. 'Dit is Stijn. Onze zoon.'

'Dag, Stijn', zei Gitte.

'Tegen Kerstmis wilt ik een echt lief', ging hij onverstoord verder. 'Gij ook?'

Linda knipoogde stiekem naar Gitte.

'Vroeger, toen alsdat ik nog klein was, speelde ik altijd met kaarten', zei Stijn. 'Maar als wanneer ik een lief hebt, gaat ik die interesse buiten zwieren.'

'Eerst zien en dan geloven', zei Linda.

Stijn liep naar de tafel, ging op een stoel zitten en spreidde zijn kaarten waaiervormig uit.

Van Den Eede kwam overeind en liep met zijn gsm aan zijn oor naar de hal. Hij vroeg Bylemans om een opsporingsbericht over Betty De Jong rond te sturen, maar de procureur wilde daar nog mee wachten tot morgen.

'À propos', zei Bylemans. 'Hebt ge die briefschrijfsters al gecontacteerd?'

'Welke briefschrijfsters?'

'In de cel van Fréson zijn liefdesbrieven van onbekende vrouwen gevonden. Ge weet wel, van het soort dat kickt op moordenaars en verkrachters.'

'Daar weet ik niks van', zei Van Den Eede. 'Wie heeft die brieven gevonden?'

Het bleef even stil aan de lijn.

'Willy Daamen.'

Van Den Eede vloekte binnensmonds. 'Hadden we niet afgesproken dat alle informatie zou worden gedeeld?'

Hij hoorde Bylemans zuchten.

'Luister, Mark, wat ik nu ga zeggen, zou ik eigenlijk niet mogen zeggen. Maar eh... ze willen het FAST een hak zetten.'

'Ze? Wie zijn "ze"?'

'Sandy Moerman en Hubert Cauwenberghs.'

'Maar enfin, Thierry, gij zijt toch de procureur!'

'Er is nog altijd zoiets als baas boven baas, hè Mark. Bij het College van Procureurs-Generaal zitten er ook die u maar al te graag op uw bek zouden zien gaan. En van Cogghe zult ge niet veel hulp moeten verwachten, vrees ik.'

'Wilt ge nu zeggen dat ze ons van de zaak af willen halen?'

'Daar ziet het wel naar uit, ja. Het enige wat ge kunt doen, is ervoor zorgen dat ge Fréson zo rap mogelijk te pakken krijgt.'

'Denkt ge dat Moerman ons een huiszoekingsbevel voor de woning van Betty De Jong zal willen geven?'

Weer bleef het enkele ogenblikken stil.

'Dat heeft Willy Daamen al van haar gekregen.'

Van Den Eede slaakte een diepe zucht.

'Van zo gauw die huiszoeking achter de rug is, laat ik natuurlijk iets weten', zei Bylemans.

'Dat zou er nog aan mankeren', zei Van Den Eede ontstemd.

De procureur reageerde daar niet op en vroeg of hij verder nog iets kon doen.

'Ja', zei Van Den Eede. 'Een huiszoekingsbevel voor Xavier Lambèrt.'

'Wie is dat?'

'Een jager die ik ervan verdenk hier in de buurt dodelijk vergif rond te strooien...'

'Wat heeft dat met Fréson te maken?'

'Niks.'

'Sorry, Mark', zei Bylemans. 'Dat is iets voor de lokale. Trouwens, ge weet toch dat ik alleen een huiszoekingsbevel mag uitschrijven bij betrapping op heterdaad.'

Van Den Eede drong niet verder aan en vroeg nog of Bylemans die van het labo naar de mobilhome van Betty De Jong wilde sturen. Daarna beëindigde hij het gesprek. Toen hij de woonkamer binnenkwam, hoorde hij Linda aan Gitte vragen of ze bleef eten.

'Nee, dank u, dat is heel vriendelijk. Maar ik moet er eens vandoor.'

Toch maakte ze geen aanstalten om op te staan. Er klonk een piepsignaal van de magnetron. Linda excuseerde zich en verdween opnieuw in de keuken.

'Ik apprecieer het dat ge mij thuis zijt komen briefen', zei Van Den Eede. 'Al had dat natuurlijk evengoed telefonisch gekund.'

Gitte knikte en begon nerveus met haar hand over de armleuning te wrijven.

'Anders nog iets?' vroeg Van Den Eede.

De geur van de Italiaanse kruidenmix die Linda vaak in haar gerechten gebruikte, vulde de woonkamer.

'Rob en ik...' begon ze aarzelend. 'Wij kennen mekaar van vroeger.'

'Oei!' riep Stijn. 'Gij zijt dus bezet?'

'Stijn, ga eens kijken of het eten al klaar is', zei Van Den Eede.

'Moet dà?'

'Ja, dat moet.'

Met tegenzin stond de jongen op en liep naar de keuken.

'Wij waren ooit een koppel', ging Gitte verder.

'Waarom hebt ge dat niet eerder gezegd?' vroeg Van Den Eede. Ze haalde haar schouders op. 'Ge wist toch dat Rob bij ons werkte?'

'Natuurlijk wist ik dat niet', zei Gitte. 'Ge dacht toch niet dat ik anders was komen solliciteren.'

'Joppe, hapjes!' riep Linda.

De bordercollie sprong meteen van de fauteuil en liep enthousiast naar de keuken.

Van Den Eede leunde achterover en ademde diep in. Met een zucht liet hij de lucht weer uit zijn longen stromen. 'Als ik dat wat vroeger had geweten...'

Gitte keek hem met een verongelijkt gezicht aan. 'Wat dan?'

'Ge begrijpt toch wel dat we in een klein team als het FAST honderd procent op mekaar moeten kunnen rekenen?'

'Wie zegt dat ge op mij niet kunt rekenen?'

Het klonk tamelijk brutaal.

'Ik heb het over onderlinge samenwerking, Gitte. Met twee ruziemakers is dat nogal moeilijk.'

'Dat ligt niet aan mij', protesteerde Gitte. 'Ik heb er geen moeite mee om met Rob samen te werken.'

'Zoveel te beter', zei Van Den Eede. 'Maar omgekeerd is dat blijkbaar wel het geval.'

Gitte keek hem onthutst aan. 'Ge bedoelt toch niet dat ík weg moet omdat híj lastig doet?'

Van Den Eede trok fronsend een wenkbrauw op. 'Kent gij een andere oplossing?'

'Ja.' Gitte kwam met een ruk overeind. 'Dat ge met die koppigaard praat in plaats van met mij!'

Met driftige stappen liep ze naar de hal. Van Den Eede riep haar nog na, maar hoorde enkele ogenblikken later de voordeur met een klap dichtslaan. Door het raam zag hij haar zonder op- of omkijken naar de Honda lopen.

Linda kwam met haar keukenschort in haar hand de woonkamer binnen. 'Wat was dat allemaal?' Ze keek zoekend de huiskamer rond. 'Waar is Gitte?'

Van Den Eede wees met zijn duim naar de deur. Hij greep de wijnfles en vulde zijn glas bij. Buiten klonk het geluid van een startende motor. Linda liep naar het raam. De rode Honda reed achterwaarts de oprit af.

'Ze zeggen dat ge met vrouwen aan boord niks dan miserie hebt', zei Van Den Eede. 'Ik moet het nog gaan geloven.'

'Het zag er mij toch een lief kind uit', zei Linda. 'We hebben hier daarstraks gezellig zitten praten.'

Van Den Eede glimlachte afwezig. Er was hem opeens een onaangename gedachte te binnen geschoten. Was er hogerop iemand die wist van de vroegere relatie tussen Rob en Gitte? En had men haar juist daarom bij het FAST gedropt?

Malse motregen trok fijne stippellijntjes tussen de huizen in de schaarsverlichte straten. Normaal hield Rob Olbrecht ervan om in zijn eentje door de tijdloze, avondlijke steegjes van het oude Antwerpen te slenteren. Maar niet vandaag. Hij was al meer dan een uur onderweg en had drie kroegen bezocht waarvan hij wist dat zijn broer er wel eens over de vloer kwam. Blijkbaar had niemand hem gezien. Of ze wilden het niet zeggen. Jan hield zich doorgaans niet met het betrouwbaarste soort mensen op.

Juist toen hij zijn zoektocht wilde opgeven, hoorde hij opeens een doffe knal, die werd gevolgd door het geluid van brekend glas. Op de hoek van de straat zag hij vier donkere figuren rondom een geparkeerde auto staan. Een van hen stak zijn arm door het ingeslagen raam en opende het portier.

'Hela!'

Toen ze hem zagen, bleven ze alle vier onbeweeglijk staan en keken in zijn richting. Daarna stoven ze uit elkaar. In een reflex ging Olbrecht achter degene aan die het dichtstbij was. Het duurde echter nog bijna tot aan de hoek van de volgende straat voordat hij hem bij zijn jas kon grijpen. De jongeman struikelde en sleepte Olbrecht mee in zijn val. Met zijn rechterschouder kwam hij hardhandig tegen de hoek van een lage vensterbank terecht. Er ging een stroomstoot door zijn arm, waardoor hij de inbreker los moest laten. Die maakte van de gelegenheid gebruik om overeind te krabbelen en ervandoor te gaan. Toen hij een tiental meter verder was, bleef hij staan en keek achterom. Het licht van een straatlantaarn viel schuin op zijn gezicht. Olbrecht, die ondertussen ook recht was gekropen en met een grimas zijn pijnlijke schouder stond te masseren, hield daar geschrokken mee op. De jongen draaide zich met een ruk om en liep verder. Al na enkele tellen was hij volledig door de duisternis opgeslokt en hoorde Olbrecht alleen nog het holle, wegstervende geluid van zijn voetstappen. Ook al had hij het gezicht van de ander maar enkele seconden gezien in het gelige lamplicht, Olbrecht zou erop durven zweren dat hij in de kerel die hem zo-even door de vingers was geglipt zijn jongste broer, Jan, had herkend.

9

Het gebeurde niet vaak, maar vandaag was Mark Van Den Eede als eerste in de Géruzet gearriveerd. Hij maakte van de gelegenheid gebruik om het dunne dossier van Gitte Meyer nog eens in te kijken. Ze was geboren in 1975, had in Leuven psychologie en criminologie gestudeerd, en was daarna geslaagd voor het toelatingsexamen bij de politie. Een half jaar had ze stage gelopen bij de lokale politie van Halle, op de dienst Interventie. Daarna had ze zelf haar overplaatsing naar de federale gevraagd, en wat later ook gekregen. Een tijdje was ze aan de slag geweest op de administratie van de Cel Vermiste Personen. Tussen haar periode bij de lokale politie en haar werk bij de federale zaten tien dagen ziekteverlof. Waarvoor ze die had gekregen, werd in het dossier niet vermeld. En nu zat ze bij het FAST.

Het vaste toestel op zijn bureau begon te rinkelen. Het was Thierry Bylemans, om te melden dat er geen vingerafdrukken van Serge Fréson waren gevonden in de mobilhome waarmee Betty De Jong reed.

'Dat wil niks zeggen', zei Van Den Eede. 'Hij droeg misschien handschoenen.'

'Wel zijn er in het zand vlak bij de camper banden- en voetsporen aangetroffen', vervolgde Bylemans. 'Die worden momenteel nog onderzocht.'

'Hmm', bromde Van Den Eede. Hij twijfelde er geen ogenblik aan dat het Fréson was geweest die zijn ex-lief had ontvoerd.

'Tussen haakjes', zei Bylemans. 'Die huiszoeking bij Betty De Jong heeft blijkbaar niks opgeleverd.'

'Oké.'

Heel enthousiast had ook dat niet geklonken.

'Misschien kan ik u toch een beetje opvrolijken', zei de procureur. 'Ik heb daarstraks commissaris Rudy de Meulder van de lokale gecontacteerd en hem gevraagd om eens langs te gaan bij die Lambèrt.'

Van Den Eedes stemming ging er zienderogen op vooruit. Hij begon te glimlachen. 'Bedankt, Thierry.'

Terwijl hij ophing, bedacht hij dat het al een heel verschil zou maken als er meer mensen zoals Bylemans bij het gerecht zouden rondlopen.

Er werd op de deur geklopt. Hij borg het dossier van Meyer op in zijn bureaulade en wenste Orhan Tarik een goeiemorgen.

Die bromde iets en vroeg kortaf waar de rest zat.

'Ik vermoed dat Meyer een en ander aan het controleren is in verband met Didier Termeer en Betty De Jong', zei Van Den Eede. 'Dat had ik haar gisteren toch gevraagd. Elias ging, voor hij naar hier kwam, praten met die buschauffeur die Gaby Allaerts heeft vervoerd op de avond dat ze verdween. En waar Olbrecht uithangt, weet ik niet.'

Tarik knikte somber.

'Slecht geslapen?'

'Ze hebben vannacht in Molenbeek van alles op de huisgevels geklad', bromde Tarik. 'Ook bij ons.'

'Wie?'

Hij haalde zijn schouders op. 'Racisten. Heel de buurt wordt uitgemaakt voor smerige islamterroristen en moordenaars.'

Van Den Eede leunde achterover in zijn stoel. 'Heel vervelend. Maar dat waait wel over.'

'Gisteren stond ik in de supermarkt aan te schuiven aan de kassa. Ge hadt moeten zien hoe sommige klanten mij bekeken. De achterdocht stond in hun ogen te lezen.'

'De mensen hebben schrik. Dat is juist de bedoeling van terreur.'

Er werd opnieuw aangeklopt. Deze keer was het Wim Elias die binnenkwam. Hij had inderdaad met de chauffeur gesproken, aan wie hij een foto van Gaby Allaerts had laten zien.

'Hij herinnerde zich haar nog, omdat ze hem was komen vragen om tussen twee haltes in te stoppen, wat normaal niet mag. Ze had, zogezegd, te laat gezien dat ze haar huis voorbij waren gereden. De chauffeur had eerst geweigerd, maar toen had ze gezegd dat haar zieke moeder thuis op haar lag te wachten en dringend verzorging nodig had.'

'Dat kan Allaerts niet geweest zijn', zei Tarik. 'Want die was toch niet op weg naar huis, maar naar de Begijnenstraat.'

'Dat weet ik', zei Elias. 'Maar de chauffeur was er zeker van dat zij het wél was.'

'Welke halte was dat?'

'Die vlak voor het kruispunt van de Oude-Godstraat en de Edmond Thieffrylaan in Edegem.'

'Ze woont in Hove', merkte Tarik op. 'Waarom zegt ze dan dat ze haar huis voorbij is gereden?'

'Dat is een goeie vraag', zei Van Den Eede.

'Haar moeder zag er trouwens ook helemaal niet ziek uit', zei Elias.

'Zoek eens uit of ze in de buurt van die bushalte vrienden of familie heeft wonen.'

Elias knikte.

'En dan nog iets', zei Van Den Eede. Waarna hij kort en bondig herhaalde wat hij daarjuist van Bylemans had vernomen.

'Het is dus niet zeker dat het Fréson was', merkte Tarik droogjes op.

'Ik zou niet weten wie anders', zei Van Den Eede. 'Hij heeft haar waarschijnlijk gevolgd en het goeie moment afgewacht.'

Toen Tarik en Elias na de briefing ieder naar hun eigen kamer wilden gaan, kwam Gitte Meyer binnen. Ze begroette haar collega's, maar wachtte tot ze buiten waren voordat ze Van Den Eede aansprak.

'Mijn excuses voor gisterenavond', zei ze. 'Ik had niet zomaar mogen weglopen.'

'Nee, dat hadt ge beter niet gedaan', zei Van Den Eede. 'Linda had tagliatelle met prei en kaassaus klaargemaakt. Ge weet niet wat ge hebt gemist.'

Gitte keek eerst alsof ze niet wist hoe ze zijn antwoord moest opnemen, maar schoot toen toch in de lach. De spanning was gebroken.

Van Den Eede wees naar de stoel aan de andere kant van zijn bureau. 'We hebben het er later nog wel over. Zijt ge langs de bank geweest?'

Gitte knikte. 'Didier Termeer heeft gisteren al zijn bankrekeningen leeggehaald, in totaal ongeveer 300.000 euro. En dat is nog niet alles. Hij heeft ook een hypothecaire lening afgesloten van maar liefst 200.000 euro, met zijn villa als onderpand.'

'Losgeld', zei Van Den Eede. 'Om zijn vriendin vrij te kopen.'

'Dat eerste gsm-gesprek van Betty was inderdaad met haar zuster', zei Gitte. 'Daarna heeft ze nog twee keer met Termeer gebeld, één inkomend en één uitgaand gesprek.

En dan was er nog een oproep naar een niet-geregistreerde gsm. Vermoedelijk een met een prepaid simkaart.'

Van Den Eede kon niet begrijpen dat er nog altijd geen wet bestond die de verkoop van zulke anonieme kaarten verbood. Die waren een geschenk uit de hemel voor criminelen.

'Die anonieme verbinding heeft amper zeven seconden geduurd', zei Gitte. 'Misschien was het gewoon een vergissing.'

'Laat dat mobieltje van De Jong traceren.'

'Fréson is niet dom', zei Gitte. 'Tien tegen één heeft hij dat ding al lang kapotgemaakt.'

Van Den Eede gaf haar gelijk, maar vond het toch het proberen waard. Hij keek ongeduldig op zijn horloge, greep naar zijn gsm en toetste het nummer van Olbrecht in. Hij kreeg diens voicemail aan de lijn.

'Rob, waar zit gij, zeg? Wilt ge eens maken dat ge hier zijt. We hebben u nodig.'

Vervolgens toetste hij het nummer van Didier Termeer in. Maar ook die nam niet op.

Olbrecht stond voor de gesloten deur van een hoerenkot in het Schippersstraatje. Vanochtend vroeg had hij telefoon gekregen van Ward Schoofs, zijn vroegere informant, die hier en daar zijn licht had opgestoken. Iemand had enkele dagen geleden een vrouw gezien die sterk op Gaby Allaerts leek. Ze was in het gezelschap van Esther Cousyns, een hoertje dat al jaren het raam deed in het Schipperskwartier. Olbrecht was er op zijn Harley meteen naartoe gereden.

Een bel was nergens te zien. Nadat hij al twee keer met zijn vlakke hand op de deur had geklopt, nam hij de startsleutel van zijn motor en tikte ermee op het raam. Dat had blijkbaar wel effect, want even later hoorde hij beweging in het smalle huis. Met veel gepiep werd een grendel weggeschoven. De deur ging op een kier open. Door de spleet zag hij het slaperige gezicht van een vrouw wier geblondeerde haar helemaal in de war zat. Blijkbaar had ze voordat ze in haar bed was gekropen, niet meer de moeite genomen om haar make-up te verwijderen. Haar mascara was uitgelopen en zat in zwarte vegen onder haar ogen.

'Esther?'

'Ziet ge niet dat we gesloten zijn?' zei ze met een hese, doorrookte stem. 'Kom deze avond maar terug.'

Olbrecht blokkeerde de deur met zijn voet en toonde zijn legitimatie.

Op het gezicht van de prostituee verscheen een minachtend lachje. 'Bol het af, jong. 't Is niet omdat ge een flik zijt, dat ge buiten de uren moogt komen, hè.' Ze deed opnieuw een poging om de deur te sluiten.

'Het gaat over Gaby Allaerts', zei Olbrecht.

'Ken ik niet.'

'Als ge liever iedere week de mannen van de zedenbrigade over de vloer krijgt, dan moet ge 't maar zeggen. Daar kan ik altijd voor zorgen.'

Enkele ogenblikken bleef het stil achter de deur. Dan werd de veiligheidsketting losgehaakt.

Ondanks zijn warme kleding zat Didier Termeer te bibberen op zijn fiets. Iets voor tien uur had hij telefoon van Fréson gekregen. Hij moest met de sporttas vol geld en zijn gsm van thuis vertrekken, en zou onderweg instructies krijgen waarheen. Nadat hij de Schone Luchtlaan een honderdtal meter had gevolgd, kreeg hij via zijn oortje de opdracht om rechtsaf de Gergelstraat in te slaan tot hij op een grote rotonde kwam. Via de eerste afslag kwam hij in de Lange Eikstraat, die hij moest oversteken. Daarna stuurde

Fréson hem het bos in. Het leek wel of de ontvoerder hem constant in de gaten hield, ook al zag hij niemand in zijn onmiddellijke omgeving. Het gaf de tandarts een onbehaaglijk gevoel.

Via enkele drassige landwegen, waarop Termeer soms moeite had om overeind te blijven, ging het naar de Kerkhofstraat, die naar de gemeentelijke begraafplaats leidde. Terwijl hij die voorbijfietste, tastte hij naar de bagagedrager om te voelen of de sporttas nog op zijn plaats zat. Hij kwam aan het containerpark, dat vandaag gesloten was. Daarachter bevond zich een stuk braakland vol puin en zandhopen. Fréson gebood hem om van zijn fiets te stappen en met de sporttas naar de gele bouwkeet te lopen, die helemaal achteraan tussen allerlei rommel stond.

'Leg het geld onder die wagen.'

Termeer keek voorzichtig om zich heen, maar zag niemand. Toch had hij nog altijd het gevoel dat hij werd bespied. Hij zette de sporttas achter het linkerwiel van de keet en deed enkele stappen achteruit, wachtend op de volgende instructie. Het duurde eventjes voor die kwam.

'Rij naar huis', zei Fréson. 'En blijf daar.'

'En Betty?' vroeg Termeer. 'Waar is die?'

De zenuwen gierden door zijn keel.

'Eerst zien of alles er wel is', antwoordde Fréson.

Termeer liep terug naar zijn fiets, maar blijkbaar niet snel genoeg, want Fréson snauwde dat hij moest maken dat hij weg kwam. De tandarts was er nu zeker van dat hij in het oog werd gehouden, maar durfde niet meer op of om te kijken. Hij sloeg zijn been over het fietszadel en zette zijn linkervoet op het pedaal. Lichtjes zwijmelend, alsof hij gedronken had, reed hij het terrein af.

Nog voordat hij het containerpark helemaal voorbij was, zwaaide de deur van de bouwkeet open en stapte er een kleine gedrongen man uit. Hij keek om zich heen, bukte zich en haalde de sporttas achter het wiel vandaan. Hij liep ermee in de tegenovergestelde richting van die waarin Termeer was weggefietst. Via een smal zandpaadje kwam hij op het kerkhof, dat hij overstak. Hij wrong zich door een haag, waarachter een omgeploegd veld lag, en liep in de richting van de Kievitlaan. Daar stond een auto met draaiende motor hem op te wachten.

Het bordeel bestond uit twee in elkaar overlopende kamertjes die van elkaar gescheiden waren door een gordijn. In het kleinste van de twee stond het hoogstnoodzakelijke meubilair: een eenpersoonsbed waarvan de deken terug was geslagen, een tafel met twee stoelen, een nachtkastje met een leeslamp, een ijskast die constant borrelende en tikkende geluiden maakte, en een kookfornuis op gas. De muren waren op verscheidene plaatsen aangetast door bruinige schimmelplekken. Een raam was er niet. Naast het bed stond een gaskacheltje, dat blijkbaar al een hele tijd brandde. In de kamer, die een deprimerende indruk maakte, was duidelijk een tekort aan zuurstof. Waarschijnlijk werd ze alleen gebruikt om te eten en te slapen.
'Wat is er achter die deur?' vroeg Olbrecht.
'Douche en wc.'
Hij kon het niet laten om te controleren of het wel klopte wat Esther zei. In de kleine bedompte ruimte was amper plaats om je kont te keren. Rondom een zinken bak hing een plastic gordijn aan een scheefgezakt railtje. De wc-pot had niet eens een deksel. Op de vloer lag versleten balatum die vol verfvlekken zat. Tegen de muur hing een geiser waarvan het blauwgele vlammetje sputterend heen en weer wiegde. Olbrecht trok het kleine toiletkastje open. Tussen de schmink, parfumflesjes, tubes tandpasta, haarlinten, lip-

penstiften en nagellak vond hij ook twee medicijndoosjes. Tofranil 25 mg en Mogadon 5 mg.

'Waar dienen die voor?'

'Het ene is tegen depressie en het andere om te slapen.' Hij keek Esther fronsend aan. 'Als ge wilt, kan ik u de voorschriften laten zien.'

Olbrecht prutste de verpakkingen open. In ieder doosje zat nog maar één strip. Hij legde de medicamenten terug in het toiletkastje en verliet de nauwe ruimte. Hij liep naar de andere kant van de kamer. Toen hij het dikke stoffen gordijn opzijschoof, kwam hij in de 'werkruimte'. Alles was er rood: de muren en het plafond, de lampen, de vloerbekleding, zelfs de houten beddenbak. Aan het hoofdeinde van de matras hing een rechthoekige spiegel. In een glazen kast waren allerlei seksspeeltjes tentoongesteld. Dildo's en vibrators in verschillende kleurtjes, butt plugs, waarvan de grootste qua vorm meer op een martelwerktuig leek, penisringen, anaalballetjes, handboeien, glijmiddelen, doosjes vol condooms met allerlei fruitsmaken... Een seksshop was er niks bij.

Esther stond hem zwijgend aan te kijken. Zedig trok ze haar opengevallen kamerjas dicht. Het leek een misplaatste handeling in deze omgeving. Olbrecht duwde terloops met één hand op de matras, die tamelijk hard aanvoelde. Hij keerde zich om en keek het hoertje aan.

'Vertel eens over Gaby Allaerts.'

'Ik heb al gezegd dat ik niet weet wie dat is', zei Esther.

'Ge liegt. Ge zijt nog maar pas samen gezien.' Hij haalde een foto van Gaby uit zijn binnenzak en toonde die. 'Misschien dat die uw geheugen wat opfrist?'

Esther bekeek hem vluchtig en knikte toen.

'Ge kent ze dus wel?'

'Van lang geleden. Sinds ze in den bak zit, heb ik niks meer van haar gezien of gehoord.'

'Allaerts zit niet meer in den bak. Ze is ontsnapt. Dat weet gij goed genoeg.'

Esther keerde zich zwijgend om en liet het tussengordijn dichtvallen. Olbrecht schoof het met een ruk weer open en ging haar achterna naar het privékamertje. Ze liep naar het koffiezetapparaat, haalde de glazen kan eruit, hield die onder de kraan en spoelde ze om. Daarna deed ze er opnieuw water in, dat ze vervolgens in het reservoir goot. Olbrecht liet haar voorlopig begaan. Terwijl ze gemalen koffie in een filterzakje deed, trok hij hier en daar een la open en rommelde er wat in.

Esther vroeg of hij ook koffie wilde. Olbrecht knikte. Ze nam twee schoteltjes en kopjes uit de kast. Daarbij gleed één kant van haar kamerjas opzij. Deze keer deed ze geen enkele moeite om haar borsten voor Olbrecht te verbergen. Integendeel. Terwijl de koffiemachine begon te pruttelen, draaide ze zich langzaam om en keek hem aan met een uitdagende blik. Zonder haar ogen van Olbrecht af te houden tastte ze naar haar ceintuur en knoopte die nonchalant los. Haar kamerjas viel nu helemaal open. Daaronder was ze naakt. Ze had haar schaamhaar geschoren in de vorm van een hart.

Olbrecht bekeek haar zwijgend van kop tot teen. Voor iemand die blijkbaar al zo lang in het vak zat, had ze nog een mooi lichaam. Toen ze echter een stap in zijn richting deed, hief hij waarschuwend zijn hand op. Er was iets in haar houding en vooral in haar manier van kijken wat hem alert maakte. Een fractie van een seconde zag hij haar ogen naar de nog half openstaande la glijden, die propvol lingerie zat. Hij trok ze volledig uit de schuif en kieperde ze om op de tafel. Tussen de gekleurde strings en slipjes zag hij een portefeuille liggen.

De glimlach op Esthers gezicht verdween op slag. Met

grote, starende ogen keek ze toe hoe Olbrecht de porte-feuille vastnam en opende.

Er zaten een briefje van 20 euro en enkele muntstukken in. Toen hij verderzocht, vond hij ook een identiteitsbewijs. Het meisje op de pasfoto herkende hij meteen. Uit het vakje daaronder viel een opgevouwen blad papier op de grond. Hij raapte het op. Het droeg een officieel stempel. Het was een verlofbrief voor 36 uur. Beide documenten stonden op naam van Gaby Allaerts.

Toen Van Den Eede en Elias bij de villa van Didier Termeer arriveerden, stonden er een man en een vrouw aan de deur met elkaar te overleggen. Ze leken wat besluiteloos.

'Geraakt ge niet binnen?' vroeg Elias.

'Nee. De deur is op slot. Ik heb al een paar keer gebeld, maar er doet niemand open.'

'Hier staat nochtans dat hij op dit uur vrije consultatie heeft.' De vrouw wees naar het bordje naast de deur. 'En toch is hij niet thuis. Dat zou toch niet mogen, hè.'

'Nee', zei Van Den Eede. 'Eigenlijk niet.'

'Tja, dan zal er niks anders op zitten dan een andere keer terug te komen', zei Elias.

'Dat betwijfel ik', bromde de man. 'Als hij zich al niet aan zijn eigen afspraken kan houden...'

Van Den Eede en Elias liepen met trage passen terug naar de Rover en stapten in. De man en de vrouw bleven nog even staan aarzelen, maar gaven het toen ook op. Van Den Eede en Elias wachtten tot ze waren vertrokken.

'Zijn auto staat in de garage', zei Elias. 'Volgens mij is hij wel thuis.'

Ze drukten nog even op de bel, maar toen er nog altijd geen reactie kwam, liepen ze via de zijkant van de villa naar achteren. Tegen de gevel, naast een raam, stond een fiets.

Elias duwde zijn twee handen tegen het glas en gluurde naar binnen.

Van Den Eede liep door tot achter het huis. Daar zag hij Termeer op het terras zitten. Hij had zijn jas aan. Vóór hem op een tuintafeltje lag een gsm, waar hij in gedachten verzonken naar zat te staren.

'Dag, mijnheer Termeer.'

De tandarts ontwaakte met een schok uit zijn gepeins.

'We hebben aangebeld,' zei Van Den Eede, 'maar er deed niemand open.'

'Ik heb u niks te zeggen. Ga alstublieft weg.'

Van Den Eede en Elias wisselden een blik.

'Heeft Serge Fréson contact met u opgenomen?' vroeg Elias.

'Ik zou niet weten waarom.'

'Omdat wij vrezen dat hij uw vriendin heeft ontvoerd', zei Van Den Eede. 'En dat hij in ruil voor haar losgeld vraagt.'

'Ze is mijn vriendin niet meer. Dat heb ik al gezegd.'

'We weten dat ge bij de bank 500.000 euro hebt opgenomen', zei Elias. 'Ik veronderstel dat die niet dient om mee op vakantie te gaan.'

Termeer keek zuchtend naar de hemel alsof hij van daar verlossing verwachtte.

'Hebt ge 't al aan Fréson gegeven?' Van Den Eede knikte naar de gsm op het tafeltje. 'Of wacht ge nog op instructies?'

'Ik weet echt niet waar ge 't over hebt. En laat me nu alstublieft gerust.'

'Ik begrijp dat ge schrik hebt', ging Van Den Eede verder. 'Maar wij zijn hier om u te helpen.'

'Bedankt, maar ik heb uw hulp niet nodig.'

Van Den Eede trok een tuinstoel dichterbij en ging tegenover de tandarts aan het tafeltje zitten. 'Heeft Betty u de voorbije dagen opgebeld, of gij haar?'

Termeer schudde van nee.

'Dat is al de tweede leugen', zei Elias. 'We weten dat er twee telefoongesprekken zijn geweest. Waarover gingen die?'

De tandarts hield koppig de lippen stijf op elkaar.

'Betty De Jong is spoorloos', zei Van Den Eede. 'We hebben de mobilhome van haar zuster, waar ze mee rondreed, leeg teruggevonden aan de rand van het Ter Kamerenbos. De deur was geforceerd en binnen waren er sporen van een gevecht. Ge helpt haar niet door te zwijgen. Integendeel.'

Op het gezicht van Termeer verscheen een gekwelde uitdrukking, alsof hij innerlijk in tweestrijd zat.

'En dus vraag ik het nog eens', zei Van Den Eede geduldig. 'Heeft Fréson onlangs contact met u opgenomen?'

De tandarts beet op zijn onderlip, terwijl hij naar het weiland achter zijn tuin staarde. Hij knikte kort, zonder Van Den Eede aan te kijken.

'Waar en wanneer moet ge dat half miljoen afleveren?' vroeg Elias.

Zijn lip begon te trillen. Zijn gezicht kreeg iets krampachtigs en hij kneep zijn ogen tot spleetjes, alsof hij pijn moest verbijten.

'Die heb ik al betaald', zei hij met een schorre stem.

Van Den Eede keek schuin omhoog naar Elias, die bezorgd zijn wenkbrauwen optrok. 'Wanneer?'

De tandarts antwoordde niet meteen. Zijn adamsappel ging een paar keer nerveus op en neer. 'Deze morgen.'

Van Den Eede knikte traag. 'Oké', zei hij op een neutrale toon. 'En waar was dat?'

Termeer maakte een vage hoofdbeweging. 'Niet zo ver hier vandaan. Achter het containerpark.'

'Kunt ge iets duidelijker zijn?' vroeg Elias.

'Vlak bij het kerkhof', zei Termeer. 'Ik wist op voorhand zelf niet waar ik naartoe moest.'

'Hij gaf u dus instructies terwijl ge in de auto zat?'

Termeer schudde zijn hoofd. 'Ik moest met de fiets komen.' Op zijn voorhoofd verschenen rimpels. 'Het was heel vreemd. Alhoewel ik onderweg niemand ben tegengekomen, had ik toch heel de tijd de indruk dat hij mij kon zien.'

Van Den Eede keek even naar Elias. Aan zijn manier van kijken zag hij dat zijn hoofdinspecteur precies hetzelfde dacht als hij. Fréson had waarschijnlijk een of meer handlangers.

'En Betty?' vroeg Van Den Eede. 'Hebt ge haar gezien?'

Termeer antwoordde ontkennend. Hij boog zijn hoofd, sloeg zijn rechterhand voor zijn ogen en begon te snikken. Van Den Eede wachtte even voordat hij vroeg wat er precies was afgesproken. De tandarts haalde hulpeloos zijn schouders op, tastte naar zijn zakdoek en veegde zijn ogen droog.

'Eigenlijk niks', zei hij. 'Hij wou eerst nakijken of al het geld er was.' Hij knikte in de richting van zijn gsm. 'Daarna zou hij mij opbellen om te zeggen waar Betty was.'

'Maar dat heeft hij tot hiertoe nog niet gedaan?' zei Elias.

De tandarts schudde mistroostig zijn hoofd. 'Ik ben bang dat hij haar...'

De rest van de zin kreeg hij blijkbaar niet over zijn lippen.

'Kunt ge ons naar de plaats brengen waar ge het losgeld vanmorgen hebt betaald?' vroeg Van Den Eede.

'En wat als hij ondertussen belt? Hij zei dat ik terug naar huis moest rijden en hier wachten. Stel dat Betty hier seffens aan de deur staat.'

'Ik blijf wel hier', zei Elias. 'Als ze komt, dan hoort ge 't direct.'

Termeer aarzelde nog even, maar ging toen toch akkoord.

Van Den Eede vroeg of ze er ook met de wagen konden komen.

Termeer knikte. 'Maar dan wel langs een andere weg.'

'Oké. Dan rijden we met mijn auto.' Hij maakte een uitnodigend gebaar.

De tandarts stopte zijn gsm in zijn jaszak en kwam moeizaam overeind. In die paar dagen leek hij wel tien jaar ouder te zijn geworden.

'Verwittig de mannen van het labo', zei Van Den Eede tot Elias. 'Stuur ze naar dat containerpark, dan zie ik ze daar wel.' Toen hij bijna de zijkant van het huis had bereikt, keerde hij zich om. 'En probeer nog eens of ge Olbrecht te pakken krijgt. Zeg dat hij en Tarik met de weduwe van die vermoorde cipier gaan praten. Ik wil weten of die het thuis over Fréson heeft gehad.'

Het containerpark lag er nog altijd verlaten bij. Van Den Eede parkeerde de Rover naast een laadbak bomvol steenafval.

'Het is nog wat verder', zei Termeer. 'Ginder, waar die gele bouwkeet staat.'

'Vanaf hier gaan we te voet', zei Van Den Eede. 'Ik wil geen mogelijke sporen vernietigen.'

Hij liep naast de tandarts in de richting van de houten barak. Termeer keek speurend om zich heen, alsof hij verwachtte dat Betty De Jong ieder moment ergens kon opduiken. Toen ze bij de bouwkeet kwamen, vroeg Van Den Eede aan Termeer om wat afstand te bewaren. Zelf keek hij goed uit waar hij zijn voeten zette.

'Ik moest de sporttas met het geld daar achterlaten', zei Termeer. Hij wees naar het voorste linkerwiel.

Van Den Eede ging dichterbij. Het hangslot waarmee de bouwkeet was afgesloten, hing geopend aan de deur.

Iemand had de metalen beugel doorgeknipt. Van Den Eede haalde een balpen tevoorschijn, wrong er het deurtje voorzichtig mee open en keek door de spleet naar binnen. Er stond een tafeltje met een paar stoelen en er lag allerlei gereedschap.

'Tien tegen één zat hij hierbinnen toen gij het geld kwam brengen', zei Van Den Eede.

Hij was er nu zeker van dat Fréson niet in zijn eentje had gehandeld. Iemand moest de tandarts onderweg in het oog hebben gehouden. Onwillekeurig dacht hij aan Vincent Samaay. Dat ze contact met elkaar hadden gehad nadat Fréson was ontsnapt, stond vast. Hadden ze het hele plan samen bedacht, toen ze een cel deelden? Sinds Samaay op de vlucht was geslagen, had hij zich ook niet meer vertoond op zijn werk.

'Denkt ge dat ik Betty nog levend terugzie?' vroeg de tandarts.

Als hij heel eerlijk was, dan zou Van Den Eede moeten toegeven dat hij het niet wist. Het was Fréson immers niet alleen om het geld te doen. Hij zat ook vol haat- en wraakgevoelens tegenover zijn ex-vriendin, die hem, in zijn ogen, genadeloos in de steek had gelaten. Maar dat wilde hij liever niet tegen Termeer zeggen.

'Ik zie niet in waarom niet', zei hij. 'Waarschijnlijk wil hij eerst zichzelf in veiligheid brengen, voordat hij haar laat gaan of zegt waar ze is.'

Termeer knikte somber. Het antwoord had hem blijkbaar niet erg gerustgesteld.

Van Den Eedes gsm begon te rinkelen. 'Ja, Gitte, wat nieuws?'

'Ze hebben het mobieltje van Betty De Jong kunnen traceren.'

'Dan toch?'

'De mast in de Kroonlaan, vlak bij het ITO,[21] heeft een signaal opgepikt.'

'Dat is niet zo ver van de Géruzet!'

Termeer keek geïntrigeerd naar Van Den Eede.

'Werd ermee gebeld?'

'Nee', zei Gitte. 'Ze hebben de gsm gelokaliseerd via een *location update*.'[22]

'Zijn er geen andere masten in de buurt die iets hebben opgevangen?'

'Spijtig genoeg niet. Anders konden we hem tot op een paar honderd meter in kaart brengen.'

'Hoe precies is de informatie nu?'

'Een straal van pakweg een kilometer. Vooral ten westen van de Kroonlaan liggen nogal wat woonwijken.'

'Dat is dus niet te doen', zei Van Den Eede. 'Schakel maar een wagen van het BIPT[23] in.'

'Hebben we daar geen bevelschrift van de onderzoeksrechter voor nodig?'

'Ik vraag wel een minionderzoek aan.' In één adem door vroeg Van Den Eede of Rob al was gearriveerd.

'Nee, nog niet gezien. Misschien kunnen we hem ineens mee laten opsporen?'

Hij hoorde haar grinniken.

'Zullen we afspreken aan het station van Etterbeek?' vroeg Van Den Eede. 'En breng Tarik ook maar mee.'

'Moet hij dan niet meer met die weduwe van Danny Verelst gaan praten.'

'Later. Dit gaat voor.'

---

21 Instituut voor TaalOnderwijs.

22 Signaal dat door een ingeschakelde gsm regelmatig wordt uitgezonden.

23 Belgisch Instituut voor Postdiensten en Telecommunicatie.

'Oké. Tot seffens dan.'

Hij bleef nadenkend met zijn gsm in zijn hand staan.

'Is er iets?' vroeg Termeer ongerust. 'Hebben ze haar gevonden?'

'Nee, dit ging over iets anders', zei Van Den Eede.

Hij drukte de sneltoets naar het nummer van Bylemans in. Die nam al na drie keer bellen op.

'Thierry. Mark hier. Ik heb dringend een toelating nodig om een BIPT-wagen in te zetten.'

'Waarom?'

'Momentje.'

Hij liep in de richting van de Rover, buiten gehoorsafstand van de tandarts, die blijkbaar doorhad dat er iets gaande was.

'Ze hebben een signaal van de gsm van Betty De Jong opgevangen. In de buurt van de Kroonlaan. Misschien zit Fréson daar wel ergens ondergedoken.'

Hij hoorde gedempt praten op de achtergrond. Er was een vrouwenstem bij.

'Thierry?'

'Een ogenbliskse, Mark.'

Tot zijn verbazing klonk er een irriterend muziekje, alsof hij de hulplijn van een of ander drukbezet bedrijf had gebeld.

Opeens was Bylemans weer terug. 'Mevrouw Moerman zit hier toevallig bij mij. Ze gaat akkoord. Maar dan wel op één voorwaarde.'

'Laat mij eens raden', verzuchtte Van Den Eede. 'Daamen moet erbij zijn...'

'Tien op tien!' riep Bylemans lachend. 'Bon. Dat is dan geregeld. Succes.'

'Bedankt', zei Van Den Eede.

Ondertussen was Didier Termeer ook naar de Rover gekomen.

'Stap in', zei Van Den Eede. 'Ik breng u naar huis.'

'Het is iets met Betty, hè?' Er was paniek in zijn ogen. 'Heeft hij haar ook vermoord?'

Van Den Eede begreep dat het niet veel zin had om nog langer rond de pot te draaien. Termeer had recht op de waarheid.

'Ik weet het niet', zei hij. 'Ze hebben een signaal van haar mobieltje opgepikt. We doen er alles aan om dat zo rap mogelijk te lokaliseren.'

Termeer sloot zijn ogen en liet zijn hoofd zwaar achteroverleunen tegen de kopsteun.

Toen ze voorbij het kerkhof reden, kwamen ze het busje van de Technische Recherche tegen. Van Den Eede stopte en beide chauffeurs lieten hun raampje zakken.

'Dag, Pol. 't Is ginder te doen.' Hij wees naar de barak op wielen. 'Zoek ook eens naar indruksporen rond die bouwkeet. Ik zou graag willen weten langswaar hij is vertrokken. En waarmee.'

Pol knikte.

Van Den Eede keek naar Termeers voeten. 'Hadt gij die schoenen daarstraks ook aan?'

'Ja.'

'Mogen wij die dan even lenen?'

De tandarts keek Van Den Eede verbaasd aan. 'Waarom?'

'Zodat ze weten welke voetsporen van u en welke van Fréson zijn.'

Didier Termeer bukte zich en begon zijn veters los te knopen.

'Voor de laatste keer', zei Olbrecht. 'Hoe komt die portefeuille van Gaby Allaerts hier?'

Toen Esther bleef volhouden dat ze het niet wist, had Olbrecht er opeens genoeg van. Zijn geduld was op. Hij trok het hoertje aan haar arm overeind.

'Maak dat ge u aankleedt.'

'Waarom?'

'Omdat ik u meeneem naar het bureau.'

'En wat als ik niet wil?'

'Dan arresteer ik u.' Olbrecht zwaaide met de portefeuille. 'Allaerts is verdwenen, en dit is het bewijs dat gij er meer van weet.'

Esther keek hem boos aan, maar leek te beseffen dat ze weinig keuze had. Ze ging naar het koffiezetapparaat, vulde haar kopje bij en ging weer zitten. Vervolgens haalde ze een pakje Kent uit de zak van haar kamerjas en stak een sigaret op. Ze inhaleerde diep en blies de rook met getuite lippen naar het plafond. De kamer vulde zich met een muntgeur. Al die tijd wachtte Olbrecht zwijgend af.

'Oké', zei ze zuchtend. 'Ik geef toe dat Gaby hier is geweest.'

'Wanneer?'

'Vrijdagnacht stond ze hier ineens aan de deur.'

'Wat kwam ze doen?'

'Ze was helemaal over haar toeren', zei Esther. 'Ze vroeg of ze hier een paar nachten kon blijven.'

'Wat was er dan gebeurd?'

'Dat heeft ze niet verteld.'

Olbrecht keek haar streng aan.

'Nee, echt waar. Ik heb trouwens niet lang met haar gesproken, want ik was hiernaast aan 't werk.'

'Heeft zij hier geslapen?' Hij wees naar het eenpersoonsbed.

Het hoertje knikte.

'En 's anderendaags, dan heeft ze toch wel iets gezegd?'

Esther dronk van haar koffie en schudde haar hoofd.

'Hoe, nee?'

Ze keek naar de tafel en zuchtte. 'Ik weet niet of ze het

expres heeft gedaan of dat het per ongeluk was', begon ze.
'Wat?'
'Eerst dacht ik nog dat ze vast lag te slapen. Maar er was
iets met haar ademhaling. Die was heel onregelmatig.' Ze
zoog opnieuw aan haar sigaret en blies de rook door haar
neusgaten weer naar buiten. 'Toen zag ik die lege strips op
het nachttafeltje liggen.'
'Welke strips?'
'Die medicamenten uit de badkamer. Ge hebt ze daarjuist
nog vastgehad. Allee, wat ervan overschoot tenminste.'
Olbrecht keek haar stomverbaasd aan. 'Bedoelt ge dat ze
zelfmoord had willen plegen?'
'Zo zag het er wel naar uit, ja.'
'Waarom?'
'Hoe kan ik dat nu weten?' riep Esther. 'Ze lag daar bewusteloos. Ik heb van alles geprobeerd om haar wakker te krijgen. Een klets in haar gezicht, koud water, eens goed door-
eengeschud, maar 't was allemaal niks gekort.'
'En wat hebt ge toen gedaan?'
Esther keek hem van onder haar wenkbrauwen met een
donkere blik aan en sloeg toen beschaamd haar ogen neer.

Toen de Range Rover bij het station van Everbeek arriveerde, waren niet alleen Tarik en Meyer al ter plaatse, maar
ook Willy Daamen met een jongeman, die hij voorstelde als
'inspecteur Luc Van Laer'. Beide speurdersduo's stonden,
enkele meters van elkaar, bij hun auto.
'Is de peilwagen er al?' vroeg Van Den Eede aan Tarik.
Die wees naar de zwarte auto van het BIPT, die wat verder
stond geparkeerd. Op het dak ervan stond een koffer die, op
het eerste gezicht, op een skibox leek. Daarin zat een telescopische antenne verborgen, die tot zes meter hoog kon
worden uitgeschoven.

Daamen kwam kordaat op Van Den Eede afgestapt. Hij had een plattegrond vast, die hij op de motorkap van de Rover uitspreidde. De zendmast was met een zwarte viltstift gemarkeerd.

'Ik heb al een route uitgewerkt', zei hij. Hij legde de top van zijn wijsvinger op het onderste gedeelte van de lange, rechte Kroonlaan. 'Als we hier beginnen, dan kunnen we zo via de Herfststraat en de Zomerstraat terug in westelijke richting naar de...'

'Waarom zouden we daar beginnen?' vroeg Van Den Eede. Daamen keek hem verstoord aan.

'Omdat we op die manier systematisch werken.'

'Dat is waar', zei Van Den Eede. 'Maar in de buurt van het station zijn de meeste hotels.'

'En dan? Wie zegt dat het signaal vanuit een hotel kwam?'

Van Den Eede vond dat het waarschijnlijkst. 'Trouwens, we staan hier nu toch, dus kunnen we evengoed hier beginnen.' Waarna hij Daamen glimlachend de rug toekeerde en naar de anonieme peilwagen liep.

Daamen keek hem na met een woedende blik en vouwde zijn plattegrond met driftige bewegingen dicht.

Van Den Eede klopte op het raampje van de BIPT-auto, dat meteen omlaag schoof. Er zaten twee mannen in. Het interieur van het voertuig was volgepropt met gesofistikeerde apparatuur.

'Commissaris Van Den Eede, van het FAST', zei hij. 'Begin maar aan het station. Blijf voorlopig ten westen van de Kroonlaan. Contact via Astrid.'

De chauffeur knikte en startte de motor. De man die naast hem zat, zette zijn koptelefoon op. De auto maakte een bocht van 180 graden, hobbelde voorzichtig over de dubbele tramsporen, en kwam op het andere baanvak van de Generaal Jacqueslaan terecht. Het deksel van de box op het dak schoof open en er kwam een telescopische antenne tevoorschijn, die tot een hoogte van ongeveer twee meter werd uitgeschoven.

'Als er niet met dat mobieltje wordt gebeld, dan kan het nog wel een paar uur duren vóór het opnieuw een update-signaal uitzendt', zei Gitte.

'Daarom dat ze er zelf eentje sturen', zei Tarik. 'Via het IMEI-nummer[24] zenden ze een signaal naar de gsm, die daarop reageert zonder dat de eigenaar er iets van merkt.'

Terwijl de zwarte wagen langzaam verderreed, draaide de antenne constant traag om haar eigen as. Hier en daar bleven voorbijgangers nieuwsgierig staan kijken naar die vreemde auto.

Gitte vond het alvast een goed teken dat het mobieltje van Betty De Jong blijkbaar nog altijd werd gebruikt. 'Dat wijst er misschien op dat Fréson niet weet dat ze er een bij heeft.'

Van Den Eede zag nog een andere mogelijkheid. 'Termeer heeft deze morgen het losgeld betaald, maar Betty is nog altijd niet terecht. Misschien is dit de manier waarop Fréson ons wil laten weten waar ze is?'

'Dat zou best kunnen', zei Tarik. 'En ondertussen is hij er al lang vandoor met het geld. Slim.'

De wagen van het BIPT was inmiddels al een paar honderd meter gevorderd. Van Den Eede deed zijn oortje in en stapte op Willy Daamen af, die wat verder naast zijn auto met Van Laer stond te praten.

'Volgens procureur Bylemans hebt gij brieven gevonden in de cel van Fréson.'

'Dat klopt, ja. Hij had ze tegen de achterkant van een kast geplakt.'

---

24 International Mobile Equipment Identity (een nummer, meestal bestaande uit 15 cijfers, dat een gsm identificeert).

'Van wie kwamen die brieven en waar gingen ze over?'
Daamen en zijn inspecteur keken elkaar spottend aan.
'Van een paar oversekste nymfomanen', zei Daamen. 'Markies de Sade was er niks tegen.'
'Hebt ge contact gehad met die vrouwen?'
Op het gezicht van Daamen verscheen een grijnslachje. 'Nee', zei hij. 'Liever niet.'
Inspecteur Van Laer schoot hardop in de lach.
Van Den Eede deed niet mee en zei dat hij die brieven vandaag nog op zijn bureau verwachtte.

Daamen werd op slag weer ernstig. 'Dat zult ge dan met de onderzoeksrechter moeten regelen. Die epistels liggen bij haar.'

Hij keek Van Den Eede met een uitdagende blik aan. Op de een of andere manier kwam hij een stuk zelfverzekerder over dan de vorige keer.

'En uw verslag van de huiszoeking bij Betty De Jong? Wanneer krijg ik dat eindelijk?'

De hoofdinspecteur keek naar zijn collega, die wijselijk zijn mond hield. Daarna kruiste hij zijn armen voor zijn borst en richtte zich opnieuw tot Van Den Eede.

'Het is niet omdat ge dikke vriendjes zijt met de procureur, dat ge 't overal voor 't zeggen hebt, hè. Als ik u was, zou ik daar maar een beetje mee oppassen.'

Van Den Eede zag dat Meyer en Tarik van een afstand toekeken.

'Oppassen?' herhaalde hij. 'Waarvoor?'

Daamen trok schertsend zijn linkermondhoek op. 'Ah, ge weet dus nog van niks?'

'Wat zou ik moeten weten?'

'Dat de kans groot is dat Bylemans binnenkort wordt opgevolgd door Sandy Moerman.'

Het duurde enkele ogenblikken voordat Van Den Eede

besefte dat hij Daamen perplex stond aan te kijken. De hoofdinspecteur leek ervan te genieten.

'Hoezo? En Bylemans dan?'

'Die heeft onlangs gesolliciteerd voor een job bij het federaal parket. Dat weet toch iedereen?'

Van Den Eede knikte zwijgend. Het was alsof Willy Daamen hem, zonder dat hij het had zien aankomen, schaakmat had gezet. Hij voelde een vage woede in zich opkomen, niet alleen omdat hij hier voor schut stond, maar vooral tegen Thierry Bylemans, die blijkbaar achter zijn rug had zitten intrigeren. Hij overwoog om de procureur nu meteen op te bellen en te confronteren met wat hij zojuist had gehoord. Maar op dat moment klonk in zijn oortje de code 'One-zero-five'. De BIPT-peilwagen had een signaal opgevangen.

Toen Olbrecht uit het bordeel kwam en zijn gsm pakte om Van Den Eede op de hoogte te brengen van wat Esther hem daarnet had verteld, merkte hij dat de batterij van zijn mobieltje leeg was. Hij keek rond op zoek naar een openbare telefooncel, maar die waren zeldzaam aan het worden. Zijn collega's zouden niet weten waar hij zat. Hij besloot terug naar huis te rijden en van daaruit met zijn vast toestel te bellen voordat hij naar de Géruzet reed.

Toen hij de Oudemansstraat indraaide, zag hij aan de overkant twee jongemannen uit een café komen. Ze waren druk in gesprek. Een van hen was zijn jongere broer, die hem blijkbaar niet had opgemerkt. Olbrecht keek in zijn achteruitkijkspiegel, zwenkte naar de andere kant van de straat en reed de stoep op. Vlak voor de twee remde hij bruusk af. Jan en zijn maat, een kloek gebouwde kerel met een hoekig gezicht, bleven geschrokken staan.

'Dag, Jan', zei Olbrecht. 'Wat een verrassing.'

Al klonk het zo niet.

'Rob! Wat doet gij hier?'

'Vertel mij liever wat gij vannacht aan 't doen waart.'

'Wat bedoelt ge?'

De kerel naast Jan zei dat hij nog ergens een dringende afspraak had. Ze namen afscheid door hun gebalde vuisten tegen elkaar te duwen. In een mum van tijd was hij om de hoek in de Keistraat verdwenen.

'Wie is dat?'

'Een kameraad.'

'Hoe heet hij?'

'Waarom?'

'Was dat Freddy Swaegers?'

'Als ge 't weet, waarom vraagt ge 't dan?'

'Waar zijt gij allemaal mee bezig?'

'Ik weet niet wat ge bedoelt.' Hij greep in zijn jaszak en haalde er een pakje zware shag uit.

'Zijt gij ondertussen al thuis geweest?'

Jan schudde zwijgend van nee, terwijl hij rustig een sigaret begon te rollen. 'Waarom? Is er iets?'

'*Is er iets...*' herhaalde Olbrecht kwaad. 'Ons moeder is godverdomme doodongerust omdat gij al dagenlang niks van u hebt laten horen!'

'Dan moet ze maar wat minder zagen', bromde Jan. 'Ik ben dat gezever van haar kotsbeu.'

'Wat deed gij vannacht op 't Klapdorp?'

Jan haalde nonchalant zijn schouders op, terwijl hij het vloeitje van zijn sigaret dichtlikte.

Olbrecht, die zich opeens niet meer kon beheersen, sloeg de sigaret uit zijn hand. 'Blijf uit de buurt van die Swaegers, of ge zult wat meemaken. Verstaan?'

'Ge zijt al even erg als ons moeder, gij.' Hij deed een stap opzij om zich tussen de muur en de Harley te wringen.

Olbrecht greep hem vast bij zijn mouw. 'Momentje, ik ben nog niet klaar.'

Jan bleef staan.

'Als ik u nog eens betrap terwijl ge met die fameuze kameraden van u ergens aan het inbreken zijt, dan hangt ge. Hebt ge dat goed gehoord?'

'Jongen, ik weet echt niet waar ge 't over hebt.'

Olbrecht liet hem los. Hij twijfelde opeens of het vannacht wel zijn broer was geweest die hij had zien inbreken. Per slot van rekening had hij in de duisternis maar een glimp van zijn gezicht opgevangen. Hij boog zich naar achteren en haalde de tweede pothelm uit de leren zijtas.

'Stap op.'

Jan bekeek hem met gefronste wenkbrauwen. 'Waar gaan we naartoe?'

'Ik breng u naar huis.'

Zuchtend zette Jan de helm op zijn hoofd. Hij maakte het riempje vast onder zijn kin en kroop achter op de Harley, die sierlijk de weg op zwenkte in de richting van de Sint-Paulusstraat.

Het smalle hotelletje waar ze voor stonden, zat gekneld tussen twee burgerhuizen in art-nouveaustijl. Het telde drie verdiepingen en een mansarde. Op de lichtroze gevel stond in grote schuine letters 'Hotel De Valk' geschreven.

'Ik vind dat we het SIE moeten verwittigen', zei Daamen. 'Stel dat Fréson ermee dreigt zijn gijzelaarster neer te schieten. Wat dan?'

'Volgens mij is hij al lang gaan vliegen', meende Van Den Eede. 'Of denkt ge nu echt dat hij niet weet dat die gsm van Betty De Jong hem kan verraden? Wij staan hier omdat hij dat wilde.'

'We zullen zien. Maar als er iets misgaat, dan is het wel uw verantwoordelijkheid.'

Daamen had het luid genoeg gezegd, zodat ook de anderen die op de stoep stonden te wachten het konden horen.

Van Den Eede knikte. Tegelijkertijd vroeg hij zich af of hij geen te groot risico nam. Stel dat Daamen toch gelijk had en Fréson zich nog altijd met Betty De Jong in die hotelkamer bevond. Onwillekeurig doken er weer beelden op van zijn allerlaatste interventie met het SIE, waarbij onder zijn bevel twee dodelijke slachtoffers waren gevallen. Hij wist dat hij niet aan dat soort twijfels mocht toegeven. Zodra hij dat wel deed, zou hij ongeschikt worden om een eenheid als het FAST te leiden.

Hij vroeg of iedereen zijn kogelvrije vest aanhad.

Ze knikten allemaal.

'Oké, dan gaan we naar binnen.'

In het groezelige halletje, vol sigarettenrook, stuitten ze op een onverzorgde man van middelbare leeftijd die aan de receptie een sportkrant zat te lezen. Hij keek vreemd op toen hij het groepje binnen zag komen.

Van Den Eede zwaaide met zijn legitimatiekaart en vroeg of hier een zekere Serge Fréson logeerde.

De hotelhouder vouwde zijn krant dicht en keek Van Den Eede van achter zijn leesbrilletje aan. 'Wie, zegt ge?'

Van Den Eede haalde een foto tevoorschijn waarop Fréson nog zwart haar en een baard met snor had. 'Fréson. Herkent ge hem?'

De uitbater keek met samengeknepen ogen naar de foto en schudde toen zijn hoofd. Hij sloeg een handgeschreven register open en begon met de punt van zijn wijsvinger de namen te doorlopen.

'En deze?' vroeg Elias, terwijl hij een van de opnamen toonde die Olbrecht aan het huis van Termeer had gemaakt.

De man achter de balie bekeek de foto. Terwijl hij dat deed, kreeg hij een verschrikkelijke hoestbui waar geen einde aan leek te komen. Hij greep naar zijn zakdoek, hield die voor zijn mond en schraapte luidruchtig zijn keel tot hij erin slaagde een kriebelende fluim naar boven te halen. Hij veegde zijn lippen af en stopte zijn zakdoek weer weg. Gitte stond het onsmakelijke tafereel met afkeer te bekijken.

'Ja', zei de uitbater met een rasperige stem. 'Die heeft hier een kamer.'

'Logeert hij hier alleen?' vroeg Daamen. 'Of is er ook een vrouw bij?'

De man keek opnieuw in het hotelregister. 'Volgens mij zit hij in kamer 210. Die werd gereserveerd op naam van Albert Swinnen.'

'Swinnen?' herhaalde Daamen.

'Dat speelt voorlopig geen rol', zei Van Den Eede ongeduldig. 'De vraag is of ge hem ooit in het gezelschap van een vrouw hebt gezien.'

'Niet dat ik weet', antwoordde de man. 'Ik let daar niet op. Zolang ze maar op tijd betalen.'

'Als ik het goed begrijp, is die Swinnen die de kamer reserveerde dus niet degene die er nu logeert?'

'Dat zou kunnen.'

Daamen begon zijn kalmte te verliezen. Hij wees naar de foto van Fréson. 'Is dat degene die de kamer heeft gehuurd, ja of nee?'

De uitbater wreef met zijn rechterhand over zijn kin. 'Daar kan ik niet op antwoorden. Aan het handschrift te zien heeft mijn vrouw hem ingeschreven.'

'Wilt ge uw vrouw dan eens roepen', zei Van Den Eede.

'Dat zal moeilijk gaan', zei de man met een scheef glimlachje. 'Die is voor twee weken naar Benidorm met haar zuster.'

'Hoe lang logeert die Swinnen hier al?' vroeg Elias.

'Van vorige donderdag, zo te zien. Hij heeft voor anderhalve week op voorhand betaald.'

'Dan kan het Fréson niet geweest zijn!' riep Daamen. 'Die zat toen nog vast.'

'Dat hij hulp van iemand krijgt, weten we al langer', zei Van Den Eede. 'Maar van wie?'

'Samaay misschien?' gokte Tarik. 'Die is ook al een paar dagen spoorloos.'

Van Den Eede ging daar niet op in. Zijn eerste zorg was momenteel Betty De Jong. 'Is de huurder van 210 momenteel op zijn kamer?'

De uitbater deed enkele stappen achteruit en keek naar een rek dat tegen de zijmuur hing. Hij kreeg opnieuw een rochelende hoestbui. Toen die over was, knikte hij. 'Zijn sleutel hangt er in ieder geval niet bij.'

Van Den Eede vroeg of hij over een loper beschikte. De man trok een la open en haalde er een uit.

'Tweede verdieping?' vroeg Van Den Eede.

De man knikte opnieuw.

'Is hier een achteruitgang aan?'

'Ja, maar die geeft alleen uit op een binnenkoer.'

Van Den Eede keerde zich naar Daamen. 'Wacht hier met uw collega beneden aan de trap.' Hij wees naar Tarik. 'Gij en Gitte houden die binnenkoer in 't oog.' Vervolgens wenkte hij Elias. 'En gij komt met mij mee.'

Met zijn pistool in *high ready* liep hij de trap op. Elias volgde hem op de voet. Op de overloop kwamen ze een jonge vrouw met een klein kind tegen. Toen ze de gewapende mannen zag, deinsde ze onthutst achteruit. Van Den Eede toonde zijn legitimatie en vroeg of ze terug naar haar kamer wilde gaan en daar voorlopig blijven. De vrouw keek hem niet-begrijpend en nog altijd paniekerig aan.

'Retournez dans votre chambre', zei Elias. 'Et restez là, s'il vous plaît.'

De vrouw knikte, tilde haar kindje op de arm en spoedde zich terug naar haar hotelkamer.

Van Den Eede en Elias gingen verder tot op de tweede verdieping. Daar kwamen ze in een schemerige gang terecht, met links en rechts telkens vijf deuren. Toen ze nog enkele stappen zetten, floepte er een flauw lichtje aan. Kamer 210 was de laatste aan de rechterkant. Van Den Eede drukte zijn oor tegen de deur, maar kon geen enkel geluid opvangen. Hij duwde de loper voorzichtig in het slot, dat er niet al te stevig uitzag, maar die blokkeerde halfweg. Waarschijnlijk doordat er aan de binnenkant een sleutel op de deur zat. Hij trok de loper er weer uit en deed enkele stappen naar achteren. Elias ging links van de deur staan met zijn Baby Glock in SUL. Van Den Eede hief zijn rechterbeen op en haalde fors uit. De zool van zijn stevige Quechua-schoen raakte precies de plaats waar het slot zat. Met luid gekraak vloog de deur uit haar hengsels.

Elias sprong als eerste de kamer binnen met zijn pistool op ooghoogte. De hotelkamer was leeg. Op het tafeltje bij het raam lag een gsm. Er hing een misselijkmakende stank die hem de adem benam.

Van Den Eede liep Elias voorbij tot in het midden van de kamer, vanwaar hij de openstaande deur naar de badkamer onder schot hield. Naarmate ze die naderden, werd de rottingsgeur alleen maar erger. Toen ze de badkamer binnenkwamen, wisten ze meteen waar die vandaan kwam. Achter het douchegordijn zat iemand, met de rug naar hen toe, onbeweeglijk op een stoel. Zo te zien was het een vrouw. Ze droeg haar haar in een staartje, had een strooien hoedje op en er was een roze kamerjas die tot op de grond afhing om haar schouders geslagen.

'We zijn te laat.' Elias liet zijn pistool zakken.

Ook Van Den Eede borg zijn wapen weg. Hij schoof het plastic gordijn opzij. De stank die hem in het gezicht sloeg, was nu onverdraaglijk. De bodem van de douchecabine lag vol geronnen bloed. Op de wand zaten waaiervormige rode spatten, alsof een gevelschilder zijn met white spirit gereinigde borstel had uitgeschud. Van Den Eede zette zijn voeten op de opstaande rand en schoof langzaam verder, tot hij het gezicht van het slachtoffer kon zien.

'Ik vond al dat er iets niet klopte', zei hij.

'Is het Betty De Jong niet?'

Van Den Eede schudde zijn hoofd.

Op de stoel zat Vincent Samaay met wijd opengesperde ogen. Zijn handen waren onder de afhangende kamerjas samengebonden op zijn rug en zijn gezicht was op een belachelijke manier geschminkt. In zijn keel zat een gapende snijwond.

10

'Waar hebt gij zo lang uitgehangen?'
Iedereen rond de vergadertafel keek Olbrecht nieuwsgierig aan.

'Ik weet wat er met Gaby Allaerts is gebeurd', zei hij, nog voordat hij de deur van de kamer van Van Den Eede goed en wel achter zich had gesloten. 'Deze morgen kreeg ik telefoon van Ward Schoofs, mijn vroegere informant in het Schipperskwartier.' Hij keek met een spottend glimlachje naar Tarik. 'Ge hebt trouwens de groeten...'

'Doe ze vooral niet terug', zei Tarik.

'Eens efkens telefoneren was er zeker te veel aan?' vroeg Van Den Eede.

'Sorry, maar ik had te laat gezien dat de batterij van mijn gsm plat was.'

Van Den Eede sloeg met zijn vlakke hand op tafel. 'Dat is godverdomme geen excuus! Hoe dikwijls moet ik nog herhalen dat ge niks in uw eentje doet?'

Olbrecht schrok van de heftige reactie van zijn baas. Ook de anderen hadden die blijkbaar niet verwacht. Ze keken gegeneerd een andere kant uit. Zelfs Gitte scheen zich ongemakkelijk te voelen.

'Wij zaten daarstraks met een crisis en gij zijt nergens te bereiken.'

'Crisis?' stamelde Olbrecht. 'Wat voor crisis?'

'We hebben Samaay in de hotelkamer van Fréson gevonden', legde Elias uit. 'Hij was de keel overgesneden, juist zoals die cipier in Sint-Gillis.'

'En Betty De Jong?'

Elias spreidde zijn handen terwijl hij zijn hoofd schudde.

'Als dit nog één keer gebeurt,' ging Van Den Eede verder op een beheerstere toon, 'dan laat ik u schorsen. Hebt ge dat begrepen, Rob?'

Olbrecht knikte gewillig.

Van Den Eede besefte ook wel dat hij overdreef, maar de hele situatie had hem bloednerveus gemaakt. Alles liep verkeerd. Serge Fréson was hun iedere keer een stap voor en speelde met hen alsof ze een stel amateurs waren. Hij was in de buurt, maar slaagde er telkens weer in buiten hun gezichtsveld te blijven. Hoewel Termeer het gevraagde losgeld had betaald, was Betty De Jong nog altijd spoorloos. Bovendien voelde Van Den Eede de hete adem van Willy Daamen in zijn nek en was hij dieper getroffen door de achterbakse intriges van Bylemans dan hij openlijk wilde erkennen. De procureur was niet zelf naar de PD[25] gekomen, maar had Fred Adriaensen, zijn eerste substituut, gestuurd. Van Den Eede vroeg zich af of Bylemans hem opzettelijk probeerde te ontlopen. Om zich een houding te geven herschikte hij de papieren die voor hem op tafel lagen. Daarna gebaarde hij naar Olbrecht dat hij moest gaan zitten.

'Oké', zei hij, opnieuw de rust zelve. 'Gij weet dus wat er met Gaby Allaerts is gebeurd.'

Olbrecht knikte, schoof een stoel achteruit en ging zitten.

'Allaerts heeft een tijdje het raam gedaan in het Schip-

---

25 Plaats delict.

perskwartier. Vorige vrijdag stond ze ineens aan de deur van een van haar vroegere collega's, een zekere Esther. Ze vroeg of ze daar kon blijven slapen.'

'Heeft ze ook gezegd waarom ze daar was?' vroeg Tarik.

'Nee. Ze zei alleen dat ze niet naar huis kon. Over de gevangenis heeft ze met geen woord gerept.'

'Had ze drugs genomen?' vroeg Elias.

'Volgens Esther niet. Al deed ze nogal eigenaardig. Esther had de indruk dat er iets was gebeurd en dat ze op de vlucht was voor iets of iemand. Ze heeft Allaerts in de woonkamer laten slapen, terwijl zij in 't peeskamertje daarnaast tot een uur of vier 's morgens met klanten bezig was. Toen ze naar de badkamer ging, dacht ze dat Allaerts diep lag te slapen. Maar eigenlijk was ze bewusteloos. Naast haar op de grond lagen lege strips van slaappillen en antidepressiva die ze met cognac had doorgespoeld. Genoeg om een olifant tegen de vlakte te krijgen.' Hij haalde zijn blocnote tevoorschijn. 'Mogadon en Tofranil. Die had ze in het toiletkastje van Esther Cousyns gevonden.'

'Wat erop wijst dat het niet echt gepland was wat ze heeft gedaan', zei Gitte Meyer.

'Heeft ze 't overleefd?' vroeg Van Den Eede.

'Dat is de vraag', antwoordde Olbrecht. 'Omdat Esther liever niet zelf in de problemen wilde komen, had ze het lumineuze idee om Allaerts haar portefeuille met daarin haar identiteitsgegevens af te pakken en haar met de hulp van een vriendin naar een pleintje aan de Brouwersvliet te brengen. Vanuit een openbare telefooncel heeft ze daarna den 100[26] verwittigd.'

'We mogen er dus van uitgaan dat ze ergens in een ziekenhuis in de buurt ligt', besloot Gitte.

---

26 De medische hulpdienst in België.

'Of in een lijkenhuis', zei Tarik.

'Dat hebben we toch al laten nagaan, dacht ik', zei Van Den Eede.

Elias knikte. 'Ik heb, zoals ge hadt gevraagd, alle ziekenhuizen in Antwerpen gecontacteerd met de vraag of zij een vrouw met een overdosis binnen hadden gekregen. Maar tot hiertoe heeft niemand gereageerd.'

'Misschien is ze wakker geworden voordat de ambulance er was?' zei Gitte. 'En loopt ze nog altijd ergens rond.'

Volgens Tarik was er nog een andere mogelijkheid. Wat als Esther had gelogen en niet met een lijk wilde opgescheept zitten?

'Laat ons eerst maar eens afwachten wat die tweede rondvraag bij de ziekenhuizen oplevert', zei Van Den Eede.

Elias kwam overeind en zei dat hij er meteen werk van ging maken.

Van Den Eede concentreerde zich opnieuw op de documenten die voor hem op tafel lagen. 'We hadden het over Fréson.' Hij bedacht zich, keek naar Olbrecht en knikte met een laconiek glimlachje. 'Goed gewerkt, Rob.'

Olbrecht schrok al bijna even hard van dit complimentje als van de uitval van zijn chef daarstraks.

'Uit de voorlopige, uitwendige lijkschouwing blijkt dat Samaay door een linkshandige werd vermoord. Alles wijst er dus op dat Fréson opnieuw de dader is.'

'Hij begint wel psychopatische trekjes te vertonen', zei Gitte Meyer. 'Zoals dat lijk was aangekleed en geschminkt.'

'Volgens mij weet hij heel goed wat hij doet', meende Van Den Eede. 'Hij wil ons laten voelen wie de touwtjes in handen heeft.'

Tarik vroeg zich af wat het motief kon zijn om Samaay uit de weg te ruimen.

'Misschien wou hij een deel van het losgeld?' zei Olbrecht.

'Of hij wilde hem het zwijgen opleggen, omdat hij wist wat er met Betty De Jong is gebeurd?'

De fax begon te ratelen. Er schoof een handgeschreven blad uit de machine. Het was de eerste van de brieven die in de cel van Fréson waren gevonden. Daamen had ze dan toch niet durven achter te houden. Olbrecht haalde het blad uit de papierlade en begon vluchtig te lezen. Al na een paar regels schudde hij bedenkelijk zijn hoofd.

'Ik droom ervan dat ge traag mijn keel dichtknijpt terwijl we als beesten liggen te neuken', las hij hardop. 'Ik ben uw slavin. Doe met mij wat ge wilt.' Hij keek de anderen fronsend aan. 'Hoe is dat nu mogelijk? Onnozel wijf.'

Van Den Eede vroeg of die brieven waren ondertekend.

Olbrecht knikte. 'Zelfs hun adres en telefoonnummer staat erbij. Een van die zottinnen heeft ook haar foto meegestuurd.'

'Zoek uit of er een verband is tussen die briefschrijfsters.'

Als laatste document schoof het verslag van de huiszoeking bij Betty De Jong uit de faxmachine.

'Is het nog altijd de bedoeling dat we met de weduwe van die vermoorde cipier gaan praten?' vroeg Tarik.

'Natuurlijk.'

Wim Elias kwam weer binnen.

'Gaby Allaerts ligt in 't Stuivenberg.'

'Ze leeft dus nog?' vroeg Olbrecht.

'Ja, maar ze ligt in een coma.'

'Hoe komt het dat ze ons dat nu pas laten weten?'

Elias legde uit dat ze haar eerst naar Sint-Elisabeth hadden gevoerd, en van daar naar Stuivenberg.

'Door die verplaatsing, en omdat ze niet wisten wie ze was, is er bij haar opname waarschijnlijk ergens iets misgegaan in de administratie.'

'Zal ze het halen?' vroeg Gitte.

Elias trok een bedenkelijk gezicht. 'Volgens de dokter met wie ik heb gesproken, is haar toestand nog altijd kritiek. Ik heb hem gevraagd om ons op de hoogte te houden.'

'Ik verwittig straks Sandy Moerman', zei Van Den Eede. 'Zij moet er maar voor zorgen dat Allaerts haar kamer wordt bewaakt. Voor ons is de zaak hiermee afgesloten.'

Gitte Meyer bekeek hem verbaasd. 'Er zijn anders nog heel wat vragen. Waarom is ze, in plaats van terug te gaan naar de gevangenis, bij Esther ondergedoken en heeft ze daarmee haar kans op vervroegde vrijlating verknoeid? Waarom heeft ze zelfmoord willen plegen?'

'Het is niet aan ons om daar een antwoord op te geven', zei Van Den Eede. 'Wij hebben onze job gedaan.'

'Moeten we dan ten minste Marita Mertens niet verwittigen dat haar dochter terecht is?' drong Gitte aan.

'Ja, doe dat maar.' Hij veegde zijn papieren bijeen en stopte ze terug in de map, als teken dat de vergadering voorbij was.

'Hoe verdelen we het werk?' vroeg Olbrecht. 'Zal ik met Wim eens langs dat postorderbedrijf gaan waar Verelst heeft gewerkt voor hij gevangenisbewaarder werd?'

Van Den Eede weifelde even, maar knikte toen. 'Vergeet niet te vragen of ze daar ooit van Betty De Jong hebben gehoord.'

'Dan gaan Gitte en ik ondertussen met de weduwe van Danny Verelst praten', zei Tarik.

Van Den Eede keek op zijn horloge. Het was bijna middag. 'Gaat er eerst iemand mee een broodje eten bij *den Turk*?'

Olbrecht stond al op. Maar toen hij zag dat ook Gitte aanstalten maakte om mee te gaan, bedacht hij zich.

De weduwe van Danny Verelst woonde in Vorst, in de Brusselsesteenweg, schuin tegenover het voetbalstadion. Het was een eenvoudige woning met een klein voortuintje waarin een kleurrijke kabouter met een kruiwagen stond. Tarik parkeerde zijn Golf GTI vlak voor de deur. Onderweg hiernaartoe hadden ze naar het journaal geluisterd. Ashcroft, de Amerikaanse minister van Justitie, had verklaard dat er bij de aanslagen minstens achttien vliegtuigkapers waren betrokken. Het stond zo goed als vast dat ze tijdens hun fatale vlucht vanaf de grond technisch waren geleid. Tarik had de radio uitgeschakeld en gezegd dat hij zich diep schaamde om moslim te zijn. Hij wilde niet meer behoren tot een groep mensen die hun inspiratie om te moorden uit hun geloof haalden. Gisteren had hij daarover zelfs ruzie gemaakt met zijn vader en zijn oudste broer, die het fanatiek hadden opgenomen voor de terroristen en voor Osama bin Laden. Zijn broer had er de Koran bij gehaald om hun gelijk te bewijzen. In de tweede soera werd immers opgeroepen om alle ongelovigen te bestrijden, 'ook al is het met tegenzin'. Tarik had met slaande deur het huis verlaten.

Gitte belde aan. Een magere vrouw met diepe wallen onder haar ogen deed open. Ze droeg een keukenschort.

'Mevrouw Verelst? Ik ben inspecteur Gitte Meyer en dit is mijn collega Orhan Tarik. Kunnen wij even over uw man praten?'

'Gaan ze zijn lichaam eindelijk vrijgeven?' vroeg de vrouw met een verwijtende ondertoon.

'Sorry', zei Gitte. 'Daar weten wij niks van.'

'Wat valt er dan nog te zeggen?'

'Tien minuutjes maar', zei Tarik.

Met een veelbetekenende zucht liet ze hen binnen.

In de woonkamer rook het naar een of ander reinigings-product. Uit de keuken kwam het geluid van een draaiende afwasmachine. De tafel lag vol foto's. De meeste ervan waren zo te zien familiekiekjes.

De weduwe van Verelst ging zitten en wees met een slap gebaar naar de andere stoelen die rondom de tafel stonden.

'Het spijt me dat ik het nog eens vraag', zei Gitte. 'Maar zijt ge er écht zeker van dat uw man en Betty De Jong elkaar niet kenden?'

Mevrouw Verelst keek haar geërgerd aan. 'Begint ge daar nu weer over? Ik heb toch al gezegd dat wij een goed huwelijk hadden.' Haar vingers gleden over een foto waarop ze met Danny ergens op een zonnig terrasje zat. Hij had lachend zijn arm om haar schouders geslagen. Terwijl ze ernaar keek, kwamen er tranen in haar ogen. 'Het is zeker nog niet erg genoeg wat er met hem is gebeurd, dat ge hem hier nog een beetje zwart moet komen maken', zei ze met een beverige stem.

'Dat is niet de bedoeling', zei Tarik. 'We vragen ons alleen af waarom hij die foto van De Jong op zak had als hij haar toch niet kende.'

'Zijn dit uw kinderen?' vroeg Gitte. Ze haalde een foto uit de hoop, waarop een jongen en een meisje op een schommel zaten.

Mevrouw Verelst knikte. 'Raf en Liesje', zei ze. 'Vijf en vier jaar. Leg aan zo'n kinderen maar eens uit wat er met hun vader is gebeurd...'

Haar gemoed schoot vol. Ze haalde een zakdoek uit haar mouw en veegde ermee over haar ogen. Meyer en Tarik wachtten begripvol af tot ze zich had hersteld.

'Uw man heeft vroeger voor een postorderbedrijf gewerkt', zei Tarik. 'Waarom is hij daarmee gestopt?'

'Omdat hij moest. Besparingen en herstructureringen. Zoals overal tegenwoordig. Hij is daarna een paar maanden gaan stempelen. Toen las hij in de gazet dat ze dringend cipiers zochten.' Ze moffelde haar zakdoek opnieuw weg. 'Ik was er eigenlijk niet zo blij mee. Maar ja...'

Gitte knikte, terwijl ze naar de foto's bleef kijken die daar kriskras door elkaar lagen. De puzzelstukken van een voortijdig afgebroken leven.

'Wat vond hij zelf van zijn nieuwe job?' vroeg Tarik.

De weduwe haalde traag haar schouders op. 'Ik denk wel dat hij er content mee was. Wij praatten eigenlijk weinig over zijn werk.'

Juist op het moment dat Gitte het gevoel kreeg dat ze voor niets naar hier waren gekomen, zag ze een zwart-wit-foto liggen die haar, vreemd genoeg, vertrouwd voorkwam. Alsof ze hem al eens eerder had gezien. Het was zo'n typische schoolfoto die eenmaal per jaar werd gemaakt.

'Staat uw man hierop?'

Mevrouw Verelst knikte. 'Dat was natuurlijk lang voordat ik hem leerde kennen.'

Ze wees naar een opgeschoten jongen die helemaal achteraan stond. Maar het was die niet waar Gitte naar keek. Haar aandacht ging helemaal uit naar een andere leerling. Een die op de tweede rij zat en met een scheef hoofd een beetje verweesd naar de lens keek.

Het postorderbedrijf Trexon NV bevond zich op het industrieterrein van Diegem, in de wig van de A201 en de E40. Het was een laag, rechthoekig gebouw met brede ramen. De zijkant ervan bestond uit grote toegangspoorten, waardoor vrachtwagens met opleggers naar binnen werden gereden om te worden geladen. Heftrucks met hoog opgestapelde paletten reden constant af en aan. Elias parkeerde zijn PT Cruiser, waarvan hij gisteren de velgen nog eens had opgepoetst, op de parkeerplaats voor bezoekers.

'Wat verkopen ze hier eigenlijk?' vroeg Olbrecht.

'Meubilair en kantoormateriaal, dacht ik.'

Terwijl ze naar het pakhuis liepen, kwam er een Tupolev overgevlogen, die zojuist op Zaventem was opgestegen. De motoren brulden, terwijl de machine snel hoogte won. In het kolossale magazijn liepen werknemers in rode overalls en met gele veiligheidshelmen rond. Olbrecht en Elias stapten op een man af die een klemmap vasthad en laadinstructies stond te geven. Ze stelden zich voor en vroegen of ze iemand van de personeelsdienst konden spreken. De man wees met zijn pen in de richting van een dubbele deur.

Achter de deur was een gang die naar een helverlichte ruimte met landschapsbureaus leidde. Het leek hier wel de redactie van een krant. De aparte werkplekken waren van elkaar gescheiden door glazen wanden. Mannen en vrouwen zaten ijverig op toetsenborden te tikken. Sommigen droegen een headset met een microfoontje en namen blijkbaar binnenkomende bestellingen op.

Elias sprak een passerende vrouw aan en herhaalde zijn vraag.

Ze verwees hem glimlachend naar de personeelschef, een grijzende man van middelbare leeftijd met opgerolde hemdsmouwen, die enkele bureaus verder zat en druk in gesprek was met een meisje.

'Wat een heksenketel', zei Olbrecht. 'Hier zou ik binnen de week zot worden.'

'Ja,' zei Elias, 'zo te zien draait onze economie op volle toeren.'

Hij tikte met de knokkel van zijn middelvinger tegen de glazen zijwand van de werkplek en vroeg of ze even mochten storen. De man keek verstoord op en wilde weten waarover het ging. Elias en Olbrecht toonden hun legitimatiekaart. De personeelschef zette zijn handtekening nog onder enkele documenten en gaf die vervolgens aan het meisje, dat met een beleefd hoofdknikje vertrok. Hij maakte een uitnodigend gebaar naar de twee stoelen aan de andere kant van het bureau, dat de vorm van een halve cirkel had.

'Wie of wat is het FAST?' begon hij. 'Daar heb ik precies nog nooit van gehoord.'

Elias legde in het kort uit waarmee ze zich bezighielden. De man knikte dat hij het had begrepen en vroeg waarmee hij hen van dienst kon zijn.

'We hadden graag wat meer informatie gehad over een vroegere werknemer', zei Olbrecht. 'Danny Verelst.'

'Mag ik vragen waarom?'

'Hij is onlangs vermoord.'

De personeelschef gaf geen krimp. Hij keek Olbrecht aan alsof die net een terloopse mededeling over het weer had gedaan.

'Verelst, hè?'

Elias knikte.

De man begon met twee vingers op zijn toetsenbord te tikken. Toen hij daarmee stopte, keek hij met samengeknepen ogen naar het scherm. Met zijn rechterwijsvinger drukte hij herhaaldelijk op de 'Page Down'-toets.

'Hier heb ik hem al. Danny Verelst, geboren op 22 augustus 1979 in...'

'Klopt het dat hij hier, samen met een paar anderen, weg moest wegens besparingen en herstructureringen?' onderbrak Olbrecht.

De chef keek hem van onder zijn wenkbrauwen aan en liet zich vervolgens relaxed achteroverzakken in zijn stoel met flexibele rugleuning. Hij vouwde zijn handen samen en drukte de toppen van zijn wijsvingers tegen zijn kin. 'Wie heeft dat gezegd?'

'Zijn vrouw', antwoordde Elias.

271

'Dan heeft zijn vrouw u wat wijsgemaakt', zei hij. Op zijn gezicht verscheen een sarcastisch glimlachje. 'Of híj zijn vrouw, dat kan natuurlijk ook.'

'Wat was dan wel de reden?' vroeg Elias.

'Als ge dat wilt weten, kijk dan hier maar eens naar.'

Hij boog zich voorover en gaf het computerscherm een draai van 180 graden.

Mark Van Den Eede zat nadenkend met zijn gsm in zijn hand. Zijn duim lag op de sneltoets voor het nummer van Thierry Bylemans, maar hij aarzelde om het in te drukken. Tot nog toe was de procureur, ook al had hij zijn eigenaardigheden, degene geweest die zijn wankele geloof in gerecht en magistratuur overeind had gehouden. Als het waar was wat Daamen hem had verteld, dan was ook dat ijdele hoop geweest en was Bylemans geen haar beter dan de rest van zijn collega's. Voor het eerst sinds hij het FAST leidde, vroeg hij zich af of het allemaal wel zin had. Intriges en machtsspelletjes waren van alle tijden, maar binnen het Belgische gerecht liep het echt wel de spuigaten uit. Toen hij een paar dagen geleden voorbij het Brusselse gerechtsgebouw was gereden, dat al jarenlang in de steigers stond, had hem dat opeens typerend geleken voor wat er met justitie aan de hand was. Het was een kolossaal bouwwerk dat op instorten stond. Maar niet alleen de magistraten hadden boter op het hoofd, ook de opeenvolgende politiek verantwoordelijken gingen niet vrijuit. Het nodige geld dat telkens weer werd beloofd om het verouderde systeem eindelijk te moderniseren, kwam er uiteindelijk nooit. Soms vroeg hij zich af of het een bewuste strategie was.

In islamitische landen werden mensen zomaar van de straat gehaald en zonder enige vorm van proces opgesloten; in België gingen zware criminelen vrijuit omdat er te weinig plaats was in de gevangenis, omdat hun zaak was verjaard, omdat ze minderjarig waren, of wegens – vaak opzettelijk uitgelokte – procedurefouten. Welk onrecht was erger?

In plaats van het nummer van Bylemans in te drukken toetste hij dat van Didier Termeer in om te vragen of Betty De Jong ondertussen al terecht was. Maar weer kreeg hij de voicemail van de tandarts aan de lijn. Van Den Eede vroeg zich af of ze De Jong nog levend terug zouden vinden. Als Fréson niet aarzelde om iemand als Samaay de keel door te snijden omdat hij hem dwars had gezeten, wat was hij dan van plan met de vrouw die hem, in zijn ogen, schaamteloos had bedrogen? Haar kansen om dit gijzelingsdrama te overleven werden met het uur kleiner. In plaats van de procureur op te bellen zocht hij in zijn adresboek een ander nummer op.

'Met Moerman.'

'Dag mevrouw de onderzoeksrechter. Mark Van Den Eede hier. Ik vroeg mij af of er nog ontwikkelingen zijn in de zoektocht naar Betty De Jong.'

'Daar zijn we volop mee bezig', klonk het droog.

Van Den Eede wachtte op een vervolg, maar dat kwam er niet.

'Heeft dat sporenonderzoek op de plaats waar het losgeld naartoe werd gebracht nog iets opgeleverd?'

Hij hoorde geritsel van papier.

'In en rond die bouwkeet zijn voetafdrukken gevonden die van Serge Fréson zouden kunnen zijn. We hebben ze gevolgd tot aan een nabijgelegen weg, waar een auto op hem stond te wachten. De bandensporen daarvan komen overeen met die welke in de buurt van de lege mobilhome werden aangetroffen.'

'Kan het zijn dat Vincent Samaay ermee reed?' vroeg Van Den Eede.

'Nee,' antwoordde Moerman, 'dat is uitgesloten. Uit de autopsie van Samaay is gebleken dat hij op dat moment al dood was.'

'Hoe komt het dat ik daar niet vroeger van op de hoogte ben gebracht?' Van Den Eede deed geen enkele moeite om de ergernis in zijn stem te verbergen.

'Omdat hoofdinspecteur Daamen er al mee bezig is', zei Moerman. 'En ik heb er het volste vertrouwen in dat hij dat goed doet. Wat mij betreft kan het FAST zich vanaf nu beter op een ander dossier concentreren. Dat zou voor iedereen beter zijn.'

Van Den Eede kreeg zin om het gesprek hier te beëindigen, maar bedacht zich.

'Het gerucht doet de ronde dat u procureur Bylemans, die naar het federaal parket wil verhuizen, zou opvolgen', zei hij langs zijn neus weg.

Even bleef het stil.

'Wie zegt dat?'

'Klopt het?'

'Daar kan ik voorlopig niet op antwoorden', zei Moerman kortaf.

Dus het klopt, dacht Van Den Eede. 'U weet dat we Gaby Allaerts hebben gevonden?'

'Ja.'

'Ik stel voor dat u voor de bewaking zorgt zolang ze in 't Stuivenberg ligt.'

Moerman zei op een ambtelijk toontje dat ze het door zou geven aan de collega's in Antwerpen.

Van Den Eede hoorde voetstappen in de gang. 'Oké, bedankt. Dat was het.'

De onderzoeksrechter verbrak de verbinding zonder nog iets te zeggen.

Er werd aangeklopt. Gitte Meyer en Orhan Tarik kwamen binnen. Gitte had haar dossier over Serge Fréson in haar hand.

'We hebben met de weduwe van Verelst gepraat.'

Voordat Van Den Eede kon antwoorden dat het eigenlijk allemaal geen zin meer had, haalde ze de klasfoto tevoorschijn die ze eerder tijdens de bespreking al had laten zien. Ze wees naar het roodomcirkelde hoofd op de tweede rij.

'Dit is dus Serge Fréson.' Haar wijsvinger verschoof rechts naar boven, naar een jongen op de allerlaatste rij. 'En weet ge wie dat is?' Ze keek Van Den Eede met glunderende ogen aan. 'Danny Verelst.'

Van Den Eede, die zich er al min of meer bij neer had gelegd dat de zoektocht naar de ontsnapte crimineel voor hen geen prioriteit meer was, vergat op slag het telefoontje met Sandy Moerman en boog zich vol interesse over de foto.

'Zijt ge zeker dat hij het is?'

'De foto lag thuis bij zijn vrouw op tafel. Ze weet zelf niet dat de toekomstige moordenaar van haar man er mee op staat', zei Tarik.

Gitte Meyer had zojuist met de directie van die school getelefoneerd. 'Uit oude verslagen bleek dat Danny Verelst een paar maanden nadat die foto werd genomen, van school is gestuurd wegens "onregelmatigheden". Wat die waren, wist de huidige directrice spijtig genoeg niet.'

'Het moet in ieder geval serieus zijn geweest', zei Van Den Eede. 'Vroeger werd ge niet zomaar buitengezwierd op school.'

Opnieuw klonken er voetstappen in de gang. Olbrecht en Elias kwamen glimlachend binnen. Rob had een vierkant envelopje vast waarin een cd-rom zat, die hij triomfantelijk omhoog hield. Hij liep er recht mee naar de computer van Van Den Eede.

'We gaan cinema kijken', zei hij.

Hij deed het cd'tje in de lade en wachtte tot het scherm van Windows Media Player zich opende.

'Verelst is zijn werk helemaal niet kwijtgeraakt door bezuinigingen of herstructureringen. Hij is van de ene op de andere dag ontslagen, samen met een paar anderen.' Hij schoof de cursor naar de onderkant van het scherm en drukte op 'Play'. 'En dit is de reden...'

Op de monitor verscheen een wazig beeld dat met onvaste hand was opgenomen, waarschijnlijk door iemand met een gsm. In een magazijn vol rekken, dozen en palletten stond een groepje mensen in een cirkel bij elkaar. Ze keken naar iets wat zich op de grond afspeelde. Er werd gelachen, geroepen en aangemoedigd. 'Broek uit, broek uit!' Onderaan in beeld dook een hand op die een paar van de toeschouwers opzij duwde. Blijkbaar kreeg de amateurfilmer zelf ook een duw, want de opname schoot opeens alle kanten uit. Gedurende een paar seconden was er een onderbreking waarin alleen ruis was te zien. Toen het beeld er weer was, toonde het een naakte man die met tape lag vastgebonden op een houten pallet. Iemand spoot een bus acrylverf op hem leeg. Een andere smeerde zijn borst, buik en geslachtsdelen in met een behangborstel.

'Herkent ge hem?' vroeg Elias.

Van Den Eede knikte somber. De man die de lijm uitsmeerde, was Danny Verelst. Hij was het ook die even later een emmer confetti over het weerloze slachtoffer leeggooide. Het gelach en het getier zwollen aan. Een meisje greep de man op het pallet bij zijn ballen vast en begon er stevig in te knijpen. De man schreeuwde het uit van pijn. Maar dat kon de pret niet bederven. De tientallen omstanders joelden nog harder. Het laatste beeld was een close-up van het gezicht van het slachtoffer. In doodsangst keek hij om zich heen, op zoek naar een collega-werknemer die hem misschien zou kunnen helpen. Maar zo iemand was er niet. Toen het scherm zwart werd, bleef het een tijdje stil in de kamer.

'Walgelijk', zei Gitte Meyer. 'Hoe kunnen mensen zoiets doen?'

'De directie was al langer op de hoogte van die pesterijen', zei Elias. 'Maar deed niks.'

'Als ze niet zo stom waren geweest om het ook nog eens op internet te zetten, dan zou er waarschijnlijk geen haan naar hebben gekraaid', zei Olbrecht. 'Pas toen de pers er zich mee ging bemoeien, hebben ze Verelst en die andere pestkop ontslagen.'

'Al heeft het geen haar gescheeld of ze moesten ze terug in dienst nemen, omdat de vakbonden tegen hun ontslag in beroep wilden gaan. Die onnozelaars vonden dat Verelst en zijn compagnon op zijn minst een ontslagvergoeding moesten krijgen.'

'Dat is pas echt de wereld op zijn kop', vond Tarik.

'Ja. Maar weet ge wat nog het strafste is?' zei Elias. 'Dat ze het slachtoffer een maand later ook aan de deur hebben gezet. Zogezegd omdat hij zijn job niet goed deed.'

'Met dat verschil dat de vakbond toen niet heeft geprotesteerd. Geen enkele van die schijnheiligaards heeft toen zijn bakkes opengetrokken.'

Van Den Eede schudde bedenkelijk zijn hoofd. Wat hij zojuist had gezien en gehoord, was om misselijk van te worden.

'Wat is er daarna met die man gebeurd?' vroeg Tarik.

Wim Elias slaakte een diepe zucht. 'Twee maanden later heeft hij zelfmoord gepleegd.'

Van Den Eede liep terug naar de vergadertafel, ging zitten en bekeek de klasfoto opnieuw.

'Gitte had gelijk toen ze zei dat er op school iets met Serge

Fréson moet zijn gebeurd', zei Van Den Eede. 'Danny Verelst was toen al een pestkop.'

'Hoe bedoelt ge?' vroeg Elias.

Van Den Eede legde uit wat Meyer en Tarik hadden ontdekt. 'En zoveel jaren later komen Fréson en Verelst elkaar terug tegen. In de gevangenis van Sint-Gillis. En daar begint het gepest opnieuw.'

'Als cipier kon hij doen wat hij wilde', zei Tarik. 'Alleen had hij er geen rekening mee gehouden dat Fréson niet meer die stille, bedeesde schooljongen was.'

'Ge zoudt godverdomme voor minder iemand om zeep helpen', meende Olbrecht.

'En door de foto van Betty De Jong in de zak van Verelst te steken, hoopte Fréson dat zijn vrouw zou denken dat hij haar had bedrogen', zei Elias. 'Hij wilde niet alleen Verelst zelf, maar ook zijn nagedachtenis kapotmaken.'

Van Den Eede kon enig begrip opbrengen voor de woede en haat van Serge Fréson. 'Maar met Samaay, dat was iets anders. Dat was gewoon een afrekening. Het voorspelt weinig goeds over wat er met Betty De Jong zal gebeuren. Of al is gebeurd.'

'Fréson is compleet losgeslagen', zei Gitte. 'Daarom dat we hem zo rap mogelijk moeten vinden vóór hij nog meer slachtoffers maakt.'

Van Den Eede besloot te zwijgen over het telefoongesprek dat hij zojuist met Moerman had gevoerd. Als ze hen van de zaak wilde halen, dan moest zij of Bylemans dat maar officieel doen in plaats van via de telefoon. Zolang dat niet was gebeurd, gingen ze gewoon door alsof er niets was gezegd.

'Wat is volgens u zijn volgende stap?' vroeg hij aan Gitte. Vanuit zijn ooghoeken zag hij dat Olbrecht ostentatief zijn armen kruiste en naar het plafond staarde. 'Denkt ge dat Betty nog leeft? En wat is hij met haar van plan?'

'Hij wil haar laten boeten voor wat ze hem heeft aangedaan', antwoordde Gitte. 'Daar geniet hij van. Eindelijk heeft hij, de loser, controle over alles en iedereen, en dat geeft hem een formidabele kick. Uiteindelijk zal hij haar ook vermoorden, daar ben ik bijna zeker van, maar hij zal er zo lang mogelijk mee wachten.'

'Ge denkt dus dat we nog niet te laat zijn?'

'Hopelijk niet. Maar vergeet niet dat er nog iemand is waar hij wraak op wil nemen...'

De villa van de tandarts maakte nog altijd een onbewoonde indruk. Geen fietsen of auto's van patiënten op de oprit, nergens licht in huis en een brievenbus die uitpuilde van de reclameblaadjes, kranten en brieven. Zelfs de voorste rolluiken waren op dit uur al neergelaten, alsof hij onverwacht op reis was vertrokken. Toch stond zijn auto nog in de garage.

'Dit staat mij niks aan', verzuchtte Van Den Eede.

Hij was dan ook niet verwonderd dat er geen reactie kwam toen hij aanbelde.

'Wat nu?' vroeg Olbrecht.

Van Den Eede liep naar de zijkant van het huis. 'Eens kijken of hij misschien weer zit te mediteren op zijn terras.'

Maar ook dat lag er verlaten bij. Van Den Eede nam een tuinstoel en ging zitten. Hij haalde zijn gsm tevoorschijn en toetste nogmaals het mobiele nummer van de tandarts in. Na exact zeven keer overgaan schakelde het toestel over op voicemail. Terwijl hij zijn gsm weer wegborg, keek hij nadenkend naar het uitgestrekte weiland achter het huis.

'Hier zou ik nogal kunnen schapendrijven met Joppe', zei hij.

'Zijt ge daar nog altijd mee bezig?'

'Eigenlijk veel te weinig.' Hij keek Olbrecht glimlachend aan. 'Geen tijd, hè.'

Olbrecht schoof een tuinstoel bij en ging ook zitten.

'We kunnen nu twee dingen doen', zei Van Den Eede. 'Teruggaan en het later nog eens proberen, of een huiszoekingsbevel aanvragen en alles binnenstebuiten keren.'

Olbrecht leunde ontspannen achterover, strekte zijn benen en vouwde zijn handen samen achter zijn hoofd. Hij keek naar de achtergevel.

'Er is nog een derde mogelijkheid.'

Van Den Eede volgde zijn blik, naar een half neergelaten vensterblind waarachter een vliegenraam was te zien.

'Vergeet het', zei hij. 'Daar, vlak onder het dak, hangt een alarm.'

'Wie zegt dat het ook is ingeschakeld?'

Van Den Eede ademde diep in en liet zijn ogen daarna weer over de weide dwalen. Een huiszoekingsbevel kon hij natuurlijk vergeten. In principe kon hij het ook laten aanvragen door Daamen, maar het idee alleen al stond hem tegen. Er was iets aan die man wat vanaf het begin weerstand bij hem had opgeroepen. Niet omdat hij eigenlijk een concurrent was. Het was zijn zelfverzekerde arrogantie die hem tegen de borst stuitte. En zijn glimlach, die altijd op een grijns leek.

'Ik weet niet of het nu het moment is om erover te beginnen,' zei Van Den Eede, 'maar misschien is het dat nooit.'

Olbrecht keek hem niet-begrijpend aan.

'Wat is er indertijd tussen u en Gitte Meyer gebeurd?'

De relaxte houding van Olbrecht verdween. Hij trok zijn benen in en kwam rechtop zitten. 'Sorry, maar dat gaat u niet aan.'

'Toch wel', zei Van Den Eede. 'Ik kan niet werken met een team waarin er twee zitten die mekaar niet kunnen uitstaan. Dat is om problemen vragen.'

'Stuur Meyer terug vanwaar ze is gekomen,' zei Olbrecht, 'en de zaak is opgelost.'

'Ge wilt dus dat ik zomaar partij voor u kies, zonder te weten wat er is gebeurd?'

Olbrecht keek zijn baas strak aan. Zijn kaakspieren bewogen alsof er elektrische impulsen doorheen gingen. Na enkele ogenblikken trok hij één neusgat op, maakte een snuivend geluid en knikte een paar keer na elkaar. Zijn ogen gleden naar het achterliggende weiland.

'Als ge 't dan toch wilt weten', begon hij. 'Ik ben degene die het heeft uitgemaakt.'

'Waarom?'

Olbrecht keek zijn chef kort aan, maar sloeg toen meteen zijn ogen neer. 'Omdat ze...'

Van Den Eede zag hoe zijn inspecteur in tweestrijd zat. Zo had hij Olbrecht, normaal een man uit één stuk, nog nooit meegemaakt.

'Omdat ze een abortus heeft laten uitvoeren, zonder dat ik daar ook maar iets van wist.' Er klonk verbittering in zijn stem.

'Zijt ge wel zeker dat dat kind van u was?'

Olbrecht keek hem vlijmscherp aan.

Van Den Eede stak zijn handen verontschuldigend in de lucht. 'Sorry.'

'Nee, ge hebt gelijk', zei Olbrecht. 'Ik heb mij later ook afgevraagd of ik de vader wel was.'

'Hebt ge 't haar niet gevraagd?'

Olbrecht schudde van nee. 'Ze heeft mij niet eens verteld dat ze zwanger was. Dat heb ik toevallig ontdekt toen ik in de badkamer een predictor vond.'

'Waart ge toen al lang samen?'

'Bijna een jaar.'

'En wanneer was dat?'

Hij haalde zijn schouders op. 'Een jaar of drie geleden.'

'Oké', zei Van Den Eede met een geruststellende glimlach. 'En maak nu maar dat ge tegen die muur hangt.'

Dat liet Olbrecht zich geen twee keer zeggen. Als gewezen kliminstructeur had hij er weinig moeite mee om tegen de breukstenen muur op te klimmen. Terwijl hij met de punten van zijn schoenen steun zocht tussen de voegen, trok hij zich beurtelings aan de middelvinger van zijn linker- en rechterhand omhoog. Doordat hij perfect in balans klom, waarbij hij het zwaartepunt van zijn lichaam binnen de driehoek van zijn voeten en handgreep hield, leek het wel of het hem geen enkele inspanning kostte. Van Den Eede had het hem al vaker zien doen, maar stond er nog altijd versteld van. Als Van Den Eede hier en nu zou moeten kiezen tussen Meyer en Olbrecht, dan zou de beslissing vlug genomen zijn. Dat hij thuis zelf ooit een muur had proberen te beklimmen en met een geschaafd scheenbeen en een afgescheurde vingernagel was geëindigd, had hij Olbrecht nooit verteld. Linda had hem er al vaak genoeg om uitgelachen.

Amper twee minuten later stond Olbrecht op de vensterbank. Zonder veel moeite duwde hij de half neergelaten pvc-lamellen terug in de rolluikkast. Met een klein duwtje viel het vliegenraam eruit. Olbrecht verdween in de kamer. Het duurde even voordat hij beneden was en Van Den Eede binnenliet via de achterdeur.

'Boven is hij niet', zei hij. 'Ik heb ook al eens rap in de living gekeken.'

Samen liepen ze door de gang naar de voorkant van het huis. Ze openden alle deuren die ze onderweg tegenkwamen, maar in geen enkele kamer was iemand te bekennen. Uiteindelijk kwamen ze bij de wachtkamer, die ook leeg was. Schuin daartegenover was de tandartspraktijk.

Van Den Eede opende ook die deur. Toen hij er binnen wilde gaan, bleef hij geschrokken staan.

'Wat is er?' Olbrecht probeerde over zijn schouder mee te kijken.

Didier Termeer zat met wijd opengesperde ogen en half-open mond in zijn eigen tandartsstoel, alsof hij zich nog altijd verbaasde over wat hem was overkomen. Midden in zijn voorhoofd zat een klein, rond gaatje, met daaromheen een roetlaagje, veroorzaakt door een kogel die ongetwijfeld van een korte afstand was afgevuurd.

Van Den Eede en Olbrecht kwamen dichterbij. De rugleuning van de stoel was besmeurd met bloed en stukjes schedelbot. Zoals altijd was de uitgangswond aanmerkelijk groter dan de ingangswond. Zelfs op het eerste gezicht was het duidelijk dat de kogelbaan schuin naar beneden liep. De schutter had letterlijk op zijn slachtoffer neergekeken toen hij het schot loste. Dit was geen onvoorzien schietincident geweest, maar een regelrechte executie.

11

Het gebeurde niet vlug dat onderzoeksrechter Sandy Moerman in hoogsteigen persoon naar de Géruzet kwam, maar deze keer had ze een uitzondering gemaakt. Ze wilde weten wat Van Den Eede en zijn inspecteur in de woning van Didier Termeer deden.

'En dan nog zonder huiszoekingsbevel!'

Met haar gitzwarte haar in combinatie met haar donker geschminkte ogen en vooruitstekende jukbeenderen straalde ze een soort wulpsheid uit die mannen beslist niet onverschillig liet. Moerman was op zich geen onaantrekkelijke vrouw. Het was veeleer de kille, afstandelijke en bazige manier waarop ze met anderen omging, die van haar een feeks maakte. Procureur Thierry Bylemans zat bleek en zwijgend naast haar. In tegenstelling tot gewoonlijk keek hij doodernstig.

'Wij maakten ons ongerust over Termeer', antwoordde Van Den Eede. 'En blijkbaar met reden.'

'Hadden we niet afgesproken dat gij u met andere dossiers zou bezighouden?'

'Ik hou niet van losse eindjes', zei Van Den Eede.

'En ik niet van dubbel werk', kaatste Moerman terug.

'Wat Mark bedoelt, denk ik,' zei Bylemans verzoenend, 'is dat we alles op alles moeten zetten om Serge Fréson zo rap mogelijk te vinden, vóór hij nog meer slachtoffers maakt. En daarbij is alle hulp natuurlijk welkom.'

In andere omstandigheden zou Van Den Eede hem ongetwijfeld dankbaar hebben toegeknikt, maar nu kon hij het niet over zijn hart krijgen. Bylemans had hem te diep ontgoocheld.

'Ik ben er helemaal niet zo zeker van dat Fréson die moord heeft gepleegd', repliceerde Moerman. 'Zijn MO[27] bij de vorige slachtoffers was helemaal anders.'

Ook al gaf Van Den Eede het niet graag toe, hij besefte dat de onderzoeksrechter wel eens gelijk kon hebben. Hij had zich ook al de vraag gesteld waarom Fréson ditmaal een pistool in plaats van een scheermes had gebruikt.

'Hebben ze de kogel teruggevonden?' vroeg hij.

De procureur knikte. 'Die stak in de rugleuning van de tandartsstoel.'

'Ik stel voor dat er een ballistisch onderzoek wordt gedaan,' zei Van Den Eede, 'om te zien of de kogel waarmee Termeer werd vermoord uit hetzelfde wapen komt waarmee Fréson in Sint-Gillis twee keer heeft geschoten.'

Moerman was er niet zeker van of dat technisch mogelijk was. 'In de gevangenis hebben ze maar een van de twee projectielen teruggevonden, en ik weet niet of dat nog bruikbaar is.'

'Het blijft in ieder geval het proberen waard', zei Bylemans.

'Van de psychiater weten we dat Fréson een Colt Mustang heeft gebruikt', zei Van Den Eede. 'Zelfs als de kogels niet kunnen worden vergeleken, dan nog is het meestal wel mogelijk om het kaliber ervan of het type pistool te bepalen. Daar komen we ook al een eind mee.'

'Zeker en vast', zei Bylemans, terwijl hij naar Moerman keek. 'Ik vind dat een heel goed idee van de Mark.'

Vroeger stoorde Van Den Eede zich wel eens aan de onge-

---

27 Modus operandi.

paste grapjes van de procureur; nu was het zijn geslijm dat hem de keel begon uit te hangen.

'Bon, ik zal dat laten onderzoeken', besloot Moerman zonder veel enthousiasme.

'Prima!' Bylemans liet zijn twee handen met een klap op zijn mollige dijen neerkomen, ten teken dat het gesprek was afgelopen. 'Dan gaan wij de Mark niet langer storen.'

Toch bleef hij zitten. Sandy Moerman, die wel overeind kwam, keek hem afwachtend aan.

'Ga al maar', zei de procureur. 'Ik heb nog efkens iets te bespreken.'

Van Den Eede begeleidde de onderzoeksrechter tot aan de deur van zijn kamer, waar hij haar kort maar krachtig de hand drukte.

'Ik wil wel dat ge mij en Daamen nauwgezet op de hoogte houdt van wat er gebeurt.'

'Natuurlijk.'

'En zoudt ge er ook voor kunnen zorgen dat uw personeel vanaf nu alles wat meer volgens het boekje doet?'

Van Den Eede hield met een vormelijk glimlachje de deur voor haar open. Het galmende geluid van de hoge hakken van Sandy Moerman stierf snel weg in de gang.

'Het is geen gemakkelijke tante,' zei Bylemans, 'maar ze bedoelt het allemaal niet zo kwaad.'

Van Den Eede liep naar de koffiemachine. 'Voor u ook?'

'Nee, merci', zei Bylemans. 'Na vijf uur raak ik geen koffie meer aan, of ik doe 's nachts geen oog dicht.'

Van Den Eede ging opnieuw achter zijn bureau zitten en nipte van de versgezette koffie, die nog veel te warm was. 'Ge wilde mij nog over iets spreken?'

Op het voorhoofd van Thierry Bylemans verschenen diepe rimpels. Hij zuchtte en keek Van Den Eede aan als een verdachte die geen uitweg meer ziet en op het punt staat een bekentenis af te leggen.

'Ge hebt er misschien al van gehoord dat ik binnenkort mogelijk federaal magistraat word?' begon hij.

'Ja.' Van Den Eede was niet van plan om het de procureur makkelijk te maken.

'Ik had het u al eerder willen vertellen, maar de gelegenheid heeft zich nog niet voorgedaan.'

'Ik wens u veel succes', zei Van Den Eede vlak.

Bylemans raakte met zijn vingertoppen zijn voorhoofd aan. 'Ik denk dat ge 't niet helemaal goed begrijpt.'

'Toch wel. Gij klimt wat hoger op de ladder en wij zitten met Moerman opgescheept.'

'Ge moet weten dat ik absoluut geen vragende partij ben', zei Bylemans. 'Ik ben heel tevreden met wat ik nu doe. Een bureaujob zegt me niks. Het is Hubert Cauwenberghs die erachter zit.'

Van Den Eede bekeek hem fronsend. 'Wat heeft Cauwenberghs nu met justitie te maken?'

'Niks. Maar hij is wel goed bevriend met iemand bij de Benoemings- en Aanwijzingscommissie van de Hoge Raad. En die heeft ervoor gezorgd dat ik werd voorgedragen.'

'Proficiat. Ik wist niet dat gij bij Cauwenberghs op zo'n goed blaadje stond.'

'Bijlange niet', zei Bylemans. 'Het is hem niet om mij te doen. Hij wil zijn aanhoudster[28] op mijn stoel krijgen, en het gemakkelijkste is natuurlijk om mij weg te laten promoveren.'

'Bedoelt ge dat Moerman en onze directeur-generaal...?' Van Den Eede schoot hardop in de lach.

'Wist ge dat nog niet?'

'Dus dankzij de canapébenoeming van Sandy Moerman vliegt gij straks tegen uw goesting naar het federaal par-

---

28 Vlaams voor 'minnares'.

287

ket', grinnikte Van Den Eede. 'De wegen van justitie zijn ondoorgrondelijk.'

Er verscheen nu toch een listige glimlach op het gezicht van de procureur. 'Tenzij het natuurlijk zou uitkomen dat het om een canapébenoeming gaat...'.

'Zoiets moet ge kunnen bewijzen, hè Thierry.'

Bylemans keek even naar de deur en boog zich toen voorover, alsof hij Van Den Eede deelgenoot van een angstvallig bewaard geheim ging maken.

'Wel, het is juist daarover dat ik het met u eens wilde hebben...' zei hij, bijna op fluistertoon.

In de kamer daarnaast zat Elias naar zijn computerscherm te staren. Gitte, die achter hem passeerde, bleef geschrokken staan. Op de monitor waren foto's te zien van halfnaakte vrouwen met kniehoge leren laarzen en bonkige mannen met maskers.

'Amai, Wim, en dat tijdens de werkuren...'

Elias keek haar over zijn schouder aan. 'Weet ge hoe ik hier terecht ben gekomen?'

'Eigenlijk liever niet', zei Gitte met een ondeugende glimlach.

'Ik heb de naam ingetikt van een van die vrouwen die brieven naar Fréson hebben geschreven. Blijkbaar zijn ze allemaal lid van hetzelfde clubke. De Whiplash.'

'Wat is dat voor iets?' vroeg Tarik.

'Iets wat heel zeer doet...' antwoordde Olbrecht.

'Ja, dat denk ik ook', zei Elias. 'Want het is een sm-club in Schaarbeek.'

'Ik zei toch dat er met die grieten iets lelijk mis was', zei Olbrecht.

'Ze kennen dus niet alleen mekaar, maar waarschijnlijk ook Fréson zelf', meende Gitte.

Tarik wilde weten waar die club precies was.

'In de Hoogvorststraat. Vlak bij het Noordstation.'

'De rosse buurt.'

Olbrecht sprong overeind en nam zijn motorjack van de stoelleuning. 'Komaan, we zijn weg.'

Hij keek naar Tarik, die op zijn beurt naar Elias keek.

'Ja, ga maar', zei die. 'Ik vertel de chef wel waar ge zit.'

Toen ze voorbij de deur van hun commissaris liepen, ging die juist open. Van Den Eede kwam naar buiten met Bylemans, die er bijzonder opgewekt uitzag.

'Ik hoor het dan wel, hè, als het zover is', zei hij, terwijl hij Van Den Eede hartelijk de hand schudde.

Die knikte glimlachend. 'Zijt gerust. Bob De Groof gaat dat met plezier doen.'

Olbrecht kreeg een kameraadschappelijk schouderklopje van Bylemans, en Tarik een knipoog. Met zwierige passen liep de procureur naar het einde van de gang.

Van Den Eede wendde zich tot zijn ondergeschikten. 'Waar gaat ge naartoe?'

'Schaarbeek', zei Olbrecht. 'Wim zal wel uitleggen waarom.'

Ze waren al een paar meter verder toen Van Den Eede Olbrecht terugriep.

'Neem maar iemand anders mee', zei hij. 'Ze gaan in het NICC een ballistisch onderzoek doen en ik wil dat Orhan daarbij is.'

Olbrecht bleef aarzelend staan.

'En op Wim moet ge ook niet rekenen,' zei Van Den Eede, 'want die heb ik hier nodig.'

Rob trok een gezicht alsof hij in iets zuurs had gebeten. Met tegenzin keerde hij op zijn stappen terug. Vanuit de deuropening wenkte hij Gitte. Waarna hij zonder op haar te wachten in de richting van de uitgang liep.

De spoorweg liep vlak naast de Aarschotstraat. Vanuit de voorbijrijdende treinen kon je de prostituees achter hun raam zien zitten. De smalle D'Hoogvorststraat was er een zijstraatje van. Een grote kleurrijke muurschildering met lachende vrouwengezichten liep van de ene in de andere straat door. Vrouwen hadden in deze gore buurt nochtans weinig redenen tot lachen, vond Gitte, die er stilaan gewend aan begon te raken om achter op de Harley te zitten. In de bochten volgde ze soepel de bewegingen van de zware machine, ook al kriebelde het af en toe nog in haar buik.

Ongeveer halverwege het straatje hing een schreeuwerig uithangbord met daarop de naam Whiplash. Olbrecht zwenkte uit naar de stoep. Toen hij afremde, veerde de voorkant van de Harley zacht naar beneden. Met een diep knorrend geluid viel de motor stil. Olbrecht wachtte geduldig tot Gitte was afgestapt. De pothelmen borg hij op in de leren tassen, die hij deze keer zorgvuldig afsloot.

De sm-club was ondergebracht in een huis met twee verdiepingen. De gevel van de benedenverdieping was donkerblauw geschilderd. De rest van de woning had een vaalwitte kleur. De deur zat op slot. Nadat Olbrecht had aangebeld, werd op de eerste verdieping een raam opengetrokken. Een man van een jaar of veertig, in een grijs onderhemd, keek met een nors gezicht op hen neer.

'On est fermé.'

Olbrecht en Meyer toonden met gestrekte arm hun legitimatiekaart.

'Niet voor ons', zei Olbrecht. 'Maak maar dat ge beneden zijt.'

Met een klap sloot de man het raam.

'Wat doen we als hij ons niet binnenlaat?'

'Dat doet hij wel', zei Olbrecht, zonder zijn ogen van de deur af te houden.

Enkele ogenblikken later ging die inderdaad open.

'Alors?'

'On peut entrer?' vroeg Gitte.

'Spreek maar Vlaams', zei Olbrecht. 'Hij zal het wel verstaan. N'est-ce pas?'

De man keerde zich zonder te antwoorden om en ging hun voor naar een kleine bar, waar het naar sigarettenrook stonk. Zwart en donkerrood waren de overheersende kleuren. Tegen de muren hingen allerlei sm-attributen, zoals maskers, handboeien, zweepjes en mondknevels.

'Een middeleeuwse folterkamer is er niks tegen', mompelde Olbrecht.

Er stond een tiental glazen loungetafeltjes met ingebouwde verlichting en daaromheen leren banken.

De man liep naar de bar en schonk zichzelf een Martell-cognac in. Daarna nam hij een afwachtende houding aan.

'Wij willen uw ledenlijst zien', zei Olbrecht.

'Pourquoi?'

'Om te weten wie erop staan, tiens.'

'Impossible.'

Hij draaide het cognacglas een paar keer rond en nam een slok.

'Zoals ge wilt', zei Olbrecht kalm. 'Dan komen we vanavond wel terug, wanneer het hier wat drukker is.'

Hij wenkte Gitte en maakte aanstalten om terug naar buiten te lopen.

'Attends', riep de man.

Hij haalde een laptop onder de toog vandaan en ging ermee aan een tafeltje zitten. De computer startte vliegensvlug op. De man raakte met zijn wijsvinger een bestandje aan, dat in Excell was opgemaakt. Een paar seconden later verschenen de namen van de leden op het scherm, met daarnaast een klein fotootje. Het duurde niet lang voordat ze die van de briefschrijfsters hadden gevonden. Olbrecht scrolde naar de f, maar Fréson stond er niet bij. Hij haalde een foto van de ontsnapte crimineel tevoorschijn en liet die aan de man zien.

'Is die hier wel eens geweest?'

De man stak eerst een sigaret op en zoog de rook diep in zijn longen voordat hij naar de foto keek.

'Sais pas.'

'Ja of nee?'

Hij bekeek de foto opnieuw. 'Peut-être.'

'Ja dus', zei Olbrecht, terwijl hij even een blik wisselde met Gitte. 'Wanneer hebt ge hem voor 't laatst gezien?'

De man haalde zijn schouders op. 'Je ne suis pas ici tout le temps, vous savez.'

Gitte raakte met haar vinger het computerscherm aan en scrolde traag door de namenlijst.

'Deze week?'

'Non.' Hij dronk zijn glas cognac in één keer verder leeg.

'Rob, kijk eens.' Gitte wees naar een vage foto van een jonge vrouw met lichtbruin haar dat ze in een staartje droeg.

'Wel godverdomme dat is toch...' Om iedere twijfel weg te nemen keek Olbrecht naar de naam die ernaast stond.

'Ja', zei Gitte. 'Dat is Betty De Jong.'

Het gaf Orhan Tarik een vreemd gevoel om na al die tijd terug te keren naar de plaats waar hij als forensisch onderzoeker zijn carrière bij de federale politie was begonnen. Het langwerpige gebouw van het NICC lag aan de Vilvoordsesteenweg, vlak bij het Kanaal van Willebroek. Toen hij er binnenging, liep hij meteen door naar de afdeling Mechanische Ballistiek.

Filip Meersman, doctor in de fysica, had een amper zichtbaar ringbaardje met snorretje en een wijkend voorhoofd.

Zijn grijzende haar kleefde als een toupetje plat tegen zijn schedel. Hij droeg een bril met een zwaar montuur. Rond zijn ogen had hij lachrimpeltjes.

'Orhan! Dat is lang geleden.' Ze drukten elkaar enthousiast de hand. 'Nog geen spijt dat ge hier weg zijt gegaan?'

'Nu ik u terugzie wel een beetje', zei Tarik glimlachend. Hij keek om zich heen. Toen hij in de hoek de nieuwe werkplek zag staan waarop twee computers en een grote microscoop stonden, floot hij bewonderend. 'Is dat nu het fameuze IBIS-systeem?'[29]

'Dat is het', zei Meersman trots. 'Kostprijs: 800.000 euro.'

'Ze hebben bij justitie zeker de lotto gewonnen. Als wij indertijd iets vroegen, dan was er nooit geld voor.'

'Dat hebben we aan de Bende van Nijvel te danken', zei Meersman. 'Als we dat computersysteem toen hadden gehad, dan zouden we veel rapper een link hebben kunnen leggen tussen al die verschillende overvallen. Nu is dat pas veel later gebeurd, door het Bundeskriminalamt in Wiesbaden. De parlementaire commissies die zich over het doodgelopen onderzoek hebben gebogen, hebben eindelijk ingezien wat wij al lang wisten. Dat er dringend een nationale ballistische gegevensbank moest komen.' Hij liep naar de werkplek. 'In Nederland hebben ze al 25 jaar zo'n toestel.'

'Het ziet er in ieder geval indrukwekkend uit.'

Meersman wees naar de rechter computer. 'Dat is wat we het DAS-systeem[30] noemen. Via die microscoop nemen we 3D-foto's van kogels of hulzen, die dan in de database worden ingevoerd.' Hij ging naar de tweede computer en gaf een voorzichtig klopje op de monitor. 'En dit is het SAS-sys-

---

29 Integrated Ballistic Identification System.
30 Data Acquisition Station.

teem.[31] Hiermee kunnen we, automatisch of manueel, nagaan of er al dan niet een match is tussen verschillende specimens. Dat gebeurt via ingewikkelde algoritmes, die een vergelijking maken tussen stootbodem- en uitwerpsporen en slagpinindrukken.'

'Ik ben ook onder de indruk', zei Tarik. 'Als ik het goed begrijp, dan kunt ge 't vergelijken met het AFIS-systeem,[32] om vingerafdrukken te identificeren?'

'Inderdaad. De basistechniek is precies dezelfde.'

'En wat is er met de vergelijkingsmicroscoop gebeurd?'

'Die is naar hiernaast verhuisd', zei Meersman. 'Af en toe gebruiken we hem nog wel eens.'

Hij ging aan de SAS-computer zitten en drukte op een paar toetsen.

'De kogel die ze in Sint-Gillis hebben gevonden was wel serieus beschadigd, maar nog bruikbaar.' Zijn vingers gingen bliksemsnel over het toetsenbord. 'Voilà, hier hebt ge hem.' Op het linkerdeel van het scherm verscheen de afbeelding van het projectiel. 'En dit is de kogel waarmee die tandarts is vermoord.' Na enkele toetsaanslagen werd het rechterdeel van het scherm gevuld met een tweede foto. 'En nu zullen we eens kijken wat het systeem erover zegt.' Hij drukte opnieuw een paar toetsen in.

Onder aan de monitor verscheen de mededeling dat beide projectielen 'met grote waarschijnlijkheid' uit hetzelfde wapen kwamen.

'Voilà.'

'Dat is fantastisch! Vroeger deden wij daar dagen of soms weken over.'

'Ze moeten het natuurlijk wel willen gebruiken', zei Meers-

---

31 Signature Analysis Station.
32 Automatic Finger Identification System.

man met een veelbetekenende blik. 'Ge weet dat het gerecht niet verplicht is om met ons samen te werken. Als ze dat willen, dan kunnen onderzoeksrechters en procureurs nog altijd externe experts aanstellen. Ook al gaat er op die manier veel tijd en informatie verloren.' Hij nam zijn bril vast en begon hem zorgvuldig met een doekje op te poetsen. 'Maar als ge daar iets van durft zeggen, dan staan ze natuurlijk direct op hun achterste poten. Schending van de scheiding der machten, inmenging in het gerechtelijk onderzoek, enzovoort.'

'En dan maar klagen dat ze te weinig middelen hebben', zei Tarik.

Meersman hield zijn bril met gestrekte arm voor zijn ogen om te zien of de glazen helemaal schoon waren. 'Het systeem heeft trouwens nog iets interessants opgeleverd.' Hij plaatste zijn bril terug op zijn neus. 'Een *cold hit*.'

'En dat betekent?'

'Dat betekent dat er met dat wapen al eerder een misdrijf werd gepleegd', zei Meersman. 'Een dat niet of slechts gedeeltelijk is opgelost.'

'Waar hebben we het dan over?'

'Moord.' Meersmans vingers ratelden opnieuw over het toetsenbord.

Op het scherm verscheen een derde afbeelding van een kogel, met daaronder allerlei technische informatie.

'Begin 2000 is er zo goed als zeker met datzelfde wapen, dat tot hiertoe nooit werd gevonden, in Anderlecht een nachtwaker doodgeschoten.'

Tarik hield even zijn adem in. 'Zou het kunnen dat het om een Colt Mustang Pocketlite gaat?'

Meersman dacht na en knikte dan.

'Gezien het kaliber, 9 mm kort, is dat best mogelijk, ja.'

Mark Van Den Eede zat aarzelend met zijn gsm in zijn hand. Informatie inwinnen over een collega, en nog wel achter diens rug, was eigenlijk not done. Maar hij vond dat hij in dit geval geen keuze had. Hij toetste het nummer in van Guy Luyten, die hem na zijn vertrek bij het SIE was opgevolgd als commandant.

'Met Luyten', klonk het zakelijk.

'Dag, Guy. Mark Van Den Eede hier.'

'Mark, godverdomme! Hoe is 't met u?'

'Goed. Maar druk.'

'Dat zal wel', lachte Luyten. 'Er gaat tegenwoordig geen week voorbij of ze laten er ergens een paar ontsnappen. Ge vraagt u af of er nog sloten op die celdeuren staan.'

'Dat doen ze speciaal voor ons, hè Guy. Anders zaten wij zonder werk.'

Toen Luyten was uitgelachen, vroeg hij wat hij voor Van Den Eede kon doen.

'Het ligt een beetje delicaat. Ik weet dat gij destijds nogal goei connecties had bij de lokale van Halle. Eind 1999 heeft daar een zekere Gitte Meyer, die nu voor ons werkt, stage gelopen bij de dienst Interventie. Na een half jaar heeft ze om onduidelijke redenen haar overplaatsing naar de federale aangevraagd en ook direct gekregen. Maar eerst heeft ze nog een dag of tien thuis gezeten met ziekteverlof.'

'Wat wilt ge weten?' vroeg Luyten bereidwillig.

'Ik ben er natuurlijk niet zeker van, maar ik vermoed dat er daar in Halle iets moet zijn gebeurd. Zoudt gij eens discreet kunnen informeren?'

'Is dat alles?' vroeg Luyten.

Aan de manier waarop hij het vroeg, kon Van Den Eede horen dat hij stond te glimlachen.

'Dat is alles', zei Van Den Eede.

'Komt gij nog wel eens bij de Liermolen over de vloer?'

'Dat is nog niet zo lang geleden. Waarom?'

'Staat Martine nog achter de toog?'

Van Den Eede herinnerde zich dat Luyten destijds een oogje op haar had. Maar toen was ze nog getrouwd.

'Ja, en ze ziet er nog altijd even stralend uit.'

'Ik zorg voor uw informatie', zei Luyten, 'en gij trakteert mij een Grimbergen in de Liermolen. Afgesproken?'

'Afgesproken!'

Terwijl Van Den Eede glimlachend zijn mobieltje wegborg, kwam Elias binnen.

'Ik heb het verslag van die huiszoeking bij Betty De Jong eens goed bekeken', begon hij. 'Volgens mij hebben ze niet heel die woning onderzocht.'

'Hoezo?'

'Ge weet dat Rob en ik daar ook zijn geweest, hè?'

Van Den Eede knikte.

'Dat huis is op een schuine ondergrond gebouwd.' Hij liep naar het whiteboard, nam een stift en begon een schets te tekenen. 'Dit is de oprit, dan hebt ge de hal, hier is de woonkamer en daarachter ligt het terras. Toen wij er waren, lag het onder dat terras vol rommel.' Hij arceerde de ruimte die tussen de ondergrond en de benedenverdieping moest zitten. 'Wat is er daar? In het huiszoekingsverslag van Daamen staat daar niks over te lezen.'

'Dat is een heel goeie vraag, Wim.' Van Den Eede keek geïnteresseerd naar de ruwe schets. 'Van Moerman gaan we zeker geen nieuw huiszoekingsbevel krijgen. We zullen het dus zonder moeten doen...'

'Nog iets gehoord van de anderen?'

'Ja', zei Van Den Eede. 'Betty De Jong is blijkbaar aangesloten bij dezelfde sm-club als waar die briefschrijfsters lid van zijn.'

'Die kennen mekaar dus?'

'Niet noodzakelijk. Maar 't is natuurlijk wel heel toevallig.'

'Ik dacht dat we daar in onze job niet in geloofden', zei Elias glimlachend.

'Wacht tot ge hoort wat Tarik heeft ontdekt', zei Van Den Eede. 'Didier Termeer is blijkbaar doodgeschoten met hetzelfde wapen waarmee indertijd die nachtwaker in Anderlecht is vermoord.'

Elias keek zijn chef met verbazing aan. 'Als dat klopt, dan is de kans groot dat die tandarts niet door Fréson, maar door zijn onbekende helper is omgebracht.'

Van Den Eede knikte. 'Dat kan ook het verschil in MO verklaren. Als we zouden weten wie die Mustang in Sint-Gillis binnen heeft gesmokkeld, dan zou ons dat misschien naar die handlanger kunnen leiden.'

'Ik gok op die vermoorde cipier.'

'Waarom zou een pestkop als Verelst een van zijn slachtoffers helpen ontsnappen?'

'Voor alles is er een prijs', antwoordde Elias.

Van Den Eede trommelde met zijn vingers op zijn bureau. 'Misschien hebt ge gelijk', zei hij nadenkend. 'Wat als Verelst zich had laten omkopen, maar uiteindelijk toch het wapen niet wilde doorgeven?'

'In dat geval had Fréson niet één, maar twee redenen om hem van kant te maken.'

Van Den Eede keek op zijn horloge. 'Voor vandaag is het te laat. Controleer morgenvroeg zijn bankrekening maar eens.'

'Oké.'

Van Den Eede ging weer achter zijn bureau zitten en haalde zijn gsm opnieuw tevoorschijn.

'Wat is 't, gaat gij nog niet naar huis?'

'Direct', zei hij. 'Ik moet nog rap een telefoontje doen.'

Waarna hij het nummer van Bob De Groof intikte.

'Out!'

De hond vloog bliksemsnel overeind en rende in een wijde boog naar de overkant van de weide. Hoewel Van Den Eede het hem al zo vaak had zien doen, bleef het een streling voor het oog om de bordercollie aan het werk te zien. De vijf schapen, die hem al hadden zien komen, gingen dicht bij elkaar staan. Een van hen stak zijn kop boven de andere uit en hield Joppe nauwlettend in de gaten. De hond verdween achter de kleine kudde en begon aan de fetch, te hevig, zoals altijd in het begin, zodat de schapen verschrikt uiteenstoven.

'Lie down!'

Joppe liet zich vallen als een steen. Zijn kop lag plat tegen de grond tussen zijn voorpoten.

'Good boy.'

Van Den Eede leunde ontspannen op zijn zelfgesneden herdersstaf, een tak van een grote vlierstruik die hij met veel geduld helemaal glad had geschaafd en waarin hij vervolgens zijn initialen had gegraveerd. Hier genoot hij geweldig van.

'Come bye.'

Hij liet het commando onmiddellijk volgen door een signaal op het fluitje dat hij om zijn nek had hangen. Het bestond uit twee metalen plaatjes met daartussen een smalle opening. Het had Van Den Eede weken gekost om er iets uit te krijgen wat ook maar een beetje op een fluittoon leek.

Joppe sloop in opperste concentratie met de klok mee door het gras, zijn kop laag tegen de grond, als een roofdier. Hij verloor de schapen geen seconde uit het oog. Van Den Eede wist dat hij in deze situatie het initiatief beter aan de hond kon laten. Joppe draaide in almaar kleinere cirkeltjes om de houtlanders heen, tot hij alle schapen weer netjes bij elkaar had. Het moment voor de fetch was aangebroken.

'Walk on.'

Joppe, die nu achter de schapen stond, begon ze in rechte lijn voor zich uit te drijven. Af en toe, wanneer er eens eentje een uitbraakpoging deed, maakte hij een correctie naar links of naar rechts. De kleine kudde naderde de *fetch*poort.

'Steady.'

Van Den Eede zei het op zo'n rustige toon dat het eigenlijk niet als een echt bevel klonk. Maar de hond hoorde en begreep het wel. Kalm dreef hij de houtlanders door de poort, tot ze op een vijftal meter voor Van Den Eede stonden. Normaal moest Joppe nu met zijn groepje rond zijn baasje draaien en vervolgens aan zijn *drive*[33] beginnen. Daarvoor was er echter geen tijd genoeg meer. Maar misschien lukte het *pennen* nog wel. Van Den Eede liep naar de houten omheining die hij in de wei had getimmerd, en opende het poortje met een koord.

'Away.'

Joppe draaide nu tegen de klok in rond de schapen, tot hij opnieuw op twaalf uur stond.

'Steady, steady. Walk on.'

Met zijn blik dwong de hond de kudde in de richting van de omheining. Van Den Eede hield zijn staf in het verlengde van de geopende poort, om zo de ingangshoek te verkleinen. Hij lette er wel goed voor op dat hij de houtlanders niet aanraakte, want dat was tegen de regels. Toen het laatste schaap veilig en wel binnen was, deed hij de poort dicht en knoopte die vast met het touw. Joppe lag hijgend, met zijn tong ver naar buiten, op de grond.

'That'll do.'

---

33 Hierbij drijft de hond de schapen door twee poorten weg van de *handler* (of begeleider).

De hond kwam kwispelend op hem toegelopen. Van Den Eede streelde hem liefdevol over zijn kop.

'Good boy! Flinke Joppe!'

Bij de voordeur klonk het geluid van een oude schoolbel, die Van Den Eede ooit op een rommelmarkt had gekocht. Dat was het teken dat het tijd was om aan tafel te gaan.

'Komaan, Joppe, we gaan hapjes eten, jongen.'

Met z'n tweeën liepen ze naast elkaar de wei uit. *One man and his dog.*

'Hoe is eigentlijk feitelijk met die Gitte?' vroeg Stijn.

Ze waren juist aan de soep begonnen. Joppe had zijn brokjes al naar binnen gewerkt en lag voldaan in zijn mand.

'Goed. Waarom?'

'Ik denk dat onze Stijn verliefd is op uw nieuwe aanwinst.' Linda gaf een heimelijk knipoogje aan Van Den Eede.

'Die Gitte hebt nog altijd een *vrijerd*, ofwà?'

'Ik zou het echt niet weten, Stijn.'

'Kunt gij eens naar vragen?'

'Gitte is een mooi meisje', zei Linda. 'Maar wel een beetje te oud voor u, niet?'

Stijn klopte opeens zo hard met zijn hand op tafel dat Joppe ervan schrok. 'En toch wilt ik tegen Kerstmis een lief!'

Linda en Van Den Eede wisselden een blik. Ze wisten allebei dat hun zoon nooit een normale relatie zou kunnen hebben.

'In uw klas zitten toch ook mooie meisjes', zei Linda. 'Evy bijvoorbeeld. Die is altijd zo vriendelijk tegen u.'

'Die Evy heb veels te rare ogen!' riep Stijn. 'Die kijk alsof een beetje scheel!'

'Foei, Stijn', zei Linda. 'Zoiets moogt ge niet zeggen.'

'Wat scheelt er met Evy?' vroeg Van Den Eede.

'Een lichte vorm van het downsyndroom', fluisterde Linda. Waarna ze zich weer tot Stijn richtte. 'Maar ik vind ze toch wel knap, met haar lang blond haar. Dat ziet gij toch graag, dacht ik.'

Stijn mompelde iets onverstaanbaars en haalde toen een envelop uit zijn achterzak, die hij aan Van Den Eede gaf.

'Is voor die Gitte', zei hij zonder zijn vader aan te kijken. 'Gij geef morgen af?'

Van Den Eede nam de envelop verbaasd aan. 'Oké, dat zal ik doen.'

'Maar is wel privé, hè! Gij mag niet lezen.'

'Nee, nee', zei Van Den Eede doodernstig. 'Dat begrijp ik wel.'

'Nog iemand wat soep?' vroeg Linda.

Het geluid van de deurbel klonk. Joppe vloog overeind en liep kwispelend naar het raam.

'Verwacht gij nog iemand?'

'Niet dat ik weet.'

Aan de voordeur stond een tamelijk corpulente man in politie-uniform. Hij had kortgeknipt, borstelig haar en een klein, dun snorretje. Waarschijnlijk nog een overblijfsel uit zijn rijkswachtperiode.

'Mark Van Den Eede?'

'Ja.'

'Commissaris Rudy De Meulder. Ik kom in verband met Xavier Lambèrt.'

'Juist, ja. Kom binnen.'

De Meulder veegde uitvoerig zijn voeten voordat hij een stap in de hal zette. Toen ze de huiskamer binnengingen, kwam Joppe enthousiast aangelopen.

'Mand, Joppe.'

De bordercollie bleef staan. Van Den Eede moest het bevel nog eens herhalen, voordat de hond teleurgesteld afdroop. Hij stelde de commissaris en Linda aan elkaar voor.

'Mijn excuses dat ik u tijdens het eten kom storen', zei De Meulder. 'Het zal niet lang duren.'

'En dit is onze zoon, Stijn.'

De Meulder glimlachte beleefd.

Stijn keek hem met een onderzoekende blik aan. 'Wà heb die onder zijn neus?'

De commissaris tastte verwonderd naar zijn bovenlip.

'Nog nooit een snor gezien?' vroeg Linda. 'Wacht maar tot die van u begint te groeien.' Ze kwam overeind. 'Kom, wij gaan naar de keuken. Kijken of de lasagne al klaar is.'

Zuchtend liet Stijn zich van zijn stoel glijden en liep zijn moeder achterna.

'Ik wilt later geen van die viezige haren onder mijn neus!' hoorden ze hem nog zeggen. 'Dà kriebelt veels te veel.'

'Stijn is autistisch', zei Van Den Eede verontschuldigend. De Meulder knikte begrijpend.

Van Den Eede nodigde hem uit om te gaan zitten. 'En hoe is het afgelopen bij Lambèrt?'

'Hij beweert dat hij niks met dat gif te maken heeft.'

'Hij kan al veel beweren. Ge hebt toch een paar van zijn hagelpatronen in beslag genomen, hoop ik.'

'De burgemeester vond dat allemaal nogal ver gaan. Trouwens, dat slakkengif is vrij te krijgen in de handel, dus...'

'Moogt ge dat overal zomaar rondstrooien of in een geschoten duif verstoppen?' onderbrak Van Den Eede hem. 'En sinds wanneer mag een burgemeester zich met een politieonderzoek bemoeien?'

'Dat doet hij ook niet. Hij vroeg zich alleen af of hier niet met een kanon op een mug wordt geschoten.'

'De wet is voor iedereen gelijk. Zelfs voor een burgemeester of voor zijn broer.'

De Meulder knikte instemmend. 'Dat klopt. En daarom moet ik u dringend vragen om in het vervolg uw hond overal aan de leiband te houden.'

Van Den Eede voelde hoe de adrenaline zijn hart begon op te jagen. Als hij niet oplette, werd híj straks nog de beklaagde.

'Ge zijt dus niet van plan om die zaak verder te onderzoeken?'

'Toch wel', antwoordde de commissaris. 'Ik heb de boswachter gevraagd om extra te controleren of de jachtwetgeving wordt nageleefd. Als dat niet het geval is, dan zal er zeker worden opgetreden.'

'Dat is een hele geruststelling', zei Van Den Eede sarcastisch.

De Meulder reageerde daar niet op. Hij kwam overeind en streek met een geroutineerde beweging over zijn haar voordat hij zijn kepie met het insigne van lokale politiecommissaris opzette.

Van Den Eede begreep dat de man hier in uniform aan zijn deur was verschenen om indruk te maken. Een rijkswachter bleef een rijkswachter, ook na de politiehervorming.

'Bon', zei De Meulder. 'Dat was het dan. Ik hoop u hiermee voldoende te hebben geïnformeerd.'

Van Den Eede liep met de commissaris tot aan de voordeur, die hij wijd openhield. 'Bedankt voor uw bezoek', zei hij koeltjes. 'Het was bijzonder verhelderend.'

'Dat is graag gedaan', zei De Meulder met een ambtelijk glimlachje.

Van Den Eede keek de politiecommissaris tandenknarsend na terwijl hij met afgemeten passen naar zijn dienstwagen liep. Hij kon het niet laten om de deur met een klap dicht te gooien.

'Wat kwam die hier eigenlijk doen?' vroeg Linda vanuit de keuken toen hij weer binnenkwam.

'Hij wilde mij laten weten aan wiens kant hij staat', zei

Van Den Eede grimmig. 'Iets waar hij nog spijt van gaat krijgen.'

Vanuit zijn mand lag Joppe zijn baasje met een scheef kopje aan te kijken.

12

Zoals iedere ochtend stipt om acht uur belde Marita Mertens het ziekenhuis om te horen hoe het met haar dochter was. Gaby lag nog altijd in een coma. Moeder Mertens legde traag de hoorn terug op de haak. Het leek wel of het ding kilo's woog. De voorbije nachten had ze weinig of niet geslapen. Niet alleen de zorgelijke toestand van haar dochter, maar ook de vragen wat er met haar was gebeurd en waarom ze, zo kort voor haar vervroegde vrijlating, niet naar de gevangenis terug was gekeerd, bleven door haar hoofd spoken.

Ze schuifelde op haar sloffen naar de keuken en dronk even van haar ondertussen lauw geworden kop koffie. Op het tafeltje hadden de ongelezen kranten, de reclameblaadjes en ongeopende enveloppen zich opgestapeld. Ze haalde de brieven uit het hoopje. De meeste waren zoals gewoonlijk rekeningen. Gas, elektriciteit, telefoon... De reclamefolders smeet ze in de papiermand.

Daarna begon ze de exemplaren van Het Laatste Nieuws vluchtig door te bladeren. De terreuraanslagen in Amerika haalden nog altijd de voorpagina's. Het dodental was inmiddels gestegen. Ze bladerde verder naar het regionale nieuws. De inbraken, diefstallen, ongevallen en plaatselijke criminaliteit.

In het centrum van Hove hadden woensdagnacht vijf jongeren tussen de 15 en 18 jaar, onder wie twee meisjes, een oude man in elkaar geslagen. Ze waren er met zijn portefeuille en horloge vandoor gegaan. Het slachtoffer had een schedelbreuk en verkeerde in kritieke toestand. Van de minderjarige daders waren er diezelfde nacht nog twee opgepakt door de politie. Ze waren de volgende dag voor de jeugdrechter verschenen, die hen naar een gesloten jeugdinstelling had willen laten overbrengen. Maar aangezien daar geen plaats meer was, waren de delinquenten gewoon terug naar huis gestuurd. De oprichting van een groter centrum, in Everberg, zou zoiets in de toekomst onmogelijk moeten maken. Kinderrechtencommissaris Ankie Vandekerckhove had al fel geprotesteerd tegen de geplande uitbreiding van gesloten jeugdcentra. Minderjarigen hadden immers ook rechten en hoorden niet achter tralies thuis. Over de rechten van bejaarde en andere onschuldige slachtoffers van al dat zinloze jonge geweld, had ze blijkbaar geen mening.

Marita Mertens draaide wrevelig de krantenpagina om. Een titel trok haar aandacht: '(Mortsel) Alleenwonende man brutaal vermoord'. Daaronder was een foto van het slachtoffer, een zekere Jos Declerck, afgedrukt. Moeder Allaerts voelde haar hart samenkrimpen. De gejaagdheid waarmee ze begon te lezen, sloeg al vlug om in verbijstering.

In het halletje van de woning van Betty De Jong hing een muffe geur. De woonkamer lag nog flink overhoop na de vorige huiszoeking, door Daamen en zijn collega's. Ook hier was het vochtig en rook het onfris, zoals in de meeste onverwarmde huizen die een tijdje leegstaan.

Voordat ze het huis waren binnengegaan, hadden ze eerst het terras aan de achterkant aan een nauwkeurig onderzoek onderworpen. Daarvoor hadden ze heel wat rommel moeten verplaatsen. Het vermoeden van Elias leek te kloppen. Er moest zich, achter de terrasmuur, een verborgen ruimte onder de woonkamer bevinden. Maar een toegang was nergens te zien, ook niet via de keuken of in de werkkamer.

Olbrecht begon op de laminaatvloer te stampen. Toen hij halverwege het rechthoekige tapijt met bloemenmotieven was, werd het geluid holler. Hij schoof het salontafeltje opzij, greep het vloerkleed bij een hoek vast en trok het weg. Ongeveer in het midden van de kamer bevond zich een luik van een vierkante meter.

'Het ziet ernaar uit dat ze hier iets onder het tapijt hebben geveegd', zei hij.

Hij stak zijn vingers in de uitsparing die boven aan het luik was gemaakt en trok het omhoog. Eronder bevond zich een smalle aluminium trapladder, die naar een donkere ruimte leidde. Olbrecht greep zijn Maglite-lamp en zette die op bundellicht. Hij maakte een halve slag linksom en liet zich door de opening naar beneden zakken, tot zijn voet de bovenste trede van de ladder raakte. Voorzichtig begon hij af te dalen, terwijl Van Den Eede voorovergebogen toekeek. Na twaalf sporten stond Olbrecht op de grond. Het licht van zijn Maglite gleed over kale betonnen muren en bleef hangen bij een houten deur met een hangslot.

Hij riep naar boven of Van Den Eede een breekijzer of een kniptang uit de Rover wilde halen. Even later zag hij hem met een koevoet in zijn hand de ladder afdalen. Olbrecht plaatste het breekijzer tussen het hangslot en de twee ringen waaraan het was bevestigd. Met een dof gekraak vloog de deurstijl kapot. Het slot viel op de grond. Olbrecht duwde de deur open. Binnen was het duister. Hij liet het licht van zijn Maglite door de ruimte schijnen. Wat ze zagen, sloeg hen met verstomming.

In het midden van de kamer bevond zich een metershoge metalen kooi met daarin een drink- en een voedselbakje. Links ervan stond een lage houten bank, waaraan voet- en handboeien waren bevestigd. Rechts van de kooi was een merkwaardig toestel geplaatst, met aandrijfstangen en radertjes. Bij nader inzien ging het om een 'fucking machine', zoals Olbrecht het noemde. Tegen de wanden hingen een andreaskruis en allerlei soorten geselroeden, klemmen, halsbanden, kluisters, duimklemmen, gewichten, hoofdtuigen, knevels, bondagetouwen en latex maskers. Er waren zelfs een zwarte beulskap en een ijzeren muilkorf bij, waardoor de ruimte nog meer op een ondergrondse martelkamer leek. Aan het plafond waren metalen staven en ringen bevestigd, waaraan iemand kon worden opgehesen. In de vier hoeken stonden kandelaars met kaarsen.

'Ik vraag mij af waarom ze nog lid van een sm-club moest worden', zei Olbrecht spottend. 'Ze heeft hier genoeg in huis om de Turkse staatsveiligheid jaloers te maken.'

Van Den Eede bekeek het allemaal met een sombere blik. Het contrast met de saaie Vlaamse doorsneewoonkamer er vlak boven kon moeilijk groter zijn. Onder de deftige kleinburgerlijkheid van dit huis zat een duistere wereld van ziekelijke driften verborgen. Gold dat ook voor de bewoonster zelf?

'En ik vraag mij af wat voor iemand die Betty De Jong eigenlijk is', zei hij, meer tot zichzelf dan tot Olbrecht.

'Momentje,' zei Elias in de telefoon, 'hij komt juist binnen.' Hij dekte de hoorn af met zijn linkerhand. 'Ik heb de big chief voor u aan de lijn.'

'Cogghe?'

Elias knikte.

Van Den Eede nam de hoorn van hem over. 'Hallo, met Van Den Eede.'

'Dag, commissaris. Ik heb daarstraks een telefoontje gehad van de lokale.'

In een flits vroeg Van Den Eede zich af of De Meulder zich om de een of andere reden bij Cogghe was gaan beklagen.

'Hoofdinspecteur Thyssens, van de zone Hekla – dat is Hove, Kontich en nog een paar andere gemeenten – houdt zich bezig met de moord op een alleenstaande man. In het huis van het slachtoffer hebben ze verschillende vingerafdrukken gevonden, waarvan er één een match heeft opgeleverd met een van uw dossiers. Dat van Gaby Allaerts.'

'Hoe heette die man?'

'Jos Declerck. Justus Lipsiusstraat 138 in Edegem.'

'Is er een verband tussen hem en Allaerts?'

'Geen idee. Zo op het eerste gezicht gaat het om roofmoord. Blijkbaar is er de laatste tijd een golf van inbraken in de Antwerpse randgemeenten.'

'Ge weet dat Gaby Allaerts ondertussen terecht is en dat ze in het Stuivenbergziekenhuis ligt?'

Dat wist Cogghe.

'Eigenlijk is het dus geen zaak voor ons meer', zei Van Den Eede.

Daarmee was de hoofdcommissaris het volledig eens. 'Ik wilde het u maar efkens laten weten.'

'Dat apprecieer ik.'

'Alleen spijtig dat ge ze niet wat vroeger hebt gevonden', voegde hij eraan toe. 'Voordat ze de tijd kreeg om iemand te vermoorden.'

Dat was weer typisch Cogghe. In een eerste opwelling wilde Van Den Eede de hoofdcommissaris van repliek dienen, maar hij kon zich inhouden.

'Het is niet altijd even gemakkelijk om iemand te lokaliseren', zei hij. 'We doen ons best.'

'Dat weet ik wel. Maar soms is dat niet genoeg.'

Van Den Eede rondde het telefoongesprek af met een wrang gevoel.

'Klootzak', mompelde hij, terwijl hij de hoorn neerlegde.

'Wat is er?' vroeg Elias.

'Ze verdenken Allaerts ervan dat ze een roofmoord op een alleenstaande heeft gepleegd.'

'Roofmoord?' herhaalde Gitte geschrokken. 'Waarom zou ze zoiets doen?'.

'Omdat ze geld voor drugs nodig had?' antwoordde Van Den Eede, nog altijd uit zijn humeur. 'Weet ik veel.'

'En zijn ze zeker dat zij het was?'

'Ze hebben haar vingerafdrukken gevonden.'

'Alleen die van haar?'

'Nee. Er waren er ook bij die ze niet konden identificeren.'

'Er zijn dus nog andere verdachten?'

'Het enige wat ik zeker weet,' zei Van Den Eede, 'is dat wij er niks meer mee te maken hebben. Gelukkig maar.'

Met dat antwoord nam Meyer, zo te zien, geen genoegen.

'Waar woonde die Declerck?' vroeg Tarik.

'In Edegem. In de Justus Lipsiusstraat.'

Tarik tikte de naam in Google Maps in. Even later verscheen er een plattegrond op zijn scherm.

'Dat is vlak bij de bushalte waar Allaerts is afgestapt.'

Van Den Eede maakte een veelzeggend gebaar.

'En toch moet er een andere verklaring zijn', hield Gitte vol.

'Dat is dan aan iemand anders om die te zoeken.' Van Den Eede zei het op een toon die duidelijk moest maken dat hij het onderwerp als afgehandeld beschouwde.

'Ik heb deze morgen de bankrekening van Danny Verelst gecontroleerd', zei Elias. 'Twee dagen voor de ontsnapping van Fréson heeft hij er cash 1000 euro op gestort.'

'Hebt ge er met zijn weduwe over gesproken?' vroeg Van Den Eede.

Elias knikte. 'Ze heeft er geen idee van waar dat geld vandaan komt.'

'Als het van Fréson zelf kwam, dan blijft de vraag waar hij zo'n som vandaan had.'

'En wie dat pistool aan Verelst heeft gegeven', zei Tarik.

'Degene die bij die schietpartij in Anderlecht was betrokken', zei Olbrecht. 'En dan denk ik in de eerste plaats aan Samaay zaliger.'

'Maar waarom vermoordt hij dan een paar dagen later zijn eigen compagnon?' vroeg Elias.

'Omdat hij het losgeld voor De Jong niet met hem wilde delen?'

'Van Betty De Jong gesproken', zei Van Den Eede. 'Wat als haar verdwijning nu eens niks met Fréson heeft te maken? Maar dat we het moeten gaan zoeken in het sm-wereldje? Misschien is er iets gebeurd in die club waar ze lid van is?'

De anderen keken hem verbaasd aan.

'Vlak bij de mobilhome van Betty haar zus en op de plaats waar het losgeld werd betaald, zijn sporen van dezelfde auto gevonden', zei Gitte.

'Dat klopt', zei Van Den Eede. 'Maar wie zegt dat Fréson ermee reed?'

'Als er iets in die sm-club is gebeurd, dan zou dat inderdaad kunnen verklaren waarom De Jong nog altijd niet terecht is', zei Tarik. 'Maar dan nog moet Fréson ervan hebben geweten. Waarom vroeg hij anders losgeld?'

'Ga nog maar eens praten met die eigenaar van de Whiplash', zei Van Den Eede. 'En als hij niet mee wil werken, dan dreigt ge er maar mee dat we heel zijn kot overhoop halen.'

Tarik knikte. Nog voordat hij kon vragen wie meeging, stond Gitte al naast hem.

De Seefhoek was ooit een typische Antwerpse volkswijk, maar werd nu vooral bewoond door migranten, overwegend Marokkanen. De buurt had haar naam ontleend aan het lokale Seefbier, dat op het einde van de negentiende eeuw in een café op de hoek van de Lange Beeldekensstraat werd getapt. In die straat was, in dezelfde periode, ook het Stuivenbergziekenhuis gebouwd. Een complex van losstaande paviljoenen, met elkaar verbonden door lange gangen, wat de verspreiding van besmettelijke ziekten zoals tbc of de pest moest voorkomen. Het ontwerp leek dan ook wel wat op dat van de gevangenis van Sint-Gillis, die een tiental jaar eerder werd gebouwd.

Toen Orhan Tarik en Gitte Meyer arriveerden, kwam er schuin tegenover de ingang van het hoofdgebouw juist een parkeerplaats vrij. Terwijl Tarik zijn Golf GTI op slot klikte, herhaalde hij nog eens dat hij het allesbehalve een goed idee vond.

'Als de chef erachter komt waar we mee bezig zijn, dan zal er wat zwaaien.'

'Vertel het hem dan niet, hè', zei Gitte. 'Dat is toch simpel.'

Hun gesprek met de eigenaar van de Schaarbeekse sm-club had niks nieuws opgeleverd. De man bleef erbij dat hij Betty De Jong noch Serge Fréson recent in de Whiplash had gezien. Bovendien was er volgens hem nog nooit een ernstig ongeluk in zijn club gebeurd. Wie de afgesproken *safewords* niet respecteerde, vloog er onverbiddelijk uit.

Bij de receptie van het ziekenhuis vroeg Gitte waar ze Gaby Allaerts konden vinden.

De receptioniste tikte de naam in op de netwerkcomputer. 'Die ligt op de afdeling intensieve, kamer 246.'

'Bedankt.'

'U bent wel te vroeg', zei de vrouw achter de balie. 'Bezoek is alleen toegelaten van 14.00 tot 14.30 uur.'

'Geen probleem', zei Tarik. 'Dan komen we later nog wel eens terug.'

Vervolgens liep hij opgelucht terug naar de uitgang.

Gitte bleef echter staan en toonde haar legitimatiekaart. 'Eigenlijk willen we de dienstdoende arts of iemand van het verplegend personeel spreken.'

Tarik liep haar zuchtend achterna. Toen ze op de afdeling kwamen, zagen ze al van ver een politieagent voor de deur zitten. Een behandelend arts was blijkbaar niet beschikbaar op dit uur. Maar als ze dat wilden, konden ze wel even met het afdelingshoofd van het verplegend personeel praten. De vrouw in kwestie kon alleen bevestigen dat er geen verandering was in de toestand van de patiënte sinds haar aankomst in Stuivenberg. Er werd niet voor haar leven gevreesd, maar wanneer en of ze uit haar coma zou ontwaken, bleef een open vraag.

'Krijgt ze wel eens bezoek?' vroeg Gitte.

'Haar moeder komt dagelijks langs.' Het afdelingshoofd keek op haar horloge. 'Ik verwacht haar trouwens ieder moment. Ze is hier gewoonlijk iets vóór het bezoekuur begint.'

Gitte vroeg of het oké was dat ze haar hier opwachtten. Dat was geen probleem.

Tarik zag dat de agent die aan de deur een koffie zat te drinken, zijn kopje neerzette, opstond en in hun richting kwam.

'Kan ik u misschien helpen?'

Gitte identificeerde zich en vroeg of hij al met de moeder van Gaby had gepraat.

De agent schudde van nee. 'Ik zit hier alleen om te controleren wie er langskomt. Meer niet.'

Op dat ogenblik verscheen Marita Mertens om de hoek van de gang. Toen ze Meyer en Tarik bij de politieagent zag staan, versnelde ze haar pas.

'Er is toch niks gebeurd?' vroeg ze, terwijl ze van de een naar de ander keek.

Gitte stelde haar meteen gerust. 'We zouden alleen graag even met u praten. Kan dat?'

Marita knikte onzeker.

Gitte wees naar enkele vrije stoelen die tegen de muur waren gemonteerd. De agent wandelde traag terug naar zijn stoel bij de deur. Tarik vloekte in stilte toen hij hem zijn gsm zag grijpen.

'Hebt ge de voorbije dagen op de een of andere manier contact met uw dochter gehad?' vroeg Gitte.

'Ik zou niet weten hoe', zei Marita. 'De dokters zeggen wel dat ik tegen haar moet praten, maar of ze mij hoort, dat betwijfel ik.'

'Zegt de naam Jos Declerck u iets?'

Het ontging Gitte niet dat Marita Mertens schrok.

'Wie?'

'Jos Declerck.'

'Nee. Nooit van gehoord.'

Toen Gitte haar bleef aankijken, sloeg Marita haar ogen neer en kwam overeind. 'Sorry, maar ik moet naar mijn dochter.'

'Natuurlijk', zei Tarik. 'Wij zullen u niet langer ophouden. Bedankt voor de moeite.'

Waarna hij Gitte met een korte hoofdbeweging wenkte. De agent, die in zijn mobieltje aan het praten was, keek nog altijd in hun richting.

'Ze liegt', zei Gitte, terwijl ze via de trap terug naar de uitgang liepen.

'Ik vraag mij af met wie die flik aan het bellen was', zei Tarik. 'Volgens mij ging het over ons.'

'Hebt ge haar niet zien verschieten toen ik die naam uitsprak?'

'Een reden te meer om te geloven dat haar dochter iets met die moord heeft te maken.'

Daar was Gitte het echter niet mee eens. 'Oké, ze is daar in huis geweest. Maar dat betekent nog niet dat zij ook de dader is. Het klopt gewoon niet.'

'Ze heeft nochtans vijf jaar gezeten voor poging tot moord. Of zijt ge dat misschien vergeten?'

'Dat was uit zelfverdediging. Het feit dat ze in de prostitutie zat en verslaafd was, heeft tegen haar gespeeld. Om maar te zwijgen over haar zogezegd slachtoffer. Steenrijk. En met connecties in de zakenwereld, de politiek én bij het gerecht. Daar moet toch geen tekening bij, hè?'

Toen ze het hoofdgebouw verlieten, keek Gitte op haar horloge. 'Als we ons spoeden, dan kunnen we nog rap langs het huis van Declerck rijden.'

'Vergeet het', riep Tarik. 'Nog in geen honderd jaar!'

Nog geen twintig minuten later stonden ze voor de verzegelde woning in de Justus Lipsiusstraat.

'Ik heb toch gezegd dat we hier niks konden komen doen', zei Tarik.

Uit het huis naast dat van Declerck kwam een vrouw met een boodschappentas naar buiten. In haar andere hand had ze een wandelstok vast.

Gitte liep haar tegemoet en legitimeerde zich. 'Mag ik eens iets vragen over die man die daar heeft gewoond? Heeft u hem goed gekend?'

De vrouw bekeek haar met argwaan. 'Wà zegde?' Ze sprak met een onvervalst Antwerps accent.

'Of u Declerck hebt gekend?' herhaalde Gitte, maar harder.

'De *polies* is nog maar pas bij mij aan de deur geweest.'

'Ik weet het. Maar er zijn nog een paar dingen die we willen controleren.'

Tarik keek gegeneerd naar de overkant van de straat, waar een oude man in een grijze overall bladeren bijeen stond te vegen.

'Wat was uw buur voor iemand?'

De vrouw haalde haar schouders op. 'Ene die graag op z'n eigen was.[34] Dat is 't minste wat ge ervan kunt zeggen.'

'Was u thuis op de avond van de moord?'

De vrouw bracht de hand waarmee ze haar wandelstok vasthad naar haar oor. 'Klapt eens wat harder.'

Gitte wisselde een blik met Tarik, die stond te monkelen.

'De avond van de moord,' riep ze vlak bij het hoofd van de vrouw, 'hebt ge toen iets speciaals gezien?'

'Dat heb ik toch al allemaal verteld', antwoordde ze ongeduldig.

'Dat kan zijn', zei Gitte. 'Maar niet aan mij.'

'Zo rond een uur of acht zag ik zo'n jong ding naar buiten komen. Want ik dacht nog bij mijn eigen: allee, wat krijgen we nu? Normaal kwam daar nooit iemand over de vloer.'

'Hebt ge haar gezicht gezien?'

'Nee, dat niet. Ze droeg een blauw jeansvestje met een lange broek, dat weet ik zeker. En ze had zwart haar.'

Gitte knikte zwijgend. Dit was niet echt wat ze had willen horen. Tarik keek haar veelbetekenend aan.

De man aan de overkant van de straat, raapte een hoopje bijeengeharkte bladeren op en legde dat in een bijna volle kruiwagen. Hij veegde zijn handen af aan zijn overall en slenterde vervolgens op zijn dooie gemak de straat over in hun richting.

'Wat is 't, Jeanne, ze weten u precies wonen tegenwoordig?' Hij droeg een bril met een zwaar montuur en dik-

---

34 Een eenzaat.

ke glazen waarachter zijn ogen onnatuurlijk groot leken.
''t Gaat zeker weer over de Jos?'
'Heeft u hem gekend?' vroeg Gitte.
'De Jos? Die klapte met geen mens.' Hij kwam wat dichterbij. Zijn adem rook naar alcohol. 'Maar ik weet wel waar dat ge de daders moet gaan zoeken.' Hij wees naar een plantsoentje wat verderop. 'Ge moet daar 's avonds maar eens gaan kijken. Dat zit daar vol junkies. Waar of niet, Jeanne?'
'Wablieft?'
'Junkies!' Hij richtte zich weer tot Gitte. 'Van die bruin ventjes. Al maanden hangen die hier rond. Waar ze vandaan blijven komen, Joost mag het weten. En maar profiteren. Dat trekt geld van 't OCMW om niks te doen. Ge moest mijn pensioentje eens zien.' Hij schudde zuchtend zijn hoofd. 'Ik heb al ik weet niet hoeveel keer de flikken opgebeld, maar die labbekakken doen just niks. Hè, Jeanne?'
Jeanne knikte instemmend.
'Volgens mij hebben ze er zelf schrik van. Anders zou ik het ook niet weten, zenne.'
'En u gelooft dat die jongeren iets met die moord te maken hebben?' vroeg Gitte aan de overbuurman, meer uit beleefdheid dan geïnteresseerd.
'Geloven? Mijn kop eraf als 't niet waar is!' Hij begon zich hoe langer hoe meer op te winden. 'Als ze niet oppassen met al die vreemde luizen, hè, dan hebben we hier binnenkort ook prijs, gelijk in Amerika!'
'Groot gelijk', zei Tarik. 'Stel u voor dat ze vandaag of morgen met een gekaapte tweedekker tegen de Boerentoren vliegen. Dat zou wat zijn.'
Gitte schoot hardop in de lach.
De man kneep zijn ogen tot spleetjes en keek Tarik wantrouwig aan. Toen hij zag wie hij voor zich had, schudde hij afkeurend zijn hoofd. 'Is 't al zo ver gekomen, ja.' Hij

keek zijn overbuurvrouw aan. 'Waar gaat dat eindigen, hè Jeanneke? Binnenkort krijgen we nog een tapijtklopper als burgemeester.'

'In ieder geval bedankt voor de tip', zei Gitte flegmatiek.

'We zullen uw klacht zeker doorgeven aan de collega's van de drugsbrigade.'

'En?' vroeg Tarik terwijl ze terug naar de Golf GTI liepen.

'Denkt ge nog altijd dat het Gaby Allaerts niet was?'

Gitte bleef strak voor zich uit kijken. 'Er zijn wel meer vrouwen met zwart haar die jeans dragen.'

Heel overtuigd klonk het niet.

Van Den Eede gooide vloekend de hoorn op de haak. Hij kwam achter zijn bureau vandaan, liep de gang in en trok zonder aan te kloppen de deur van Elias' kantoor open.

'Wist gij dat Meyer en Tarik naar 't Stuivenberg zijn?'

Elias keek hem verwonderd aan. 'Nee. Dat is 't eerste dat ik ervan hoor.'

'Ik vraag hun om nog eens met de eigenaar van die sm-club te gaan praten, en wat doen zij? De moeder van Gaby Allaerts ondervragen.'

'Hoe weet gij dat?'

'Omdat ik daarjuist een kwaaie Sandy Moerman aan de lijn had. De lokale van Antwerpen-Noord, die iemand aan de deur van Allaerts hebben zitten, had haar verwittigd.'

'En hoe weten die zo zeker dat het Gitte en Orhan waren?'

'Dat is niet moeilijk. Die onnozelaars hebben zich gewoon geïdentificeerd.'

Elias probeerde een glimlach te onderdrukken.

'Ja, lach maar. Maar wie mag het altijd gaan uitleggen?'

Van Den Eede wilde de deur weer dichttrekken, maar Elias riep hem terug.

'Ik weet niet of het iets betekent,' zei hij, 'maar ik ontdek hier juist dat Didier Termeer nog een appartement in Zeebrugge had.'

De deur ging nu helemaal open en Van Den Eede kwam binnen.

'In Zeebrugge?'

Elias knikte en wees naar zijn computermonitor. 'Op de derde verdieping van een groot gebouw op de Zeedijk.'

'Dat is waarschijnlijk de Résidence Palace', zei Van Den Eede. 'Als kind ben ik daar met mijn ouders een paar keer op vakantie geweest.'

'Het is misschien vergezocht', zei Elias. 'Maar stel dat Fréson dat op een of andere manier te weten is gekomen.'

Er klonken voetstappen in de gang.

'Ah, daar zullen ze zijn!' riep Van Den Eede strijdlustig. Hij gaf Elias een schouderklopje en zei dat die maar eens moest informeren of het appartement momenteel bewoond was.

Toen hij de deur van Elias' kamer opentrok, zag hij tot zijn verbazing dat het niet Tarik en Meyer waren die daar kwamen aangelopen, maar Olbrecht en Bob De Groof, die enthousiast met elkaar aan het praten waren.

De Groof, hoewel reeds voor in de zestig, maakte nog altijd een energieke en vinnige indruk. Boven op zijn stevige bos grijs haar droeg hij een authentieke stetson. Hij was gekleed in een lange witte regenjas en had een tas over zijn schouder hangen. De Groof had lange tijd bij een bewakingsfirma gewerkt, maar was sinds een aantal jaren als zelfstandige aan de slag gegaan. Hij plaatste niet alleen bewakingscamera's in opdracht van privépersonen en van bedrijven, ook de federale deed vaak een beroep op hem om huiszoekingen of officiële reconstructies vast te leggen en lijkschouwingen te filmen. Van Den Eede en De Groof kenden elkaar al meer dan twintig jaar.

'Hier gaat ge van smullen!' riep Olbrecht breed glimlachend toen ze het kantoortje van Elias binnengingen.

Van Den Eede en De Groof schudden elkaar hartelijk de hand. 'Al goed dat gij af en toe een jobke voor mij hebt', zei De Groof. 'Zo zien we mekaar nog eens.'

Hij drukte ook Elias de hand en zette toen zijn schoudertas voor zich op het bureau. Terwijl hij met enig gevoel voor dramatiek de tas traag openritste, keek hij de anderen met een scheef glimlachje aan.

Olbrecht stond zich ongeduldig te verkneukelen. De Groof haalde een mapje tevoorschijn, waarop hij in grote schuine rode letters 'TOP SECRET' had geschreven. Er klonk gegrinnik. Hij opende het mapje en haalde er een foto uit, die hij demonstratief op het bureau legde. Achter het raam van een restaurant zagen ze Hubert Cauwenberghs zitten. Op zijn tafeltje stond een koelemmer met een fles champagne.

'Bij Chez François op de Baksteenkaai, vlak bij de Vismarkt', zei De Groof. Hij wees naar een tijdbalkje onder aan de foto. '20.15 uur, zoals ge hier kunt zien.' Hij nam een tweede foto uit het mapje en legde die ernaast. 'Tien minuten later.'

Onderzoeksrechter Sandy Moerman, met haar jas nog aan, stond naast het tafeltje en werd op haar wang gekust door de directeur-generaal.

'Wacht maar', riep Olbrecht. 'Het wordt nóg beter!'

'20.35 uur', zei Bob De Groof, terwijl hij een derde foto op het bureau legde, waarop te zien was hoe Moerman en Cauwenberghs toostten en elkaar aankeken als verliefde pubers.

Er volgden nog enkele foto's waarop de twee elkaars handen aanraakten of, over het tafeltje gebogen, hun hoofd vlak bij elkaar hielden. Op eentje was te zien hoe Cauwenberghs teder over het haar van de onderzoeksrechter streek.

'Pas op, want nu maken we een sprong in de tijd', kondigde De Groof aan.

Op de foto's die hij vervolgens aan het rijtje toevoegde, was achtereenvolgens te zien hoe de twee het restaurant verlieten, samen in de auto van Cauwenberghs stapten, wat later Les Citadelles, een rendez-voushotelletje op de nabijgelegen Brandhoutkaai, binnengingen en daar een kamer huurden.

'Voilà, dat was het', zei De Groof. 'De rest laat ik aan uw fantasie over.'

Van Den Eede gaf hem een schouderklopje. 'Goed gewerkt, Bob. Ik ken er ene die blij gaat zijn.'

Zijn humeur was er bij iedere foto beter op geworden. Hij nam zijn gsm en toetste het snelkeuzenummer van Bylemans in.

'Thierry, Mark hier. Den Bob heeft ons juist een paar schoon foto'kes laten zien die u zullen interesseren, denk ik...' Hij knipoogde naar De Groof. De procureur antwoordde blijkbaar iets wat Van Den Eede in de lach deed schieten. 'Oké, ik zal het hem zeggen.' Hij verbrak de verbinding. 'Ge zijt hard bedankt. Hij staat bij u in 't krijt.'

'Goed om weten', zei hij. 'Ge weet nooit wanneer het eens van pas komt.'

Opnieuw klonken er voetstappen in de gang. Even later werd er op de deur geklopt en kwamen Tarik en Meyer binnen.

'Ik ga u laten', zei Bob. 'Ik heb over een halfuur een afspraak met een vrouw die haar halve trouwboek met een man wil laten betrappen.'

'Wacht, ik loop efkens met u mee', zei Van Den Eede. 'Er is misschien nog iets dat ge voor mij kunt doen. Als ge tijd hebt tenminste?'

Ze liepen samen tot op de gang.

'Amai, dat duurde precies zo lang in die sm-club', zei Elias langs zijn neus weg tegen Tarik en Meyer, die elkaar vluchtig aankeken. 'En vóór ge iets gaat verzinnen', voegde hij eraan toe. 'De chef weet ondertussen al waar ge hebt gezeten.'

Tarik slaakte een diepe zucht. 'Wat heb ik gezegd?' zei hij tot Gitte. 'Die flik die daar aan de deur zat, heeft ons erbij gelapt.'

Van Den Eede kwam met een tevreden glimlach weer binnen. In tegenstelling tot wat iedereen had verwacht, barstte hij niet in een tirade uit, maar vroeg of hun gesprek met de eigenaar van de Whiplash nog iets had opgeleverd.

'Nee', zei Tarik. 'Volgens hem hebben ze daar nog nooit een ernstig ongeluk voorgehad.'

'En uw heimelijk gesnuffel?' zei Van Den Eede. 'Hoe zit het daarmee?'

Tarik en Meyer wisselden een blik. Het was Gitte die het woord nam.

'Gaby Allaerts ligt nog altijd in een coma. Haar moeder beweert dat ze nog nooit van Jos Declerck heeft gehoord, maar volgens mij liegt ze.'

Van Den Eede knikte zwijgend.

'We hebben ook met een paar buren van Jos Declerck gesproken', ging ze aarzelend verder, alsof ze verwachtte dat haar chef ieder moment tegen haar zou uitvaren. Hij bleef haar echter afwachtend aankijken. 'Een van hen wees met een beschuldigende vinger naar een groepje migranten dat daar iedere avond rondhangt. Er wordt daar in de buurt de laatste tijd ook veel ingebroken. Waarschijnlijk door junkies op zoek naar geld voor drugs.'

'Een buurvrouw heeft de avond van de moord ook gezien dat er rond een uur of acht een jonge vrouw bij Declerck buitenkwam', zei Tarik. 'De beschrijving die ze gaf, doet aan Gaby Allaerts denken.'

Van Den Eede knikte. Hij was nog altijd de rust zelve. 'Anders nog iets?'

Tarik en Gitte keken elkaar aan en schudden toen tegelijk van nee.

'Oké', zei Van Den Eede. 'Dan wil ik dat ge nu een verslag maakt van wat ge zojuist hebt verteld, en dat ge dat doorstuurt naar hoofdinspecteur Smits, die zich met het moordonderzoek in Edegem bezighoudt.' Hij pauzeerde even om te zien of de boodschap goed was doorgedrongen. 'Wanneer dat gebeurd is, wil ik geen woord meer horen over heel die zaak. Begrepen?'

Tarik knikte, opgelucht dat het hierbij bleef.

'Ik weet wel dat alles tegen haar pleit,' zei Gitte, 'maar toch geloof ik niet dat Allaerts Jos Declerck heeft vermoord.'

Over het gezicht van Van Den Eede gleed een donkere schaduw. Hij keek haar geërgerd aan. 'Drijf het niet te ver, hè Meyer.'

Gitte deed haar lippen van elkaar om nog iets te zeggen. Maar daar bleef het bij.

'Daar zijn we goed van afgekomen', zei Tarik toen ze hun eigen kamer binnenkwamen.

Gitte liep regelrecht naar haar computer en zette die aan.

'Maakt gij dat verslag? Of moet ik het doen?'

'Ik doe dat seffens wel', zei ze, terwijl ze haar jas over de rugleuning van haar stoel hing. 'Ik ga eerst nog iets opvragen.'

Olbrecht en Tarik keken elkaar aan.

'Wat gaat ge opvragen?'

'Het telefoonverkeer van Declerck, van de dagen vlak vóór zijn dood.'

'Maar zijt gij nu helemaal zot geworden!' riep Tarik. 'Hebt ge niet gehoord wat de chef daarjuist zei?'

'Laat ze toch doen', zei Olbrecht. 'Als ze zo graag wil worden ontslagen, waarom zouden wij haar dan tegenhouden?'

Gitte wierp hem een vieze blik toe. Ook Tarik keek hem verwijtend aan.

'Kan ik die nummers niet gewoon via de provider krijgen?'

'Dat kan', zei Tarik. 'Door een minionderzoek. Maar daarvoor hebt ge de toelating van de onderzoeksrechter nodig.'

'Is er echt geen andere mogelijkheid?'

'Toch wel. Via de CTIF.[35] Maar daar moet ge ook een bevel voor hebben.' Hij wisselde opnieuw een blik met Olbrecht. 'Tenzij ge daar iemand kent, natuurlijk', voegde hij er bijna terloops aan toe.

Olbrecht schudde bedenkelijk zijn hoofd. 'Ik dacht dat moslims meer karakter hadden.'

'En kent gij daar toevallig iemand, Orhan?' vroeg Gitte met haar verleidelijkste glimlach.

'Er zit er ene die heel graag pralines lust', zei Tarik. 'In ruil voor een doos Leonidas knijpt die wel eens een oogske dicht.'

Gitte kwam van haar stoel en gaf hem een klinkende zoen op zijn wang. 'Ge zijt een engel!'

'Als hij zo voortdoet,' zei Olbrecht, 'dan zal 't rap een gevallen engel zijn.'

Elias kwam binnen met een kartonnen mapje.

'Ik heb juist het autopsieverslag van Declerck aangekregen.'

Hij haalde enkele geprinte documenten uit de omslag en vier foto's, die hij op het bureau van Gitte Meyer uitspreidde. Het waren close-ups van het hoofd van het slachtoffer,

---

35 Central Technical Interception Facility (de tapkamer van de federale politie).

dat zwaar was toegetakeld met iets wat in het verslag werd omschreven als 'een stomp metalen voorwerp'.

'Ik lees hier nog dat er in de buurt van de fatale *impressie-fractuur*, zoals ze dat hier noemen, een tamelijk oppervlakkig hematoom werd vastgesteld. Een blauwe plek, zeg maar. Dat kan er, volgens de wetsdokter, op wijzen dat het slachtoffer eerst bewusteloos werd geslagen, en pas dan dood werd geklopt. Hij lag toen in ieder geval al op de grond.' Elias keek Gitte van onder zijn wenkbrauwen aan voordat hij verderlas. 'En nu komt het. Het tijdstip van overlijden ligt tussen 18 en 20 uur, vorige maandag.'

'Wat perfect klopt met de getuigenis van die buurvrouw, die Gaby Allaerts bij Declerck heeft zien buitenkomen', zei Olbrecht.

Elias trok een spijtig gezicht. 'Sorry, Gitte. Daarstraks was ik nog aan het twijfelen. Maar nadat ik dit heb gelezen...' Hij raapte de foto's weer bij elkaar, stopte ze samen met het autopsieverslag terug in de kartonnen map en verliet de kamer.

Olbrecht leunde achterover en geeuwde met wijdopen mond. Hij keek op zijn horloge. 'Ik kap ermee voor vandaag.' Hij kwam overeind en trok zijn jas aan. 'Gaat ge nog mee iets drinken, Orhan?'

'Vandaag niet. Ik heb mijn ouders beloofd dat ik mee naar de moskee zou gaan, voor het vrijdaggebed.'

'Dat is waar ook', zei Olbrecht. 'Voor u is 't vandaag eigenlijk zondag.'

'Ik wil wel meegaan', zei Gitte voorzichtig.

'Serieus?'

Gitte glimlachte flauwtjes, wat onzeker over zijn schijnbaar enthousiaste reactie. 'Tenminste, als dat oké is voor u?'

'Natuurlijk', zei Olbrecht inschikkelijk. 'Waarom zou ik er iets op tegen hebben dat gij met Orhan mee naar de moskee gaat?'

De aarzelende glimlach op haar gezicht verdween op slag. Haar neusvleugels begonnen te trillen van woede. In een opwelling greep ze naar het eerste het beste binnen handbereik; een bekertje met koude koffie, dat ze naar Olbrechts hoofd gooide. Een deel van de koffie kwam op zijn linkermouw terecht. De rest droop in donkere strepen van de muur. Gitte liep naar buiten en sloeg de deur keihard achter zich dicht.

'Nu begint ge toch echt te overdrijven', zei Tarik. 'Als ge van zin zijt om zo hatelijk te blijven doen, dan moet gij er misschien maar eens over nadenken om op te stappen.'

Hij wachtte niet op een reactie, maar keerde Olbrecht de rug toe en verliet de kamer. Olbrecht keek hem gelaten na. De triomf die hij zo-even nog had gevoeld, sloeg om in onbehagen. Hij besefte dat hij over de schreef was gegaan. Maar het was sterker dan hemzelf. Hij vroeg zich af hoe dat kwam. De mogelijkheid dat hij, diep vanbinnen, toch nog altijd meer van haar hield dan hij wilde toegeven, kwam even in hem op. Een gedachte die hij snel weer bedolf onder de kwetsende herinnering aan hoe ze destijds uit elkaar waren gegaan.

Op de gang deed Tarik zijn best om Gitte bij te benen. Ze was de kamer van Van Den Eede al enkele meters voorbij, toen de deur ervan openging.

'Gitte, wacht eens efkens.'

Ze bleef staan, maar keerde zich niet meteen om. Van Den Eede zag dat ze met haar rechterhand naar haar gezicht tastte en iets wegveegde. Toen ze bedremmeld op haar schreden terugkeerde, merkte hij dat haar ogen vochtig waren.

'Wat scheelt er?'

'Niks. Laat maar zitten', zei ze zacht.

'Rob heeft zich weer eens van zijn beste kant laten zien', zei Tarik, die erbij kwam staan.

Van Den Eede overwoog om Olbrecht erbij te halen, want dit kon zo echt niet langer. Maar hij deed het niet. In plaats daarvan greep hij in de binnenzak van zijn leren jas en haalde er een envelop uit.

'Ik was het al bijna vergeten', zei hij glimlachend. 'Stijn vroeg of ik dit aan u wilde geven.'

Gitte keek verwonderd naar de envelop, waarop in grote beverige letters 'Voor Giete' stond geschreven.

'Aan mij? Waarom?'

'Geen idee', zei Van Den Eede naar waarheid. 'Ik denk dat ge indruk op hem hebt gemaakt.'

Gitte haalde snuivend haar wipneus op en wreef nog eens met haar vingertoppen over haar ogen. Ze nam de envelop aan en scheurde hem langs de rand voorzichtig open met haar autosleutel. Er zat een briefje in dat wel tien keer was samengevouwen. Toen ze het verkreukelde blad min of meer glad had gestreken, begon ze te lezen.

'Dag Giete', stond er. 'Als wanneer gij nog geen vrijerd hebt dan vraagt ik het officeel aan. Als kan liefst voor kerstmis. Stijn.'

'Wat schrijft hij?' vroeg Van Den Eede, die zijn nieuwsgierigheid niet langer de baas kon.

Gitte liet hem het briefje zien. 'Wat lief.' Ze beet zachtjes op haar onderlip en keek haar chef bezorgd aan. 'Maar wat moet ik daar nu op antwoorden?'

Op het gezicht van Van Den Eede verscheen een brede glimlach. 'Misschien dat ge al een vrijer hebt?'

Terwijl iedereen in de lach schoot, kwam Olbrecht uit de kamer. Toen hij het drietal op de gang zag staan, reageerde hij wat ongemakkelijk. Hij bleef eerst treuzelen, alsof hij iets was vergeten, maar kwam toen met afgemeten passen dichterbij. Zijn jas had hij over zijn rechterschouder geslagen en hield hij nonchalant met één vinger vast.

'Tot morgen', mompelde hij in het voorbijgaan, zonder iemand in het bijzonder aan te kijken.

Van Den Eede riep hem achterna dat hij hem nog even wilde spreken.

Olbrecht bleef staan en keerde zich om. 'Mij? Waarom?'

'Lang zal het niet duren', zei Van Den Eede, op een toon die Olbrecht geen keuze leek te laten. Waarna hij de deur van zijn kamer voor hem openhield.

Olbrecht slaakte een diepe zucht en stapte het kantoor binnen. Hij leek opeens een beetje op een schooljongen die iets heeft misdaan en door de directeur op het matje wordt geroepen.

Gitte keek Tarik ongerust aan. 'Hij zal hem toch niet ontslaan?'

Tarik haalde traag zijn schouders op. 'Ik hoop van niet. Maar als het wel zo is, dan heeft hij het zelf gezocht.'

Mark Van Den Eede wees met een ingehouden gebaar naar een stoel en nam zelf plaats aan zijn bureau. Hij gedroeg zich al even ongemakkelijk als Olbrecht.

'Koffie?'

Olbrecht schudde van nee en wees naar zijn mouw waar een grote bruine vlek op zat. 'Ik heb juist gehad...' Hij deed een halfslachtige poging om te glimlachen.

Van Den Eede deed zelfs die moeite niet en bleef hem somber aankijken. 'Guy Luyten. Zegt die naam u iets?'

'Luyten...?' Olbrecht kneep zijn ogen tot spleetjes terwijl hij nadacht. 'Is dat niet die vroegere collega van u bij het SIE?'

Van Den Eede knikte. 'Hij is mij opgevolgd als commandant.'

Olbrecht keek hem aan, wachtend op het vervolg.

Van Den Eede verschoof enkele papieren op zijn bureau

en schraapte zijn keel. 'Wist gij dat Gitte halfweg 1998 van de ene op de andere dag haar overplaatsing van de lokale in Halle naar de federale heeft aangevraagd?'

Olbrecht trok ongeïnteresseerd zijn mondhoeken omlaag.

'Waart ge toen nog samen?'

'Dat zal dan niet, want ik herinner mij daar niks van.'

'Maar eerst heeft ze nog tien dagen ziekteverlof gekregen.' Van Den Eede vouwde zijn handen samen en ondersteunde zijn kin ermee.

'Zeker te veel liefdesverdriet...' Olbrecht glimlachte sarcastisch.

'Nee, iets veel ergers, vrees ik.'

De spottende uitdrukking op Olbrechts gezicht verdween.

'Omdat ik mij afvroeg of er daar in Halle misschien iets was gebeurd wat die afwezigheid kon verklaren,' ging Van Den Eede verder, 'heb ik aan Guy gevraagd om eens discreet te informeren. Hij kent daar een paar mensen van vroeger.' Hij zweeg.

'Ja, en?' vroeg Olbrecht.

Het leek of zijn interesse nu opeens toch was gewekt.

'Ik weet eigenlijk niet goed hoe ik dit moet zeggen, Rob.' Van Den Eede keek zorgelijk en streek even over zijn rechterwenkbrauw. 'Volgens de huidige commissaris, die indertijd hoofdinspecteur was, is Gitte op een avond, na een personeelsfeestje, op weg naar huis verkracht.'

Olbrecht keek zijn chef onthutst aan. 'Verkracht?' De man die op zijn dooie gemak tegen de steilste rotswanden opklom en met een glimlach op zijn gezicht allerlei halsbrekende toeren uithaalde, zag plotseling lijkbleek. 'Door wie?'

'Misschien heeft Gitte er geen zaak van willen of durven maken', zei Van Den Eede, alsof hij de vraag van Olbrecht niet had gehoord. 'Of waren er niet genoeg bewijzen. Officieel is er in ieder geval niks van terug te vinden.'

'Ik vroeg: door wíé?' Olbrechts handen knepen krampachtig in de armsteunen van de stoel.

'Haar toenmalige stagebegeleider.'

Op het gezicht van Olbrecht verscheen een verbeten trek,
alsof hij pijn had. 'En wie was dat...?'

De woorden dropen als gesmolten ijs tussen zijn lippen
vandaan.

Van Den Eede drukte zijn duim en wijsvinger tegen zijn
gesloten oogleden en maakte enkele masserende bewegingen. Op zijn netvlies verscheen een vuurwerk van dansende
stipjes. Hij liet zijn hand terugzakken en ademde diep in.

'Zijt ge wel echt zeker dat ge dat wilt weten?'

De kleine parking naast het verlichte voetbalveld stond vol
auto's. Er was een training van de jeugdspelers aan de gang.
De voetballertjes slingerden om beurt met een bal aan de
voet tussen een rij verkeerskegels. Gitte, die geen zin had
om een eind hiervandaan, in de een of andere zijstraat, een
vrije plaats te gaan zoeken, liet haar Honda achter in het
midden van de driehoekige parking en liep tot aan het kleine rijtjeshuis met de grijze gevel. Door het raam zag ze dat
de televisie aanstond.

Het duurde eventjes voordat Marita Mertens de deur
opende.

'Sorry dat ik nog zo laat langskom', zei Gitte. 'Maar ik
heb nog een paar vraagjes.'

Marita keek haar aan met rooddoorlopen ogen. Hoewel
ze allesbehalve blij leek met het onaangekondigde bezoek,
deed ze toch een stap opzij.

Gitte liep haar achterna naar de woonkamer, waar zowat
op iedere stoel een kat lag te slapen. Er lag er zelfs een in
de lege fruitmand die op de tafel stond. Marita nam de af-
standsbediening van de tv en schakelde de klank uit. Blijk-

baar was ze naar een aflevering van *Thuis* of van *Familie* aan het kijken. Gitte kon die twee nooit uit elkaar houden. Ze ging voorzichtig naast een dikke zwarte kat zitten, die haar met haar groene ogen achterdochtig aankeek, en staarde met een lege blik naar het scherm, waarop een man en een huilerige vrouw ruzie aan het maken waren. Zonder geluid kwamen hun heftige gebaren en boze gezichtsuitdrukkingen tamelijk belachelijk over.

Gitte begreep niet wat zoveel vrouwen zo aantrok in al die soaps vol uitgemolken intriges. Ze was er nog nooit in geslaagd ook maar één aflevering ervan tot het eind uit te kijken.

'Nog geen verandering in het ziekenhuis?' zei ze om het gesprek op gang te brengen.

Marita schudde zwijgend haar hoofd. Er sprong een mager tijgerkatje op haar schoot, dat ze gedachteloos begon te aaien.

'Ik weet niet of het voor u een troost kan zijn,' ging Gitte verder, 'maar ik geloof nog altijd niet dat Gaby die man heeft vermoord.'

Marita keek haar aan met een lome blik. Haar onderlip begon te trillen. 'Daar ben ik anders niet zo zeker van', zei ze toonloos.

Gitte bekeek haar verbaasd. 'Hoe bedoelt ge?'

Marita nam het katje op haar schoot met twee handen op en zette het voorzichtig terug op de grond. Ze kwam overeind en stapte traag naar een kartonnen doos die naast het televisietoestel stond en, zo te zien, vol nummers van *Dag Allemaal* en *Story* lag. Ze haalde er een exemplaar van *Het Laatste Nieuws* uit, waarin ze begon te bladeren. Toen ze had gevonden wat ze zocht, gaf ze de krant aan Gitte.

'Lees dat dan maar eens', zei ze met een breekbare stem.

De hoofdpijn waarmee Van Den Eede uit de Géruzet was vertrokken en die onderweg naar huis alleen maar erger was geworden, verdween stilaan naar de achtergrond. Tegen Linda, die naast hem liep, had hij niks verteld over zijn gesprek met Olbrecht. Ze leek wel te merken dat er wat scheelde, maar had er tot nog toe niet naar gevraagd. Zwijgend schoof ze haar arm onder die van haar man en drukte zich glimlachend tegen hem aan. Ze hadden afgesproken dat ze vanavond iets zouden gaan eten in de Liermolen. Iets wat ze vroeger wel vaker deden, maar dat er de laatste tijd niet meer van was gekomen.

Joppe en Stijn liepen enkele meters voorop. De bordercollie had een geknoopt touw tussen zijn tanden, waarmee hij Van Den Eede af en toe kwam uitdagen. Een trekspelletje met zijn baas was een van zijn favoriete bezigheden. Van Den Eede liet hem gewoonlijk winnen. Af en toe gaf hij wel het bevel om het touw los te laten, wat Joppe meestal dadelijk deed.

Stijn liep met een lange dunne tak te zwaaien, alsof hij voorop liep in een stoet. Plots bleef hij staan en keerde zich om.

'Gij heb mijn brief afgegeeft aan die Gitte?'

'Natuurlijk', zei Van Den Eede. 'Dat had ik toch beloofd.'

'En wà heb ze gezegd?'

Van Den Eede keek even naar Linda, alsof hij van haar een antwoord verwachtte.

'Ze vond het heel lief van u', zei hij. 'En ze wil zeker vrienden worden.'

Stijn zijn ogen begonnen te schitteren. Zijn neus krulde.

'Is voor de volle waarheid?'

'Ja, dat heeft ze toch gezegd.' Van Den Eede voelde zich niet onverdeeld gelukkig met dat antwoord. Maar wat kon hij anders zeggen?

'Ahá!' riep Stijn, terwijl hij, als een volleerde vendelzwaaier, zijn tak omhoog gooide, weer opving en verderliep.

Van Den Eede zuchtte opgelucht omdat het daarbij bleef. Tegelijkertijd voelde hij een vage droefheid opkomen.

'Vraagt gij u ook soms af wat er met hem moet gebeuren, wanneer wij er ooit niet meer zijn?' vroeg Linda.

'Ja. Maar dat zijn zorgen voor later.'

Hij sloeg zijn arm om haar schouder en trok haar wat dichter tegen zich aan. Het beloofde een mooie avond te worden, die niet mocht worden verpest met zwartgallige gedachten en vooruitzichten. Al moest hij eerlijk toegeven dat hij er ook wel eens wakker van lag.

Toen ze het paadje naar het natuurgebied insloegen, riep Van Den Eede Joppe bij zich. Het begon al te schemeren en hij wilde niet het risico lopen dat hij de hond uit het oog verloor. Terwijl hij de bordercollie aanlijnde, zag hij dat die zijn oren spitste en geconcentreerd naar iets keek. Wat verderop, gedeeltelijk verscholen tussen bomen en struikgewas, stond een ree. Van Den Eede wenkte Stijn en drukte zijn wijsvinger tegen zijn lippen.

'Kijk daar eens', fluisterde hij.

Linda volgde met haar blik de richting waarin hij wees.

Stijn keek ostentatief naar de lucht, waarin een paar hoge, grijze wolken dreven. 'Gij verwacht regen, ofwà?'

'Ssst!'

Toen Linda het kleine hert zag, begon ze vertederd te glimlachen. 'Spijtig dat ik mijn fototoestel niet bij heb.'

Opeens kwam de ree in beweging. Ze ging op haar achterpoten tegen een boom staan en begon aan een twijgje te knabbelen.

'Hela, die eet alsof takken op!' bromde Stijn. 'Boom kunt daar niet tegen!'

Nog voordat Van Den Eede kon reageren, klonk vlakbij een oorverdovende knal. Linda slaakte een luide gil en drukte geschrokken haar handen tegen haar oren. Joppe liet zich plat tegen de grond vallen en bleef daar onbeweeglijk liggen. Stijn keek opnieuw naar de dreigende wolken. De ree was ondertussen weer op haar vier poten terechtgekomen. Ze deed zwijmelend een stapje vooruit, boog haar kop, zette nog een klein stapje en zakte toen ineen. Terwijl ze op de grond lag, deed ze nog een poging om weer overeind te kruipen. Maar in plaats daarvan viel ze op haar zij en begon te stuiptrekken met haar achterpoten. Nog eenmaal hief ze haar kop op. Haar mond ging nog een paar keer open en dicht. Toen was het gedaan.

Van Den Eede bekeek het tafereel met afschuw. In zijn carrière had hij tientallen autopsieën bijgewoond en talloze mensen met schot- of steekwonden gezien. Nooit echter had hij zo veel misselijkmakende weerzin als nu gevoeld. Naast zich hoorde hij hoe Linda begon te snikken. Uit de struiken kwam een hijgende brak tevoorschijn, die aan de dode ree begon te snuffelen. Joppe sprong overeind en begon aan zijn leiband te rukken. Van Den Eede beval hem om weer te gaan liggen. Wat later dook tussen de bomen een man met een geweer op. Hij had een opgeblazen rood gezicht en hijgde al bijna even hard als zijn hond. Toen hij naar de onverwachte toeschouwers keek, herkende Van Den Eede hem meteen. Op een tiental meter bij hem vandaan stond Xavier Lambèrt.

Van Den Eede werd plotseling overspoeld door een golf van haat en razernij. Hij stopte de lus van de leiband in Linda's hand. Die stond met tranen in haar ogen te kijken naar de plaats waar het kadaver lag. Met driftige passen liep hij naar Lambèrt, die over zijn prooi stond gebogen.

'Daar gaat ge godverdomme spijt van krijgen!' brulde Van Den Eede. Hij was buiten zichzelf van woede. 'Deze keer zult ge er zo gemakkelijk niet van afkomen. Dat is stroperij!'

Lambèrt, die zijn geweer tegen een boom had gezet, kwam rustig overeind. Toen Van Den Eede dichterbij kwam, zag hij dat de jager een bandje rond de achterpoot van de ree had gedaan.

'Dag, mijnheer Van Den Eede', zei Lambèrt met een hoofdknikje. 'Op wandel met de familie?'

'We zijn hier aan de rand van een natuurgebied,' zei Van Den Eede, die alle moeite moest doen om Lambèrt niet naar de keel te vliegen, 'en gij loopt hier rond met een geweer en schiet zomaar op reeën!'

'Hoorde ik u daar niks zeggen over stropen?' vroeg Lambèrt, nog altijd de rust zelve.

'Dat hebt ge goed gehoord', zei Van Den Eede. 'Dat schot gaat u geld kosten.'

Lambèrt glimlachte flauwtjes. 'Dat denk ik niet.'

Zijn rechterhand verdween in zijn binnenzak, waaruit hij een opgevouwen vel papier haalde. Van Den Eede keek naar het wapen waarmee de ree was gedood. Het was deze keer geen hagel- maar een kogelgeweer.

'Volgens de WBE mogen we er hier dit jaar veertig afschieten', zei Lambèrt. 'Dit was nummer 37.'

'Wie of wat is de WBE?' snauwde Van Den Eede.

Lambèrt vouwde langzaam het papier open en gaf het aan hem. 'Kijk zelf maar, als ge mij niet gelooft.'

Van Den Eede nam het blad zwijgend aan. Boven aan het document, dat er inderdaad officieel uitzag, stond de naam voluit geschreven. WBE stond voor 'Wildbeheerseenheid', in dit geval die van Grimbergen. Daarnaast was ook het logo van het Agentschap voor Natuur en Bos afgedrukt.

'Als bewijs dat we ons aan het goedgekeurde afschotplan houden, worden alle kadavers gelabeld', legde Lambèrt uit. 'Zodat er zeker niet kan worden gesjoemeld.'

Van Den Eede wist niet wat hem het kwaadst maakte: dat hier mensen rondliepen die, louter voor hun plezier, op zulke prachtige dieren schoten, of het feit dat dit gebeurde met toestemming van de overheid en van een natuurvereniging. Een beetje bedremmeld gaf hij het document terug.

'Reeën, dat kweekt als konijnen', zei Lambèrt. 'Het zou wat worden als we die allemaal lieten rondlopen. Ge zoudt de boeren nogal horen klagen.'

'Boeren klagen altijd.'

Met een ruk keerde Van Den Eede zich om en liep terug in de richting van Linda, die hem zorgelijk stond aan te kijken. Joppe lag rustig naast haar, terwijl Stijn wat verder alweer met takken stond te zwaaien, alsof er niks was gebeurd.

'Kom', zei Van Den Eede. 'We zijn hier weg.'

Hij nam Joppe van Linda over en liep naar de ingang van het natuurgebied, de kortste weg naar de Liermolen. Vanuit zijn ooghoeken zag hij hoe Xavier Lambèrt hen met een monkellachje nakeek.

13

Het gebeurde wel vaker dat het FAST tijdens het weekend gewoon doorwerkte als een zaak dat vereiste of iemand van de leden dat nodig vond. Deze keer was het Wim Elias geweest die iedereen gisterenavond laat nog had opgetrommeld. Hij had contact gehad met de conciërge van de Résidence Palace, die had bevestigd dat het appartement van Didier Termeer momenteel inderdaad al enkele dagen 'was verhuurd', zoals hij het zei. En nog wel aan iemand die erg op Serge Fréson leek. Dus waren ze vanochtend tegen zeven uur allemaal naar de Géruzet gekomen en met de Range Rover naar Zeebrugge vertrokken.

In de auto werd weinig gesproken. Het journaal van half-acht ging nog altijd grotendeels over de bloedige terreuraanslagen in Amerika. De FBI was een grootschalig onderzoek begonnen en minister van Buitenlandse Zaken Colin Powell en minister van Defensie Donald Rumsfeld hadden herhaald dat de Verenigde Staten vanaf nu wereldwijd in oorlog waren met het terrorisme. De Amerikaanse beurzen hadden in een paar dagen tijd een dieptepunt bereikt.

Toen er na het journaal een populair programma met telefoonspelletjes en irriterende rapmuziek begon, schakelde Van Den Eede over naar Radio 3, waar een discussie aan de gang was over een nieuwe door Jan Hoet ingerichte expositie in het SMAK.[36] Van Den Eede zette de radio uit. Begin dit jaar had hij met Linda een tentoonstelling met werk van geestelijk gehandicapten in het Gentse Museum Dr. Guislain bezocht. Daarna waren ze ook nog even in de nieuwe cultuurtempel van Jan Hoet gaan kijken, waar kledingrekken met kleurige sjaaltjes en stapels verroeste kookpotten voor kunst moesten doorgaan. De bizarre, maar wel authentieke verbeeldingswereld van de werken in het Museum Dr. Guislain hadden hem veel meer getroffen dan wat hij in de zalen van het SMAK had gezien. Ook Linda had het bezoek weggegooid geld genoemd.

Gitte, die tussen Tarik en Olbrecht ingeklemd op de achterbank zat, had blijkbaar op een geschikt moment gewacht om over haar avondlijk bezoek aan de moeder van Gaby Allaerts te beginnen.

Van Den Eede bekeek haar met priemende ogen in de achteruitkijkspiegel. 'Godverdomme, Gitte. Wat had ik gezegd?'

'Ja, ik weet het,' zei Gitte schuldbewust, 'maar het is echt niet voor niks geweest.' Ze haalde een opgevouwen krantenartikel uit haar jaszak en spreidde het open. 'Dit gaat over het slachtoffer, Jos Declerck. Marita Mertens had zijn foto herkend. Een jaar of tien geleden, toen Declerck nog als kinesist werkte, was Gaby een tijdje bij hem in behandeling geweest voor een rugblessure.'

Van Den Eede, die ondertussen zijn ogen weer op de weg gericht had, keek opnieuw in zijn achteruitkijkspiegel. 'Die twee kenden mekaar dus?'

'Ja. Na een paar weken viel het haar moeder op dat Gaby stiller werd. Ze zat de hele avond alleen op haar kamer, zogezegd omdat ze zich niet goed voelde, en verwaarloosde

---

36 Stedelijk Museum voor Actuele Kunst in Gent.

339

haar schoolwerk. Ze wilde ook niet meer naar de praktijk van Declerck gaan.'

'Zei ze ook waarom?' vroeg Elias.

Gitte beet zachtjes op haar onderlip en slikte een paar keer. 'Uiteindelijk wel', zei ze met een dun stemmetje. 'Maar het had heel wat moeite gekost om haar aan de praat te krijgen.'

'Laat mij eens raden.' Olbrecht keek somber door het raampje. 'Declerck had het niet bij masseren alleen gelaten.'

Gitte knikte. Gedurende een korte tijd bleef het stil in de auto, alsof het verhaal hier ophield.

'Die viezerik had haar al weken zitten bepotelen. Op een avond had hij haar iets laten drinken waarin waarschijnlijk slaappillen of zo zaten.' Ze ademde opgewonden door haar neus. 'Daarna heeft hij haar verkracht...'

Even was alleen het geronk van de motor te horen.

'De smeerlap', bromde Van Den Eede.

'Haar moeder is daar toch aangifte van gaan doen?' vroeg Tarik.

'Ja, bij de lokale.' Ze snoof minachtend. 'Die hadden haar niet willen geloven. Declerck was in die tijd een graag geziene gast bij de politie. Hij stelde zijn fitnesscentrum af en toe gratis ter beschikking van de flikken. Na veel gezever zijn ze dan toch met Declerck gaan praten. Maar daar is het bij gebleven.'

Elias schudde bedenkelijk zijn hoofd. Olbrecht loerde even naar Gitte, die afwezig voor zich uit zat te kijken.

'Vanaf toen is het met Gaby alleen maar van kwaad naar erger gegaan', zei ze toonloos. 'Ze kreeg allerlei vage klachten, was constant bang, had nachtmerries en werd heel opvliegend. Marita was met haar van de ene naar de andere dokter gelopen, maar dat had allemaal niks uitgehaald. Nadat ze een mislukte zelfmoordpoging had gedaan, heeft ze bijna een maand in de psychiatrie gezeten. Toen ze daar uit kwam, was het helemaal om zeep. Een half jaar later zat ze aan de drugs en in de prostitutie.'

'Als ge dat hoort, dan begrijpt ge haar gewelddadige reactie op die opdringerige klant al een stuk beter', zei Tarik.

Olbrecht had zijn rechterhand tot een vuist samengeknepen, waarmee hij, in gedachten verzonken, tegen de opgeheven palm van zijn linkerhand wreef.

Van Den Eede zocht in zijn achteruitkijkspiegel opnieuw de ogen van Gitte. 'Wat ge nu juist hebt verteld, pleit natuurlijk niet direct in het voordeel van Gaby Allaerts. Dat beseft ge toch wel?'

'Ja, dat besef ik.'

'De vraag is natuurlijk of ze Declerck doelbewust is gaan opzoeken of dat ze hem toevallig op de bus heeft ontmoet', zei Elias.

'Hoe ge 't ook draait of keert, ze heeft wel het recht in eigen handen genomen. Ik kan dat begrijpen, maar aan de andere kant...'

Tariks onuitgesproken woorden bleven als lastige vliegen in de auto rondzoemen.

Iets voor halfnegen draaide de Rover de rotonde vlak bij de Zeebrugse haven op. Al van ver hadden ze het rode dak van de Résidence Palace, met de twee groene koepels zien opduiken. Van Den Eede nam de tweede afslag en reed voorbij het imposante bouwwerk, dat vlak voor het uitbreken van de Eerste Wereldoorlog door de Maatschappij van de Brugse Zeevaartinrichtingen was gebouwd als luxehotel voor reizende zakenlui op de Hamburg-Amerikalijn. In plaats daarvan werden er direct Duitse stormtroepen ingekwartierd.

De Rover sloeg rechts af de Brusselstraat in, tot aan de

wat verder gelegen parking, die vooral door dagjestoeristen werd gebruikt. Van Den Eede vond nog een vrije plaats voor een bakkerswinkel, wat Olbrecht eraan herinnerde dat hij vanochtend geen tijd had gehad om te ontbijten. Voordat ze uitstapten, controleerde Van Den Eede of iedereen zijn kogelvrije vest droeg, gewapend was en handboeien bij zich had. Toen ze waren uitgestapt, herhaalde hij nog eens wat ze onderweg hadden afgesproken: alles moest discreet en zonder risico's verlopen. Als de target niet op een veilige manier kon worden gearresteerd, dan was het beter de zaak af te blazen en op een volgende gelegenheid te wachten. Bij iedere arrestatie stond het FAST er immers alleen voor. Voor hun acties konden ze niet rekenen op de bijstand van het SIE, aangezien ze geen onderzoek deden, maar in de strafuitvoering zaten. Zo had de wetgever het, tegen alle logica in, beslist.

Op de Zeedijk was het omstreeks dit uur nog redelijk rustig. Zeebrugge moest het wat bezoek van toeristen betreft sowieso afleggen tegen het vlakbij gelegen Blankenberge, waar je op ieder moment van de dag over de koppen kon lopen. Op enkele eenzame wandelaars na lag ook het strand er verlaten bij. Een verhuurder van gocarts was op zijn dooie gemak bezig het dekzeil dat over zijn autootjes lag te verwijderen. Blijkbaar verwachtte hij niet meteen regen. Net als de eigenaar van café-restaurant Sea&Sand, die de tafels en stoelen op zijn terras klaar aan het zetten was. Het weer zag er inderdaad niet zo slecht uit voor de tijd van het jaar. Wel waaide er een nogal strakke westenwind, die het kouder deed aanvoelen dan het was.

Vanuit de haven klonk het diepe, sonore geluid van een scheepshoorn, vermengd met het gekrijs van rondcirkelende meeuwen. Het was al enkele jaren geleden dat Van Den Eede hier was geweest. De uitbreiding van de zeehaven, vooral dan de containerterminal, was gigantisch.

Met een beetje heimwee dacht hij terug aan de dagelijkse avondwandelingen op de oude zeepier, met aan de linkerkant het strand en de zee, en rechts de opslagplaatsen, silo's, olietanks en pijpleidingen van de haven, die altijd een teergeur verspreidden. Op het einde van de pier stond een lange, smalle vuurtoren. De 'phare', zoals ze hier zegden. Vanaf die plaats kon je de veerboten van en naar Dover zien voorbij varen. Vooral als het stormde moest je daar uitkijken voor golven die verraderlijk over de dikke muren sloegen. Als het te erg was, werd het laatste stuk van de havendam afgesloten met een traliehekje.

De gevel van de Résidence Palace oogde met zijn vier verdiepingen, twee hoektorens, fronton en erkers nog altijd even indrukwekkend als vroeger. Van Den Eede was benieuwd of dat ook voor de grote hal zou gelden. Toen ze er binnenliepen, leek die echter in niets meer op wat hij zich ervan herinnerde. De bordeauxrode vloerbekleding was vervangen door glanzende tegels en de muren waren nu okerbruin in plaats van wit. Wat wel nog overeenkwam met het beeld dat hij ervan had, waren de brede trap met gestileerde leuning en de open liftkoker achter smeedijzeren hekken.

De conciërge, die rustig zijn krant zat te lezen, keek op toen ze met z'n vijven zijn richting uit kwamen. Van Den Eede schoof zijn legitimatie in de richting van de man, die hem van achter dikke brillenglazen aankeek, en zei dat ze hier waren in verband met 'de huurder' in het appartement van Didier Termeer.

'Mijn collega hier heeft u daar gisteren over opgebeld.'

De conciërge knikte. Hij leek wat overstelpt door de plotselinge aanwezigheid van zoveel politiemensen. Toen Van Den Eede hem een foto van Fréson liet zien en vroeg of hij hem herkende, knikte de man opnieuw.

'Ja, die is hier een paar dagen geleden aangekomen. Hij

had de sleutel van het appartement bij en zei dat hij voor een week had gehuurd. Ik heb hem de weg gewezen en dat was het.'

'Was hij alleen?'

De conciërge dacht even na. 'Voor zover ik mij herinner wel, ja.'

'Ge hebt hem ook daarna niet in gezelschap gezien?' vroeg Elias.

De man haalde traag zijn schouders op, terwijl zijn mondhoeken naar beneden krulden. 'Niet dat ik mij kan herinneren. Het is hier constant een komen en gaan.'

Op dat moment kwam de lift naar beneden. Het ijzeren hek werd met een ratelend geluid opengeschoven en twee kinderen, ieder met een schopje en een emmertje, sprongen joelend tevoorschijn. Het echtpaar dat hen begeleidde, waarschijnlijk hun grootouders, maanden hen aan tot kalmte en geduld. Maar voordat ze het hek goed en wel hadden gesloten, renden de kinderen al naar buiten.

'Heeft u een reservesleutel van het appartement?'

'Normaal wel...' antwoordde de conciërge aarzelend. 'Maar ik weet niet of ik die zomaar mag geven zonder de toestemming van mijnheer Termeer.'

'Mijnheer Termeer is dood', zei Van Den Eede. 'Hij werd deze week bij hem thuis vermoord.'

'Oei! Het spijt mij dat te horen.' De conciërge keek met een professionele glimlach naar de vrouw die daarnet uit de lift was gestapt en nu richting balie kwam. 'Een secondje', zei hij tot Van Den Eede.

De vrouw kwam een verstopte afvoer in de badkamer melden. De conciërge noteerde ijverig wat er scheelde, plus het nummer van haar appartement, en beloofde zo snel mogelijk een loodgieter te sturen. De vrouw bedankte hem, keek nieuwsgierig naar de speurders en liep dan haar man en kleinkinderen achterna. De conciërge trok zijn gezicht opnieuw in een ernstige plooi.

'Het zal u misschien nog meer spijten te horen dat de vermoedelijke moordenaar van Termeer momenteel in dit gebouw logeert', zei Olbrecht.

'Oei!' zei de conciërge weer. De bezorgdheid waarmee hij keek, leek deze keer niet geveinsd.

Van Den Eede stak zijn hand naar hem uit. 'Mag ik dan nu de sleutel?'

'Natuurlijk.' De conciërge trok een muurkastje achter zich open, waarin tientallen sleutels aan haakjes hingen. Na wat zoeken haalde hij er een aan een groen plastic hangertje uit, waarop het nummer 213 stond, en gaf die aan Van Den Eede. Op zijn voorhoofd verschenen diepe rimpels. 'U denkt toch niet dat er gaat geschoten worden, of zo?'

'Hopelijk niet', zei Van Den Eede. 'Zijn de appartementen naast dat van Termeer bewoond?'

De conciërge tikte een paar toetsen op het computerklavier in en keek naar het scherm. 'Alleen nummer 214.'

'Verwittig die mensen dat ze voorlopig binnen moeten blijven.'

De man achter de receptie keek Van Den Eede enkele ogenblikken aan alsof hij zich afvroeg of hij het meende, maar begon toen toch naar het telefoonnummer te zoeken.

'Hoeveel uitgangen voor de gasten heeft dit gebouw?' vroeg Olbrecht.

'Twee.' De conciërge wees naar de hoofdtoegang. 'En een kleinere aan de achterkant van het gebouw.'

'Zijn er dienstingangen?'

De man knikte. 'Ook twee. Maar die zijn normaal op slot.'

Van Den Eede keek zijn collega's aan. 'Iedereen zijn oortje in?'

Ze knikten. Voor alle zekerheid werd nog even de verbinding getest, die via een druk op de *push-to-talk-* oftewel PTT-knop en een *remote speaker-*microfoontje verliep. Dat was op hun kleding aangebracht en ontving en zond uit over de Tetra-portofoon die ze aan hun gordel droegen. Zoals gewoonlijk zouden ze communiceren via *group call* in *half duplex*.[37]

'Gij blijft hier in de hal en houdt iedereen tegen die naar boven wil', zei Van Den Eede tot Tarik. 'De rest gaat met mij mee.'

Tarik protesteerde niet. Terwijl de anderen de treden opliepen, zocht hij een positie op van waaruit hij de lift, de trap en de ingang in één oogopslag kon overzien.

De conciërge greep naar de telefoon en tikte het nummer in van de huurders van nummer 214.

In Van Den Eedes herinnering waren de hoge, lange gangen één grote doolhof, waarin hij, bij regenachtig weer, samen met zijn neefjes meer dan eens verstoppertje had gespeeld. Eén keer hadden ze er zelfs met fietsjes in rondgecrost. Tot ze de toenmalige huisbewaarder bijna tegen zijn benen hadden gereden. De gangen leken hem nu veel smaller en korter dan toen. Was het de blik van een kind of de tijd die alles vervormde?

Voor de deur van appartement 213 bleven ze staan. Terwijl iedereen naar zijn pistool greep, stak Van Den Eede de sleutel in het slot.

'Gij blijft hier wachten', zei hij tot Gitte.

Ze keek hem teleurgesteld aan. 'Waarom?'

'Omdat ik het zeg.' Toen hij de ontgoocheling op haar gezicht zag, voegde hij eraan toe: 'En omdat iemand deze deur moet bewaken.'

---

37 Met dit systeem wordt verhinderd dat meerdere personen tegelijkertijd praten.

Voorzichtig draaide hij de sleutel om en opende de deur op een kier. Olbrecht en Elias stonden links en rechts van hem, ieder met hun wapen in *low ready*. Ze ademden rustig in en uit. Niets wees erop dat ze nerveus of gespannen waren. Van Den Eede duwde de deur langzaam verder open, beducht op piepende scharnieren. Maar alles verliep gesmeerd. Toen er voldoende ruimte was om hen door te laten, knikte hij naar Olbrecht, die als eerste naar binnen ging.

Hij kwam in een T-vormige hal waarin gedempt licht brandde. Tegen de muur hingen enkele zeepanorama's en een oude zwart-witfoto van de haven. Rechtdoor was een halfglazen deur, waarachter Olbrecht de woonkamer vermoedde. Terwijl hij door het geribbelde draadglas probeerde te kijken, sloop Van Den Eede hem achterna. Elias bleef in de deuropening staan, vanwaar hij een goed overzicht had.

Met zijn linkerhand greep Olbrecht de klink vast, duwde die behoedzaam omlaag en opende de deur. De schemerige woonkamer, waarin het buitenlicht werd gefilterd door dunne, lichtkleurige gordijnen, was verlaten. Van de Zeedijk klonk het geluid van spelende kinderen. Olbrecht keek de kamer rond. Door een openstaande deur zag hij een langwerpig keukentje. Op het aanrecht stonden vuile borden en bierglazen. Blijkbaar de afwas van een paar dagen.

Olbrecht drukte de PTT-knop van zijn portofoon in. 'Woonkamer en keuken *cleared*', mompelde hij in zijn microfoontje, dat met een dasspeld op zijn revers was bevestigd.

Hij liep de kamer uit en gebaarde naar Van Den Eede dat ze terug moesten keren. Aangezien er overal kamerbreed tapijt lag, konden ze zich geruisloos voortbewegen. Elias stond hen midden in de hal op te wachten. Met een kort hoofdknikje stuurde Van Den Eede hem naar rechts. Olbrecht sloeg de tegenovergestelde richting in. Dit soort situaties hadden ze in de Géruzet al zo vaak en volgens alle denkbare variaties geoefend dat het bijna een automatisme was geworden.

Gitte stond op de gang gespannen toe te kijken. Voor haar was het de allereerste echte FAST-actie.

Olbrecht sloop tot aan de eerstvolgende deur, waarop in goudkleurige kleefletters het woordje 'Toilet' hing. Hij drukte zijn oor tegen de deur en controleerde vervolgens of het kleinste kamertje inderdaad leeg was. Een tweede deur, enkele meters verder, opende hij eerst op een kier, daarna helemaal. Binnen was het donker. Het rook er muf, alsof de kamer al een tijdje niet meer was gelucht. Het duurde even voordat zijn ogen zich hadden aangepast aan de duisternis. Hij zag een onbeslapen tweepersoonsbed en een toilettafel met spiegel, waarin het licht van de gang weerkaatste.

'Slaapkamer cleared.'

Hij liep terug en zag hoe Elias, aan het andere uiteinde van de gang, een deur opende en op zijn hoede naar binnen ging. Bijna op hetzelfde moment hoorde hij in zijn oortje de code 'double-o-two'. Die betekende dat Elias in de kamer iemand had aangetroffen die níét de gezochte target was. Olbrecht spoedde zich naar de andere kant van de gang. Van Den Eede was ondertussen ook al de kamer binnengegaan, waar ze een vreemde situatie aantroffen.

Op het bed, waarvan het laken en de deken terug waren geslagen, lag een naakte vrouw. Over haar hoofd was een zwarte kap getrokken, waarin ter hoogte van haar neus en mond luchtgaten waren gemaakt. Haar handen waren met touwen vastgebonden aan het hoofdeinde van het bed. Ook om haar enkels zaten koorden, die zo stevig waren aangespannen dat haar benen wijd open werden getrokken. De huid rondom haar vagina was rood en gezwollen, alsof iemand haar herhaaldelijk brutaal had verkracht. Aan de linkerkant van het bed bevond zich nog een deur. Olbrecht liep ernaartoe en greep voorzichtig de klink vast. De deur was op slot.

Elias ging tot bij het bed en schoof de zwarte kap van de vrouw haar hoofd.

Het was Betty De Jong die daar lag. Met wilde heen en weer schietende ogen keek ze naar de gewapende mannen die rondom het bed stonden. Tussen haar geopende lippen puilde een rubberbal, die met een riempje achter haar hoofd op zijn plaats werd gehouden. Haar borsten gingen nu gejaagd op en neer, alsof ze dreigde te stikken en naar adem moest snakken.

Toen Elias zijn hand naar haar uitstak om het slotje van het riempje los te maken, klonk van achter de gesloten deur het geluid van een wc die werd doorgetrokken. Vliegensvlug nam iedereen een positie in. Van Den Eede en Elias drukten zich, ieder aan een kant van de gesloten deur, met hun rug tegen de muur, terwijl Elias zich achter de kleerkast verschool.

Betty De Jong maakte een kreunend, bijna grommend geluid, dat weldra overging in een hoge, langgerekte klagerige toon. Aan de bewegingen van haar arm- en beenspieren te zien deed ze verwoede pogingen om zich los te rukken. Ze probeerde haar hoofd op te heffen en keek almaar in de richting van de deur. Elias gebaarde dat ze zich rustig moest houden, maar dat leek ze niet te zien of te begrijpen, alsof ze verblind was door paniek. Of was zij het die hem iets duidelijk wilde maken?

Vanuit de openstaande deur naar de gang klonk opeens een barse mannenstem die zei dat ze hun wapens moesten neerleggen, of zij ging eraan. Die 'zij', dat bleek Gitte Meyer te zijn. Blijkbaar had Fréson onraad geroken en was hij via een raam of een tweede deur uit de aangrenzende badkamer ontsnapt en was hij op de gang Meyer tegen het lijf gelopen.

Fréson droeg een jeansbroek en een T-shirt, dat hij waarschijnlijk inderhaast achterstevoren had aangetrokken, en was op blote voeten. Zijn arm had hij om Gittes hals geslagen. Als een schild hield hij haar voor zich uit. De loop van zijn Colt Mustang raakte haar linkerslaap.

'Hoe zit het? Komt er nog iets van?'

Van Den Eede aarzelde. Als hij Fréson wilde uitschakelen, moest hij hem vlak onder zijn neus raken, zodat de kogel de hypofyse zou doorboren. In alle andere gevallen was het mogelijk dat de man in een laatste reflex toch nog de trekker overhaalde. Hij besloot dat het risico voor Gitte te groot was, en legde als eerste zijn pistool op de grond. Olbrecht en Elias deden daarna hetzelfde.

'Maak het niet erger dan het al is, Serge,' zei Van Den Eede rustig, 'en laat haar gaan.'

'Kop dicht!' blafte Fréson, terwijl hij zijn wapen op Van Den Eede richtte.

Hij dwong de speurders om zichzelf met hun handboeien aan de buis van de centrale verwarming vast te klikken. Die liep, onder het raam, een tiental centimeter boven de vloer. Toen dat was gebeurd, schoof Fréson, samen met Gitte, achteruit in de richting van de gang. Even nadat ze uit het zicht waren verdwenen, hoorden ze hem de deur van het appartement dichtslaan. Van Den Eede kroop op zijn knieen naar Elias.

'Kunt gij aan mijn portofoon?'

Elias deed een poging, maar kon net niet bij de praatknop.

'Het sleuteltje van mijn handboeien zit in mijn rechterjaszak. Probeer eens of dat lukt.'

Olbrecht had zich niet, zoals de anderen, aan de onderste verwarmingsbuis vastgeklonken, maar aan de verticale die zich ervan afsplitste en naar de radiator liep. Dat gaf hem wat meer bewegingsruimte. Betty De Jong, die alleen haar hoofd heen en weer kon draaien, sloeg Olbrecht met starende ogen gade terwijl hij zich half overeind hees. Hij moest zich in een pijnlijke houding wringen om de portofoon, die hij helemaal links aan zijn riem droeg, te kunnen bereiken. Met de pink van zijn rechterhand slaagde hij erin de PTT-knop in te drukken.

Toen Tarik, die beneden op uitkijk stond, via zijn oortje vernam wat er gaande was, begon zijn hart te bonzen.

'Maak dat ge hier buiten zijt', riep hij tot de conciërge en enkele huurders die aan de receptie stonden toe te kijken. 'Vooruit, weg!' Hij hief zijn arm op en maakte een beweging alsof hij hen zelf naar buiten wilde duwen.

De huisbewaarder kwam achter zijn balie vandaan en nam de nieuwsgierige vakantiegangers mee naar de uitgang.

Tarik ademde een paar keer diep in en uit om zijn hartslag opnieuw wat meer onder controle te krijgen. Het hielp een beetje.

Maar toen zag hij Gitte Meyer traag van de trap komen. Ze liep stijf rechtop en zag lijkbleek. Fréson hield zijn linkerhand, met daarin ongetwijfeld een mes of een pistool, tegen haar rug gedrukt. In zijn rechterhand droeg hij een sporttas. Tarik tastte blindelings naar de praatknop van zijn portofoon.

'Target in zicht. Orders?'

Hij liet de PTT-knop los en hoorde bijna meteen het antwoord van Olbrecht.

'Neutraliseren, als het kan. Uitschakelen, als het moet.'

'Begrepen', fluisterde Tarik.

Gitte en Fréson hadden nog een tiental treden te gaan voordat ze beneden waren. Hoe lager ze kwamen, hoe groter de kans werd dat Fréson hem opmerkte. Ook de hoek van waaruit hij hem kon raken, verkleinde naarmate ze de begane grond naderden.

Tarik ging in de *Weaver stance* staan, zoals Olbrecht hem dat onlangs had geleerd. Hij ademde opnieuw diep in en uit totdat hij het trillen van zijn handen onder bedwang kreeg. De Baby Glock, die geladen 740 gram woog, leek loodzwaar. Tarik wachtte geduldig tot Gitte de laatste trede had bereikt, waar Fréson haar staande hield. Speurend keek hij de hal rond. Het was nu nog een kwestie van seconden voordat hij zijn hoofd in Tariks richting zou draaien. Hij zoog zijn longen barstenvol en hield zijn adem in. De krampachtigheid waarmee hij het pistool al de hele tijd vasthad, verminderde. Zijn rechteroog, het vizier en het hoofd van Fréson vormden één denkbeeldige lijn. Op het moment dat hun blikken elkaar kruisten, aarzelde Tarik niet meer.

Het drievoudige Safe Action-systeem van de Glock werd gedeblokkeerd toen zijn wijsvinger gelijktijdig de *safety switch* en de trekker overhaalde. Met een gasdruk van 2700 bar vloog de roterende kogel in amper 0,0012 seconde door de zeshoekige polygoonloop, waarna hij met een snelheid van circa 300 meter per seconde het pistool verliet en 0,05 seconde later de schedel van Serge Fréson binnendrong. Door de impact sloeg diens hoofd met een knikkende beweging achterover en vervolgens terug naar voren, waarna hij door zijn benen zakte en op zijn rug op de onderste treden neerviel. De Colt Mustang kwam met een kletterend geluid op de stenen vloer terecht, waar hij nog enkele meters verder stuiterde. De heen en weer kaatsende echo van het pistoolschot stierf weg en liet een hoog suizend geluid na in Tariks oren. Hij had een ijl gevoel in zijn hoofd.

Voor het eerst in zijn leven had hij een mens gedood.

'Target uitgeschakeld', zei hij met een kurkdroge stem.

Hij liet de praatknop los en stapte met zijn wapen in de aanslag op Fréson af. De glazige ogen van de gangster waren gefixeerd op het hoge plafond van de hal. Op de trede waarop zijn hoofd lag, vormde zich een donkere bloedvlek. Zijn linkerarm lag in een vreemde hoek onder zijn lichaam gevouwen. Tarik stopte de Glock in zijn holster en ging naar Gitte, die wat verder tegen de muur leunde en met een verdwaasde blik naar het lijk op de trap keek.

'Alles oké?'

Omdat ze niet reageerde, raakte hij haar bovenarm aan. Met een schok leek ze te ontwaken uit een soort trance. Ze knipperde met haar ogen en knikte. Tarik wreef met de rug van zijn hand over zijn voorhoofd, dat kletsnat van het zweet was.

Boven hem klonken haastige voetstappen. Van Den Eede en Olbrecht stormden met hun pistool in de hand de trap af. Toen ze Fréson zagen liggen, vertraagden ze.

Olbrecht kwam dichterbij, bukte zich en drukte twee vingers tegen Frésons hals. Op zijn gezicht verscheen een glimlach.

'Knap schot', zei hij tegen Orhan Tarik, die als een geslagen hond stond te kijken. 'Weeral een smeerlap minder op de wereld.'

Tarik reageerde niet op het commentaar van Olbrecht. Het was alsof alles hier buiten hem om gebeurde. Van Den Eede ritste de sporttas open, die Fréson nog altijd in zijn rechterhand geklemd hield. Die zat vol geldbriefjes.

Op de overloop verschenen Elias en Betty De Jong. Ze droeg een kamerjas en hield zich wankelend vast aan de gietijzeren trapleuning, alsof ze dronken was, of half verdoofd. Toen ze Fréson zag liggen, bleef ze enkele ogenblikken als aan de grond genageld staan. Toen begon ze te gillen en kwam met horten en stoten de trap af. Ze zakte op haar knieën naast de gangster neer, strekte haar handen naar hem uit, maar hield zich in toen ze al dat bloed zag. Snikkend legde ze haar hoofd op zijn borst en begon hem zachtjes over zijn schouder en arm te strelen, alsof ze hoopte dat ze hem op die manier uit de dood kon opwekken. Van een afstand leek het bijna een Bijbels tafereel.

De Refuge in Sint-Andries, een neogotisch gebouw met zadeldaken, gelegen op de kruising van de Zandstraat en de expressweg, was tot voor een paar jaar een vrouwengevangenis. Momenteel bood het complex onder meer onderdak aan een vijftigtal rechercheurs van de federale. Betty De Jong was hiernaartoe gevoerd in afwachting van haar voorlopige overbrenging naar het nieuwe penitentiaire complex wat verderop. Het lijk van Serge Fréson was voor autopsie naar het nabijgelegen Universitair Ziekenhuis overgebracht. In het appartement in de Résidence Palace hadden ze twee vliegtuigtickets gevonden voor een enkele vlucht naar Johannesburg.

'Eindelijk, daar zijn ze', zei Olbrecht met een zucht van opluchting, toen hij Van Den Eede en Elias in de richting van de Rover zag lopen. Samen met Meyer en Tarik was hij op de parking van de Refuge achtergebleven, terwijl de anderen, in het gezelschap van eerstaanwezend inspecteur Van Ackere, Betty De Jong hadden ondervraagd. Eigenlijk behoorde dat niet tot hun opdracht, maar Van Den Eede wilde dit dossier niet afsluiten zonder te weten hoe de vork nu precies in de steel zat.

Olbrecht stapte uit de Rover en keek ostentatief op zijn horloge. 'Amai, dat heeft nogal geduurd, zeg.'

'Voor ons ook', zei Elias. 'Het eerste halfuur kwam er geen verstaanbaar woord uit. Alleen maar gesnotter.'

'Van een ontvoering was dus geen sprake?'

Van Den Eede schudde van nee. 'Eerder van een blinde obsessie. Ze stond gewoon stapelzot van die Fréson.'

'Daar moet ge óók zot voor zijn', merkte Olbrecht op.

'Ze had hem eind '99 leren kennen in die Brusselse smclub', legde Elias uit. 'Liefde op het eerste gezicht, volgens haar.'

'Zij was het dus die hem al die tijd heeft geholpen', zei Gitte. 'En niet Samaay, zoals wij dachten.'

Elias knikte. 'Na zijn ontsnapping, met haar hulp, heeft Fréson een paar nachten bij Vincent Samaay gelogeerd. Maar toen die doorkreeg wat zijn vroegere celgenoot en De Jong van plan waren met Didier Termeer, wilde die stommerik met alle geweld een graantje meepikken van dat losgeld. Het is zijn dood geworden.'

'En Termeer?' vroeg Gitte. 'Wie heeft die vermoord?'

'Zij. Juist zoals die nachtwaker op dat parkeerterrein in Anderlecht.'

'Dat ze Samaay uit de weg hebben geruimd, daar kan ik nog in komen', zei Olbrecht. 'Maar waarom moest Termeer per se dood?'

'Om praktische redenen, zoals ze dat noemde', antwoordde Elias. 'Iedereen die een bedreiging voor Fréson kon betekenen, moest eraan geloven.'

'Ik heb toch van in het begin gezegd dat die saaie tandarts geen partij was voor iemand als Betty', zei Gitte. 'En had ik gelijk of niet?'

'Gij niet alleen', zei Olbrecht. 'Ik vond haar al een *moordgriet* toen ik haar voor 't eerst zag!'

Iedereen, behalve Tarik, begon te lachen.

'Ligt er op den bureau nog een fles *bubbels* in de ijskast?' vroeg Olbrecht. 'Of gaan we ergens in Brugge iets drinken? Ik weet daar een goed café, vlak bij *den Dijver*.'

Bij het FAST hadden ze de gewoonte om iedere belangrijke arrestatie met champagne te vieren.

'Het is eraan te horen dat gij niet moet rijden', zei Van Den Eede, die naar zijn autosleutels greep.

De sfeer in de Rover was heel wat uitgelatener dan vanochtend. Alleen Tarik deed niet mee. Hij zat de hele weg terug naar de Géruzet op de achterbank afwezig door het raampje te staren.

Zondagochtend om kwart voor negen stonden Van Den Eede en Linda met Joppe aan de ingang van HS Nimbly, een hondenschool in de buurt van de vliegclub van Grimbergen waar *agility* werd aangeleerd. Linda stond te bibberen in haar veel te dunne jas. Het was amper tien graden. Stijn had gisterenavond klaar en duidelijk laten verstaan dat hij geen zin had om mee te gaan.

'Waarom niet?' had Linda gevraagd. 'Dat is toch plezant om al die honden te zien springen.'

'Pff, is geen fluit aan te zien. Alle honden kunt toch springen!'

Van Den Eede had hem er nog van proberen te overtuigen dat dit wel iets speciaals was. De honden moesten zo vlug mogelijk, samen met hun begeleider, een parcours met hindernissen afleggen.

'Eigenlijk een soort koers. Wie het rapste is en het minste fouten maakt, heeft gewonnen. Dat is toch spannend?'

Maar Stijn had zich niet laten overhalen. Hoe meer zijn vader had aangedrongen, hoe onverzettelijker hij zich had opgesteld. Tot hij koppig zijn armen voor zijn borst had gekruist en zijn lippen stijf opeen had geperst. Het leek wel een knorrige boeddha, zoals hij daar op de grond tussen zijn speelkaarten zat. Wat ze ook zeiden of vroegen, er was geen woord meer uit gekomen. Van Den Eede, die geen zin had om de zaak op de spits te drijven, had zich er toen maar bij neergelegd dat zijn zoon niet meeging en alleen thuis zou blijven. Het moest er toch ooit eens van komen.

'Maar dan wil ik wel dat ge onmiddellijk stopt met zo kwaad te kijken. Begrepen?'

Met een flauw glimlachje was Stijn uit zijn krampachtige roerloosheid ontwaakt. 'Ik zijt toch al wel flink vooruitgegaan tegen vroeger, hè mama?'

'Waarmee?'

'Tegenwoordig kunt ik zelfs al stil ambras maken!'

Van Den Eede en Linda stonden naast het oefenplein, vlak bij de vliegtuighangars, toe te kijken. Er waren zeker zestig of zeventig honden met hun begeleiders aan het werk, verdeeld over verschillende groepjes. Niet alleen bordercollies, al waren die wel in de meerderheid, maar ook andere rassen: shelties, aussies, cavaliers, zelfs een paar vlinderhondjes, die met een ongelooflijke behendigheid van de ene naar de andere hindernis fladderden.

'Als ge met zo'n klein hondje loopt,' zei Linda, 'dan moet ge nog goed zien waar ge trapt.'

Er kwam een sportief uitziende man met kortgeknipt haar en in een donkerblauw trainingspak op hen afgestapt. Op zijn borstzakje stond de naam van de club gedrukt met daaronder het embleem van een hond die met gestrekte voor- en achterpoten boven een sprong hing.

'Mijnheer en mevrouw Van Den Eede?'

'Dat zijn wij.'

Met een brede glimlach drukte hij eerst Linda en dan Van Den Eede de hand. 'Welkom. Ik ben Patrick Lenaerts, de voorzitter van de club. Ge staat al een tijdje op de wachtlijst, hè?'

'Ja, 't is blijkbaar een populaire sport aan het worden', zei Van Den Eede.

'Zeg dat wel.' Zijn gezicht werd opeens ernstig. 'Er is een paar dagen geleden – helaas, moet ik eigenlijk zeggen – onverwachts een plaats vrijgekomen. De hond van Neeltje, een van onze eerste leden, is plotseling gestorven.' Hij keek Van Den Eede en Linda somber aan. "'s Avonds schijnbaar nog kerngezond. En 's morgens lag hij dood in zijn mand.'

'Verschrikkelijk!' zei Linda. 'Iets met zijn hart, of zo?'

Lenaerts schudde zijn hoofd. 'Volgens de dokter die de autopsie heeft gedaan, was hij vergiftigd.'

'Vergiftigd?' herhaalde Van Den Eede op een toon die Lenaerts geschrokken deed opkijken. 'Weet ge ook waarmee?'

'Een soort slakkengif. Maar vraag me niet hoe het juist heet.'

'Waarschijnlijk metaldehyde', mompelde Van Den Eede. 'Het heeft geen haar gescheeld of onze hond was er onlangs ook mee vermoord.'

Lenaerts boog zich voorover en aaide Joppe over zijn kop. De bordercollie bleef rustig zitten, maar begon meteen te kwispelen. 'Onbegrijpelijk dat er mensen bestaan die zoiets doen.'

'Verdenken ze iemand?'

Lenaerts haalde zijn schouders op. 'Waarschijnlijk weer jagers, hè. Maar bewijs dat maar eens.'

'Is Neeltje hier vandaag?' vroeg Van Den Eede.

'Ik vrees dat het nog een tijdje zal duren voor ze dat over haar hart krijgt. Ze was nog maar pas geselecteerd om met Daïca naar Crufts te gaan. Kent ge dat?'

'Natuurlijk', zei Linda. 'Het mekka van de *agility*!'

Van Den Eede kon het niet laten om verder aan te dringen en vroeg waar Neeltje woonde.

'Dat zal niet zo ver van bij u zijn', zei Lenaerts. 'Ergens achter de Maalbeekvallei.'

Van Den Eede voelde hoe iedere vezel in zijn lichaam om

wraak riep. Het kon toch niet dat die smerige jagers, Lambèrt op kop, ongestraft met zoiets wegkwamen. Alleen omdat de burgemeester – Lambèrts broer – en de politiecommissaris hun de hand boven het hoofd hielden.

'Hoe heet uw hond nu weer?'

'Joppe', zei Linda, zichtbaar opgelucht dat Lenaerts van onderwerp veranderde.

'Hebt ge er al ooit *agility* mee gedaan?'

'Nee', zei Van Den Eede. 'Alleen schapendrijven.'

'Dan is het maar te hopen dat hij seffens niet op twaalf uur gaat staan', zei Lenaerts glimlachend.

Hij nam hen mee naar het terrein, waar de bijna anderhalfjarige Joppe een plaatsje kreeg tussen de beginnende puppy's, in het A-klasje. Van Den Eede voelde zich eerst een beetje belachelijk tussen al dat dartele geweld, en het duurde ook een tijdje voordat hij zijn gedachten kon afleiden van wat hij zojuist van Patrick Lenaerts had gehoord.

Maar Joppe amuseerde zich geweldig. Laveren tussen verkeerskegels, evenwichtsoefeningen op de sporten van een platliggende ladder of door een korte tunnel kruipen – hij vond het allemaal even plezierig, alsof het hier één grote speeltuin was. Alleen het nut van het wachten op de raakvlakken[38] leek hem volledig te ontgaan.

Toen Van Den Eede drie kwartier later het oefenterrein verliet, voelde hij, ondanks de lage temperatuur, het zweet op zijn rug kriebelen.

'Dat zag er precies plezant uit', zei Linda.

'Ja...' Van Den Eede haalde zijn zakdoek tevoorschijn en veegde zijn voorhoofd af. 'Maar misschien moet ik het toch maar bij schapendrijven houden. Daar is het alleen de hond die hard moet lopen...'

---

38 De op- of afloop van een hindernis, die de hond met zijn poten moet raken.

'Kom hier, gij sukkelaar.'

Ze sloeg glimlachend haar arm om zijn schouder, gaf hem een kus en trok hem mee in de richting van de kantine. Joppe liep hen hijgend, met zijn tong scheef uit zijn mond, achterna.

Het was een van die veel te zeldzame momenten waarop Van Den Eede opeens weer besefte hoe goed ze het samen wel hadden.

14

Thierry Bylemans klonk maandagochtend opvallend opgewekt aan de telefoon. Toen Van Den Eede hem vertelde dat ze Fréson helaas niet levend te pakken hadden kunnen krijgen, reageerde de procureur zelfs met een kwinkslag. Volgens hem zaten de gevangenissen toch al overvol. 'En daarbij, ik denk niet dat er iemand een traan zal laten om dat stuk crapuul.'

'Dat weet ik nog zo niet.' Van Den Eede gaf in het kort wat uitleg over de betrokkenheid van Betty De Jong.

'Bonnie en Clyde zijn er niks tegen!' grapte Bylemans, die helemaal weer zijn oude zelf leek. 'Enfin, dat zijn twee strontvliegen in één klap. Onze vriend Daamen zal nogal bonen vreten.'

Van Den Eede reageerde daar niet op en wilde het gesprek al afronden.

'En hij niet alleen, denk ik', ging de procureur verder, waarna hij opeens over Sandy Moerman begon. Die was volgens hem niet langer kandidaat om hem als procureur des Konings op te volgen.

Van Den Eede glimlachte. Hij kon zich moeiteloos het triomfantelijke bolronde gezicht van Bylemans aan de andere kant van de lijn voorstellen.

'Het ziet er dus naar uit dat ik nog een tijdje op post blijf', vervolgde hij. 'En dat ze iemand anders naar het federaal parket zullen moeten sturen om daar tussen vier muren achter een *bureauke* te gaan zitten.'

Van Den Eede hoorde hem zelfvoldaan grinniken. Voor zover hij wist, was de procureur de eerste die zijn eigen bevordering had gesaboteerd en daar nog blij mee was ook.

'Vraag me niet waarom Moerman van idee is veranderd,' zei Bylemans, 'want dat is tamelijk ingewikkeld om uit te leggen. Toch zeker over de telefoon...' Hij schoot nu hardop in een aanstekelijke lach.

'Dat begrijp ik', zei Van Den Eede. 'Ik heb de wegen van justitie altijd nogal ondoorgrondelijk gevonden.'

Bylemans eindigde met te zeggen dat hij in ieder geval niet mocht vergeten om de groeten aan Bob De Groof te doen. In gedachten zag Van Den Eede hem knipogen.

'Komt in orde', zei Van Den Eede. 'En nog eens proficiat met uw misgelopen promotie.'

Toen hij de verbinding verbrak, met de echo van Bylemans' bulderlach nog in zijn oor, dacht hij eraan dat hij nog niets van De Groof had gehoord in verband met zijn tweede verzoek. Even overwoog hij om hem daarover op te bellen, maar er werd aangeklopt en Tariks hoofd verscheen in de deuropening.

'Kunt gij eens efkens komen, chef?'

Terwijl ze samen naar de inspecteurskamer liepen, merkte Van Den Eede dat Tarik zich opnieuw zoals gewoonlijk leek te gedragen. Zaterdagavond had hij niet willen meevieren in de Géruzet, omdat hij onmogelijk het glas kon heffen op de dood van een mens. Misschien was Van Den Eedes voorstel om met een politiepsycholoog te gaan praten wat voorbarig geweest. Tarik verplichten om bijstand te zoeken, zoals ze met hem hadden gedaan na zijn laatste, traumatische actie bij het SIE, zou hij beslist niet doen. Veel baat had hij er immers niet bij gehad.

Toen ze de kamer binnengingen, viel Van Den Eede iets op wat hij niet eerder had gezien. Rob Olbrecht en Gitte Meyer zaten, schijnbaar gemoedelijk, met elkaar te praten. Ze hielden daar echter mee op toen ze hem binnen zagen komen.

Tarik kwam meteen ter zake. 'Het gaat niet over een nieuw dossier, maar over eentje dat we eigenlijk al hadden afgesloten.'

'Fréson?' vroeg Van Den Eede verbaasd.

Tarik schudde zijn hoofd. 'Ik heb daarjuist telefoon gehad van Carl Sibbens, van de drugsbrigade. Om mij te bedanken voor de tip in verband met die junkies die daar iedere avond in de buurt van Jos Declerck zijn huis rondhangen.'

Het ontging Van Den Eede niet dat Gitte haar oren spitste.

'Ze hebben daar vannacht een razzia gehouden en een paar van die gastjes op heterdaad betrapt.

'Ene die aan het dealen was, hebben ze wel meegepakt naar het bureau.' Tarik wierp een blik op een papiertje dat naast zijn computer lag. 'Een zekere Freddy Swaegers.'

Olbrecht, die gedachteloos op een blad zat te krabbelen, hield daar op slag mee op. Hij keek Tarik verbijsterd aan.

'Allemaal goed en wel', zei Van Den Eede. 'Maar wat hebben wij daarmee te maken?'

'Wel, nu komt het', zei Tarik. 'Toen ze de vingerafdrukken van Swaegers in de databank invoerden, hadden ze een match met een van de ongeïdentificeerde afdrukken in de woning van Declerck.'

Gitte keek met grote verwachtingsvolle ogen naar Van Den Eede, die bezorgd een wenkbrauw optrok.

'Oké', zei hij. 'Die Swaegers is daar dus geweest. En dan?' Het klonk nog altijd niet erg geïnteresseerd.

'Er is huiszoeking bij hem gedaan', zei Tarik. 'Hij woont

ergens in een sociale wijk op de Luchtbal in Antwerpen. Het lag er niet alleen vol met drugs, maar ook met gepikte spullen en creditcards, waaronder die van Declerck.'

De uitdrukking op Olbrechts gezicht werd almaar grimmiger. Zijn kaakspieren bewogen zenuwachtig op en neer, alsof hij op het punt stond in een woedeaanval uit te barsten.

'Ze hebben ook een zware, antieke kandelaar gevonden, die zo goed als zeker uit het huis van onze gepensioneerde kinesist komt. Er zaten bloedsporen op, die nog worden onderzocht. Ik verwacht ieder moment de uitslag ervan.'

'Declerck werd met een stomp voorwerp vermoord', zei Gitte, die geen enkele moeite deed om haar opwinding te verbergen. Opnieuw keek ze hoopvol naar Van Den Eede.

Die sloeg zijn armen over elkaar, trok gelaten enkele rimpels in zijn voorhoofd en slaakte een diepe zucht.

'Dat is een zaak waar de lokale volop mee bezig is', zei Cogghe op een toon alsof hij zich alleen al door Van Den Eedes vraag geaffronteerd voelde.

'Waarom zou het FAST zich daarmee bemoeien?'

'Omdat het verband houdt met een van onze dossiers', antwoordde Van Den Eede. 'Dat over Gaby Allaerts, de vrouw die na haar penitentiair verlof niet terug naar de gevangenis is gekeerd en die ervan verdacht wordt...'

'Ik weet wie Gaby Allaerts is', zei de hoofdcommissaris nukkig. 'Het was uw job om ze op te sporen, en dat hebt ge gedaan. Punt, andere lijn. Ik stel voor dat ge nu de collega's hun werk laat doen.'

'Het enige wat ik vraag,' herhaalde Van Den Eede, 'is om erbij te mogen zijn wanneer Swaegers wordt ondervraagd.'

Cogghe ging wat verzitten en begon nerveus met zijn vingers op het bureaublad te roffelen, terwijl hij Van Den Eede van onder zijn wenkbrauwen gewichtig aankeek.

'Bon', zei hij ten slotte. 'Ik zal het bespreken met degene die met de zaak is belast. Maar op één voorwaarde.' Hij stak waarschuwend zijn wijsvinger in de lucht. 'Dat gij u op de vlakte houdt.'

'Natuurlijk', zei Van Den Eede. 'Dat spreekt vanzelf.'

'Merci, Carl', zei Olbrecht. 'Dat blijft toch onder ons, hé?' Hij bedankte de inspecteur van de drugsbrigade nog eens, verbrak toen de verbinding en staarde door het vuile glasraam op de gang. Volgens Carl Sibbens was er geen Jan Olbrecht bij degenen die tijdens de recente drugsrazzia werden verhoord. Toch was hij er nog niet echt gerust op. Voor de derde keer deze ochtend drukte hij op zijn gsm de sneltoets voor het nummer van zijn jongere broer in. Al tweemaal had hij een bericht ingesproken, maar tot nog toe had Jan daar niet op gereageerd. Ook nu bleef de telefoon maar overgaan. Net toen Olbrecht het wilde opgeven, stopte het gerinkel en hoorde hij gestommel.

'Dag, Rob.'

De stem van zijn broer klonk rauw en slaperig.

'Ligt gij nu nog in uw bed?'

"'t Is te zeggen', zei Jan. 'Ik lig nog wel in bed, maar niet in dat van mij...'

Olbrecht hoorde hees gelach, dat al vlug overging in een verschrikkelijke hoestbui. Toen die eindelijk over was, ving hij geritsel van papier op, gevolgd door het klikkende geluid van een Zippo-aansteker.

'Ge zoudt beter wat minder smoren.'

Jan schraapte zijn keel. 'Is 't daarvoor dat ge belt?'

Op de achtergrond klonk een meisjesstem. Daarna een dof geluid.

'Hallo...? Zijt ge daar nog...?'

'Sorry', zei Jan. 'Mijn gsm was gevallen.'

Olbrecht, die er genoeg van kreeg, besloot meteen ter zake te komen. 'Wanneer hebt gij Swaegers voor 't laatst gezien?'

'Wie?'

'Freddy Swaegers.'

Even bleef het stil.

'Dat weet ik niet meer. Waarom?'

'Hebt gij iets te maken met die moord in Edegem?'

'Welke moord?'

'Op die gepensioneerde kinesist.'

'Gij vangt, zeker?'

'Waart gij erbij tijdens die inbraak bij Declerck?'

'Wat zijt gij allemaal aan 't lullen, zeg? Ik weet van geen inbraak.'

Olbrecht besefte dat hij zijn ongeduld had moeten bedwingen. Hij had dit gesprek beter niet via de telefoon vanuit de Géruzet gevoerd, maar had oog in oog met zijn broer moeten staan terwijl hij zijn vragen stelde, zodat hij zijn reacties kon zien.

'We praten hier later nog wel over', zei hij. 'Maar knoop één ding goed in uw oren, hè *broerke*. Als ge er voor iets tussen zit, dan moet ge op mij niet rekenen. Verstaan?'

Nog voordat Jan kon antwoorden, verbrak hij de verbinding en borg zijn gsm weg.

De deur aan het eind van de gang zwaaide open en Willy Daamen kwam met driftige stappen aangelopen. Al van ver riep hij dat hij Van Den Eede wilde spreken.

'Die is er niet.'

Zonder zich iets van Olbrechts antwoord aan te trekken gooide Daamen de deur van Van Den Eedes kantoor open. Er was niemand.

'Zit 'm hiernaast?'

'Ik zei toch dat hij er niet is.'

'Waar dan wel?'

'Dat zijn uw zaken niet.'

Daamen kwam nu vlak voor Olbrecht staan en nam een uitdagende houding aan. 'Hadden wij niet afgesproken dat ge Fréson alleen zou lokaliseren en dat wij hem zouden arresteren?'

'Daar weet ik niks van.'

'Dus vraag ik het nog eens: waar is Van Den Eede?' De deur van Elias' kantoor ging open. 'Wat gebeurt hier?'

'Ik wil uw baas spreken', brieste Daamen.

'Dan zult ge eens moeten terugkomen', zei Elias. 'Want hij is er niet.'

'Dat heb ik al honderd keer gezegd', zei Olbrecht. 'Maar meneer hoort blijkbaar niet goed.'

Willy Daamen, die met kop en schouders boven Olbrecht uitstak, keek hem vanuit de hoogte met een misprijzend lachje aan.

'Luistert gij maar eens goed naar wat ik ga zeggen', zei hij. 'Ik rij nu regelrecht naar de directeur-generaal en zal hem eens haarfijn uitleggen hoe het er hier zoal aan toegaat. Wedden dat ge binnenkort allemaal het verkeer moogt gaan regelen?'

'Doe hem de groeten.' Olbrecht deed een stapje achteruit en boog zijn rechterarm in een hoek van negentig graden.

Tot zijn verbijstering zag Wim Elias hoe Olbrecht met een krachtige vuistslag naar boven uithaalde en Daamen vol onderaan op zijn kin trof. De hoofdinspecteur verloor zijn evenwicht en viel languit op de stenen vloer. Het leek of hij even niet besefte wat hem was overkomen. Toen tastte hij naar zijn kin en kwam wankelend overeind. Met gestrekte arm wees hij naar Olbrecht.

'Daar gaat ge spijt van krijgen', zei hij, trillend van woede. 'Heel dat clubke hier gaat eraan.' Hij zwaaide wild met zijn arm. 'Ik maak u kapot. Hoort ge 't? Kapót!' Hij draaide zich bruusk om en liep met grote passen naar de uitgang.

Toen Olbrecht zich omkeerde zag hij, een paar meter verder, Gitte staan. Onbeweeglijk en met open mond, alsof ze niet kon geloven wat ze juist had gezien.

Het politiebureau van de zone Hekla, in de Prins Boudewijnlaan in Edegem, was een langwerpig gebouw dat was opgetrokken in bruine gevelsteen. Boven de ingang en op de zijkanten prijkte het cirkelvormige logo van de eengemaakte politie: een witte vlam tegen een blauwe achtergrond. Het moest warmte, kracht en vertrouwen in justitie symboliseren.

Nadat Van Den Eede zich had aangemeld, werd hij door een agent meteen naar de verhoorkamer gebracht, waar hoofdinspecteur Herman Thyssens en inspecteur Michel De Vries zojuist met de ondervraging van Freddy Swaegers waren begonnen. Blijkbaar waren de rechercheurs op de hoogte van zijn komst, want toen hij binnenkwam met een mapje in zijn hand, werd hij ontvangen met een formeel hoofdknikje. Thyssens wees naar een lege stoel, waarop Van Den Eede zwijgend plaatsnam. Op de tafel lagen allerlei foto's van voorwerpen die tijdens de huiszoeking bij Swaegers waren aangetroffen.

'Als gij die dingen niet hebt gestolen,' zei Thyssens, 'leg mij dan eens uit hoe ze in uw appartement zijn terechtgekomen.'

Swaegers haalde onverschillig zijn schouders op en stak een reepje kauwgom in zijn mond. 'Ik leen mijn bed wel eens uit aan kameraden. Wat kan ik eraan doen als die achter mijn rug van alles aanvangen?'

Thyssens keek even naar zijn collega, die een aantekening maakte. 'Het zijn dus uw kameraden die die inbraken hebben gepleegd?'

'Dat zal dan wel, hè.' Hij leunde rustig achterover en maakte luide, irriterende smakgeluiden.

'Hoe heten die kameraden?'

Swaegers trok een scheef gezicht, terwijl hij doorging met kauwen. Een smoel om op te kloppen, vond Van Den Eede.

Thyssens haalde een plastic zakje tevoorschijn, waarin een Visa-kaart op naam van Jozef Deckers zat. 'En die hebt ge zeker toevallig ergens gevonden?'

'Hoe kunt ge 't zo raden?'

Thyssens legde de kaart bij de foto's, vouwde zijn handen samen onder zijn kin en keek Swaegers rustig aan. 'Op de avonden dat gij uw bed uitleent, waar slaapt gij dan?'

'In iemand anders zijn bed', antwoordde Swaegers met een vettige grijns. Hij begon met zijn wijsvinger in zijn neus te peuteren, haalde er iets walgelijks uit, waar hij even naar keek alvorens het in zijn mond te steken.

Van Den Eede, die het almaar moeilijker kreeg om zich te beheersen, boog zich voorover en trok het stapeltje foto's naar zich toe.

'Ge zijt gisteren betrapt terwijl ge op straat stond te dealen', hoorde hij De Vries zeggen. 'Er waren zelfs minderjarigen bij. Daar staan zware straffen op, weet ge dat?'

'Ik stond helemaal niet te dealen. Dat was voor eigen gebruik.' Swaegers schoof ongemakkelijk heen en weer op zijn stoel.

'Bijna honderd gram heroïne?'

Swaegers haalde zijn kauwgom uit zijn mond en kneedde die tot een balletje, dat hij vervolgens onder de rand van de tafel plakte. 'Is hier ergens een wc?'

Thyssens slaakte een zucht en gebaarde naar de agente die bij de deur stond.

'Momentje', zei Van Den Eede. Hij schoof de foto van de antieke kandelaar naar het midden van de tafel. 'Waar hebt ge die gepikt?'

Swaegers keek hem aan alsof hij nu pas merkte dat er nog iemand anders in de kamer was. Daarna gleed zijn blik naar Thyssens.

'Wie is dat?'

'Een collega van de federale.'

Hij haalde snuivend zijn neus op en kwam overeind.

Van Den Eede wees met een dwingend gebaar naar de stoel. 'Blijven zitten.'

'Dat ziet ge van hier', zei Swaegers. 'Mijn blaas staat op springen.'

'Zitten, heb ik gezegd!'

Swaegers keek aarzelend naar Thyssens en De Vries, alsof hij hulp uit die hoek verwachtte. Maar toen die niet reageerden, liet hij zich weer op zijn stoel zakken.

Van Den Eede tikte met zijn wijsvinger op de foto. 'Uw vingerafdrukken staan op die kandelaar. Hoe komt dat?'

'Ik zal die thuis toevallig eens hebben aangeraakt.'

'Dat denk ik niet', zei Van Den Eede.

'Denkt wat ge wilt. En mag ik nu gaan pissen?'

Van Den Eede vouwde traag het mapje open dat hij had meegebracht, en haalde er nog een foto van de kandelaar uit, waarop allerlei blauwe vlekken waren te zien.

'Ik kan ook bewijzen dat ge liegt', zei hij.

Nu hij de situatie onder controle kreeg, voelde hij zich almaar rustiger worden. In tegenstelling tot Swaegers, die opnieuw nerveus heen en weer begon te schuifelen.

'Deze foto is gemaakt nadat die kandelaar met luminol werd behandeld.' Hij wees naar de blauwige verkleuring. 'Wat ge hier ziet, dat is bloed.' Zijn vinger verschoof naar enkele witte plekjes. 'En dit zijn uw vingerafdrukken.' Hij keek Swaegers glimlachend aan. 'Begrijpt ge wat ik bedoel?'

Dat ook de afdrukken van Gaby Allaerts op het moordwapen waren aangetroffen, daarover zweeg hij. Hoe dat precies zat, was trouwens ook voor hem nog niet duidelijk.

'Ge zijt dus toch zo lomp als dat ge eruitziet', zei hij. Hij greep de foto vast en duwde hem in het gezicht van Swaegers, die geschrokken zijn stoel achteruit schoof. 'Als ge die kandelaar vast had gehad nádat Declerck ermee was doodgeslagen, dan hadden uw vingerafdrukken ín het bloed moeten staan.' Vanuit zijn ooghoeken merkte hij dat de twee mannen van de lokale geïnteresseerd zaten te luisteren. 'Snapt ge 't nu? Of moet ik het nog eens uitleggen?'

Swaegers antwoordde niet. Hij trok wit weg en slikte een paar keer kort na elkaar. Op zijn jeansbroek verscheen een donkere vlek, die snel groter werd.

Gitte Meyer en Rob Olbrecht zaten zwijgend, ieder met een kop koffie, tegenover elkaar aan een tafeltje in café New Bouffons, dat op een paar honderd meter van de Géruzet, op de Waversesteenweg, lag. Hoewel Olbrecht suiker noch melk nam, zat hij met zijn lepeltje in zijn koffie te roeren.

'Waarom hebt ge daar eigenlijk nooit iets van gezegd?' vroeg hij zonder Gitte aan te kijken.

Het antwoord liet even op zich wachten.

'Had dat dan zoveel verschil gemaakt?'

Olbrecht stopte met roeren en legde het lepeltje met een tikkend geluid op het schoteltje. 'Het was ook wel mijn kind, hè.'

'Dat is het juist', zei ze. 'Hoe kon ik dat nu zeker weten, na wat er was gebeurd?'

Olbrecht kreeg een verbeten trek op zijn gezicht. Hij staarde door het bewasemde raam waarachter het was beginnen te miezeren.

'De smeerlap', bromde hij. Hij greep opnieuw naar het koffielepeltje en trok er denkbeeldige strepen mee op het roze tafellaken. 'Waarom hebt gij geen klacht ingediend tegen die schoft?'

'Daamen was mijn stagemeester', zei ze. 'Ik kwam pas van de universiteit. Wie denkt ge dat ze zouden geloven?'

'Ge hadt míj toch wel iets kunnen zeggen, voordat ge achter mijn rug die abortus liet doen!'

Hij smeet het koffielepeltje op tafel. De mensen die wat verder zaten, keken nieuwsgierig in hun richting.

'Ik weet het', zei ze met een beverig stemmetje. 'Maar ik durfde niet. Ik was te beschaamd...'

Toen hij merkte dat ze tranen in haar ogen kreeg, had hij onmiddellijk spijt van zijn uitval. Hij legde zijn hand troostend op de hare. Op zijn gezicht verscheen een treurige glimlach.

'Gitte', fluisterde hij hoofdschuddend. 'Gitte, toch.'

'Gij hebt wát gedaan?' riep Van Den Eede.

'Zijt gerust', zei Olbrecht. 'Als er problemen van komen, dan neem ik de volle verantwoordelijkheid op mij.'

Van Den Eede knikte zwijgend. Van onder zijn wenkbrauwen keek hij de andere teamleden rond de tafel aan. Toen zijn blik die van Gitte kruiste, sloeg ze haar ogen neer.

'Dat zien we nog wel, als het ooit zover komt', zei hij. 'Wat ik betwijfel.'

'Ah, ja?' zei Elias. 'Zo zag het er anders niet naar uit.'

Van Den Eede wreef met zijn vlakke hand over de rand van het tafelblad, alsof hij het wilde oppoetsen. 'We hebben het daar later nog wel over', zei hij ontwijkend, waarna hij over het verhoor van Freddy Swaegers begon te vertellen.

'Uiteindelijk heeft hij dan toch toegegeven dat hij bij Declerck heeft ingebroken. Maar hij houdt vol dat die toen al dood was.'

'Hoe verklaart hij dan dat zijn vingerafdrukken op die kandelaar staan?' vroeg Tarik.

'Dat kan hij niet.'

Olbrecht wilde weten of Swaegers alleen was geweest. Van Den Eede trok een weifelend gezicht. 'Hij heeft in ieder geval geen andere namen genoemd', zei hij.

Dat Olbrecht geen zucht van opluchting slaakte, kwam enkel en alleen omdat hij geen lastige vragen of opmerkingen wilde krijgen.

'Maar vergeet niet dat Gaby Allaerts die kandelaar óók vast heeft gehad.' Van Den Eede streek door zijn grijzende haar. 'Hoe dan ook, het is niet aan ons om dat uit te zoeken. Dat ze er in Edegem hun plan mee trekken.'

'En toch heeft ze Declerck niet vermoord', zei Gitte met een zweem van koppigheid in haar stem.

Van Den Eede draaide zijn hoofd traag in haar richting. Even leek het of hij haar terecht ging wijzen, maar hij deed het niet. In de plaats daarvan vroeg hij waarom ze daar zo zeker van was.

'Omdat...' Ze keek naar Tarik, die verveeld naar het plafond zat te staren. 'Misschien kan Orhan dat beter uitleggen.'

Van Den Eede sloeg zijn benen over elkaar, vouwde zijn vingers samen en leunde afwachtend achterover. 'Ik ben benieuwd.'

Tarik schraapte zijn keel. 'Gitte had mij vorige week gevraagd om het telefoonverkeer van Declerck te controleren.'

'En gij doet dat zomaar op eigen houtje?'

Tarik glimlachte verontschuldigend. 'Het heeft wel iets opgeleverd.' Hij haalde zijn notitieboekje tevoorschijn en begon erin te bladeren. 'Van een getuige weten we dat Gaby Allaerts, of iemand die er sterk op leek, rond acht uur de woning van het slachtoffer heeft verlaten. Een paar minuten later, om 20.14 uur, heeft Declerck het noodnummer 101 gebeld. De agent die toen aan de dispatching zat, heeft dat bevestigd. De oproep heeft amper 12 seconden geduurd.

373

Volgens de agent van dienst zou het om een vergissing zijn gegaan.'

'Wat in ieder geval bewijst dat Declerck nog leefde nadat Gaby Allaerts weg was', zei Gitte. 'Als zij het was, tenminste.'

'Dat bewijst juist niks', zei Van Den Eede. 'Toen Declerck telefoneerde, kan hij stervende zijn geweest.'

'Waarom zei hij dan dat het een vergissing was?' wierp Gitte tegen.

Van Den Eede tuitte nadenkend zijn lippen.

'Misschien omdat hij het niet was die telefoneerde?' zei Elias.

Tarik knikte glimlachend. 'Dat dachten wij ook', zei hij, terwijl hij even naar Gitte keek. 'En daarom heb ik de auditieve registratie van die noodoproep opgevraagd.' Hij bukte zich, pakte een zwarte tas die naast hem op de grond stond, en haalde er een laptop uit.

Op het gezicht van Olbrecht verscheen een bezorgde uitdrukking.

'Hebt ge zo nog veel verrassingen achter de hand?' vroeg Van Den Eede langs zijn neus weg.

Tarik grinnikte. Hij klapte het scherm omhoog en startte de draagbare computer. De anderen stonden op en kwamen achter hem staan.

'In het labo gebruiken ze daarvoor een oscillator', legde hij uit. 'Maar tegenwoordig kunt ge ook al veel doen met een gewone spectrum analyzer.'

Hij opende het programma en klikte vervolgens een audiobestandje aan. Op het scherm verschenen, onder elkaar, verschillende weergaven van spraakgolven. De meest in het oog springende was een gekleurde.

'Hiermee kunnen we drie dingen meten.' Tarik wees naar het scherm. 'De horizontale lijn geeft de tijd aan, de verticale de frequentie en de verschillende kleuren zijn een aanduiding voor de intensiteit van het geluid.'

Hij drukte op de spatiebalk, waarna de cursor over de geluidsgolf gleed. Uit de ingebouwde luidspreker klonk amper verstaanbaar het woord 'hallo', met een langgerekte o. Dan volgde wat gekraak, en toen zei iemand: 'Sorry, vergissing', waarna onmiddellijk werd opgehangen.

'Is dat al?' vroeg Elias.

Olbrecht voelde zich opgelucht. Hoe kort het fragment ook was, hij was er zeker van dat dit niet de stem van Jan was. Zijn broer had blijkbaar voor één keer eens de waarheid gesproken.

'Wacht, ik zal het nog eens laten horen', zei Tarik.

Weer keek iedereen geconcentreerd naar het verticale cursorlijntje dat over de gekleurde geluidsgolf gleed.

'Dat zijn precies twee verschillende stemmen', zei Van Den Eede.

Tarik draaide zijn hoofd schuin naar achteren en knikte. 'Dat hebt ge goed gehoord. Om met zekerheid te kunnen zeggen van wie die stemmen zijn, zouden we natuurlijk vergelijkingsmateriaal moeten hebben. Maar ik vermoed dat de eerste van Declerck is en de tweede van zijn moordenaar.'

'Zou het de stem van Swaegers kunnen zijn?' vroeg Elias. 'Gij hebt hem daarstraks bezig gehoord.'

Van Den Eede bewoog weifelend zijn hoofd heen en weer. 'Ik weet het niet, Wim. Misschien.'

'Bij het NICC moeten ze dat wel na kunnen gaan', zei Tarik. 'Al wat ze daarvoor nodig hebben, is een geluidsopname van de verdachte.'

'Wat als hij zijn stem vervormt?' vroeg Olbrecht.

'Dat is zoals met handschriftvergelijking', antwoordde Tarik. 'Ge kunt het wel een tijdje volhouden om anders dan gewoonlijk te schrijven, maar op den duur komen de typerende kenmerken toch terug naar boven.'

De gsm van Gitte begon te rinkelen. Op het display verscheen een nummer dat ze niet herkende.

'Hallo, met Gitte Meyer.'

Terwijl ze luisterde, klaarde haar gezicht op.

'Dat is goed nieuws!' zei ze. 'Bedankt om te bellen.'

Ze klapte haar mobieltje dicht. 'Dat was iemand van 't Stuivenberg. Gaby Allaerts is uit haar coma ontwaakt...'

De Harley legde de 55 kilometer van de Géruzet naar het Antwerpse ziekenhuis in minder dan een halfuur af. Gitte had deze keer zelfs van het ritje genoten, ook al voelde ze nog altijd kriebels in haar buik wanneer de zware motor in een bocht kantelde. Toen ze op de intensieve zorg arriveerden, liep ze eerst naar het kantoortje van de hoofdverpleegster, die haar daarstraks had opgebeld.

De vrouw, die over een document met tabellen gebogen stond, herkende haar direct. 'Ik was juist haar EMV-score aan het bekijken. En die ziet er al bij al vrij positief uit.'

'Wat is een EMV-score?' vroeg Olbrecht.

'Dat is een cijfer uit de Glasgow-comaschaal, dat aangeeft in hoeverre de patiënt zelfstandig zijn ogen kan openen en bewegen, en in welke mate een gesprek mogelijk is.' Ze keek opnieuw op haar blad. 'Juffrouw Allaerts scoort op bijna alles heel goed. Alleen is ze soms nog wat verward of gedesoriënteerd.'

'We kunnen dus met haar praten?' vroeg Gitte.

De verpleegster knikte. 'Maar niet te lang, want ze is natuurlijk erg verzwakt.' Ze ging hun voor naar de kamer van Allaerts. 'Haar moeder is op bezoek. Die was erbij toen ze deze morgen haar ogen opendeed.'

Gaby lag nog altijd aan allerlei apparatuur gekoppeld, maar zat toch al half rechtop in bed. Marita reikte haar een bekertje water aan.

Toen ze de speurders binnen zag komen, schrok ze zo dat ze op het laken morste. 'Ge komt haar toch niet arresteren?'

Gitte schudde glimlachend haar hoofd. 'Alleen maar efkens met haar praten.'

Gaby Allaerts keek de bezoekers achterdochtig aan. 'Wie zijn dat?'

'Wij zijn van de politie', zei Gitte. 'Wij zouden u een paar vragen willen stellen over wat er die avond in de woning van Jos Declerck is gebeurd.'

Gaby wisselde een blik met haar moeder.

'Ze weten ervan', zei Marita Mertens. 'Ik heb hun alles verteld.'

'Hoe wist ge dat hij daar woonde?' vroeg Olbrecht.

Gaby greep naar een papieren servetje, veegde er traag haar lippen mee af en liet zich vervolgens zuchtend achteroverzakken in de kussens.

'Dat wist ik niet', zei ze flauwtjes, alsof ze opeens doodmoe was.

'Ja, als ge zo gaat beginnen,' zei Olbrecht, 'dan...'

Gitte schudde amper zichtbaar het hoofd, maar blijkbaar kwam de boodschap over, want Olbrecht slikte de rest van zijn woorden in.

'Luister, Gaby', zei Gitte. 'Ik zal u eerlijk vertellen wat we weten.' Ze pauzeerde even om er zeker van te zijn dat ze de aandacht van Allaerts had. 'We weten wat Declerck een jaar of tien geleden met u heeft gedaan, iets waarvoor hij nooit is gestraft.' Ze beet zachtjes op haar bovenlip en knipperde een paar keer met haar ogen voordat ze verderging. 'De buschauffeur die dienst had op de avond dat ge van Hove terug naar Antwerpen reed, herinnert zich dat ge vlak bij de woning van Declerck zijt afgestapt.' Weer wachtte ze even om Gaby toe te laten te reageren. Maar die lag zwijgend naar het witte plafond te staren. 'We weten ook dat ge de kandelaar hebt vastgehad waarmee hij is doodgeslagen.'

Gaby sloot haar ogen. Op de monitor die naast haar bed stond, was duidelijk te zien dat haar hartslag versnelde en haar bloeddruk steeg. Gitte hoopte maar dat er zo dadelijk geen alarm zou afgaan. 'Wat we níét weten,' zei ze, 'is waarom ge Declerck achterna zijt gegaan en wat er daarna tussen u twee juist is gebeurd.' De hartfrequentie steeg tot bijna honderd, iets wat ook moeder Mertens niet ontging. Gitte vreesde dat er nu ieder moment een verpleegster binnen zou komen, die hun dringend zou verzoeken om de kamer te verlaten. 'Declerck zat toch samen met u op die bus, hè?'

Gaby opende traag haar ogen. Het leek wel alsof ze een tweede keer uit een coma ontwaakte. Zonder haar hoofd te bewegen keek ze Gitte van opzij aan. Toen knikte ze.

'Waarom zijt ge hem gevolgd?' drong Gitte voorzichtig aan. Ze zag dat Gaby moeite had om haar tranen te bedwingen. De hartslagmeter was opnieuw gedaald tot 83.

'Dat weet ik eigenlijk zelf niet', zei Gaby. 'Het was sterker dan mezelf, een soort bevlieging...' Ze nam het papieren servetje opnieuw vast en depte er haar ooghoeken mee. 'Toen ik hem van de bus zag stappen, besefte ik ineens dat ik die kans niet mocht laten voorbijgaan.'

'Om hem te vermoorden, bedoelt ge?' zei Olbrecht.

Gaby schudde van nee. 'Ik wilde gewoon met hem praten... Hem vragen waarom hij mij toen...'

Gitte merkte opeens dat Olbrecht niet naar Gaby, maar naar haar zat te kijken.

'Ik dacht dat... als ik kon begrijpen waarom hij... dat ik het dan misschien...' Ze zweeg en haalde haar schouders op, alsof ze de juiste woorden niet vond.

'Achter u kon laten?' vulde Gitte aan.

Gaby sloeg haar ogen neer en knikte. Toen veranderde er

opeens iets in haar gezicht. Haar mond verstrakte en haar kaakspieren begonnen nerveus te trillen. De hartfrequentie schoot terug de hoogte in.

'Maar toen ik het hem vroeg, deed hij iets wat ik niet had verwacht', zei ze met een stem die nu heel anders klonk. 'Iets wat mij woedend maakte.'

'Moet dat echt nu?' vroeg haar moeder ongerust aan Gitte. 'Ge ziet toch dat ge haar helemaal overstuur maakt.'

'Die schoft stond mij gewoon uit te lachen...' zei Gaby met een blik alsof het hier en nu opnieuw gebeurde. 'Ik heb het eerste het beste dat ik vond vastgepakt, en...'

Ze stopte met praten en slikte een paar keer moeizaam. Haar hartslag bleef in stijgende lijn gaan. Nog even en op de monitor zou het getal 100 verschijnen.

'Toen ik hem daar zag liggen en besefte wat ik had gedaan, ben ik in paniek naar buiten gelopen.' Ze sloeg haar twee handen voor haar gezicht en begon te snikken.

Gitte boog zich over haar heen en raakte voorzichtig haar arm aan. 'Maar ge hebt hem niet vermoord. Dat heeft iemand anders gedaan.'

Gaby trok haar handen weg en keek haar niet-begrijpend aan. Ook haar moeder wist blijkbaar niet wat ze ervan moest denken.

'Hoe bedoelt ge?'

'De slag was niet hard genoeg om dodelijk te zijn. Declerck was alleen bewusteloos. Nadat gij weg waart, is er een inbreker binnen geraakt. En die heeft het werk afgemaakt.'

Gaby keek haar ongelovig aan. 'Zijt ge daar zeker van?'

'Ja', zei Olbrecht. 'We zijn daar zeker van.'

Er klonk een luid piepsignaal. Op de monitor stond het getal 100 rood te knipperen. Even later ging de deur open en kwam een verpleger de kamer binnen.

'Alles oké hier?'

Gaby Allaerts knikte. Nog voordat de verpleger haar bed had bereikt, was haar hartslag al weer gezakt tot onder de alarmgrens.

'Ze zal zich natuurlijk wel moeten verantwoorden voor slagen en verwondingen', zei Van Den Eede, nadat hij het verslag van Gitte Meyer had gelezen.

'Het is te hopen dat ze een rechter treft die daar begrip voor kan opbrengen', zei Tarik.

'Dat valt nog af te wachten', zei Elias. 'Eerst zien en dan geloven.'

Van Den Eede wapperde met het verslag. 'Ge beseft toch wel dat het allesbehalve comme il faut is wat ge hebt gedaan?'

Gitte keek hem schuldbewust aan. De stemming in de kamer sloeg onverwachts om.

'Ja, dat weet ik.'

'Als 't erop aankomt, zijt gij al bijna even erg als de Rob.'

'Nu niet overdrijven, hè chef', zei Olbrecht, in een poging de gespannen sfeer terug te ontladen.

Maar Van Den Eede ging er niet op in. Hij keek Gitte met een bedenkelijke blik aan, alsof hij in stilte een of andere passende sanctie overwoog.

'En gelukkig maar', zei hij. Zijn gezicht plooide open in een brede glimlach. 'Want het is dat soort mensen dat we hier nodig hebben.'

Na een korte aarzeling schoot iedereen in een bevrijdende lach.

Gitte tastte met haar rechterhand naar haar hart en blies, met bolle wangen, opgelucht haar adem uit. 'Gij kunt iemand nogal doen verschieten.'

'Als ik mij niet vergis,' zei Elias, 'ligt er nog een fles champieter in de frigo.'

Even later was er een kleine donkere vlek bij op het plafond, daar waar de kurk ertegen was geknald, en stonden ze
allemaal met een schuimend glas champagne in hun hand.
Zelfs Tarik, die alleen bij hoge uitzondering alcohol dronk,
deed deze keer mee.

'Op ons jachtclubke', zei Van Den Eede, terwijl hij een
toost uitbracht. 'En dat we nog veel smeerlappen terug achter de tralies mogen krijgen.'

Er werd instemmend geklonken. Gitte deed enkele stappen naar voren. Tot ieders verbazing drukte ze een zoen op
Van Den Eedes wang.

'Maar niet aan Stijn vertellen, hè', zei ze. 'Of hij wordt
nog jaloers.'

EPILOOG

Zoals gewoonlijk wanneer een belangrijke zaak was afgerond, had Van Den Eede ook nu weer een paar dagen nodig om af te kicken van de stress en de adrenaline. Alsof het opnieuw tot hem moest doordringen dat er buiten het werk ook nog een leven bestond. Het beste om een afgewerkt dossier en de persoon over wie het ging uit zijn hoofd te zetten, was nog altijd zo veel mogelijk beweging in openlucht. Wandelen, schapendrijven, *agility*...

Een paar keer was hij ook gaan *canicrossen* met Joppe. Rond zijn middel droeg hij dan een brede nylon band die wat op een klimgordel met musketons leek. Joppe had een harnas van zachte stof aan, dat kruiselings over zijn borst liep en een sluiting boven op zijn rug had. Het liet hem toe om voluit te gaan zonder dat hij zijn keel dichtkneep. Hij en de hond waren met elkaar verbonden door een elastische riem die de schokken in Van Den Eedes onderrug moest opvangen.

De eerste keer dat ze samen waren gaan lopen, had de bordercollie niet goed geweten wat van hem werd verwacht, en was hij voortdurend blaffend tegen zijn baasje opgesprongen. Toen hij op een bosweg een afgewaaide tak had zien liggen, was hij plotseling opzij gesprongen en had Van Den Eede doen struikelen. Ze waren er allebei met de schrik van afgekomen.

Tot nog toe was Van Den Eede er nog niet in geslaagd om de volledige acht kilometer met Joppe als gangmaker uit te lopen. De hond bleef de hele tijd zo onvermoeibaar trekken en sleuren dat Van Den Eedes hartslagmeter er geregeld van op tilt sloeg. Op een bepaald moment had het apparaatje, dat hij als een horloge rond zijn pols droeg en dat draadloos was verbonden met een sensor op zijn borst, een hartritme van 178 slagen per minuut geregistreerd. Het aanbevolen maximum op zijn leeftijd was 156. Van Den Eede was dus maar gestopt om wat op adem te komen. Daarna had hij Joppe losgemaakt, zodat hij op zijn eigen tempo de rest van de weg af kon leggen. De hond was niet, zoals tijdens de dagelijkse wandeling, op verkenning gegaan in het bos, maar was tot thuis netjes naast zijn baas blijven lopen. Het leek wel of hij zich verantwoordelijk voelde voor die sukkelaar die hem maar niet bij kon houden.

Van Den Eede kon zich nog amper een leven zonder Joppe voorstellen. Daarover praten met andere mensen, zeker wanneer ze zelf nooit een hond hadden gehad, was hij echter afgeleerd. Meestal kreeg hij dan een meelijwekkende blik te zien, alsof ze hem een beetje naïef of zelfs wat zielig vonden. Kristine, een van de vriendinnen met wie Linda iedere week ging tennissen, had hem onlangs verweten dat hij schromelijk overdreef met zijn liefde voor 'beesten'. Het bleven per slot van rekening toch nog altijd minderwaardige wezens. De geestelijke en morele ontwikkeling van de mens was nog volop aan de gang, meende Kristine, terwijl die van de dieren nog altijd op hetzelfde bedenkelijke peil als tijdens de oertijd stond.

'Ja,' had Van Den Eede gezegd, 'dat hebben we nog maar pas in Amerika kunnen zien.'

Maar dat had Kristine iets anders gevonden. 'Want dat waren moslims.'

Kristine was de vrouw van een auditeur bij de Arbeids-
rechtbank van Brussel. Van Den Eede had gezegd dat ze
maar eens een tijdje bij de politie moest komen werken.
Als ze bijna dagelijks zou worden geconfronteerd met de
zelfkant van de maatschappij en met de wreedheid waartoe
veel mensen op almaar jongere leeftijd in staat zijn, dan zou
haar superioriteitsgevoel over het menselijk ras waarschijnlijk vlug een flinke deuk krijgen. Kristine had geantwoord
dat het zo te horen hoog tijd werd dat hij een andere baan
zocht. Linda had alleen maar eventjes geglimlacht. Ook al
mopperde ze wel eens over zijn onregelmatige werkuren,
zijn obsessie met een zaak of zijn gebrek aan tijd voor het
gezin, ze wist ondertussen maar al te goed dat hij de juiste
man op de juiste plaats was.

Na enkele koude herfstdagen was de temperatuur op vrijdag 28 september opeens weer boven de 20 graden gestegen. Van Den Eede was 's middags uitzonderlijk vroeg naar
huis gekomen. Hij had zijn trainingspak en loopschoenen
aangetrokken en had – onder het opgewonden geblaf van
Joppe – het *canicross*-gerei tevoorschijn gehaald. Na een vier-
tal kilometer hadden ze evenwel rechtsomkeer moeten maken, omdat er een bordje hing waarop stond: 'Opgepast!
Hier wordt van 4 tot 6 *gejaagt*.'

Hij had een douche genomen en nu zat hij met Linda gezellig te aperitieven in de tuin. Joppe stond, met zijn kop
door de haag, naar de schapen in de wei te kijken en Stijn
was afgevallen bladeren bijeen aan het harken. Met een
kruiwagen voerde hij ze naar een speciaal daarvoor uitge-
zochte plek achter in de tuin. Dat gebeurde heel nauwgezet. Op de mesthoop, waar het keukenafval en het gras te-
rechtkwamen, mochten onder geen beding bladeren worden gegooid. Want volgens hem vertraagde dat de com-
postvorming. Zelfs een weggewaaid blad dat er toevallig

neerstreek, viste hij ertussenuit en droeg hij naar de juiste stapel, onder het mom 'beter vermijden dan voorkomen', wat dat dan ook mocht betekenen.

Om kwart over zes hield het geknal in de nabijgelegen bossen eindelijk op en keerden de jagers met hun buit huiswaarts. Ook vannacht was Van Den Eede wakker geschrokken van geweerschoten die vlakbij hadden geklonken, waardoor alle honden in de buurt waren beginnen te blaffen. Hij was aan het raam gaan kijken, maar had niemand gezien. Het waren zo goed als zeker stropers, die zich geen barst aantrokken van het 'afschotplan' van het Agentschap voor Natuur en Bos, en het voorzien hadden op reeën, die dan, uiteraard in het zwart, aan restaurants werden verkocht. Even was het in hem opgekomen om zijn kleren aan te trekken en het bos in te gaan om hen op heterdaad te betrappen, maar Linda, die ondertussen ook wakker was geworden, had hem voor gek verklaard. Waarna ze zich op haar andere zij had gedraaid en meteen weer was ingeslapen.

Hij was naar beneden gegaan, had zich een whisky ingeschonken en de cd In a Silent Way van Miles Davis opgezet. Om kwart voor drie was hij met een pijnlijke schouder in de fauteuil ontwaakt. Hij was naar de slaapkamer teruggegaan en had nog een tijdlang op zijn rug in het donker liggen staren terwijl zijn discussie met Kristine door zijn hoofd bleef spoken.

Had ze misschien toch gelijk en dreigde hij, zoals veel van zijn ouder wordende collega's, zijn geloof in de menselijke goedheid te verliezen en cynisch te worden? Of kwam het door de aard van zijn beroep dat hij vooral oog had voor de verdorven kant van de samenleving? Met de troostende gedachte dat hij de wereld in ieder geval hielp verlossen van moordenaars, verkrachters, overvallers en ander uitschot, was hij uiteindelijk toch weer in slaap gevallen.

Net toen hij hun wijnglazen nog eens bijvulde met de witte sauvignon die Linda uit de Colruyt had meegebracht, klonk het geluid van een naderende auto, die de oprit opdraaide. Van Den Eede kwam overeind en liep naar het tuinhek. Hij zag Bob De Groof uit zijn Toyota-jeep stappen. Hij had een grote, bruine envelop vast.

'Gij weet ook wanneer ge moet komen', riep Van Den Eede. 'We zijn juist aan het aperitieven.'

Bob zwaaide lachend en sloot zijn auto af, die van onder tot boven onder de modder zat. Beide mannen drukten elkaar hartelijk de hand, waarna ze over het paadje aan de zijkant van het huis naar de tuin gingen. Joppe kwam meteen op hen afgelopen en sprong kwispelend tegen de bezoeker op, iets wat Van Den Eede hem maar niet afgeleerd kreeg. Linda keek van achter haar zonnebril nieuwsgierig toe.

'Kent gij den Bob nog?'

'Natuurlijk ken ik Bob nog!'

Ze had hem vroeger wel eens meegemaakt op feestjes van het SIE, waarop hij steevast werd uitgenodigd en telkens de show stal met allerlei sterke verhalen uit zijn carrière. De Groof gaf haar drie klinkende zoenen.

'Drinkt gij mee met ons?'

'Ik zeg niet nee', zei Bob De Groof, terwijl hij zich op een rieten tuinstoel neer liet zakken.

Linda liep naar binnen om een glas te halen.

'Wat een weer, hè.'

'Zeg dat wel', zei Van Den Eede. 'Hopelijk krijgen we nog een nazomer.'

Hoewel hij altijd blij was om hem te zien, vroeg hij zich af wat Bob kwam doen. Het was alsof die zijn gedachten had geraden.

'Ge weet toch nog dat ge mij onlangs iets hebt gevraagd?'

Van Den Eede knikte, terwijl hij naar de bruine envelop keek.

'Hebt ge nog meer schoon foto's van Sandy Moerman en onze grote baas?'

'Ik dacht wel dat ge 't vergeten waart', zei De Groof met een mysterieus glimlachje.

Hij opende de envelop en haalde er een aantal uitvergrote foto's uit, die hij een voor een aan Van Den Eede gaf. Op de eerste stonden twee mannen – aan hun kleding te zien waren het jagers – naast een zwarte terreinwagen waarvan de kofferbak openstond. Ze hadden beiden iets in hun hand, maar het was niet duidelijk te zien wat. Op de volgende foto, waarop de mannen nog altijd op de rug waren genomen, zag Van Den Eede dat de ene iets vasthad wat op een dode duif leek, en de andere een wit plastic potje. Tussen de twee in lag een Duitse brak op de grond. De derde foto was een close-up van wat er op de verpakking stond. 'Thrifty Pack Slug Killer Blue Mini Pellets', las Van Den Eede. Boven de tekst stond een afbeelding van een slak.

'Godverdomme, Bob!'

'Wacht totdat ge de volgende ziet', grinnikte De Groof.

De twee mannen keken nu recht in de lens, hoewel ze zich daar helemaal niet van bewust leken. Bob had waarschijnlijk een van zijn imposante telelenzen gebruikt. Degene die het potje met slakkengif vasthad, had een pafferig rood gezicht, de andere zag veeleer bleek. Van Den Eede herkende Xavier Lambèrt en zijn maat.

Linda kwam terug buiten met een extra wijnglas in haar hand. Nog voordat ze het tafeltje had bereikt, greep Van Den Eede al naar de wijnfles. In zijn enthousiasme vulde hij het glas bijna tot aan de rand. Terwijl hij recht bleef staan, nam hij zijn eigen glas en bracht plechtig een heildronk uit.

'Op den Bob!'

Beide mannen schoten zo hard in de lach dat zelfs Stijn er zijn werk even voor onderbrak. Linda keek verwonderd toe.

Toen stapte ze glimlachend op Bob af en gaf hem op haar
beurt drie kussen.

'Proficiat!' zei ze. 'Ik wist niet dat gij vandaag verjaarde.'

Van KOEN VERMEIREN verscheen eerder:

DE BLIK

Een gijzelingsactie waarbij het SIE (Speciaal Interventie Eskadron) wordt ingeschakeld, kent een dramatische afloop. Commandant Marc Van Den Eede voelt zich persoonlijk verantwoordelijk voor de dood van twee slachtoffers en dient zijn ontslag in. Hij gaat aan de slag bij een lokale politiezone, waar hij echter moeilijk zijn draai kan vinden. Wanneer hem de mogelijkheid wordt geboden om het pas opgerichte FAST (Fugitive Active Search Team) te gaan leiden, grijpt hij die kans met beide handen. Niet uit ambitie, maar omdat hij daarin een mogelijkheid ziet om de voortvluchtige gijzelnemers, die de dood van een van zijn mannen en van een kind op hun geweten hebben, achter de tralies te doen belanden. Niet iedereen binnen het politiekorps en bij de magistratuur is opgezet met de nieuwe eenheid, die het moet stellen met weinig manschappen en heel beperkte middelen. Het FAST zal zijn bestaansrecht dan ook moeten bewijzen. De drijfveer van commissaris Marc Van Den Eede en hoofdinspecteur Wim Elias wordt al vlug die van het hele team: ervoor zorgen dat criminelen hun straf niet ontlopen.

Met een nawoord van FAST-commissaris Martin Van Steenbrugge.

ISBN 978 90 223 2569 8